KNAUR

ELLERY LLOYD

DAS GEHEIME BILDNIS

KRIMINALROMAN

Aus dem Englischen
von Susanne Wallbaum

KNAUR

Die englische Originalausgabe erschien 2024 unter dem Titel
»The Final Act of Juliette Willoughby« bei Macmillan,
an imprint of Pan Macmillan, London.

Besuchen Sie uns im Internet:
www.droemer-knaur.de

MIX
Papier | Fördert gute Waldnutzung
FSC® C014496

Deutsche Erstausgabe Juni 2025

Ein Imprint der Verlagsgruppe Droemer Knaur GmbH & Co. KG
Maria-Luiko-Straße 54, 80636 München

Zitatnachweis:
S. 11: André Breton, L'Amour fou, © Éditions Gallimard 1937. Aus dem
Französischen von Friedhelm Kemp. © 1970, 2023 der deutschsprachigen
Übersetzung: Suhrkamp Verlag AG, Berlin. Alle Rechte vorbehalten.
S. 109: Gertrude Stein, Autobiografie von Alice B. Toklas, 1933.
Aus dem Amerikanischen von Roseli und Saskia Bontjes van Beck.
© 2021 der deutschsprachigen Übersetzung: ebersbach & simon, Berlin.
Alle Rechte vorbehalten.
S. 199: Walter Benjamin. Das Kunstwerk im Zeitalter
seiner technischen Reproduzierbarkeit, 1935.
Redaktion: Tina Arnold
Covergestaltung: ZERO Werbeagentur GmbH, München
Coverabbildung: Composing von ZERO Werbeagentur
unter Verwendung von Motiven von Shutterstock.com
Satz und Layout: Sandra Hacke, Dachau
Druck und Bindung: GGP Media GmbH, Pößneck
ISBN 978-3-426-56161-4

Kontaktadresse nach EU-Produktsicherheitsverordnung:
produktsicherheit@droemer-knaur.de

2 4 5 3 1

VORBEMERKUNG

Mit Ausnahme der fiktiven Figuren Juliette Willoughby, Oskar Erlich und Austen Willoughby handelt es sich bei sämtlichen Künstlerinnen und Künstlern, die in diesem Roman erwähnt werden und/oder vorkommen, um reale historische Persönlichkeiten.

PROLOG

CAROLINE, DUBAI, GEGENWART

Zeit, anzufangen.

Ich stehe in einer Galerie in Dubai auf einem Podium. An der Wand hinter mir ein Gemälde. Es ist kein großes Bild – 76 mal 53 Zentimeter, um genau zu sein. Es ist auch keine sonderlich große Galerie – wir befinden uns im geräumigsten ihrer drei Bereiche, einem weiß getünchten Raum ungefähr von der Größe eines Klassenzimmers. Vor mir sind ein paar Reihen Klappstühle aufgestellt, wo Reporter sitzen. Mit einem Journalisten vom *Telegraph* und dem *Gulf News*-Podcast-Team bin ich bereits bekannt gemacht worden. Mehrere Pressefotografen lassen ihre Blitze zucken. Hinter den Stuhlreihen haben sich zwei Fernseh-Crews aufgebaut, eine von einem regionalen arabischen Sender, eine von *BBC News*.

Neben mir auf dem Podium steht der Eigentümer der Galerie, Patrick Lambert. Er hat die Pressekonferenz organisiert.

»Dr. Caroline Cooper«, sagt er gerade, »ist Fellow am Pembroke College und Professorin für moderne Kunst an der Universität Cambridge. Ihr Spezialgebiet ist der Surrealismus der Dreißigerjahre, ihr besonderes Augenmerk gilt surrealistischer Kunst von Frauen, namentlich dem Werk der britischen Malerin Juliette Willoughby.«

Patrick zählt meine Publikationen auf, verweist vor allem auf meine 1998 erschienene Biografie von Juliette Willoughby, die erste, die je geschrieben wurde, und immer noch – wie er hervorhebt – die gültige Darstellung von Leben, Werk und frühem Tod der Künstlerin. Er erwähnt auch, wie lange wir beide einander schon kennen. Einige Zuhörer lächeln wissend.

Das Bild hinter uns trägt den Titel *Selbstporträt als Sphinx*. Juliette Willoughby malte es – einundzwanzig Jahre alt – im Winter 1937/38, und gezeigt wurde es erstmals auf der großen *Exposition internationale du surréalisme* 1938 in Paris, dem Höhepunkt der surrealistischen Bewegung. Jahrzehntelang war es verschollen, galt als zerstört. Gestern Abend ist es verkauft worden. Hier. Für 42 Millionen Pfund.

»Danke, Patrick«, sage ich, während er sich in die erste Reihe setzt. Er zwinkert mir zu, ich verkneife mir ein Lächeln.

Ich bin gebeten worden, mich kurz zu fassen: Fünf Minuten habe ich, um den Surrealismus, seinen historischen Kontext und die ihm zugrunde liegende Philosophie zu erläutern. Um zu erklären, warum dieses Kunstwerk so bedeutend ist, warum ich es für echt halte und warum ich bereit bin, für diese Meinung meine fachliche Reputation in die Waagschale zu werfen. Um die Geschichte der Künstlerin und dieses Bildes zu erzählen, zu beschreiben, wie es verloren ging und wie es wiedergefunden wurde – zweimal.

Es ist eine Geschichte, die an einem feuchten Herbstvormittag 1991 in Cambridge beginnt, bei unserer ersten Besprechung mit Alice Long über unsere wissenschaftlichen Abschlussarbeiten, wo Patrick und ich auf die Spur gesetzt wurden, die uns schließlich zu Juliettes verschollenem Meisterwerk führen sollte.

Es ist eine Geschichte, die an einem Winterabend 1937 in Paris beginnt, als eine weggelaufene britische Erbin in dem kalten, engen Atelier am Montmartre, das sie sich mit ihrem Geliebten, einem berühmten Maler, teilte, die Arbeit an einem der bemerkenswertesten Bilder der Zeit begann.

Es ist, schätze ich, auch die Geschichte von Patrick und mir. Wie wir uns ineinander verliebten. Wie ein Gemälde uns zusammenführte, dann auseinanderbrachte und nun anscheinend wieder vereint hat.

Mir ist klar, dass höchstens dreißig Sekunden von dem, was ich sage, es ins Fernsehen schaffen werden, ein oder zwei Sätze in die Zeitungen. In den Schlagzeilen wird die Summe stehen, die für das Bild gezahlt worden ist, dazu der Name der Person, die es erworben hat.

Aber im Grunde gibt es ohnehin nur eines, was ich den Anwesenden sagen möchte: *Schaut hin. Schaut es an.* Fast hätte ich gesagt: Schaut *sie* an. Denn das Erste, was man wahrnimmt, ist *sie*. Die beherrschende Figur im Zentrum des Gemäldes. Die wilde rötlich braune Mähne. Die eisblauen Augen. Ihr Ausdruck: herausfordernd, furchtlos. Dann registriert man, dass ihre Brüste nicht bedeckt sind. Dann sieht man, dass es sechs sind, angeordnet wie die Zitzen einer Katze. Dann sieht man, dass sie auch Katzenbeine hat, Katzenschenkel, Fell mit Schildpattzeichnung. Scharfe Klauen. Und man beginnt sich zu fragen, was es wohl zu bedeuten hat, wenn sich jemand als Sphinx porträtiert. Als *diese* Sphinx.

Erst wenn man nahe herangeht, erfasst man die ganze Raffinesse des Bildes, sieht man die Menschen und Kreaturen rings um die zentrale Sphinx, alle mit ihren eigenen Dingen beschäftigt, sich der Gegenwart der anderen anscheinend nicht bewusst, das Ganze in einer Szenerie, die halb verwilderter englischer Garten ist und halb Dschungel. Jede neue Gruppe, die man ausmacht, lädt dazu ein, sich zu fragen, welche Geschichte sie wohl alle miteinander erzählen, und während immer neue Muster und Echos aufscheinen und immer neue Rätsel zutage treten, kann die Verwirrung, die man anfänglich empfunden hat, vergehen, sich vielleicht aber auch steigern.

Das Rätsel, auf dessen Lösung die Journalisten hier lauern, ist natürlich viel schlichter: Wie kann es sein, dass dieses

Bild überhaupt existiert? Die Antwort lautet: Ich weiß es nicht. Das Einzige, was ich mit Sicherheit sagen kann, ist, dass ich an seine Echtheit glaube, und das bedeutet, dass wir alles, was wir über Juliette Willoughby, ihr Leben und ihr Werk, zu wissen meinten, hinterfragen müssen.

Aber mir bleibt nicht die Zeit, irgendetwas von all dem zu sagen. Ich habe die Anwesenden kaum begrüßt, da entsteht an der Tür Unruhe – drei Nachzügler poltern herein und wiederholen in einem fort auf Arabisch eine Frage. Jemand dreht sich um und bedeutet ihnen, leise zu sein. Ich will eben sagen, dass es vorn noch freie Plätze gibt, da erkenne ich, dass sie Uniform tragen: kakifarbene Hemden und Hosen, die Hosenbeine in glänzende schwarze Stiefel gestopft, schräg sitzende Barette mit goldenem Abzeichen. Eine Mitarbeiterin der Galerie zeigt auf Patrick, und die drei bewegen sich nach vorn, zu uns. Ich bin abgelenkt, spreche aber weiter über das Bild. Patrick erhebt sich stirnrunzelnd und geht auf die Männer zu. Die Fotografen knipsen, die Fernsehkameras laufen.

Halten für die Nachwelt und ein globales Publikum fest, wie Patrick Lambert wegen Mordes festgenommen wird.

ERSTER TEIL

DAS TAGEBUCH

Können Sie angeben, welches die
wichtigste Begegnung Ihres Lebens war? –
Bis zu welchem Grad hatten Sie
und haben Sie auch jetzt noch den Eindruck,
daß in dieser Begegnung etwas Zufälliges
oder etwas Notwendiges lag?

André Breton, *L'Amour fou,* 1937,
deutsch von Friedhelm Kemp

1. KAPITEL

PATRICK, CAMBRIDGE 1991

A*ch du Scheiße*. Das war mein erster Gedanke, als ich durch eine metertiefe Pfütze pflügte, in die Elm Lane einbog und durch die Windschutzscheibe eine triefende Gestalt ausmachte, der die blonden Locken klatschnass über den Rücken hingen. Das würde peinlich werden.

Caroline Cooper.

Es bestand kaum ein Zweifel, dass wir dasselbe Ziel hatten – warum sonst sollte sie bei diesem Wetter eine Straße am Stadtrand von Cambridge entlangspazieren? Mein Studienmentor hatte erwähnt, dass die Supervisionsgespräche zu den Abschlussarbeiten in diesem letzten Jahr immer *à deux* stattfänden. Das sei hoffentlich kein Problem, hatte er gesagt, und ich hatte versichert, das sei es nicht, und vage auf eine attraktive weibliche Supervisionspartnerin gehofft. Ich hätte mal besser hoffen sollen, dass es nicht eine war, mit der ich bereits geschlafen hatte.

An einer Einfahrt blieb sie stehen und sah sich um, suchte vermutlich nach einer Hausnummer. Ich verlangsamte, bis der MG förmlich kroch. Selbst regendurchweicht sah sie umwerfend aus. Ich checkte mein Gesicht im Rückspiegel. Caroline Cooper. Der unwahrscheinlichste aller Fälle.

Wir hatten zweimal miteinander geschlafen, damals, gleich zu Anfang unseres ersten Jahrs. Einmal nach einer Party und dann ein paar Wochen später noch mal, nachdem wir einander leicht beschwipst bei einem College-Ball über den Weg gelaufen waren. Das erste Mal in ihrem Zimmer mit der Lichterkette rund um den Spiegel und dem Frida-Kahlo-Poster an der Wand. Ich erinnerte mich an das schmale Bett, daran, wie ich nachts aufgewacht war und dringend pinkeln musste, sie aber nicht wecken, den Zauber nicht brechen wollte, unsere Beine waren ineinander verschlungen, ihr Kopf lag auf meiner Brust.

Das zweite Mal waren wir Händchen haltend auf verschlungenen Wegen zu meinem Zimmer spaziert und hier und da in einem Türbogen stehen geblieben, um uns zu küssen. Die halbe Nacht waren wir aufgeblieben und hatten geredet, aus angeschlagenen Bechern billigen Weißwein getrunken, am offenen Fenster geraucht und auf den mondbeschienenen Innenhof hinuntergeschaut. Wir redeten über Cambridge, ihre ersten Eindrücke. Über Kunst und Künstler. Ich erzählte ihr Geschichten über meinen Vater und übers Internatsleben. Ohne Frage gab es eine gegenseitige Anziehung. Und ich hatte das Gefühl, es entstünde eine echte Verbindung zwischen uns, als wäre dies der Anfang von etwas wirklich Aufregendem.

Und dann passierte … nichts. Ich hinterließ eine Nachricht in ihrem College-Postfach. Keine Antwort. Ich hielt in den Vorlesungen nach ihr Ausschau, aber sie gewöhnte sich an, den Hörsaal erst in letzter Minute zu betreten, sich einen Platz auf der gegenüberliegenden Seite zu suchen und am Ende sofort hinauszuschlüpfen.

Wieder und wieder ging ich diese zweite Nacht im Geiste durch, versuchte zu verstehen, was ich falsch gemacht hatte. Hatte ich etwas Blödes gesagt? Ich war damals wahrscheinlich ein ziemlicher Angeber, wollte Eindruck schinden, mir ein Image als Cambridge-Typ zulegen. Fuhr in diesem albernen Sportwagen herum. Ließ den Privatschul-Boy raushängen. Verwuscheltes Haar, affiger Tonfall …

Es wurde schnell klar, dass ich zwar einen Funken zwischen uns gespürt haben mochte, Caroline aber nicht. Ein paarmal hatte sie sogar die Straßenseite gewechselt, um mir aus dem Weg zu gehen. Wenn wir einander in den Fluren der Kunstgeschichtsfakultät begegneten oder sie mir durch Zufall in der Bibliothek gegenübersaß, war ein knappes Nicken das Äußerste, was von ihr kam. Und egal, wie sehr man jemanden mag – irgendwann hat man's kapiert.

Ich hupte kurz, und Caroline blickte auf. Sie erkannte mein Auto – natürlich, wie viele Studenten fuhren schon mit einem MG-Cabrio in Cambridge herum – und rang sich ein nicht sehr überzeugendes Lächeln ab. Ich hielt an und ließ das Fenster herunter. Dies war eine Situation, in der wir einander schlicht nicht mehr ignorieren konnten.

»Ich nehme an, wir suchen dasselbe Haus«, sagte ich.

»Das hier ist es, glaube ich«, gab sie zurück. »Nummer 32?«

»Ja, die Adresse hat Dr. Bailey mir genannt.«

Das Haus passte jedenfalls. Entweder wohnten hier Akademiker, oder es stand leer. Dem Dach fehlten einige Ziegel. Im Erdgeschoss waren die Vorhänge zugezogen. Aus einer durchhängenden Regenrinne wuchs eine Art Busch. Caroline drückte den Klingelknopf. Es tat sich nichts.

»Hast du richtig …?«, fragte ich.

Sie forderte mich auf, es selbst zu versuchen. Es war nicht klar, ob dieser Klingelknopf überhaupt mit irgendetwas verbunden war. Zunächst verhalten, dann entschlossener klopfte ich an die Tür. Caroline trat ein, zwei Schritte zurück, um zu den oberen Fenstern hinaufzuschauen.

»Kein Licht«, sagte sie. »Meinst du, sie hat es vergessen?«

»Kann sein. Sie ist ja wohl nicht mehr die Jüngste. Hast du je von ihr gehört? Alice Long?«

Ich jedenfalls nicht, wobei es in der Unibibliothek drei Bücher von ihr gab – eins über Man Ray, eins über Brassaï und eins über die Geschichte des Fotojournalismus. Laut der Vita in diesem dritten Buch, erschienen 1980, war sie selbst Pressefotografin gewesen, hatte für *Time* und *Vogue* gearbeitet. Und das Autorenfoto hinten im Buch zeigte, dass sie auch schon vor zehn Jahren ziemlich alt gewesen war.

»Vielleicht hört sie uns nicht«, sagte ich. »Soll ich nach hinten gehen und über den Zaun rufen, was meinst du?«

»Herrgott«, murmelte Caroline hinter mir. »Wer ist die Frau überhaupt? Sie gehört nicht zur Fakultät, sie ist an keinem College. Warum betreut sie die Abschlussarbeiten? Vielleicht beschwere ich mich. Dieses Projekt ist für unseren Abschluss ziemlich wichtig.«

Ich verstand ihre Sorge. Sie hatte bereits im ersten Studienjahr deutlich gemacht, wie ernst sie ihr Studium nahm und was sie am Ende erreichen wollte: ein Leben als Wissenschaftlerin, lehrend und schreibend. Es fiel mir nicht schwer, sie mir als coole junge Akademikerin vorzustellen, vermutlich mit Lederjacke und knallrotem Lippenstift, eine Quelle der Inspiration für ihre Studentinnen. Wie ein richtiger Blödmann hatte ich versucht, sie zu beeindrucken, indem ich meine eigenen Karrierepläne vor ihr ausbreitete: einen erstklassigen Abschluss zu machen, einen Job bei Sotheby's zu ergattern und mit dreißig die erste eigene Galerie in Mayfair zu haben. Ich muss wie ein eingebildeter, überprivilegierter Idiot geklungen haben, aber zu meiner Verteidigung muss ich sagen: Ich war achtzehn. Damals posaunte ich manches heraus, was ich später für mich zu behalten gelernt habe.

Letztlich war es aber so: Wenn wir an eine miese Betreuerin geraten waren und sich das ungünstig auf unsere Abschlussnote auswirkte, konnten wir uns beide von unserem jeweiligen Traum verabschieden.

Mit lautem Quietschen wurde drinnen ein Riegel zurückgeschoben. Bis die Tür dann wirklich aufging, dauerte es noch mal ein paar Minuten, denn offenbar mussten erst mehrere weitere Schlösser umständlich geöffnet werden.

»Hallo!«, rief ich, in verbindlichem Ton, wie ich hoffte. »Wir sind Patrick und Caroline. Studenten der Kunstgeschichte. Von der Universität.«

Das Gesicht, das im Türspalt erschien, war faltig und bleich, auf dem Kopf türmte sich wirres weißes Haar. Alice Long trug ein braunes Kleid mit Faltenrock und graue Kniestrümpfe. Stirnrunzelnd musterte sie uns. Sie war noch älter, als ich sie mir vorgestellt hatte.

»Sie sind spät dran«, sagte sie streng.

»Tut mir leid«, erwiderte ich. »Wir haben schon ein paarmal geklopft …«

Beim Eintreten prüfte ich in einem angelaufenen kleinen Wandspiegel meine Frisur. Alice Long schlurfte voraus und verschwand, offenbar in der Erwartung, dass wir ihr folgen würden, durch eine offen stehende Tür. Vage nahm ich einen Perserläufer wahr, schmutzig-dunkel, ziemlich abgewetzt. An der Wand hingen gerahmte, von einer dicken Staubschicht überzogene Schwarz-Weiß-Fotos.

Ich ließ Caroline den Vortritt.

»Bitte«, sagte Alice Long und wies auf ein kleines Sofa mit hohen Seitenlehnen – streng genommen war es eher ein größerer Sessel. »Setzen Sie sich.«

Sie selbst ließ sich auf einem Holzstuhl nieder, direkt neben einem Tisch voller Bücherstapel, während Caroline und ich zögernd Platz nahmen, peinlich darauf bedacht, uns nicht zu nahe zu kommen. Die Stores an den Fenstern waren zugezogen; Licht spendete vor allem eine Glühbirne, die nackt von der Decke hing.

»Also, Patrick«, begann Alice Long übergangslos, »Sie interessieren sich für den Surrealismus?«

»Sehr«, beeilte ich mich zu sagen und beugte mich vor, um dem Ganzen Nachdruck zu verleihen. Ich wollte einen guten Eindruck machen. »Mich fasziniert die Unerschrockenheit, mit der die surrealistische Kunst die inneren Zusammenhänge des Denkens erforscht. Dass sie jegliche Konformität verweigert und sich das Mythische und Traumartige zu eigen macht. Viele eindringliche, auf den ersten Blick rein beliebige Szenen und Motive scheinen direkt dem Unbewussten entsprungen.«

Alice Long lächelte schwach und sah mich durchdringend an.

»Alle reden von Dalí und Magritte«, fuhr ich fort, »aber der Maler, der die Bewegung in meinen Augen am besten verkörpert, ist Oskar Erlich.«

Damit hatte sie ganz offensichtlich nicht gerechnet. Leicht erstaunt hob sie eine Augenbraue und bedeutete mir, weiterzureden.

»Jedenfalls möchte ich mich in meiner Dissertation auf die *Exposition internationale du surréalisme* 1938 in Paris konzentrieren. Es war die letzte große Ausstellung vor dem Krieg, ein riesiges Medienspektakel, alle Künstler der Bewegung waren dabei: Erlich, Picasso, Man Ray, Miró ...«

Alice Long winkte kurz ab, als wollte sie sagen, das weiß ich alles.

»Ich will untersuchen, wie die Ausstellung organisiert worden ist«, erklärte ich. »Wie sie der Öffentlichkeit präsentiert wurde, welche Auswirkungen sie in kultureller Hinsicht hatte.«

Das nahm sie mit einem nachdenklichen Stirnrunzeln zur Kenntnis. »Da haben Sie sich ein möglicherweise interessantes Thema vorgenommen. Allerdings müssen Rahmen und Argumentation noch entwickelt werden.«

»Oh, unbedingt«, sagte ich etwas kleinlaut. *Möglicherweise* interessant? *Möglicherweise?*

Nun drehte Alice Long ihren Stuhl etwas, um sich Caroline zuzuwenden und sie zu fragen, woran sie arbeitete.

Caroline räusperte sich, zog ihr Notizbuch hervor und begann etwas vorzulesen. Schnell war klar, dass sie sich weitaus gründlicher vorbereitet hatte als ich. Sie erklärte, sie habe vor, die Sphinx in der surrealistischen Kunst zu untersuchen. Dazu hatte sie sich Notizen zu den verschiedenen Arten von Sphingen gemacht, Königsdarstellungen und Fabelwesen, griechische und ägyptische, männliche und weibliche, mit Flügeln oder ohne. Sie hob hervor, dass wir das Wort *Sphinx* unterschiedslos für Geschöpfe verwendeten, die in Wahrheit sehr verschieden seien, je nachdem, ob sie der griechischen oder der ägyptischen Mythologie entstammten, und nichts miteinander zu tun hätten. »Heißt es nicht ›der Sphinx‹? Maskulinum?«, warf ich besserwisserisch ein. »Ja, bei den ägyptischen Statuen mit Männerkopf«, erwiderte Caroline. »Die griechische Sphinx ist weiblich.« Dann wandte sie sich an Alice Long und sagte abschließend: »So weit bin ich bislang gekommen. Sphinxmäßig.«

Alice Long – interessiert, ja enthusiastisch, viel lebhafter als während meines Vortrags – fragte, über welche Werke speziell Caroline schreiben wolle. Caroline nannte Max Ernsts *Une semaine de bonté*, Dalís *Drei Sphinxe von Bikini*, Leonor Finis *Kleine Einsiedler-Sphinx* …

»Was ist mit Juliette Willoughbys *Selbstporträt als Sphinx?*«, fragte Alice Long.

»Ja, natürlich«, antwortete Caroline sofort, doch es war ein leises Zögern zu hören.

Wenn das die Richtung sei, die sie verfolgen wolle, fuhr Alice Long fort, solle sie sich mit dem Willoughby-Nachlass beschäftigen. »Das ist eine Sammlung ägyptologischen Materials, die früher im Besitz der Familie Willoughby war und nun im Museum für Archäologie und Anthropologie verwahrt wird. Hier in Cambridge«, ergänzte sie, als sie Carolines verwirrte Miene sah. Caroline schrieb sich das auf und warf mir einen vielsagenden Blick zu. Ich schnitt ein ratloses Gesicht.

Juliette Willoughby? Der Willoughby-Nachlass? War das ernst gemeint? Wie die meisten, die sich für die Surrealisten interessierten, wusste ich über Juliette Willoughby nur zwei Dinge, in erster Linie, dass sie die Geliebte von Oskar Erlich gewesen war. In sämtlichen Erlich-Biografien waren diese Liebesgeschichte und ihr tragisches Ende ein großes Thema.

Das musste eine Art Test sein. Und wenn es das nicht war, fand ich wirklich, wir sollten mit den Studienmentoren, die uns diese Betreuerin zugewiesen hatten, ein ernstes Wort reden. Nach Carolines Miene zu urteilen, dachte sie genau das Gleiche. Ich hob die Hand.

»Mr Lambert?«, fragte Alice Long knapp.

»Besteht nicht für jeden, der über Juliette Willoughby schreiben will, ein gewisses Problem?«, fragte ich. Denn es gab nur eine weitere Sache, die allgemein über die Künstlerin und ihr Werk bekannt war. »Ihre Bilder existieren nicht mehr«, fügte ich hinzu. »Kein einziges. Alles, was sie an der Kunstakademie gemacht hatte, ist verloren gegangen, als sie England 1936 verließ und nach Paris ging. *Selbstporträt als Sphinx,* das einzige Gemälde, das sie jemals öffentlich ausgestellt hat, ist im Katalog der Exposition von 1938 aufgeführt und findet in ein paar Kritiken Erwähnung, aber das war's dann auch. Kein Foto davon hat überlebt, keine von ihren Zeichnungen oder Vorstudien, und das Bild selbst ist bei einem Brand 1938 in Paris zerstört worden.«

Bei demselben nie aufgeklärten Brand, in dem auch Juliette Willoughby und Oskar Erlich ums Leben kamen.

CAROLINE, CAMBRIDGE 1991

Philophobie. Das ist der Fachbegriff. Für die Angst, sich zu verlieben. Die chronische Angst, sich zu verlieben. Damals wusste ich noch nicht mal, dass es dafür einen Namen gibt, aber die Symptome waren mir, dank Patrick Lambert, bestens bekannt: Panikattacken, Schwindel, Übelkeit, das Gefühl, dass sich einem die Kehle zuschnürt und man gleich ohnmächtig wird. Und das jedes Mal, wenn man an eine bestimmte Person denkt, beziehungsweise daran, wie sehr man diese Person mag.

Schon bei meiner ersten Begegnung mit Patrick war ich hingerissen. Die dunklen Locken, die leicht verschleierten grünen Augen, das schiefe Grinsen, das unweigerlich ein Grübchen in die Wange zauberte. Er war witzig. Klug. Anders als viele andere Jungs, die ich in Cambridge kennengelernt hatte, hörte er, wenn er einen was fragte, bei der Antwort wirklich zu.

Als wir das zweite Mal miteinander schliefen, waren wir beide ziemlich betrunken. Wir küssten uns auf der Tanzfläche. Wir küssten uns auf dem Innenhof des Colleges. Wir küssten uns in seinem Zimmer, konnten die Finger nicht voneinander lassen, und dann saßen wir, nackt in Bettlaken gewickelt, da und redeten und lachten, stundenlang. Er erzählte, wie es gewesen war, mit sieben Jahren ins Internat geschickt zu werden, plötzlich unter lauter größeren, selbstbewussten Jungen zurechtkommen zu müssen und schreckliches Heimweh zu haben. Ich hörte aufmerksam zu und lenkte von Fragen nach meiner eigenen Kindheit unauffällig ab.

Irgendwann stieß er mich mit der nackten Schulter an und sagte lässig: »Hey, ich mag dich wirklich!«

»Ich mag dich auch wirklich«, erwiderte ich wahrheitsgemäß, auch wenn ich gleichzeitig spürte, wie ich mich versteifte und sich mein Magen zusammenzog. So oft hatte ich meine Großmutter darüber reden hören, was meine Mutter für ein außergewöhnliches, fröhliches junges Mädchen gewesen war. Dass sie großartig gemalt und gezeichnet und viele Wettbewerbe gewonnen hatte. Dass sie zahllose Freunde gehabt hatte, voller Pläne und Hoffnungen gewesen war – bis sie meinem Vater begegnete. Und ich hatte mir selbst das Versprechen gegeben, dass ich niemandem je erlauben würde, sich zwischen mich und meine Ziele zu drängen. Egal, wie sehr ich jemanden mochte. Egal, wie verwuschelt jemandes Locken waren und was für attraktive Grübchen er hatte.

Vielleicht hätte ich mich geschickter anstellen und versuchen können, Patrick das alles zu erklären. Aber wo hätte ich anfangen sollen? Wie hätte ich etwas erklären können, das ich noch nicht einmal benennen konnte?

Selbst jetzt fällt es mir noch schwer, den Gefühlstumult zu beschreiben, den ich erlebte, das siedend heiße Wechselbad von Verlegenheit und Panik, Entsetzen und Glückseligkeit, als Patricks Auto vor Alice Longs Haus hielt und mir dämmerte, dass wir uns nun ein ganzes Jahr lang regelmäßig hier treffen würden. Einen großen Teil dieser ersten, eine Stunde dauernden Sitzung verbrachte ich mit Grübeleien darüber, wie ich es höflich ablehnen konnte, auf dem Rückweg bei ihm mitzufahren. Und dann kamen wir raus und sahen das Wetter.

Das Nieseln hatte sich zu einem Wolkenbruch ausgewachsen. Patrick stand vor mir auf der Veranda und mühte sich vergebens ab, seinen Schirm so zu halten, dass er uns beiden Schutz bot.

»Kann ich dich mitnehmen?«, fragte er.

»Ach, also …« Ich zögerte und dachte daran, wie lange ich auf dem Herweg auf einen Bus gewartet hatte.

»Na dann – auf drei«, sagte Patrick, und wir rannten los, versuchten uns unter dem Regenschirm im Gleichschritt, während zwischen uns seine Tasche auf und ab hüpfte.

Ich hatte noch nie in einem Sportwagen gesessen und war auf diese intime Nähe nicht vorbereitet. Jedes Mal, wenn er schaltete, streifte seine Hand mein Knie. Wie schon während der Supervision versuchte ich, nicht an das letzte Mal zu denken, als wir einander körperlich so nahe gewesen waren.

Als wir uns dem Stadtzentrum näherten, war der Regen noch heftiger geworden, er trommelte auf die Windschutzscheibe und das Dach. An einer roten Ampel wandte Patrick sich mir zu und sah mich ernst an.

»Und? Was hältst du von Alice Long?«

»Na ja, sie ist auf jeden Fall … besonders.«

»Das ist eine Untertreibung.«

»Irgendwie finde ich sie auch … toll? Was sie alles über Juliette Willoughby erzählt hat?«

Es hatte im Lauf der vergangenen drei Jahre, in Vorlesungen, in Seminaren Momente gegeben, da hatte ich das Gefühl gehabt, dass die Achse meiner Welt ein wenig kippte und sich verschob. Dass Dinge, die ich mein Leben lang unhinterfragt hingenommen hatte, plötzlich in ihre Einzelteile zerfielen, die sich entweder perfekt wieder zusammensetzen ließen oder aber sich ganz auflösten. Wenn etwas, das jedermann als gegeben voraussetzte, plötzlich nicht mehr das Ende einer Diskussion darstellte, sondern den Ausgangspunkt einer viel wichtigeren. War Juliettes Meisterwerk verloren gegangen? Vielleicht, hatte Alice Long eingeräumt. Aber was bedeutet *verloren* überhaupt? Warum verloren? Von wem? *Sind Sie zufrieden damit* – bei der Frage hatte sie mich mit ihrem Blick durchbohrt –, *das einfach so zu akzeptieren?* Es war André Breton, der Surrealismuspapst höchstselbst, gewesen, der Juliette Willoughbys *Selbstporträt als Sphinx* für die Ausstellung ausgewählt hatte. Zeitgenössische Kritiker hätten ihr Talent mit dem von Salvador Dalí und Max Ernst verglichen, hatte Alice Long in mahnendem Ton ausgeführt. Warum nicht diese Kritiken, die Briefe und Tagebücher aus Juliettes Pariser Kreis noch einmal durchforsten? Irgendwo musste ihr Werk doch Erwähnung finden. Verloren? *Pff! Vieles gilt nur deshalb als verloren, weil niemand sich die Mühe gemacht hat, danach zu suchen.*

Das klang nach einer Herausforderung. Es klang nach einer Lebensaufgabe. Ich musste an meine Mutter denken und ihren Traum, Künstlerin zu werden, und an die vielen anderen übersehenen, unterschätzten Frauen, die es im Lauf der Jahrhunderte gegeben hatte.

Patrick hatte das alles offenbar nicht ganz so inspirierend gefunden.

Quietschend fuhren die Scheibenwischer hin und her. Patrick dachte eine Weile nach. »Von Oskar Erlichs Werk ist bei diesem Brand immerhin auch viel verloren gegangen«, sagte er schließlich.

»Das ist es doch, was Alice Long meint! Von seinem Werk ist viel verloren gegangen, aber es hat auch vieles überdauert, weil er praktisch während seiner ganzen Laufbahn bejubelt und gesammelt worden ist. Und es wurden Bücher über ihn geschrieben. In denen Juliette nur am Rande erwähnt wird, schon gar nicht, dass sie eine eigenständige Künstlerin war.«

Die Ampel sprang auf Grün, und wir schossen los, mitten durch eine riesige Pfütze, sodass ein Student in orangeroter Regenjacke von Kopf bis Fuß nass gespritzt wurde. Im Rückspiegel sah ich, wie er sich schüttelte und uns nachstarrte. Ich drehte mich um und formte mit dem Mund ein »Entschuldigung«.

»Da wären wir.« Patrick setzte den Blinker, während er

schon quer über die Straße zog. »Das Museum für Archäologie und Anthropologie.«

Es war an der Zeit, mit offenen Karten zu spielen. »Weißt du etwas über diesen Willoughby-Nachlass, Patrick? Kannst du dir vorstellen, was Alice Long meint, was ich da finden soll?«

Er lächelte. »Ein bisschen was weiß ich«, sagte er, eine Hand locker auf dem Lenkrad. Die andere umschloss den Schaltknüppel, jederzeit bereit, den Gang einzulegen. »Hast du mal was über die Geschichte von Juliettes Familie gelesen?«

»Wenig. Ich weiß, dass die Willoughbys wohlhabend waren. Ihr Vater, Cyril, war Parlamentsabgeordneter, oder?«

»Und ein großer Sammler ägyptischer Artefakte. Er hat einen ganzen Flügel seines Hauses damit angefüllt. Allem Anschein nach ein ziemlicher Exzentriker, und in seinen letzten Jahren eher ein Einsiedler. Begraben ist er in Longhurst Hall, dem Familienanwesen, in einem Mausoleum, das er selbst in Auftrag gegeben hat. Angeblich eine maßstabsgerechte Nachbildung der Djoser-Pyramide in Sakkara. Das ist die älteste bekannte ägyptische Pyramide.«

»Also will Alice Long, dass ich herausfinde, ob Juliettes Interesse an Sphingen einen persönlichen Hintergrund hatte?«

»Könnte sein, und in dem Fall wäre der Willoughby-Nachlass mit Sicherheit ein guter Ausgangspunkt. Nach Juliettes Tod sind Longhurst Hall und Willoughbys Sammlung komplett an seinen jüngsten Bruder Austen gegangen, den Onkel von Juliette. Der hat das Haus behalten, das ägyptische Zeug aber bei der Universität Cambridge abgeladen.«

»Und so ist es hierhergekommen?« Ich zeigte auf das große Backsteingebäude, vor dem Patrick mit Warnblinker in der zweiten Reihe hielt.

»Genau. Wie es der Zufall will, war mein Vater mit Austens Sohn Philip in Cambridge. Und ich war mit dessen Sohn Harry in der Schule.«

Natürlich warst du das, dachte ich. Selbst nach drei Jahren an dieser Uni fand ich es immer noch erstaunlich, wie oft und wie beiläufig Leute wie Patrick solche Bemerkungen fallen ließen. Dass sein Vater mit dem Cousin von Juliette Willoughby in Cambridge gewesen war. Und er selbst mit dessen Sohn in der Schule. Oder meine Freundin Athena, die mir mitten in einer Picasso-Vorlesung erzählte, sie sei ziemlich sicher, dass das Gemälde, das gerade an die Wand projiziert wurde, irgendwann mal ihrem Vater gehört hatte. Oder dieser Typ in einem Tutorium im zweiten Studienjahr, von dem sich herausstellte, dass sein Onkel das Standardwerk zu dem Thema verfasst hatte, das in der Woche dran war (Flämischer Manierismus im frühen sechzehnten Jahrhundert). Es war eine kleine Welt, und sie schien mir von der, in der ich aufgewachsen war, sehr weit entfernt.

»Die Sache ist nur«, fuhr Patrick fort, »nicht einmal Philip und Harry können erklären, weshalb. Die Familie hat nie versucht, das ganze Zeug, das Cyril über Jahrzehnte angehäuft hatte, zu verkaufen. Obwohl es wahrscheinlich ein Vermögen wert war. Sie haben es einfach weggegeben. Und wenn man die Willoughbys kennt und weiß, wie sie hinter dem Geld her sind …«

Von hinten kam ein Wagen und versuchte sich unter lautem Hupen an uns vorbeizuquetschen.

»Ist ja gut, reg dich ab, Mann«, murmelte Patrick über die Schulter und wandte sich wieder mir zu. »Es heißt, die Willoughbys hätten das ganze Zeug loswerden wollen, weil – na ja, diese Familie hatte einfach jede Menge Pech. In diesem Haus sind seltsame und ungute Dinge passiert.«

»Willst du mir jetzt ernsthaft erzählen, sie hätten geglaubt, dass auf der Sammlung ein Fluch liegt?«, fragte ich.

Er zuckte theatralisch die Achseln. Ich öffnete die Beifahrertür und stieg aus.

Patrick ließ sein Fenster herunter. »Ich will nur sagen …«, dann verfiel er in einen heiseren, knarrenden Tonfall, sodass er klang wie eine Horrorfilmparodie, »… *sei auf der Hut, Caroline!*«

Dann grinste er, zwinkerte mir zu, ließ den Motor an und düste davon. Ich registrierte ein leichtes Kribbeln in der Magengrube und stellte fest, dass ich von Patrick Lambert immer noch ein bisschen hingerissen war.

Fünf Stunden später waren mein Verlangen, über Juliette Willoughby zu arbeiten, und meine Begeisterung, mit Alice Long zu arbeiten, mehr oder weniger versiegt. In der Bibliothek war es stickig und still. Hinter den Fenstern wurde aus einem dämmrigen Herbstnachmittag schnell tiefdunkle Nacht.

Soweit ich das überschaute, war der Willoughby-Nachlass das reinste Chaos. Als Erstes hatte die Bibliothekarin – eine ältere Frau mit verblüffend blauen Augen und einer leicht argwöhnischen Art – gefragt, welchen Teil des Nachlasses ich sehen wollte. Ich muss ziemlich dumm dreingeschaut haben, jedenfalls erklärte sie mir, der Nachlass sei in drei Gruppen sortiert: die Artefakte, von denen einige oben im Museum ausgestellt waren; die zahlreichen Papyri (sehr empfindlich, einsehbar nur unter Vorlage einer Sondergenehmigung); und die zweiundsiebzig Kartons mit allgemeinem, unsortiertem Material, unbeschriftet und undatiert. In der Annahme, dass etwas Relevantes zu Juliette und ihrem Interesse an Sphingen am ehesten dort zu finden sein würde, bat ich also fürs Erste um diese unsortierten Ephemera.

Möglicherweise war das ein Fehler gewesen.

Es hatte den Anschein, als enthielten die Kartons alles, was sich jemals in Cyril Willoughbys Arbeitszimmer befunden hatte. Alte Briefe. Notizbücher voller Hieroglyphen. Schreibpapier aus dem Shepheard's Hotel in Kairo. Einen Karton nach dem anderen holte die Bibliothekarin aus den Eingeweiden des Gebäudes hervor. Einen nach dem anderen ging ich durch, wobei ich versuchte, wie eine Person zu wirken, die genau weiß, was sie tut. Die Bibliothekarin teilte mir mit, es sei ein neuer Archivar eingestellt worden, ein Doktorand, der die Aufgabe habe, Ordnung in diesen Bestand zu bringen. Sein Name sei Sam Fadel, falls ich Fragen hätte, solle ich mich an ihn wenden.

Nach fünf Stunden und neunzehn Kartons war ich reichlich frustriert, redete mir aber gut zu: Wenn ich es schaffte, alle Kartons durchzusehen, würde ich Alice Long zumindest sagen können, ich hätte getan, was in meiner Macht stand. Also nahm ich mir die nächste zerbeulte Pappkiste vor, holte alles, was sie enthielt, heraus und breitete es auf dem Schreibtisch aus. Noch mehr Briefe. Rechnungen. Noch mehr Notizbücher. Dann fiel mir ein zerfledderter Umschlag auf, *M. et Mme. Cyril Willoughby,* stand in verschlungener Schrift darauf. Er war schwerer, als ich erwartet hatte, und weitaus interessanter als alles, was mir bis dahin untergekommen war.

Ich öffnete ihn vorsichtig mit dem Daumen, drehte ihn um, und eine dünne Goldkette glitt heraus – eine Halskette mit Anhänger. Bei dem Anhänger handelte es sich um ein Oval aus gehämmertem Gold, etwa fünf Zentimeter lang. Auf der einen Seite war ein kunstvoll stilisiertes Auge eingeätzt, mit einer geschwungenen Linie als Braue darüber und vom Augenwinkel weggehend eine Linie mit einem Schnörkel am Ende.

Außerdem ertastete ich in dem Umschlag zwei Objekte, die sich anfühlten wie Bücher. Eines hatte eine raue Oberfläche, ich zog es als Erstes heraus. Es war ein marineblauer britischer Pass mit dem königlichen Wappen als Prägedruck auf dem Umschlag. In der ovalen Aussparung unten stand von Hand und in Großbuchstaben »Miss Juliette Willoughby«.

Ich schlug ihn auf und sah das Foto. Ein wirklich außergewöhnliches Gesicht. Hellwache, weit offene kühle Augen, breite, geschwungene Brauen, volle, leicht zusammengepresste Lippen. Eine junge Frau mit einem Schleier aus hellen Sommersprossen. Die Lockenmähne füllte das Bild aus bis zum Rand. Ich blätterte weiter und fand Juliettes Unterschrift sowie zwei Stempel, einen für Rom (1935) und einen für Paris (1936). Das Objekt machte mir noch einmal klar, dass sie ein echter, lebendiger Mensch gewesen war, wie ich. Mit diesem Pass, hatte sie sich vielleicht vorgestellt, würde sie die ganze Welt bereisen können, und stattdessen …

Mir zitterten die Hände, als ich den Pass weglegte und ein Notizbuch aus dem Umschlag zog. Abgegriffen, brüchig. Auf den unlinierten Seiten datierte Eintragungen, aber auch Skizzen und Vorstudien. Kohlezeichnungen von einer Sphinx, einzelne Linien von den Fingern der Künstlerin verwischt, damit Augen, Lippen und Mähne der Kreatur mehr Kontur bekamen. Kunstvolle Bleistiftkompositionen, immer wieder die gleichen Figuren in immer anderen Szenen. Auf den Rückseiten Farbkleckse, dazu jeweils eine Nummer und ein Kommentar, leider kaum zu entziffern. Und zwischen den Zeichnungen längere Textpassagen in einer krakeligen, schwer lesbaren Handschrift.

Auf dem Vorsatzblatt waren mit Tinte die Initialen »J. W.« sowie eine Pariser Adresse vermerkt.

Ich fuhr die Buchstaben mit dem Finger nach. Die Bögen, die Schwünge.

J. W.

Juliette Willoughby.

Sehr vorsichtig, ängstlich darauf bedacht, dass das alte Papier nicht einriss oder zerfiel, blätterte ich weiter bis zum ersten Eintrag. *11. November 1937,* stand da. *Es ist fast Mitternacht. Ich schreibe dies im Bett …*

JULIETTES TAGEBUCH, PARIS 1937

Erster Eintrag

Donnerstag, 11. November. Es ist fast Mitternacht. Ich schreibe dies im Bett. Es ist kalt, und ich habe alle Decken über mich gezogen, die es hier gibt. Meine Zehen in Oskars dicken Wollsocken sind Eisklumpen. Das letzte Feuerholz hebe ich auf für morgen früh, jetzt glimmen die Scheite im Ofen nur noch schwach und sinken mit einem leisen Knacken dann und wann zusammen.

Die Wohnung, die Oskar und ich gemietet haben, befindet sich ganz oben in einem Haus mit fünf Etagen. Es muss einmal herrschaftlich gewesen sein. Jetzt ist es furchtbar heruntergekommen. Immer wieder passiert es, dass man die Treppe hochsteigt und einen Brocken Stuck auf dem Boden findet oder feststellt, dass im Geländer eine weitere Säule fehlt. Im Sommer ist es bei uns oben am heißesten, im Winter am kältesten. Solange die Rohrleitungen nicht einfrieren, gibt es in der Kochnische fließendes Wasser. Schlafzimmer und Atelier sind ein Raum, nicht eben groß, unterteilt durch einen Vorhang aus dem gleichen Stoff, den Oskar auch auf Holzrahmen spannt, damit wir Leinwände zum Malen haben.

Außer dem Bett (Eisen, uralt und unglaublich schwer) haben wir an Möbeln nur zwei Holzstühle und einen kleinen runden Tisch. Keinen Teppich. Bei dem kleinen Kanonenofen muss man sich sehr in Acht nehmen, dass man nicht dagegenkommt. Am Ende des Flurs gibt es ein Wasserklosett (sitzt man darauf, stößt man mit den Knien gegen die Tür). Unsere Fenster gehen auf einen Hof, aus dem zu jeder Tages- und Nachtzeit die Geräusche des ganzen Hauses heraufsteigen. Ein Hund bellt. Eine Frau schreit etwas. An den Wänden hängen Bilder, unsere eigenen und Geschenke von Malern aus unserem Kreis, außerdem Fotografien von der Stadt und unseren Freunden. Ich habe sie mit der kleinen Leica aufgenommen, die Oskar mir zum Geburtstag geschenkt hat.

Das Ganze scheint unendlich weit weg von Longhurst. Von der Welt meiner Kindheit.

Wir sind glücklich hier in Paris, Oskar und ich. Wahnsinnig glücklich, manchmal, und trotzdem … Führen wahrhaft glückliche Leute ein Tagebuch?, frage ich mich bisweilen. Wem erkläre ich mich auf diesen Seiten wirklich?

Ich sollte etwas zu Oskar schreiben.

Kennengelernt habe ich Oskar Erlich, als in den New Burlington Galleries in London die Eröffnung der ersten internationalen Surrealistenausstellung gefeiert wurde. Das war im Juni 1936. Er stand vor einem seiner Bilder, *Der Traum des jungen Mädchens* – ein dünnes, verloren wirkendes rothaariges Wesen in durchscheinendem Gewand, dem Betrachter den Rücken zukehrend, das schmale, blasse Gesicht mit dem rätselhaften Ausdruck nur in einem verzierten Spiegel zu sehen. Oskar war umringt von Herren mit Notizbuch und Damen mit Hut, alle umschmeichelten ihn, baten ihn, den Surrealismus zu erklären, fragten, was es heiße, Surrealist zu sein. Ich stand an der Tür herum, hoffte, dass mich kein allzu langweiliger oder schrecklicher Mensch ansprechen würde, und wartete darauf, dass die Freundin, die mich zu dem Fest eingeladen hatte, von der Toilette zurückkam.

Dann trafen sich unsere Blicke.

Oskar sagt, er wird nie vergessen, wie ich seinen Blick aufgefangen und erwidert habe, dass ich so direkt und selbstbewusst quer durch den Saal auf ihn zugegangen bin und mich ihm vorgestellt habe. »Guten Abend«, sagte ich und streckte ihm die Hand hin. »Mein Name ist Juliette Willoughby, ich bin Künstlerin.«

Es mag dreist geklungen haben, aber im Innern zitterte ich. Ich sah – oder meinte zu sehen –, dass überall in dem großen Raum Leute zu mir herüberstarrten, vielsagende Blicke wechselten, sich fragten, wer ich denn sei, woher ich die Frechheit nähme, einfach so hinzugehen und mich dem Liebling des Abends zu präsentieren. Diese Frage stelle ich mir seitdem selbst immer wieder. Wahrscheinlich hat es mir geholfen, an Oskars Bildern zu sehen, dass er einen bestimmten Typ bevorzugt und dass ich diesem Typ genau entspreche.

Den ganzen Abend redeten Oskar und ich miteinander – meine Freundin war so verärgert, dass sie irgendwann davonrauschte und in unser Quartier zurückkehrte –, und am nächsten Tag trafen wir uns an einem Kaffeekiosk im St. James's Park wieder. Während wir um die Fontäne herumspazierten und uns die Bilder ansahen, die dort am Geländer lehnten und zum Verkauf angeboten wurden, erzählte er mir von seiner Jugend in Düsseldorf, seiner Studentenzeit in Paris, den heftigen Auseinandersetzungen mit seinen Eltern, weil er beschlossen hatte, das Medizinstudium aufzugeben und ein großer Maler zu werden. Ich wiederum erzählte ihm von meinem Londoner Leben, meinem Unterricht an der Slade School of Fine Art, davon, wie enttäuschend ich meine Lehrer fand.

Wie heroisch und wie närrisch das alles aussieht, wenn man es so hinschreibt. Dass zwei Menschen einen Augenblick lang ein starkes Verbundensein fühlen und sofort ihr ganzes bisheriges Leben aufs Spiel setzen; zwei Menschen, die einander in einem Saal sehen und eine große Anziehung empfinden. Die einander keine vierundzwanzig Stunden kennen und eine Entscheidung treffen, die ihrer beider Leben auf den Kopf stellt. Und das Seltsamste war, dass es mir gar nicht seltsam vorkam, als er mich am Ende des Tages fragte, ob ich mir vorstellen könnte, mit ihm nach Paris zu gehen.

Und dort wo zu wohnen?, fragte ich. Und bei mir zu wohnen, sagte er. Und was zu tun?, fragte ich. Da lächelte er nur, so als sei die Antwort doch klar, und sagte: zu malen. Ich hätte das lächerlich finden sollen, absurd. Aber in dem Moment hätte ich nur eins absurd gefunden, nämlich abzulehnen.

Wie mein Vater reagieren würde, darüber machte ich mir keine Illusionen. Ich wusste, es würde ein harter Bruch sein, ein endgültiger Bruch. Keine Hochzeit in der kleinen Kapelle auf Longhurst, kein Fest im Park am See. Vergebung, eine Versöhnung würde es nicht geben. Dass ich mich in einen Künstler verliebt hatte, wäre schon schlimm genug gewesen. Aber in einen ausländischen Künstler, einen Deutschen! Undenkbar. Umso mehr, wenn dieser Künstler mehr als doppelt so alt war wie ich und noch mit einer anderen verheiratet.

Ich erklärte Oskar, dass sie nicht vorgewarnt werden durften. Sie würden nur einen Brief bekommen, in dem stand, dass ich in Sicherheit sei, dass ich verliebt sei, dass sie nicht versuchen sollten, mich aufzustöbern, und dass sie nie wieder von mir hören würden.

Ich habe den Brief einer Freundin übergeben, ihr aber nicht gesagt, was darin stand, sondern sie nur gebeten, ihn ein, zwei Tage später aufzugeben. Es war mein Abschied von meinem alten Leben, auf Nimmerwiedersehen.

Alle meine Skizzenbücher, all die Leinwände, die in meinem Zimmer an der Wand lehnten, die vielen schrecklichen, blutarmen Arbeiten, die ich in der Slade angefertigt hatte, warf ich in die Mülltonnen hinter dem Gebäude. Meine Farben und Pinsel packte ich ein – ein Sortiment, das bei regelmäßigen Besuchen in Covent Garden von meinem Onkel Austen für viel Geld wieder aufgefüllt wurde –, dazu einige wenige Kleidungsstücke und den Reisepass, den ich mir für die öde, enttäuschende Rom-Reise zugelegt hatte, wo ich mit Heerscharen anderer Besucher durch die Vatikanischen Museen getrottet war. Dann verließ ich mein Zimmer, fuhr allein mit der Untergrundbahn zum Bahnhof Charing Cross und verschwand.

Kaum zu glauben, dass seit meiner Ankunft hier in Paris schon über ein Jahr vergangen ist. Manchmal träume ich so lebhaft von dieser Reise, dass ich meine, wenn ich die Augen aufschlage, finde ich mich auf dem Bahnhof wieder, wo es von Menschen wimmelt und schrecklicher Lärm herrscht, in dem Zug mit den überfüllten Waggons oder später am Fähranleger, wo ich ängstlich nach dem richtigen Schiff suche. Und dann höre ich das Klicken, mit dem die Kabinentür hinter uns zufällt, und mit einem Schlag wird mir bewusst, was wir da eigentlich tun.

Wir wachten früh auf, Oskar und ich, und gingen an Deck, um in der Morgendämmerung einen ersten Blick auf Frankreich zu erhaschen. Wie wir es verabredet hatten, taten wir in der Schlange vor der Passkontrolle so, als wären wir einander fremd. Tief in meinem Innern fürchtete ich, nein, war ich davon überzeugt, dass irgendwer uns aufhalten würde. Die Polizei? Ein Privatdetektiv? Mein Vater persönlich? Ich wusste es nicht.

Es war später Nachmittag, die Stadt hinter dem schmutzigen Fenster ein Schleier aus verwischten Lichtern, als der

Zug von der Fähre langsamer wurde und wir in den Gare du Nord einliefen. Ab und zu drehte ich demonstrativ den falschen Ehering, den Oskar mir bei einem Pfandleiher in Holborn gekauft hatte, am Finger.

Paris! Ich konnte es nicht glauben. Es war alles so einfach. Im Grunde fand ich es erschreckend, dass diese Freiheit immer so in Reichweite gewesen war, dass ich nur danach hätte zu greifen brauchen.

»Siehst du?«, sagte Oskar im Taxi, das Licht einer Straßenlaterne fiel genau auf den Schwung seiner Lippen. »Ich hab dir ja gesagt, es wird alles gut gehen.« Ich lächelte zurück und drückte seine Hand. Und ich gab mir Mühe, mir nicht den Zorn meines Vaters vorzustellen, die Bestürzung meiner Mutter, sondern versuchte, mir das Selbstvertrauen zu bewahren, das mich im Augenblick der ersten Begegnung mit Oskar durchdrungen hatte. Ich fragte mich, ob ihm je in den Sinn gekommen war, dass ich noch Jungfrau sein könnte, dass ich zum ersten Mal die Nacht mit einem Mann verbringen würde.

Und ich war mir nur allzu gewärtig, dass das nur eins der vielen Dinge war, die er von mir nicht wusste.

2. KAPITEL

PATRICK, CAMBRIDGE 1991

Als ich am Tag nach unserer ersten Sitzung bei Alice Long von der Vormittagsvorlesung in mein College-Zimmer zurückkam, fand ich einen Zettel unter der Tür. Mein Vater hatte angerufen, und jemand hatte eine Nachricht für mich aufgeschrieben: dass Dad auf dem Rückweg aus East Anglia durch die Stadt käme und mich um eins im Browns zum Mittagessen erwarte. Ich sah auf die Uhr. Es war Viertel vor eins.

Das war typisch für meinen Vater. Unangekündigt aufzutauchen. Zu erwarten, dass ich alles stehen und liegen ließ, um mich mit ihm zu treffen.

Als Kind hatte ich meinen Vater vergöttert. Er sah gut aus. Er hatte Stil (die Autos, die Maßanzüge, der silberne Flachmann mit eingraviertem Monogramm). Er war immer charmant, hatte zu allem eine wohlüberlegte Meinung (Wein, Kunst, Londoner Restaurants). Außerdem war er, wie sich herausstellte, ein Frauenheld und Schürzenjäger und komplett unzuverlässig.

Schon während wir zu unserem Tisch geführt wurden, fing mein Vater an, mit der Kellnerin zu flirten, nur um einen besseren Tisch für uns herauszuschinden. Ich seufzte stumm. Auch davon hatte ich Caroline erzählt, von seinem Drang, immer einen Tisch am Fenster zu ergattern, einen besseren Tisch, den besten Tisch. Ein Theater, das ich jedes Mal über mich ergehen lassen musste, wenn wir zusammen essen gingen. Es war eine Gelegenheit, seine unschlagbaren Überredungskünste vorzuführen. Ein sicherer Weg, Aufmerksamkeit auf sich zu ziehen.

Am Ende saßen wir – zu zweit – an einem Tisch für sechs Personen am Fenster, mit Blick auf die Trumpington Street.

Das Erste, wonach er fragte, als wir Platz genommen und Getränke bestellt hatten, war der Wagen. Er laufe doch wohl ordentlich, oder? Ich ginge hoffentlich pfleglich damit um. *Läuft wie eine Eins,* sagte ich. *Wird jede Woche gewachst.* Er war ein wichtiges Symbol für unsere Beziehung, dieser Wagen. Mein Vater hatte ihn an dem Tag gekauft, an dem ich den Brief mit meiner Zulassung in Cambridge bekommen hatte. Einerseits eine extravagant großzügige Geste, die er sich, wie ich vermutete, eigentlich nicht leisten konnte, andererseits extrem nervig. Immer musste ich einen sicheren Parkplatz suchen. Wenn es kalt war, wusste ich morgens nie, ob er anspringen würde. Überhaupt an einem Ort, an dem ich zu Fuß nirgendwohin länger brauchte als zehn Minuten, ein Auto zu haben! Als ich Caroline mein Leid klagte, hatte sie gefragt, warum ich das Ding nicht einfach verkaufte. Sie hatte vollkommen recht. Und sie kannte meinen Vater nicht.

Als Nächstes fragte er, wie es mit dem Studium laufe. Er wollte alles über meine Abschlussarbeit und über meine Betreuerin wissen. Alice Long gegenüber hatte ich das nicht erwähnt, aber im Grunde war es mein Vater gewesen – selbst Kunsthändler –, der mich auf die Surrealisten gebracht hatte, als er mich vor ein paar Jahren zur Oskar-Erlich-Retrospektive in London mitgenommen hatte. Es war seine Idee gewesen, die Pariser Surrealistenausstellung von 1938 könnte ein interessantes Thema für eine Arbeit sein. Außerdem hatte er mir geraten, mein Thema auch unter dem Karriereaspekt zu sehen, als eine Chance, mich als Spezialist auf einem Gebiet der Kunstgeschichte zu etablieren, mit dem sich sonst kaum jemand beschäftigte.

Während der Vorspeise erläuterte er, warum er in East

Anglia gewesen war (eine Haushaltsauflösung in der Nähe von Norwich – er hatte im Auftrag der Hinterbliebenen eine Reihe von Objekten evaluiert, damit nichts versehentlich zum Schleuderpreis verkauft wurde, und falls doch, dann jedenfalls an ihn). Auf dem Rückweg hatte er in Longhurst vorbeigeschaut und Philip Willoughby einen Besuch abgestattet. Auch Philip hatte ihn gebeten, ein paar Sachen zu schätzen. Wie üblich, wenn er in Longhurst war, hatte er im Grünen Zimmer geschlafen, in dem Harrys Mutter jetzt, in einer Art seltsamer Tradition, auch mich immer unterbrachte. Das war so recht nach dem Geschmack meines Vaters, solche Geschichten liebte er und ließ sie gern in die Konversation einfließen.

Unsere Treffen folgten immer einem bestimmten Protokoll. Er fragte nach meiner Mutter, ich fragte nach seiner aktuellen Freundin (immer der gleiche Typ – normalerweise –, geschiedene Blondine mit Cabrio und einer Boutique irgendwo in den Cotswolds). Er erzählte etwas von der Arbeit, eine Geschichte, in der er bei irgendeiner Frage recht gehabt und jemand anders falschgelegen hatte, und dann (mit einem Glas Wein intus) nahm er mich in die Zange, ob ich aus Cambridge auch das Beste machte, mich in den richtigen Kreisen bewegte, die richtigen Leute kennenlernte.

Ein- oder zweimal hatte er tatsächlich genau diese Formulierung gebraucht: *die richtigen Kreise.* »Meinst du vornehme Leute?«, hatte ich gefragt. »Oder einfach reiche Leute?«

»Ich meine Leute, die dir im Leben weiterhelfen können«, hatte er erwidert. »Vor allem, wenn es dir ernst damit ist, beruflich in meine Richtung zu gehen. Leute, die Kunst besitzen, Leute, die Kunst kaufen.«

Während wir auf den Hauptgang warteten, fragte er, ob ich zur Feier von Harry Willoughbys Einundzwanzigstem nach Longhurst eingeladen sei.

Nach Harry erkundigte er sich jedes Mal, wenn wir uns trafen, nie dagegen nach meinen neuen Freunden, deren Namen sich zu merken er sich standhaft weigerte. Immer war es Harry, über den er alles wissen wollte. Ob wir uns oft sähen. Ob wir noch so eng miteinander seien. Ob er eine Freundin habe. Auf diese letzte Frage lautete die Antwort stets nein, denn ich bin in meinem Leben nie jemandem begegnet, der sich so auf seine anstehende politische Laufbahn konzentriert hätte wie Harry, nie jemandem, der sich weniger für romantische Verwicklungen aller Art interessierte. Manchmal kam es einem so vor, als hätte Harry überhaupt nur Freunde, weil er dachte, dass ein künftiger Premierminister so etwas haben müsse.

»Natürlich bin ich eingeladen«, sagte ich. Alles andere wäre auch peinlich gewesen, wenn man bedachte, wie lange ich Harry schon kannte, dass unsere Väter miteinander in Verbindung standen und wir im selben College waren.

Erst ganz am Ende des Essens rückte mein Vater damit heraus, dass er mich um einen Gefallen bitten wollte. Beim Dessert hatte ich ihm erzählt, dass ich vorhatte, in der folgenden Woche nach London zu fahren und in der Witt Library des Courtauld Institute ein paar Dinge einzusehen – Alice Long hatte mich darauf hingewiesen, dass sich im dortigen großen Bestand an Ausstellungskatalogen und Zeitungsausschnitten vielleicht etwas Nützliches zur Surrealistenausstellung von 1938 finden ließe.

»In der Witt?«, wiederholte er. Das sei ja günstig. Philip Willoughby wolle nämlich ein paar Gemälde verkaufen und habe ihn gebeten, die Provenienz zu klären – wem die Bilder wann gehört hatten, wer sie wo gekauft hatte –, also die ganzen Papiere zu finden, die so wichtig waren, wenn es darum ging, die Echtheit eines Kunstwerks nachzuweisen.

Mit ihrem Archiv von Millionen Fotografien, Reproduktionen und Zeitungsausschnitten, die das Werk Zehntausender Künstler und Künstlerinnen dokumentieren, ist die Witt Library für Kunsthändler eine ebenso wertvolle Informationsquelle wie für Wissenschaftler – wenn man sich erst mal in ihr etwas kompliziertes Katalogsystem eingefuchst hat. Für die Zwecke meines Vaters waren besonders die Fotos in den Beständen hilfreich, die von Mitarbeitern der Bibliothek aufgenommen worden waren, die man von den Zwanzigerjahren bis in die Siebziger regelmäßig mit Kameras auf eine Tour durch die großen Häuser Englands schickte, um die dortigen Kunstsammlungen zu dokumentieren: Cliveden. Longleat. Longhurst.

Das hieß, es gab eine einfache Möglichkeit, wasserdicht nachzuweisen, dass ein bestimmtes Bild im Jahr 1961 im Besitz der Willoughbys gewesen war, als die Bibliothekare mit ihren Kameras vorbeikamen. Der Nachteil war, dass jemand es auf sich nehmen musste, sich durch die unzähligen, mit grünem Stoff bespannten Mappen voller unsortierter, körniger Schwarz-Weiß-Fotos zu wühlen, um eins zu finden, auf dem die fraglichen Gemälde zu sehen waren.

Ob ich vielleicht, fragte mein Vater, wenn ich in der Witt Library sei, kurz ein paar Sachen für ihn prüfen könnte? Er würde mir aufschreiben, wonach ich schauen sollte, die Titel der Bilder, die Daten.

»Natürlich«, hörte ich mich sagen.

»Kann durchaus sein, dass ein kleines Honorar für dich herausspringt.«

»Gut«, sagte ich. »Wenn ich sowieso dort bin.«

Nein zu sagen wäre kleinlich gewesen. Schließlich hatte er viel für mich getan. Er war derjenige, der das Essen zahlte. Der meine Schulgebühren bezahlt hatte, auch in der Zeit, als die Geschäfte nicht so gut gingen. Ich hatte Chancen im Leben bekommen, die ihm nicht vergönnt gewesen waren. Ich wollte nicht undankbar erscheinen. Wahrscheinlich würde es mich höchstens zwei Stunden kosten.

Trotzdem wäre es schön gewesen, wenn mein Vater wenigstens ab und zu mal so ohne Vorankündigung vorbeigekommen wäre, ohne dass er mich um einen Gefallen bitten wollte.

Als wir zu seinem Wagen gingen, Seite an Seite über einen Teppich aus nassem Laub auf dem Bürgersteig, fragte er, ob ich schon aufgeregt sei wegen abends.

»Wegen abends?«, fragte ich, als wüsste ich nicht, was er meinte.

»Wegen deiner Investitur«, sagte er, grinste und gab mir einen leichten Knuff in die Seite. »Bei der Osiris Society.«

Ah. Zufälligerweise zwei Dinge, an die ich lieber nicht denken wollte.

So weit meine Erinnerung zurückreichte, redete mein Vater von der Osiris Society. Von ihren berühmten Dinners. Ihren legendären Streichen. Wie wichtig es sei, dass ich, *wenn* ich in Cambridge auf die Uni ging (nie *falls*), aufgefordert wurde beizutreten. Das Gütesiegel gesellschaftlicher Anerkennung: der lächerliche Ring am kleinen Finger.

Es war der erste Donnerstag im Monat und damit das erste Dinner im Michaelmas-Trimester, der Abend, an dem traditionell neue Mitglieder eingeführt wurden. Da es immer nur dreizehn gab, galt das als eine Ehre. Als ich meinem Vater die Prägedruck-Einladung gezeigt hatte, unterzeichnet von Harry als Präsident der Gesellschaft, war mir seine Begeisterung beinahe grotesk vorgekommen.

»Ich bin mir gar nicht sicher«, sagte ich, »ob das wirklich was für mich ist.«

Was ich denn da redete, fragte er.

Eine solche Chance schlage man nicht aus. Wenn ich

wirklich nicht in der Lage sei, zu erkennen, welche beruflichen Vorteile solche Kontakte jemandem bescheren könnten, der eine Karriere als Kunsthändler anstrebte, sollte ich vielleicht in Erwägung ziehen, meinen Lebensunterhalt auf andere Weise zu verdienen.

Da hatte er wahrscheinlich recht.

Als rotziger Teenager hatte ich mich einmal darüber ausgelassen, dass *er* nie zum Mitglied berufen worden war, obwohl sein *enger Freund* Philip doch während ihrer Studentenzeit die Präsidentschaft innehatte. Wie sehr ihn das gewurmt haben muss. Wie sehr es wohl immer noch an ihm nagte. Am Ende des Tages sei es doch so, hatte ich – kalt, unbarmherzig, rundum genervt von ihm und mit der Absicht, ihn zu verletzen – gesagt, egal, wie sehr er sich einschleimte, wie angestrengt er versuchte, sich neu zu erfinden, von diesen Leuten würde niemand je vergessen, dass er nur ein Gesamtschultyp aus Südlondon war, aufgewachsen in einer Sozialwohnung.

Er hatte einen Monat lang nicht mit mir gesprochen.

»Bist du nervös wegen der Investitur?«, fragte er.

Die Wahrheit war, ich fürchtete mich davor. Meine gesamte bisherige Zeit in Cambridge hatte ich suffselige Rüpelabende, wie mir nun einer bevorstand, bewusst gemieden. Um das Ganze noch schlimmer zu machen, hatte Harrys Cousin Freddie – ein notorischer Witzbold und wie Harry seit dem ersten Cambridge-Trimester Mitglied von Osiris – versucht, mir möglichst große Angst einzujagen, indem er sich in Andeutungen erging, was alles dazugehörte. Ich hatte es mir immer vorgestellt wie eine Mischung aus der Aufnahme in einen Rugbyclub und dem Initiationsritus bei den Freimaurern. Wie sich herausstellen sollte, war es weitaus schlimmer.

Vor einer Woche hatte Harry mir mitgeteilt, was ich zu der Zeremonie mitbringen sollte. Er hatte sich mit mir in einem

Pub gleich beim College verabredet, und als ich dort aufkreuzte, saß an einem Tisch neben dem Kamin die halbe Osiris Society versammelt; wenn sie das Glas hoben, blinkte an ihrem kleinen Finger der Osiris-Siegelring. Freddie Talbot. Ivo Strang. Benjy Taylor. Arno von Westernhagen. Eric Lam. Der hübsche Hugo de Hauteville – Hugo de *Hot*ville nannten ihn einige Kommilitoninnen. Allesamt die Sorte Leute, wie mein Vater sie sich so dringend als meine Bekannten wünschte: reich, ehrgeizig, mit guten Verbindungen. Einige verkörperten diesen Typus in geradezu absurdem Ausmaß. Arno von Westernhagen – groß, braun gebrannt, begeisterter Skifahrer und noch eifrigerer Rugbyspieler – war tatsächlich ein deutscher Graf. Er war auf einer englischen Schule gewesen, hatte die Sommer aber immer im Schloss seiner Familie in Bayern verbracht.

Ich bot an, eine Runde auszugeben, und betete, als sie alle nickten, dass ich genügend Bares für elf Lager und eine Diet Coke mit Eis und Zitrone bei mir hatte. Letztere war für Arno von Westernhagen, der auf ärztlichen Rat hin gerade nicht trank, denn er hatte sich ein paar Wochen zuvor beim Rugby eine Kopfverletzung zugezogen. »Ich war zehn Minuten komplett weg«, hörte ich ihn Hugo und Benjy erzählen. »An dem Abend waren wir mit der Mannschaft auf ein paar Bier unterwegs, und dann hatte ich einen verdammten Anfall. Der Arzt sagt, ein halbes Jahr kein Alk.«

Harry folgte mir an die Bar und drückte mir einen Umschlag in die Hand.

»Was ist das?«, fragte ich.

»Instruktionen.«

Als ich den Umschlag öffnen wollte, schüttelte er den Kopf und meinte, das solle ich erst zu Hause tun. Also trank ich mein Bier, entschuldigte mich dann und verzog mich, um in den Umschlag zu schauen. Auf dem Zettel, den er enthielt, standen vier Worte in Harrys seltsam kindlicher Handschrift. Als ich ging, war Freddie mit Eric Lam und Arno von Westernhagen draußen und rauchte. Er warf einen Blick auf den Zettel in meiner Hand.

»Bring ein Tier mit?«, sagte ich ungläubig. »Was soll das heißen, ein Tier mitbringen? Ein lebendes Tier? Ein totes Tier? Was für ein Tier denn?«

»Das liegt ganz bei dir, Patrick. Wir mussten das alle. Was war's bei dir noch mal, Eric? Ein Fasan?« Freddie grinste.

Eric nickte. »Konnte meinen Vater dazu bewegen, mir per Post einen zu schicken.«

»Und du, Arno, hattest ein Kaninchen, wenn ich mich recht entsinne«, fuhr Freddie genüsslich fort.

Arno bejahte das. Da er nicht trinken durfte, schien er umso mehr zu rauchen – er drückte eine Zigarette aus, dass die Funken stoben, und zündete sich sofort eine neue an.

»Mit Fell und allem«, ergänzte er. »Ich hab es tiefgefroren bei einem Laden gekauft, der Futter für Schlangen anbietet.«

Sie lachten alle, aber ich konnte beim besten Willen nicht erkennen, ob Freddie Witze machte oder nicht.

»Wir haben uns diesen Scheiß nicht ausgedacht. Steht alles in den Regeln. Die Zeremonie bei der Investitur ist seit den Anfängen der Society immer die gleiche«, sagte er achselzuckend.

Ich starrte ihn mit hartem Blick an. »Und was werde ich damit machen müssen? Mit diesem Tier?«

Sein Grinsen wurde noch breiter. »Ich fürchte, das kann ich dir nicht sagen, Patrick.«

»Warum nicht? Steht das auch in den Regeln?«

Freddie schüttelte den Kopf. »Nein, gar nicht, darüber steht in den Regeln nichts. Ich will nur, dass es eine Überraschung bleibt.«

CAROLINE, CAMBRIDGE 1991

Bis zur letzten Minute der Öffnungszeit blieb ich und las in Juliettes Tagebuch, so vertieft in die Seiten vor mir, dass ich gar nicht mitbekam, wie der Raum sich leerte. Am Ende waren nur noch die Bibliothekarin und ich im Gebäude, und jemand mit einem Wischmopp.

Diese Tagebucheinträge zu lesen war schwindelerregend, der reinste Sog.

Juliettes Geschichte. In ihren eigenen Worten. In ihrer Handschrift (schön, aber äußerst schwer zu entziffern), mit ihren Illustrationen am Rand, manchmal auch über eine ganze Seite. Tintenkleckse aus einem Füllfederhalter, die kunstvoll erweitert und in dahintreibende Wolken verwandelt worden waren, Wasserfarbenwellen und Landschaftsumrisse, gekonnte Kohleskizzen der Objekte, Orte und Menschen, die sie beschrieb. Hatte das alles wirklich die ganzen Jahre hier am Grunde dieses Kartons geschlummert?

Wenn ich nicht durch sei mit dem, was ich mir ansehen wollte, mahnte die Bibliothekarin sanft, könne ich den Karton einfach an die Seite schieben und am nächsten Morgen weitermachen, sobald sie um neun öffneten. Ich blickte zu der Uhr an der Wand, es war fünf vor sieben. Die Reinigungskraft war fertig mit Wischen und begann die Lampen auszumachen.

Ich schlief schlecht, und mitten in der Nacht befiel mich kurz Panik. Was, wenn ich am nächsten Morgen in die Bibliothek kam und der Karton war nicht mehr da? Oder wenn ich ihn öffnete und das Tagebuch fehlte?

Zehn vor neun am nächsten Morgen stand ich, meinen Notizblock umklammernd, vor der Tür und wartete, dass die Bibliothek öffnete. Dann arbeitete ich den Vormittag ohne Pause durch, transkribierte mühsam, brütete stirnrunzelnd über durchgestrichenen Sätzen und unentzifferbaren Wörtern. Schließlich gewann ich den Kampf mit Juliettes Tinteneskapaden und erreichte das Ende dieses langen ersten Eintrags. In der Eingangshalle der Bibliothek gab es ein Münztelefon. Ich rief bei meiner Freundin Athena an, um zu fragen, ob wir uns in unserem College-Speisesaal zum Mittagessen treffen könnten. Ich musste unbedingt mit jemandem über all das sprechen. Und ich hatte einen Mordshunger.

Wir waren ein ungleiches Freundinnenpaar, Athena Galanis und ich. Wären wir nicht im ersten Studienjahr in benachbarte Zimmer gesteckt worden, ich wäre wohl viel zu schüchtern gewesen, sie auch nur anzusprechen. Sie war selbstbewusst. Sie war klug. Sie war eine solche Schönheit, dass die Leute nicht umhinkonnten, dies zu kommentieren, sobald sie den Raum verließ (groß, schlank, mit langem, dunklem Haar und riesigen grünen Augen). Erst als ich sie etwas besser kennenlernte – das erste Mal hatten wir miteinander gesprochen, als sie sich meine Vorlesungsmitschrift leihen wollte, weil sie wegen einer Familienhochzeit auf einer privaten griechischen Insel eine Vorlesung verpasst hatte –, merkte ich, wie viel Humor sie auch hatte.

Athena war anders als alle, die ich sonst kannte, und trotzdem wurde sie im Lauf des ersten Jahres nach und nach zu meiner besten Freundin. Sie war die Einzige hier, der ich von meiner Familie erzählt hatte, von meiner Kindheit – auch wenn es eine Menge Dinge gab, die ich nicht einmal ihr erzählte. Athena dagegen sprudelte über vor Geschichten über ihren Vater (einen griechisch-zypriotischen Geschäftsmann, der in Dubai lebte) und ihre Mutter, seine zweite Frau, Mila, einst Model und Vize-Miss-Russland.

Athenas Telefon – sie war am Ende des ersten Jahres aus dem College ausgezogen, in ein Haus im Zentrum von Cambridge, das ihr Vater ihr gekauft hatte – klingelte ewig.

Schließlich meldete sie sich mit belegter Stimme, offenbar hatte ich sie geweckt. Ich schaute auf die Uhr. Es war Mittag.

»Caroline, ich bin ja so froh, dass du anrufst!«, quietschte sie, als sie begriff, dass ich es war. »Man hört, du wurdest gestern gesehen, wie du in Patrick Lamberts Auto durch die Stadt gegondelt bist …«

»Wir hatten zusammen eine Konsultation. Danach hat er angeboten, mich mitzunehmen. Es hat geregnet«, erklärte ich und versuchte, die Gefühle zu ignorieren, die allein die Erwähnung von Patricks Namen in mir auslöste.

Am anderen Ende der Leitung erklang ein leises Glucksen. »Du weißt schon, dass er immer noch auf dich steht, oder?«

Es war nicht das erste Mal, dass Athena sich in dieser Theorie erging – die, soweit ich wusste, auf nicht mehr basierte als ihrer Beobachtung, dass er mal (»mit so einem schmachtenden Blick!«) im Hörsaal zu mir herübergeschaut hatte.

Da mir allein der Gedanke, ich könnte erklären müssen, was ich von Liebesbeziehungen hielt und warum das so war, altvertraute luftabschnürende Symptome von Panik bescheren konnte, wechselte ich wie üblich an dieser Stelle das Thema. Ich riefe nicht wegen Patrick an, sagte ich, es ginge um etwas viel Wichtigeres. Sie versprach, in zwanzig Minuten da zu sein.

Obwohl sie gerade erst aus dem Bett gefallen war, sah sie, als ich den Speisesaal betrat, blendend aus wie immer. Vor ihr auf dem langen Eichentisch stand ein Teller voller Gurkenscheiben, auf die sie einen Schneesturm aus Salz niedergehen ließ, ihr übliches Mittagessen. Ich legte meinen Schal ab und setzte mich, und sie sah mich erwartungsvoll an.

So konzentriert wie möglich lieferte ich ihr einen Abriss der vergangenen vierundzwanzig Stunden. Alice Long. Der Willoughby-Nachlass. Der Reisepass und die Kette und das

Tagebuch. Zum ersten Mal jemandem davon zu erzählen, machte das alles für mich in gewisser Weise realer und zugleich rätselhafter.

»Mein Gott, Caroline, das ist ja unglaublich«, sagte Athena immer wieder und riss die Augen auf. »Wie aufregend!«

»Und das ist noch nicht alles«, erklärte ich, holte meinen Notizblock hervor und las ihr meine Transkription des letzten Absatzes vor.

Athena ließ die Gabel sinken und sah mich mit ernster Miene an. »Und dann?«, sagte sie. »Was sind das für Geheimnisse, was hat sie Oskar nicht von sich erzählt? Wie geht es weiter?«

»Weiß ich nicht«, sagte ich, »bisher habe ich nur den ersten Eintrag gelesen.«

Enttäuscht verdrehte sie die Augen. »Also lass uns weiterlesen. Sofort!«

»Das geht nicht. Es gibt von dem Tagebuch nur ein einziges Exemplar«, erklärte ich. »Sie werden niemandem erlauben, es zu kopieren oder auszuleihen.«

»Ich hätte es einfach mitgenommen«, gab Athena zurück. »Ich hätte das Ding befreit. Hast du ernsthaft vor, es komplett von Hand abzuschreiben?«

»Natürlich!« Wenn es sein muss, fügte ich im Stillen hinzu, als mir das Ausmaß der Aufgabe plötzlich bewusst wurde. Das war genau die Sorte Entdeckung, die Alice Long gemeint hatte. Die Sorte Entdeckung, die in Vergessenheit geratene Künstlerinnen wieder ins öffentliche Bewusstsein holte und Frauen, von denen wir meinten, wir wüssten alles über sie, in ein neues Licht rückte. Die Sorte Entdeckung – ich muss zugeben, auch dieser Gedanke war mir schon gekommen –, die eine akademische Laufbahn anstoßen konnte.

»Eins verstehe ich nicht«, sagte Athena. »Wie ist dieses ganze Zeug überhaupt da hingekommen?«

»Um zwei treffe ich mich mit dem Archivar, um genau diese Frage zu stellen«, antwortete ich. Und vorher würde ich in die Kunstgeschichtsbibliothek gehen und Walter Loftus' Oskar-Erlich-Biografie ausleihen, das Standardwerk über den Künstler.

»Aha, aha«, dröhnte eine nur zu bekannte Stimme von der anderen Seite des Saals herüber.

Wir blickten auf. Freddie Talbot.

Mitsamt Tablett stürmte er heran, ließ sich auf die Bank fallen und küsste Athena auf die Wange, schaute dabei aber zu mir herüber.

»Caroline«, sagte er kurz.

»Freddie«, erwiderte ich kühl.

Ich hatte die schon zwei Jahre andauernde On-off-Beziehung zwischen Athena und ihm nie verstanden, wobei ich aus seinem Mund weder das Wort *Beziehung* noch das Wort *Freundin* je gehört hatte.

Ich schätze, zumindest auf dem Papier passten sie gut zusammen. Athena war charmant, intelligent, umwerfend schön. Sie sprach mindestens fünf Sprachen fließend – Griechisch mit ihrem Vater und den Halbgeschwistern, Russisch mit ihrer Mutter, Französisch und Arabisch hatte sie von ihrer libanesischen Kinderfrau gelernt und Englisch an ihrer internationalen Schule. Freddie, Student der Veterinärmedizin im letzten Jahr, war groß, gut gebaut und mit seinem aschblonden Schopf, den Sommersprossen, der seltsam attraktiven, beim Sport lädierten Nase und dem energischen Kinn ebenso gut aussehend wie sie. Er war in der Rudermannschaft seines Colleges und spielte Rugby für die Universität.

Und er war ein Riesenarschloch. Einer von den Menschen, bei denen man sich nie sicher sein kann, ob sie nicht bei der nächsten Begegnung so tun, als hätten sie einen noch nie gesehen. Unfähig, Verabredungen zu treffen oder sich auch nur an solche zu erinnern. Unhöflich. Gezielt flegelhaft. Im betrunkenen Zustand eine Gefahr für die Allgemeinheit und bekannt dafür, dass er dann garantiert irgendwo hochkletterte: an Brunnenanlagen, Gerüsten, Sainsbury's-Lieferwagen. Die Art Blödmann, die den Deckel vom Salzstreuer locker schraubt und mit Absicht Feuermelder auslöst.

Die Beziehung zwischen den beiden existierte, so kam es mir vor, fast ausschließlich zwischen dreiundzwanzig Uhr (wenn die College-Bar die letzten Gäste rauswarf) und der nächtlichen Stunde, um die er von Athenas Bett zurück in sein eigenes schlich. Mehr als einmal war er nach einem abendlichen Besäufnis mit seinen ebenso schrecklichen Freunden bei ihr aufgetaucht, nur um sich in ihr Waschbecken zu übergeben und in Tiefschlaf zu fallen. Hin und wieder gabelte er in irgendeinem Nachtclub vor aller Augen eine andere auf, worauf wochenlange gegenseitige Vorhaltungen und viele Tränen folgten.

Jedes Mal, wenn ich versucht hatte, mit Athena über ihre Beziehung zu sprechen, hatte sie erklärt, es sei kompliziert, Freddie sei kompliziert, und ich würde das nicht verstehen. Gelegentlich ließ sie auch nicht gerade subtile Bemerkungen über den Sex fallen. Wie leidenschaftlich er sei, wie intensiv.

Was ich an Freddie noch nie gesehen oder jedenfalls nicht registriert hatte, war der Siegelring an seinem kleinen Finger. Als er merkte, dass ich auf seine Hand starrte, ließ er sie schnell unter den Tisch sinken.

»Kann ich dich was zu deinem Ring fragen, Freddie?«, sagte ich.

»Meinem Ring?«, erwiderte er mit einer Miene und in einem Ton, als hätte er gar nicht bemerkt, dass er einen Ring trug.

»Darf ich mal sehen?«

Freddie zögerte. Schließlich stupste Athena ihn an. Widerwillig zog er die Hand unter dem Tisch hervor und hielt sie mir vor die Nase. Auf dem Ring prangte das gleiche Zeichen wie auf Juliette Willoughbys Anhänger. Haargenau das gleiche stilisierte Auge.

»Na los«, sagte Athena und stieß ihn ein zweites Mal an, »erzähl ihr, was das ist.«

Freddie schwieg.

»Es ist ein Osiris-Ring«, erklärte Athena. »Das Zeichen, dass Freddie zur Osiris Society gehört.«

»Osiris Society? Was ist das?«, fragte ich.

»Nichts«, brummte Freddie und sah Athena böse an.

»Ein Trinkverein«, sagte Athena und erwiderte seinen Blick mit einem Lächeln. »Ein *geheimer* Trinkverein.«

»Eine Dining-Gesellschaft«, korrigierte Freddie, und seine Miene wurde noch finsterer. »Viermal im Trimester treffen wir uns zum Dinner. Daran ist überhaupt nichts geheim.«

Er hatte aufgegessen, schob sein Tablett beiseite, fuhr sich mit dem Handrücken über den Mund und schaute auf die Uhr.

»Himmel«, sagte er, »ich muss los. Muss halb zwei bei den Tiermedizinern was abholen.« Und dann, nach einem weiteren Kuss auf Athenas Wange – und einem kurzen Blick in den Saal, ob das jemand mitbekommen hatte –, war er weg. Seinen schmutzigen Teller und das Tablett ließ er uns zum Abräumen da.

Die Kunstgeschichtsbibliothek befindet sich in Scroope Terrace, etwa zehn Minuten zu Fuß von meinem College entfernt. Ich war fast dort, als ich den Lärm hörte. Zunächst konnte ich nicht orten, aus welcher Richtung er kam, doch dann sah ich ein dunkelblaues Auto, das mit der Kühlerhaube in meine Richtung parkte, und darin zwei Männer. Der auf dem Beifahrersitz schrie auf den Fahrer ein, war so außer sich, dass er immer wieder gegen das Wagendach boxte und auf seinem Sitz herumhüpfte wie Rumpelstilzchen. Der Fahrer saß einfach da, schaute geradeaus und zuckte ein paarmal zusammen. Schließlich verstummte der wütende Mann abrupt und stieg aus, wozu er drei Anläufe brauchte, weil er die Tür so heftig aufstieß, dass sie zurückschwang und wieder zufiel, und weil er dann noch mit dem Ärmel seiner grauen Trainingsjacke irgendwo hängen blieb. Zornig vor sich hin murmelnd stürmte er an mir vorbei, ein Mittvierziger mit Silbersprenkeln im kurz geschnittenen Haar.

Erst als ich näher kam, erkannte ich, wessen Auto das war: Auf dem Fahrersitz hockte Freddie. Ich wollte gerade hingehen, ans Fenster klopfen und fragen, ob alles okay sei, da ließ er den Motor an, fuhr an und raste davon.

Das Merkwürdigste an dem Ganzen war Freddies Miene, ein Ausdruck, der mir bei ihm noch nie begegnet war. Freddie Talbot sah aus, als hätte er richtig Angst.

»Das Feuer« – Auszug aus: *Oskar Erlich: Mann und Maler* von Walter Loftus (London: Faber & Faber 1982)

Das Feuer, das Oskar Erlich und Juliette Willoughby tötete, brach am 25. Februar 1938 kurz nach Mitternacht aus.

Der Alarm wurde durch den Concierge des Mietshauses ausgelöst, M. Robert Durand. Er war (wie er sich später erinnerte) durch ein Klopfen an seiner Tür geweckt worden, hatte geöffnet, aber niemanden vorgefunden, hatte Rauch gerochen, nach oben geblickt und hinter den Vorhängen der Wohnung von Oskar und Juliette im vierten Stock ein orangerotes Flackern gesehen. Er ging seine Frau holen, und als sie wieder nach draußen traten, standen oben die Vorhänge in Flammen.

Wenn es an der Tragödie überhaupt etwas Tröstliches gab,

dann die Tatsache, dass die Wohnung von Oskar und Juliette im obersten Stockwerk lag. Dank der rechtzeitigen Intervention durch M. Durand und seine Frau konnten die darunter befindlichen Etagen noch evakuiert werden. Die Bewohner versammelten sich im Hof und verfolgten das schreckliche Geschehen von dort. Es bestand nicht die geringste Chance, Oskar oder Juliette zu retten.

Später erinnerten sich mehrere Nachbarn, gesehen zu haben, wie Oskar gegen zehn an dem Abend, offenbar leicht angetrunken, nach Hause zurückkehrte. Pfeifend sei er die Straße entlanggekommen, habe den Hof durchquert und sei die Treppen hinaufgestiegen. Andere erinnerten sich, ungefähr zu dieser Zeit in der Wohnung erhobene Stimmen gehört zu haben, einen Mann und eine Frau, die laut auf Englisch miteinander sprachen. Das Feuer war anscheinend ein paar Stunden später ausgebrochen, als Oskar und Juliette schliefen.

Am wahrscheinlichsten ist, dass es durch einen Funken verursacht wurde, der aus dem Ofen stiebte, oder dadurch, dass auf dem Ofen ein leicht entzündlicher Gegenstand lag, der durch die Hitze in Flammen aufging. In Anbetracht der Dinge, die üblicherweise in einem Künstleratelier vorhanden sind – Papier, Leinwand, Farbdosen, Terpentinflaschen –, überrascht es nicht, dass das Feuer sich derart schnell ausbreitete.

Augenzeugen zufolge versuchte M. Durand mehrmals, nach oben zu gelangen, und rief laut nach Oskar und Juliette, weil er hoffte, sie noch retten zu können. Beim dritten und letzten dieser Versuche zwangen Hitze und Rauch ihn zum Aufgeben. Ein Ärmel seines Hemdes hatte bereits Feuer gefangen. Es dauerte drei Stunden, bis mit Unmengen von Wasser das Feuer endlich gelöscht war.

Schnell erreichte die Kunde die Bars am Montparnasse, und die Bewohner des Hauses, die im Pyjama, vielleicht noch

einen Mantel um die Schultern, im Hof standen, bekamen Gesellschaft. Freunde und Künstlerkollegen von Oskar und Juliette, Maler und Modelle. Kellner und Taxifahrer. Alle standen schweigend beisammen, sahen die Flammen in den Himmel steigen und hofften vielleicht auf ein Wunder. Dass die Wohnung leer gewesen war, dass die Liebenden jeden Moment unversehrt Arm in Arm um die Ecke kämen.
Im offiziellen Bericht werden die beiden Leichname, die auf den Überresten des Eisenbettes gefunden wurden, als *carbonisés* bezeichnet. Zwei schwarze Skelette, durch die tödliche Hitze in ewiger Umarmung miteinander verschmolzen. Juliette wurde anhand der goldenen Kette identifiziert, die sie um den Hals trug, Oskar anhand seiner Edelstahl-Armbanduhr.
Es heißt, als die rußgeschwärzten Feuerwehrmänner sich an der Pumpe im Hof wuschen, habe jemand – ein Künstlerkollege? ein hoffnungsvoller möglicher Käufer? – gefragt, ob von den Gemälden in der Wohnung etwas das Feuer überstanden habe. Die Männer an der Pumpe hätten einander einen Blick zugeworfen, weiter ihre Hände geschrubbt (die trotzdem noch Tage später grau sein würden), den Kopf geschüttelt und nur gesagt: *Non, tout a brûlé.*
Die Werke, vollendete wie nicht vollendete, die an den Wänden hingen, müssen als Erstes verbrannt sein. Farben. Leinwände. Rahmen. Knackend, zischend, berstend, krachend müssen sie in Flammen aufgegangen sein, während die Vorhänge im Aufwind tanzten.
Und während einer der großartigsten Künstler der Zeit mit nur sechsundvierzig Jahren in den Armen seiner schönen jungen Geliebten starb.

3. KAPITEL

CAROLINE, CAMBRIDGE 1991

Sam Fadel, der Doktorand, der damit betraut war, die Materialien im Willoughby-Nachlass zu katalogisieren, war ein großer, schlaksiger, nervös wirkender Typ, offensichtlich nur ein paar Jahre älter als ich. Er hatte die Angewohnheit, sich am Ende jedes seiner Sätze die Brille auf der Nase hochzuschieben, wie um dem Gesagten Nachdruck zu verleihen, und schien jedes einzelne Wort mit Bedacht zu wählen. Er sprach leise, mit amerikanischem Akzent. Obwohl seine Eltern beide aus Kairo stammten, erklärte er, war er in den Staaten aufgewachsen und hatte Alte Geschichte an der New York University studiert. Erst danach war er nach Cambridge gekommen. Wie die meisten Doktoranden, denen ich bis dahin begegnet war, machte er einen extrem freundlichen, extrem ernsthaften Eindruck. Und er war sichtlich erfreut, endlich jemanden zu haben, mit dem er über seine Arbeit sprechen konnte.

Wir trafen uns auf einen Tee in der Cafeteria im Erdgeschoss des Archäologie- und Anthropologie-Museums, und ich erläuterte ihm das Thema meiner Arbeit. Er hörte aufmerksam zu. Wie ich vermutlich schon festgestellt hätte, sagte er, gebe es eine ungeheure Fülle an Material. Nicht nur die Papiere, die ich am Vortag teilweise gesichtet hatte, sondern im Keller noch einen ganzen Raum voller Regale, staubiger Glaskästen, Kisten und Schachteln. Er bot an, ihn mir zu zeigen.

»Was genau hat Cyril Willoughby denn gesammelt?«, fragte ich, während Sam uns mit seinem Hausausweis durch eine Nur-für-Personal-Tür schleuste.

»Mumien, Grabbeigaben, Kanopen. Papyri aller Art. Damals war es das Hobby vieler wohlhabender Europäer, solche Objekte – auf legalem oder illegalem Weg – zu erwerben. Manches davon versucht die ägyptische Regierung seit Jahrzehnten zurückzuholen. Cyril hat das Sammeln allerdings auf die Spitze getrieben – er war der alleinige Erbe des Vermögens, das sein Vater mit der Eisenbahn gemacht hatte, Geld spielte also keine Rolle.«

Während er mir das erzählte, führte er mich eine Treppe hinunter und durch eine grün gestrichene Metalltür. Dahinter zog er an einer Schnur, um die Deckenleuchten einzuschalten, die flackernd angingen und einen riesigen Raum erhellten.

»Diese ganzen Schubladen«, Sam wies auf einen deckenhohen Regalschrank, der eine komplette Wand einnahm, »sind voll mit Cyrils Papyri. Er hat schon zu Beginn des zwanzigsten Jahrhunderts, noch als Student in Cambridge, angefangen zu sammeln und bis zu seinem Tod 1952 immer noch mehr davon angehäuft. Meine Aufgabe ist es nun, das alles korrekt zu ordnen und zu etikettieren.« Er lächelte matt.

Ich fragte, ob ich mir ein paar Papyri ansehen dürfe. »Natürlich«, sagte er und nahm aus einem der Schubkästen eine Mappe, in der in einer Klarsichthülle ein zerknittertes kleines Rechteck lag, beschriftet mit drei Hieroglyphen: einem Vogel, einem Auge und drei parallel verlaufenden Wellen.

»Das ist weit über zweitausend Jahre alt. Aus einer Grabstätte nahe Theben.«

»Was bedeutet es? Ist das so eine Art Fluch?«, fragte ich eher im Scherz, doch Sam sah mich streng an.

»Im Grunde«, erklärte er mit einem leidgeprüften Seufzen, »ist die Vorstellung von einem altägyptischen Fluch eine viktorianische Erfindung, eine Fantasie von Orientalisten kolonialer Prägung, die später von Hollywood noch ausgebaut wurde. Das hier ist jedenfalls das ganze Gegenteil von einem Fluch: Es ist ein Segen. Das Fragment eines Grabtextes, der bei der Mumifizierung mit in die Bandagen gewickelt und so den Toten mitgegeben wurde, einer Schriftrolle mit heiligen Sprüchen, Worten, die Macht und Schutz verleihen und dem Dahingeschiedenen helfen sollten, im Jenseits zurechtzukommen.«

»Heilige Sprüche? So was wie Gebete?«

»Oder Zauberformeln. Eine Anrufung der Götter um Beistand. Dieses Fragment zum Beispiel ist an die Göttin Aukert gerichtet und bedeutet so in etwa: ›Öffne mir den verschlossenen Raum und gewähre mir angenehme Straßen für meine Reise.‹ Meistens sind es ganz handfeste, praktische Dinge, um die sie bitten. Was uns auf faszinierende Weise zeigt, wie sie sich das Leben nach dem Tod vorgestellt haben.«

»Nämlich wie?«

»Im Großen und Ganzen genauso wie das vorher. Deshalb dachten sie wahrscheinlich auch, dass sie so viel Zeug brauchen würden.«

So spannend das auch alles war, eigentlich wollte ich ja, dass Sam mir half, dem Geheimnis des Tagebuchs auf den Grund zu gehen.

In Walter Loftus' Erlich-Biografie war Juliette eine Chiffre, einfach nur Oskars junge Geliebte, ihre künstlerischen Ambitionen blieben eine Fußnote zu seinen Errungenschaften. Sicher, ich hatte bislang nur den ersten Eintrag gelesen, aber es lag auf der Hand, dass ihr Tagebuch die Zeitspanne umfasste, in der sie an ihrem verloren gegangenen Meisterwerk *Selbstporträt als Sphinx* gearbeitet hatte, jene letzten, wahnsinnig kreativen Monate ihres so tragisch früh beendeten Lebens. Während ich mich damit abmühte, Juliettes

Handschrift zu entziffern, war mir die ganze Zeit durch den Kopf gegangen, was Alice Long gesagt hatte: dass die Forschung die Pflicht hatte, ganze Jahrzehnte Kunstgeschichte zu korrigieren. Dazu bot mir dieses Tagebuch eine Gelegenheit, und es war schwer zu glauben, dass das ohne Grund geschah.

Wie sehr wünschte ich beim Blättern in diesem Heft, ich hätte noch etwas Vergleichbares von meiner Mutter. Eins der vielen Skizzenbücher, die sie, als ich noch klein war, vor meinen Augen mit raffinierten Zeichnungen und Aquarellen gefüllt hatte. Zu meinen kostbarsten Erinnerungen gehört, wie ich manchmal nachts aufwachte, mich nach unten schlich und sie am Küchentisch sitzen sah, wo sie eine der Geschichten, die sie beim Zubettbringen für mich erfand, niederschrieb und mit Illustrationen versah. Wie versunken sie war. Wie diese Arbeiten sie an einen anderen Ort zu versetzen und damit alles andere ein wenig erträglicher zu machen schienen.

Es war ein Tribut an meine Mutter, dass ich Kunstgeschichte studierte – hätte ich zeichnen oder malen können oder die Vorstellungskraft gehabt, die es braucht, um Geschichten zu schreiben, ich hätte mich mit Sicherheit dafür entschieden. Was mich antrieb, war der Gedanke, wie stolz sie auf mich wäre; dafür hatte ich mich so angestrengt, um überhaupt nach Cambridge zu kommen, dafür wollte ich die Möglichkeiten, die sich mir nun boten, nach Kräften nutzen. Meine Hoffnung war, ihrer Vorstellung von dem, was man im Leben erreichen kann, gerecht zu werden, auch wenn sie es nicht mehr miterlebte.

Genau wie Juliette Willoughby hatte meine Mutter sich in den letzten Tagen, die ihr blieben, ganz ihrer Kunst gewidmet und hoffnungsvoll in die Zukunft geblickt – nicht ahnend, welch brutales Schicksal sie erwartete.

Sam fragte, in welchem Karton das Tagebuch sei, und holte ihn aus dem Regal. Der Umschlag steckte aufrecht zwischen den anderen Sachen, genau so, wie ich ihn hineingeschoben hatte. Vorsichtig holte ich den Anhänger heraus und hielt ihn ins Licht.

»Ja, also das ist ein *Wedjat,* ein Horusauge.« Er ging auf die andere Seite des Raums, zog einen Lederkoffer aus dem Regal, stellte ihn auf den Tisch und öffnete ihn. Darin lagen, auf einem blassblauen Samtkissen befestigt, Steine verschiedener Größe und Farbe. In der Form glichen sie alle dem Medaillon aus dem Umschlag.

»Zufällig hatte Cyril jede Menge davon«, sagte Sam.

»Wofür waren die gedacht?«, fragte ich.

»Sie symbolisieren das heilende Auge des Gottes Horus und wurden auf Amuletten befestigt, die den, der sie trug, vor Unheil bewahren sollten.«

Mein erster Gedanke war, dass das in Juliettes Fall nicht funktioniert hatte.

Dann reichte ich Sam das Tagebuch. Er öffnete es behutsam, gerade so weit, dass er die Initialen auf der ersten Seite erkennen konnte. Ich zeigte ihm auch den Reisepass.

»Zwei Dinge verstehe ich nicht«, sagte ich. »Zum einen – und vor allem –, wie diese Objekte das Feuer überstehen konnten.«

Er kratzte sich nachdenklich am Kopf. »Das sind alles wertvolle Dinge – vielleicht sind sie in einem Behältnis aufbewahrt worden, das sie vor den Flammen geschützt hat.«

Das leuchtete mir ein.

»Das Zweite, was ich nicht verstehe«, fuhr ich fort, »ist: Wie sind die Sachen hierhergelangt?«

Sam untersuchte das Äußere des Kartons, in dem der Umschlag gelegen hatte, auf Hinweise, fand aber nichts. »Wenn ich raten sollte«, sagte er schließlich, »würde ich sagen, es waren persönliche Gegenstände, die das Feuer überstanden hatten und identifizierbar waren, also haben die Behörden sie nach England geschickt, an die Familie. So sind sie im Arbeitszimmer von Juliettes Vater gelandet und später mitsamt seinen ganzen Papieren an die Universität gegeben worden. Eins kann ich über den Nachlass jedenfalls sagen: Es hat nicht den Anschein, als hätte irgendwer sich die Mühe gemacht, ihn noch mal durchzusehen, bevor er der Uni geschenkt wurde. Vielmehr scheinen sie die Sachen wahllos in Kisten geworfen zu haben, so als wären sie sie lieber heute als morgen los.«

Auf dem Weg zurück in die Eingangshalle des Gebäudes kam mir noch eine weitere Frage in den Sinn.

»Dieses Horusauge«, sagte ich. »Das habe ich nicht nur an Juliettes Kette gesehen. Hast du schon mal von der Osiris Society gehört? Die tragen einen Siegelring mit genau diesem Zeichen drauf.«

Er nickte. »Eine Dining-Gesellschaft, also eigentlich, wie du sicher weißt, eine Saufgesellschaft. Nur Männer. Alle von Privatschulen. Die tragen Smoking, essen Roastbeef und geben sich«, hier versuchte er sich an einem britischen Akzent, »*total die Kante.*«

Er lächelte und schüttelte sich leicht. Es klang wirklich übel, dachte ich. Ein ganzer Raum voller grölender Freddies.

»Aber warum nennen sie sich nach einem ägyptischen Gott? Und warum tragen sie einen *Wedjat*-Ring?«

»Weil diese Society, wie ähnliche andere auch, sich mit der Zeit verändert hat. Bei der Gründung war sie ein Club für Studenten, die sich für Ägyptologie interessierten. Sie haben zusammen wissenschaftliche Texte gelesen und einander ihre jüngsten Antiken-Erwerbungen vorgeführt. Das ist lange her. Heute, schätze ich, sind die einzigen Dinge, an denen sich nichts geändert hat, der Name des Clubs, das

Gebäude, in dem sie sich treffen, und der Umstand, dass der Vorsitzende immer ein Willoughby ist – vorausgesetzt, es studiert gerade einer in Cambridge.«

»Ein Willoughby?«

Nun war ich endgültig verwirrt. Wir standen in der Halle des Museums. Sam lächelte erneut. »Oh ja. Deshalb weiß ich ja so viel darüber. Die Osiris Society wurde 1901 von Cyril Willoughby gegründet.«

PATRICK, CAMBRIDGE 1991

Eine halbe Stunde später als verabredet kam Freddie um die Ecke geschlendert, fünf Minuten bevor wir im Osiris-Clubhaus erscheinen sollten. Ich hing vor der Round Church herum und hatte mir, in dem vergeblichen Versuch, meine Nerven zu beruhigen, gerade die siebte Zigarette in Folge angesteckt. Er überreichte mir eine schwarze Sporttasche und sah zu, wie ich widerstrebend fünf nagelneue Zehner aus meiner Brieftasche zog.

»Wir hatten doch hundert ausgemacht, oder?«, fragte er.

»Nein, Freddie, wir hatten fünfzig ausgemacht.«

Er leckte den Daumen an, zählte in beachtlichem Tempo nach und stopfte die Scheine schließlich in die Hosentasche. Ich sollte dankbar sein, dachte ich. Als ich morgens aufgewacht war, hatte ich noch keinen Schimmer gehabt, wo ich ein Tier für die abendliche Investitur herkriegen sollte. Ich war mir nicht mal sicher gewesen, ob ich das wirklich durchziehen würde. Im Traum hatte ich gerade der versammelten Osiris Society erklärt, sie könnte mich mal kreuzweise.

Ein lautes Klopfen an der Tür hatte mich geweckt. Ich dachte, es wäre vielleicht eine Reinigungskraft, die meinen Papierkorb leeren wollte. Stattdessen lehnte Freddie am Türrahmen, die Arme verschränkt, die Miene noch selbstzufriedener als sonst. Er hob eine Braue angesichts meines seidenen Morgenmantels mit Paisleymuster, natürlich ein Geschenk meines Vaters. »Morgen, Patrick. Ich wollte nur nachsehen, ob du für heute Abend vorbereitet bist.«

»Wie, was meinst du?«, fragte ich.

»Du *weißt* genau, was ich meine. Ich bin heute in der Veterinärmedizin. Falls du nicht vorbereitet bist, kann ich dir also helfen.«

»Sehr großzügig, Freddie.«

Er sagte mir, was es kosten würde. Ich dachte erst einmal darüber nach, dann nickte ich schließlich. Am Ende verabredeten wir, wann und wo wir uns treffen wollten.

Die Sache ist es hoffentlich wert, Dad, dachte ich.

Die Tasche, die Freddie mir übergab, war überraschend leicht, aber ich brachte es nicht über mich, hineinzuschauen. »Was ist es?«, fragte ich.

»Katze.«

»Eine *tote* Katze?«

»Sollte wohl sein, sie hat einen ganzen Monat in der Veterinärmedizin auf Eis gelegen.«

Von der Round Church zu unserem Bestimmungsort waren es drei Minuten zu Fuß. Dort angelangt, eilte Freddie vor mir die Stufen hinauf, öffnete mit einem fast lächerlich großen Schlüssel an einem enormen Schlüsselbund die Tür und bat mich hinein.

»Bevor's losgeht, hätten wir noch Zeit für einen schnellen Drink, wenn du willst.«

Ich nickte und folgte ihm durch den Flur.

Äußerlich unterschied sich das Osiris-Clubhaus von den benachbarten viktorianischen Backsteinreihenhäusern nur durch ein kleines Messingschild neben der Tür. Im Innern wurde es schon schräger. Freddie führte mich in ein Wohnzimmer mit einem ramponierten Chesterfield-Sofa und ein paar fadenscheinigen Clubsesseln. Von der Atmo her erinnerte es an einen Oberstufenclubraum im Internat, der größte Unterschied war, dass in einer Ecke ein Glaskasten mit einer Mumie stand – einem mitgenommen aussehenden Ding in brüchigen, bräunlich verfärbten Bandagen. Ich beschloss, nicht weiter darüber nachzudenken, dass das mal ein Mensch gewesen war.

Freddie trat an einen Barschrank, holte eine Flasche Whiskey heraus, schenkte zwei Gläser ein und leerte seins auf ex. Ich tat es ihm gleich, bereute das allerdings, kaum dass der Schnaps meinen ohnehin flauen Magen erreichte.

»Mäntel hierhin«, sagte er und führte mich in eine enge Garderobe, neben der sich eine Toilette befand. Dort hinein verzog sich Freddie als Erster, um sich, wie er es nannte, die Krawatte stramm zu ziehen. »Hab dir auf dem Waschbecken 'nen kleinen Muntermacher liegen lassen«, sagte er, als er rauskam, und zwinkerte mir zu.

Praktisch seit ich ihn kannte, war Freddie derjenige, an den sich jeder wendete, der Drogen haben wollte. In der Schule waren es Hasch und Gras gewesen. Jetzt waren es Pillen, Speed und Koks; Freddie verschwand häufig nach London oder Bristol, um Nachschub zu besorgen.

»Gleich ist es so weit, Lambert«, verkündete er, als ich wieder auftauchte, und wies auf die Treppe.

Im ersten Stock sah es etwas glamouröser aus. An der Wand neben der geschwungenen Treppe hingen Bildnisse sämtlicher früherer Osiris-Vorsitzenden, bis zurück zu Cyril persönlich. Auf halbem Weg nach oben erkannte ich Harrys Vater Philip. Oben erstreckte sich ein langer, dunkel getäfelter Flur, in dem Messingwandleuchten alte Lithografien beschienen (eine Stadtansicht von Alexandria, die Darstellung eines Karnak-Tempels).

Von dem Flur gingen etliche Türen ab.

»Sieh dich ruhig um«, sagte Freddie. »Ich geh nachschauen, ob sie bereit sind.«

Eben doch der Sohn meines Vaters, konnte ich dem Drang, ein bisschen herumzuschnüffeln, nicht widerstehen. Die erste Tür, bei der ich es versuchte, war abgeschlossen. Die zweite führte in ein Zimmer mit Vitrinen ringsum, darin alle möglichen Gefäße und Behälter, aus Holz geschnitzte Schiffe und Tiere, Stücke bemalten Verputzes, die aussahen, als wären sie aus den Wänden einer Grabkammer herausgebrochen. In einer Ecke stand ein steinerner Sarkophag. Mein Gott, dachte ich, wenn Cyril solches Zeug in Longhurst angehäuft hatte, war es kein Wunder, dass Juliette sich für Sphinxe interessierte. Das musste gewesen sein, als würde man im British Museum aufwachsen.

Als ich wieder in den Flur trat, wartete Freddie schon. »Sie sind bereit«, sagte er. »Vergiss deine Tasche nicht.«

Ich betrat das Speisezimmer. Da saßen sie alle. Harry, Arno, Benjy, Eric, Hugo. Und ein paar andere, die ich weniger gut kannte: Douglas Burn, Toby Gough. Die einzige Lichtquelle waren die Kerzen in den silbernen Leuchtern, die in gleichmäßigen Abständen über die Tafel verteilt waren. Freddie setzte sich ans Ende, ich ließ mich, immer noch die Tasche in der Hand, an der Stirnseite nieder. Wir waren alle im Smoking, meiner natürlich ein Erbstück von meinem Vater (an den Schultern zu eng, die Hosenbeine zu kurz). Niemand sagte etwas. Niemand schaute mich an. Ich glaube, ich hatte keinen von ihnen je mit so ernster, strenger Miene gesehen. Auf was hatte ich mich da bloß eingelassen? Ich schauderte.

Außerdem kam mir der Gedanke, dass es ein Fehler gewesen sein könnte, da unten diese Line zu ziehen.

Vor mir standen ein Räuchergefäß, von dem ein dünner Rauchfaden aufstieg, sowie eine emaillierte Silberplatte. Daneben lag ein ledergebundenes Notizbuch. Mir sehr wohl des Umstands bewusst, dass ich hier derjenige war, den alle beobachteten, beugte ich mich vor, griff nach dem Notizbuch und schlug es auf. Mir wurde schwach. »Das ist Griechisch«, sagte ich.

»Eigentlich Altägyptisch«, erwiderte Harry. »Phonetisch ins Griechische transkribiert. Von Cyril.«

»Ein bisschen Griechisch musst du doch noch können, Lambert, schlauer Stipendiat, der du bist«, ergänzte Freddie und kicherte.

Ga ba ka, baba ka, las ich stumm. *Ka ka ra ra phee ko ko.*

»Was ist damit?«, fragte ich dann und wies auf die Tasche.

»Hol sie raus und leg sie auf die Platte«, instruierte mich Freddie.

Ich langte also in meine Tasche und zog vorsichtig einen feuchten kleinen Klumpen Fell heraus. Ein Kätzchen, die Augen geschlossen, eiskalt. Ich bezwang meinen Würgereiz und legte es auf die Platte. Im Stillen leistete ich jetzt schon Abbitte für das, was ich ihm antun würde, was auch immer es war.

»Und das soll ich alles lesen?« Ich hob das Notizbuch hoch.

Niemand antwortete.

»Was ist das?«, fragte ich.

»Es ist ein Zauberspruch«, erläuterte Harry.

Noch immer zeigte sich auf keinem der Gesichter auch nur der Anflug eines Lächelns. Ich blätterte in dem Buch, dann räusperte ich mich, befeuchtete die Lippen und fing an, laut zu lesen. Die anderen am Tisch lehnten sich zurück. Und während ich Silbe um Silbe intonierte, sie vor mich hin sprach, ohne sie zu verstehen, verfiel ich allmählich in eine Art Trance. Je mehr ich mich in meine Aufgabe vertiefte, desto weiter schienen sich die anderen zu entfernen.

Ta ta ra ke re ko re.

Irgendwann gab Harry mir durch Gesten zu verstehen, dass ich das Buch auf den Tisch legen, die Platte über meinen Kopf heben und trotzdem weiterlesen sollte. Ich gehorchte, auch wenn ich mir zunehmend albern vorkam.

Als ich es das erste Mal hörte, nahm ich es nicht ernst. Dachte, es seien die von Whiskey und Kokain überreizten Nerven. Dann hörte ich es wieder. Ein Kratzen über mir. Ich versuchte es zu ignorieren, doch irgendwann verlagerte sich das Gewicht der Platte. Das bildest du dir ein, sagte ich mir. Meine Arme schmerzten, fingen an zu zittern. Dann kam von über mir ein leises Maunzen. Ich hielt in meiner Lesung inne. Wieder ein Maunzen, schon lauter, eindeutig von einem Tier.

»Großer Gott!«

Die Augen weit offen, zweifelsfrei lebendig, sprang das Kätzchen von der Platte und landete an meiner Brust. Scharfe Krallen bohrten sich durchs Hemd und zerkratzten mir die Haut. Ich konnte zusehen, wie sie sich im Satinrevers des Jacketts verhakten. Das Tier schien mir ins Gesicht springen zu wollen. Mit einem Schrei fuhr ich zurück, die Silberplatte ging scheppernd zu Boden, mein Stuhl kippte hintenüber. Das Kätzchen erschrak, fegte über die Tafel davon und verschwand.

»Großer Gott«, wiederholte ich und schaute die anderen der Reihe nach an. Unsicher, ob sie gesehen hatten, was ich gesehen hatte. Sie prusteten los. So lange hatten sie sich zurückgehalten, aber jetzt schütteten sie sich aus vor Lachen.

»Ra ra fa so la ti do«, sagte Hugo.

»Ta ta ra ke re ko re«, keuchte Benjy. »Deine Aussprache ist schon ein bisschen eingerostet, muss ich sagen.«

»Dein Gesicht!«, rief Freddie.

Arno fing das Kätzchen ein, nahm es hoch und streichelte es.

»Die war gar nicht tot?«, fragte ich.

Sie brüllten vor Lachen.

»Hast du echt gedacht, dass du auf einmal magische Kräfte hast, Lambert? Dass das *Ritual* funktioniert? Gott, das ist nicht wahr, oder?«, johlte Freddie.

»Sie war einfach betäubt, du Scheiß-Veterinär, oder?« Mir schlug das Herz noch immer bis zum Hals. »Du verdammter …«

»Nur ein bisschen Ketamin«, sagte Freddie. »Total harmloses Beruhigungsmittel. Sag Bescheid, wenn du es auch mal probieren willst …«

Toby Gough fragte, ob es nicht langsam an der Zeit sei, sich zu besaufen. Hugo reichte mir ein Glas Rotwein, und Arno sah neidisch zu, wie ich es so schnell leerte, dass es in der Nase ätzte. Ivo schenkte mir nach. Eric Lam hatte das Kätzchen an sich genommen und streichelte es.

Harry klopfte mir auf die Schulter. Dann reichte er mir einen goldenen Siegelring und einen Schlüssel. »Die hast du dir verdient.«

Auf der anderen Seite des Raums stand Freddie, äffte mich nach und kriegte sich vor Lachen kaum ein.

Ga ba ka, baba ka. Ka ka ra ra phee ko ko.

Die Willoughbys waren schon immer für einen Scherz zu haben gewesen. Oh ja, die Willoughbys liebten Streiche.

Zweiter Eintrag

Sonntag, 21. November. Die Aufgabe des Künstlers, hat Oskar einmal gesagt, ist es, den Zufall abzuschaffen.

Nun, hier ist ein Zufall, der mir Rätsel aufgibt.

Gestern Abend lag im Café eine englische Zeitung herum, *The Times*. Oskar bemerkte sie, als die anderen und er sich an den Tisch setzten, und steckte sie ein, um sie mir mitzubringen. Und da, auf Seite 7, war ein Bild von Longhurst, aufgenommen vom rückwärtigen Rasen aus, meine Eltern stehen auf der Terrasse. Mir blieb das Herz stehen. Dann sah ich die Überschrift und atmete auf, es ging um eine Wohltätigkeitsveranstaltung. Ich konnte es mir lebhaft vorstellen, meine Mutter, wie sie die Lostrommel dreht, mein Vater, wie er die Losnummern ausruft. Mit mir hatte der Bericht nichts zu tun. Ich kam nicht vor. Gott sei Dank.

Von Anfang an habe ich gedacht, dass aus Sicht meiner Eltern das Schlimmste an meinem Verschwinden wohl die Aussicht war, dass die Zeitungen sich auf die Geschichte stürzen könnten. Meinen Vater würde das in beruflicher Hinsicht in Verlegenheit bringen, meine Mutter in gesellschaftlicher. Ein weiterer Skandal nach den zahlreichen Tragödien und Schrecknissen der letzten Jahre. Die Zeit verging, und manchmal habe ich mich gefragt, wie sie ihren Freunden, ihrem Kreis, meine fortdauernde Abwesenheit wohl erklären, mein Nichterscheinen bei familiären Anlässen. Tun sie immer noch so, als wäre ich in London? Bin ich zu einem der Themen geworden, die die Leute im Gespräch lieber meiden, weil meine Eltern so eisig darauf reagieren? Wie immer fällt es mir leichter, mir vorzustellen, was meine Eltern anderen Leuten erzählen, als das, was wirklich in ihnen vorgeht.

Erst später kam mir ein ganz anderer Gedanke. Wenn man in Paris eine *Times* findet, ist es in der Regel die von vorgestern. Wie gelangt die aktuelle Ausgabe einer Londoner Tageszeitung noch am Erscheinungstag auf genau den Tisch in genau dem Café, wo Oskar und seine Freunde meist sitzen, und fällt Oskar ins Auge, und das auf den Tag genau ein Jahr nachdem er und ich in Paris angekommen sind?

Vielleicht, meint Oskar, hat sich jemand einen Scherz erlaubt. Aber wer? Das frage ich ihn immer wieder. Er zuckt die Achseln. Einer von seinen Freunden? Vielleicht. Ich kann mir denken, wie die reagieren würden, wenn sie herausfänden, aus was für einer Familie ich komme, wie wohlhabend, wie prominent. Wie amüsant sie das fänden. Dass die seltsame, ernste kleine Engländerin mit ihrem ewigen Fotoapparat um den Hals, die sich den ganzen Abend an einem Cassis festhalten kann und lieber einen Fußweg von einer Stunde in Kauf nimmt, als für ein Taxi zu bezahlen, einen Vater hat, der Politiker ist und ägyptische Altertümer sammelt, und einen Großvater, der zu den reichsten Leuten Englands gehörte.

Ich sagte zu Oskar, dass ich diese Art von Scherz noch nie leiden konnte.

Es ist schwer zu erklären, wie unangenehm es mir war, wenn wir in Longhurst Gäste hatten. Die durch falsch gefaltete Laken künstlich verkürzten Betten. Die Salzstreuer, die nicht zugeschraubt waren. Wie mein Vater und mein Großvater sich einen Spaß daraus machten, die Leute einander beim Abendessen falsch vorzustellen. Die Grausamkeit, die darin lag, das unausgesprochene Machtgefüge so auszunutzen – mir drehte sich dabei der Magen um.

Ich bat Oskar, seine Freunde am Abend zu fragen, ob einer von ihnen aus Jux die Zeitung da hingelegt hatte. »Natürlich«, sagte er, aber es klang nicht sehr überzeugend. Er war schon halb zur Tür hinaus und hatte ganz offensichtlich genug von dem Thema. Um drei Uhr nachts wachte ich vom Geräusch seines Schlüssels im Schloss auf. Ich hörte, wie er die Schuhe abstreifte, sich das Gesicht benetzte und sich ins Bett tastete. Ich rutschte etwas weiter auf meine Seite, um ihm Platz zu machen.

»Hast du sie gefragt?«, murmelte ich. »Nach der Zeitung?«

Die Antwort war ein ärgerliches Brummeln.

Meine Sorge war: Wenn das nun ein Zeichen von meinem Vater war? Die Botschaft: Ich weiß, wo du bist. Du stehst unter Beobachtung. Ich werde nicht zulassen, dass du mich in Verlegenheit bringst. Die Botschaft: Sieh dich vor.

Oskar lag längst platt auf dem Rücken und schnarchte.

Ich lag im Dunkeln und sagte mir: Sie können unmöglich wissen, dass ich hier bin. Ich könnte überall sein, mit irgendwem, alles Mögliche tun. Wenn Oskar fotografiert wird, achte ich immer darauf, dass ich nicht mit im Bild bin. Er nennt mich *Jules*. Niemals Juliette.

Ich lauschte dem Klopfen in den Rohrleitungen, bis ich endlich sorgenvoll in Schlaf fiel. Als ich erwachte, in einem sonnendurchfluteten Zimmer, war ich wieder halbwegs ruhig. Es war ein herrlicher Morgen, und ich beschloss, auf den kleinen Markt hier um die Ecke zu gehen und ein paar Sachen einzukaufen, Eier, Würstchen, eine Flasche Tafelwein. Erst auf dem Weg zurück, in der Rue Jolivet, merkte ich, dass mir jemand folgte.

Mein erster Gedanke war: Oh Gott, nicht schon wieder. Nicht wieder das.

Nachdem wir in Paris eingetroffen waren, hat Oskars Frau uns monatelang überallhin verfolgt. Sogar nachdem er ihr gesagt hatte, dass er die Scheidung will, und seine Sachen aus der Wohnung geholt hatte. Als längst klar war, dass er mich liebt. Sie muss gedacht haben, wenn sie uns nur lange genug folgt, wenn sie ständig blass, stumm und verhärmt dasteht, uns nicht herausfordert, sondern einfach nur anstarrt, wird er es sich anders überlegen.

Am Anfang hat mich das sehr verstört. Vom Essen aufzublicken und sie draußen am Restaurantfenster stehen zu sehen. Nach einem langen Abend mit Wein und lebhaften Diskussionen die Wohnung der Freunde zu verlassen und zu sehen, dass sie im dunklen Hauseingang gegenüber steht und zu uns herüberstarrt. Ins Café zu kommen, wo man Leute treffen will, und an einem der Tische schon sie vorzufinden.

Maria tat mir leid. Aber ich konnte mir auch nicht vorstellen, wie sie eine bessere Methode hätte finden können, jedes Schuldgefühl, das Oskar vielleicht hatte, jeden letzten Rest Zuneigung, den er noch empfinden mochte, auszulöschen. Dass sie sich selbst zum Gespött machte, war eine Sache. Dass sie *ihn* vor seinen Freunden und Künstlerkollegen zum Gespött machte? Unverzeihlich. Es gibt nur eine Möglichkeit, sagte Oskar, man darf sie nicht beachten, das Ganze nicht ernst nehmen. Ein einziges Mal hat er die Geduld verloren. Er ist zu ihr auf die andere Straßenseite gegangen und hat gewettert, hat Drohungen ausgestoßen, was er tun werde, wenn sie uns nicht in Ruhe ließe. Da habe ich überhaupt das erste Mal diese Seite an ihm erlebt. Wie sich sein Gesicht verzerrte, wie Speicheltröpfchen von seinen Lippen flogen, wie er mit den Armen fuchtelte, der Eindruck, dass da jemand vollständig die Beherrschung verloren hatte – himmelweit entfernt von dem freundlichen, heiteren Oskar, den ich kannte. Maria verzog keine Miene. Sie stand einfach da und schaute erst ihn teilnahmslos an, dann mich.

Manchmal habe ich mich sorgenvoll gefragt, was wohl in ihrem Kopf vorging. Welche Rachepläne sie womöglich ausbrütete. Ich weiß, wozu ein Mensch, dem das Herz gebrochen wurde, imstande sein kann, habe ich zu ihm gesagt. Ich habe gesehen, wie jemand, der sich ungerecht behandelt fühlt, auf alle Welt einschlagen kann. Oskar hat mich ausgelacht. Er bestand darauf, dass wir Maria nur lange genug ignorieren müssten, dann würde sie der Sache irgendwann selbst überdrüssig. Und nach einiger Zeit schien das tatsächlich der Fall zu sein.

Jetzt fing das alles von vorn an. Nur dass ich wütend wurde, als ich aus dem Augenwinkel den Schatten wahrnahm, der mir folgte. Mein Puls beschleunigte sich, und ich dachte, ich habe lange genug Mitleid mit Maria gehabt, jetzt ist es genug. Jetzt muss sie verschwinden und uns in Ruhe lassen. Ich glaube, ich bin selten so zornig gewesen, so kampfeslustig.

Ich drehte mich um, und es war kein Mensch da.

Es gibt einen Grund, warum ich das alles in mein Tagebuch schreibe, statt es Oskar zu erzählen.

Wenn man einmal in einer Anstalt für Geisteskranke gewesen ist, behält man eine Nebenwirkung zurück, nämlich die Sorge, dass jeder, der davon weiß, ständig nach Anzeichen dafür sucht, dass man erneut verrückt wird. Manchmal, wenn auf einem Fest jemand etwas sagt, und man gibt eine nicht ganz passende Antwort, sieht man, wie der andere einen befremdet anschaut, vielleicht kurz die Stirn runzelt. Manchmal lacht man vielleicht in einem Café zu laut, und der Mensch, mit dem man da ist, zuckt zusammen.

Auch denen, die einem am nächsten stehen, glaubhaft zu machen, dass man bei klarem Verstand ist, ist nicht immer einfach.

Ich träume oft davon. Von der Anstalt. Von der monatelangen unbeschreiblichen Langeweile und dem Schrecken. Mindestens die erste Woche lang war ich überzeugt, dass die Ärzte jeden Augenblick begreifen müssten, welch schlimmer Fehler da unterlaufen war; dass sie sagen würden, ich könne gehen. Irgendwann begriff ich, dass es sich nicht um einen Fehler handelte, und wusste nicht mehr, wie viele Tage ich schon dort war und welcher Wochentag war. Das einzige Maß für das Verstreichen der Zeit waren die regelmäßig verabreichten furchtbaren, schmerzhaften Injektionen.

Immer wieder fragten sie mich, die Ärzte, ob ich wüsste, warum ich dort sei, ob ich mich erinnerte an das, was ich gesagt hatte. An die schrecklichen Dinge, die ich auf offener Straße herausgeschrien hatte. Nun wüsste ich doch, wie widerwärtig das gewesen sei, wie absurd. Oder? Natürlich ist es widerwärtig, sagte ich immer wieder. Natürlich ist es absurd. Aber ich habe sie nicht erfunden. Die Verrückte bin nicht ich.

Jedes Mal, wenn ich das erklärte, waren sie aufs Neue enttäuscht. Und die Versuchung, einfach Ja zu sagen, ihnen zuzustimmen, war groß, denn darin lag meine einzige Hoffnung auf Freiheit.

Es war nicht einfach, Oskar davon zu erzählen. Zu wissen – gerade in jenen ersten seligen Wochen in Paris, als ich seine Freunde kennenlernte, seine ganze Welt –, dass ich ihm etwas sehr Bedeutsames über mich vorenthalten hatte und dass das seine Gefühle für mich völlig verändern konnte. Denn Oskar und seine Freunde mögen noch so oft über den Wahnsinn reden, mögen die Kunst von Wahnsinnigen noch so sehr preisen – es ist doch etwas ganz anderes, feststellen zu müssen, dass die Frau, die man liebt, gerade erst aus einer Irrenanstalt entlassen worden ist. Und wenn ich ihm nur die Hälfte von dem erzählt hätte, was ich öffentlich gesagt hatte – wofür sie mich eingesperrt hatten –, ich bin mir sicher, er würde mich auch für verrückt halten.

4. KAPITEL

PATRICK, CAMBRIDGE 1991

Als ich nach der Vorlesung draußen vor dem Institut Athena Galanis auf mich zukommen sah, dachte ich, sie wollte mich um eine Zigarette bitten.

»Hi, Patrick«, sagte sie. »Was machst du heute Abend?«

Die Frage überraschte mich. Ich wusste von Freddie und ihr, und natürlich war sie mit Caroline befreundet, aber Athena und ich studierten nun schon seit drei Jahren dasselbe Fach, und dies war das erste Mal, dass sie das Wort an mich richtete. Ich war erstaunt, dass sie überhaupt meinen Namen wusste.

»*Ich* gebe eine Dinnerparty«, kam sie mir zuvor. »Du solltest auch kommen.«

»Das würde ich gern«, sagte ich, »aber leider habe ich schon was …«

Steckte da Freddie dahinter? War das ein Scherz? Dessen fiese Pointe mich ereilen würde, wenn ich zusagte? Seit meiner Osiris-Investitur fürchtete ich mich davor, dass sich die Sache mit der Katze irgendwie herumsprechen könnte – auch ein Grund, warum ich in der Öffentlichkeit bisher noch nicht meinen Ring getragen hatte. Athena fragte, was ich denn vorhätte. Ich sagte, ich sei mit Harry Willoughby zum Essen verabredet.

»Harry! Ich kenne Harry. Ich liebe Harry. Bring Harry mit!«

»Ich kann ihn ja fragen«, erwiderte ich.

»Sag ihm, ich bestehe darauf«, erklärte sie. »Sag ihm, Freddie wird auch da sein. Bei mir – du weißt, wo ich wohne, oder? Heute Abend um sieben.«

Zufälligerweise wusste ich, wo sie wohnte. In unserem Jahrgang wurde gern geflachst, dass ihr Vater ihr ein Haus drei Türen vom Institutsgebäude der Kunsthistoriker entfernt gekauft hatte und Athena es trotzdem schaffte, zu jeder Vorlesung zu spät zu kommen.

Als ich Harry von der Einladung erzählte, schien er sich genauso zu wundern wie ich. »Bisher haben wir uns nur einmal etwa zehn Minuten lang gesehen«, sagte er. »In der Bar. Freddie und sie hatten einen fürchterlichen Streit, und sie ist abgerauscht.«

»Also, sie war sehr versessen darauf, dass wir kommen«, sagte ich. »Und ich soll dir ausrichten, dass Freddie auch da sein wird.«

Er verzog das Gesicht. Obwohl sie Cousins waren und beide Osiris-Mitglieder, war ich mir nie ganz sicher, ob Harry Freddie wirklich mochte. Sie waren sehr unterschiedlich – schon als Kind war Harry immer der ernste Cousin gewesen, der seriösere, der, dem stets bewusst war, dass er eines Tages den Familiensitz erben würde und die Verantwortung, die damit einherging. Auch physisch hatten sie wenig Ähnlichkeit. Freddie war selbstbewusst, attraktiv, mit markanten Wangenknochen und einem sorgfältig kultivierten Sixpack. Harry hatte ein eher rundes, glattes Gesicht mit rosigen Wangen und weißblonden Wimpern, und sein Haar begann schon jetzt hier und da schütter zu werden.

»Und, was meinst du?«, fragte ich.

Harry, Student der Altphilologie, ließ die zweisprachige Horaz-Ausgabe, in der er auf dem Bett liegend gelesen hatte, auf seine Brust sinken und sah mich an. »Möchtest du denn hingehen?«

»Ich hätte nichts dagegen, mir mal anzusehen, wie ihr Haus ist«, sagte ich mit einem Achselzucken.

»Scheußlich, nehme ich an.« Sie konnten echte Snobs

sein, Freddie und er, besonders wenn es um Leute ging, von denen sie argwöhnten, dass sie mehr Geld hatten als sie selbst. »Aber ich schätze, alles ist besser als College-Essen.«

Wie sich herausstellte, war das Haus erlesen – das Farbschema elegant unaufdringlich, die Beleuchtung sanft, die Teppiche so tief, dass man fast bis zum Knöchel darin versank. Außerdem war es noch größer, als es von der Straße aus ohnehin wirkte. Athena führte uns durch eine riesige glänzende Küche ins Esszimmer, einen enormen Glaskasten, der aus der Rückfront des Hauses vorsprang. Zwei Leute saßen bereits am Tisch. Zum einen Giles Pemberton, blond, schwul, konservativ, ebenfalls Kunsthistoriker, der sich gern als Connaisseur gerierte und Fliege trug. Er hielt ein Glas Rotwein vor eine Kerze und drehte sie kennerhaft hin und her – der erste Mensch unseres Alters, den ich das ohne jede Ironie tun sah. Und dann saß da Caroline, die von meiner Anwesenheit ebenso überrascht schien wie ich von ihrer.

Es war für zwei weitere Personen gedeckt, Freddie und Athena vermutlich, aber Freddie war noch nicht in Sicht. Ich sagte etwas über die köstlichen Düfte, die aus der Küche kamen, und Athena machte, soweit erforderlich, alle miteinander bekannt, wobei sie Harrys Nachnamen mit besonderem Nachdruck nannte. Giles beeindruckte das wenig, aber Caroline war sofort hellwach.

»Oh!«, sagte sie. »Ich schreibe in meiner Abschlussarbeit über die Malerin Juliette Willoughby.«

Harry lächelte höflich.

»Und nicht nur das«, fügte Athena hinzu. »Erzähl's ihnen, Caroline!«

Caroline sah sie stirnrunzelnd an. Athena erwiderte den Blick mit hochgezogenen Augenbrauen.

»Sie hat ein Tagebuch gefunden«, erklärte Athena. »Juliettes Tagebuch, mit Zeichnungen drin. Aus ihrer Pariser Zeit.«

»Im Willoughby-Nachlass?«, fragte ich.

Caroline nickte. In der Küche klingelte ein Wecker. Athena entschuldigte sich und eilte hinaus.

Harry schien verwirrt. »Ich dachte, das wären nur ägyptologische Schriften. Es gibt einen Forschungsstudenten, Sam Irgendwas, der daran arbeitet, die Sachen zu ordnen. Ab und zu schreibt er meinem Vater, weil er zu Onkel Cyril oder der Sammlung eine Frage hat, aber meistens hat keiner von uns die leiseste Ahnung.«

»Das meiste ist tatsächlich ägyptologisches Material. Deshalb ist es ja so seltsam«, sagte Caroline.

»Um was für eine Art Tagebuch handelt es sich denn?« Ich beugte mich vor, das interessierte mich.

»Ich bin noch beim Transkribieren, aber es ist auf jeden Fall persönlich. Ich weiß nicht, ob sie beim Schreiben je daran gedacht hat, dass das mal jemand anders lesen könnte.« Sie wandte sich an Harry. »Zum Beispiel ... ich hoffe, du nimmst es mir nicht übel, dass ich so direkt frage, aber weißt du etwas darüber, dass sie mal in einer Nervenklinik war?«

Harry überlegte. »Nein, aber vielleicht ist das der Grund, weshalb in der Familie überhaupt nicht viel über sie gesprochen wird. Ich könnte mir vorstellen, dass einige Verwandte sich wegen so etwas ein bisschen anstellen würden. Mein Großvater Austen ...«

»Du bist mit Austen Willoughby verwandt?«, fragte Giles. Er schien das ebenso erheiternd wie spannend zu finden.

Harry bestätigte es, und Giles klatschte in die Hände.

Halb entschuldigend fragte Caroline, wer denn Austen Willoughby sei.

Giles drehte sich in seinem Stuhl zu ihr um. »Austen Willoughby war der erfolgreichste Hundeporträtist seiner

Zeit. Fellow der Royal Academy of Arts. Ein Genie, wirklich. Auf jeden Fall, wenn es darum ging, die Hunde reicher Leute zu malen.«

Caroline schien sich nicht ganz sicher, ob sie gerade veralbert wurde. Wurde sie nicht. Nach dem Tod seines Bruders Cyril hatte Austen Willoughby Longhurst Hall geerbt, und es hingen immer noch im ganzen Haus Bilder von ihm. Versonnene Spaniels. Beherzte Terrier. Edle Setter. Besonders gerühmt wurde Austen für den Ausdruck, den er den Tieren verliehen hatte, dafür, dass es ihm gelungen war, das individuelle Wesen eines jeden Hundes einzufangen. So wie ich es einschätzte, bewunderten sowohl Harry als auch sein Vater Austens Werk aufrichtig. Soweit es für ihn günstig war, tat mein Vater das auch.

Die Tatsache, dass sich die Sachen immer noch gut verkaufen ließen, half zweifellos. Zu meinen deutlichsten Kindheitserinnerungen gehört, wie wir nach einem Besuch in Longhurst wieder im Auto saßen und ich hinten ein in Plastikfolie verpacktes Bild auf dem Schoß hielt, ein Gemälde, das mein Vater für Philip verkaufen sollte. Da es überall auf der Welt Sammler gab und im Haus offenbar endlose Vorräte – äußerst schablonenhaft, absolut einheitlich im Stil –, flossen hier stetig Provisionen für meinen Vater und dringend benötigte Einkünfte für Philip. Selbst als Kind ahnte ich schon, wie viel Geld es verschlingt, einen solchen Landsitz zu erhalten, und dass dies eine naturgemäß nie endende Aufgabe ist.

»Wenn du sie dir mal anschauen willst, komm vorbei«, sagte Harry zu Giles. »Du natürlich auch, Caroline, wenn du mal das Haus sehen möchtest, in dem Juliette aufgewachsen ist. Jederzeit. Tatsächlich feiere ich nächstes Wochenende meinen Geburtstag dort. Ihr solltet auch kommen. Beide. Die ganze Familie wird dort sein, Caroline, vielleicht erinnert sich jemand an Juliette. Patrick kann dich ja mitnehmen.«

»Oh ja, sehr gern«, sagte sie einen Tick zu schnell. Sie war offensichtlich begeistert. Giles schloss sich ihr an.

»Geht das wirklich? Dass du mich mitnimmst?«, fragte sie mich.

»Natürlich«, sagte ich, mit der Entwicklung der Dinge sehr zufrieden.

Giles und Harry beredeten schon geeignete Züge und Zeiten.

»Ich kann's kaum erwarten, Alice Longs Gesicht zu sehen, wenn du ihr von dem Tagebuch erzählst«, sagte ich zu Caroline. Insgeheim beneidete ich sie etwas um die Entdeckung. Es war klar, wer der Star unserer nächsten Supervision sein würde. »Steht irgendwas über die Surrealistenausstellung von 1938 drin? Etwas, das für mein Projekt hilfreich sein könnte?«

»Kann sein, aber so weit bin ich noch nicht«, antwortete sie. »Es geht sehr langsam voran – das Problem ist ihre Handschrift. Es sind fünf lange Einträge, und ich habe gerade mal zwei geschafft. Allmählich werde ich aber etwas schneller, inzwischen kann ich die ›e‹s und die ›l‹s auseinanderhalten, meistens jedenfalls. Aber es ist nichts, was man mal eben überfliegt.«

Ihre Miene verdüsterte sich. Sie lehnte sich zu mir herüber, sodass unsere Schultern sich fast berührten. Ich roch ihr Parfüm.

»Eine Sache gibt's in dem, was ich bisher gelesen habe, die geht mir nicht aus dem Kopf«, flüsterte sie mir zu. »Juliette schreibt, dass Oskars Frau sie, also Oskar und Juliette, verfolgt, ja regelrecht belästigt hat. Juliette war ernsthaft beunruhigt, weil sie dachte, Maria schmiedet vielleicht Rachepläne. Und dann das Feuer ...«

Sie hielt inne und beobachtete, wie ich das aufnahm.

»Ich will keine voreiligen Schlüsse ziehen«, fuhr sie fort, »aber eins lässt mir keine Ruhe. In der Nacht, als Juliette und Oskar umgekommen sind – da war doch dieses Klopfen?«

Ich starrte sie verwirrt an.

»Loftus erwähnt in seiner Erlich-Biografie, dass jemand beim Concierge an die Tür geklopft hat. Davon ist der überhaupt aufgewacht, hat gesehen, dass die Wohnung in Flammen stand, und konnte den Alarm auslösen, um die anderen Leute aus ihren Wohnungen zu holen.«

Mit im Kerzenschein glänzenden Augen sah sie mich an und wartete darauf, dass der Groschen fiel.

»Willst du damit sagen, du glaubst nicht, dass das Feuer ein Unglücksfall war, und hältst es für denkbar, dass Oskars Frau es gelegt hat?«

»Jedenfalls wär das eine Möglichkeit. Juliette hat Maria so etwas offenbar zugetraut. Weshalb ich mich auch frage, ob sie ihr Tagebuch selbst nach Longhurst geschickt hat. Für den Fall, dass etwas passiert.«

Eine Weile verfiel sie in nachdenkliches Schweigen. Ich folgte ihrem Blick. Er ruhte auf Harrys Siegelring, den er geistesabwesend hin- und herdrehte. »Und ich hoffe, dass in dem Tagebuch auch eine Erklärung dafür zu finden ist, warum Juliette sich als Sphinx gemalt hat und wie das mit dem Interesse ihres Vaters an Ägyptologie zusammenhängt.«

Nun erschien Athena mit Platten voller Mezze, erklärte, sie sollten nicht kalt werden, und schenkte uns nach. Von Freddie noch immer keine Spur. Im weiteren Verlauf des Abends verbrachte Athena immer längere Zeitspannen in der Küche, und jedes Mal, wenn sie wieder auftauchte, dachte ich, sie würde den nächsten Gang bringen, doch sie brachte immer nur noch mehr Wein. Niemand wusste so recht, ob wir auf Freddie warteten oder nicht, und wir kamen auch nicht dahinter, warum wir überhaupt da waren. Caroline war am Abend zuvor eingeladen worden, Giles erst heute Nachmittag.

Als Athena schließlich den Hauptgang servierte, standen acht leere Weinflaschen da und es war fast Mitternacht. Ich erinnere mich dunkel an Lamm. Das Dessert war kalt. Vielleicht Eis? Danach gab es Brandy, da bin ich mir ziemlich sicher. Immer noch kein Freddie. In stillschweigender Übereinkunft wurde sein Fehlen mit keiner Silbe erwähnt.

Caroline fragte nach meiner Arbeit. Ich schnitt eine Grimasse und sagte, dass ich am nächsten Tag nach London zur Witt Library fahren würde. Ich hatte wenig Lust, mich im Auftrag meines Vaters durch die Archive zu wühlen, vor allem nicht, da mit einem heftigen Kater zu rechnen war.

Als wir uns gegen eins verabschiedeten, umarmte mich Athena und flüsterte mir etwas ins Ohr, das ich nicht verstand. Harry und Giles radelten schwankend davon, und ich erbot mich, Caroline zu ihrem College zu begleiten.

Es war eine helle, wolkenlose Nacht, alles schien versilbert, in der Luft lag eine erste Ahnung von Frost. Wir waren beide ziemlich betrunken und konnten kaum auf dem Fußweg nebeneinanderher gehen, ohne ständig zusammenzustoßen. Ein paarmal berührten sich unsere Hände, und jedes Mal durchfuhr mich Hoffnung wie ein Stromstoß. Irgendwann hielt ich plötzlich ihre warme Hand in meiner.

Wir kamen zu ihrem College. Ohne ein Wort zu sagen, gingen wir weiter. Inzwischen spürte ich ein deutliches Prickeln im Rückgrat. Es war Vollmond, die Schatten auf der leeren Straße vorm Trinity College waren lang. Von irgendwoher drang lautes Gelächter zu uns. Caroline drückte meine Hand. Ich drückte ihre. Wir schauten beide gleichzeitig auf, unsere Blicke trafen sich, und wir lächelten. Es war fast genauso wie bei unserer ersten Begegnung.

Als wir uns meinem College näherten und ich im Stillen schon an einer beiläufigen Einladung auf einen Schlummertrunk feilte, blieb sie plötzlich stehen. Hielt meine Hand fest, sah mich unverwandt an, machte ein paar Schritte zurück und zog mich in einen schattigen Hauseingang. Unsere Gesichter waren einander so nahe, dass wir uns praktisch schon küssten. Dann küssten wir uns tatsächlich, ihre Hände lagen auf meinen Schultern. Ich legte eine Hand auf ihr Kreuz. Ihre Beine pressten sich gegen meine.

Dann löste Caroline sich von mir, fuhr sich mit beiden Händen durchs Haar und lächelte etwas verlegen. »Patrick«, sagte sie, »lass uns zu dir gehen.«

CAROLINE, CAMBRIDGE 1991

»Also … damit habe ich nicht gerechnet«, sagte Patrick, als wir im Dunkeln beieinanderlagen, mein Kopf auf seiner Brust, die Laken an unseren Knöcheln verknäuelt.

Lachend angelte ich eine Decke vom Boden. »Das hat wahrscheinlich niemand – außer Athena.«

Er brauchte einen Moment, um zu verstehen. »Du meinst, der ganze Abend …«

»… war von meiner besten Freundin eingefädelt, genau. Sie wollte Cupido spielen.« Ich lachte.

In dem Augenblick, als Patrick das Esszimmer betrat, war mir klar gewesen, dass das alles inszeniert war. Dass Athena sich trotz meiner zahlreichen Versuche, ihr die Komplexität meiner Gefühle für Patrick zu erklären, trotz all meiner Bemühungen, ihr meine Schwierigkeiten mit Beziehungen allgemein zu erklären, vorgenommen hatte, uns zu verkuppeln. Ich war mir nicht sicher, ob ich mich darüber ärgern oder amüsieren sollte. Athena war schon immer leicht zu durchschauen gewesen, jedenfalls für mich (außer, wenn es um Freddie ging, dessen Wirkung auf sie mir ein ewiges Rätsel war). Umgekehrt ließ sich das anscheinend nicht ohne Weiteres sagen.

Aber ich hatte schon oft gedacht, dass Athenas Denken irgendwie anders funktionierte als bei den meisten Leuten – die Direktheit, mit der sie die Dinge anging, hatte vielleicht damit zu tun, wie sie aufgewachsen war; das hatte in ihr das Gefühl verfestigt, dass sie etwas nur entschieden genug wollen musste, um es auch zu bekommen.

Ein wenig nervte mich, dass sie sich das Ganze jetzt als ihr Verdienst anrechnen würde, und trotzdem – als Patrick und ich in diesem Hauseingang standen, seine Lippen auf meinen, war ich mir so sicher wie nie zuvor, was ich als Nächstes wollte. Nie hatte ich in einer vergleichbaren Situation meine Ängste so gut im Griff gehabt, nie war ich so sicher gewesen, dass ich jeden Anflug einer Panikattacke würde niederringen können.

Den ganzen Weg die Treppen hinauf alberten und kicherten wir herum. Wir küssten uns im Flur vor seinem Zimmer. Unsere Zähne stießen zusammen, wir lachten umso lauter. Dann waren wir auf seinem Bett. Sein Körper auf meinem. Mein Körper auf seinem.

Erst danach, als wir still dalagen, spürte ich die vertraute Angst brodeln. Ich setzte mich auf, bat um ein Glas Wasser. Patrick reichte mir einen Becher, grinste und sagte: »Auch wenn es von Athena eingefädelt war: Ich bin sehr froh, dass das passiert ist. Und ich hoffe wirklich, dass diesmal …«

Ich versuchte gleichmäßig zu atmen, damit sich mir nicht die Kehle zuschnürte. »Vielleicht«, sagte ich. »Möglicherweise … es ist nur … es ist nicht so, dass ich dich nicht mag. Ich habe nur so viel zu verarbeiten. Familiensachen. Kompliziertes Zeug. Bestimmt erzähle ich dir irgendwann davon, aber für den Moment müssen wir es wirklich langsam angehen, ja?«

»Natürlich«, sagte er. »Wir können es so langsam oder schnell angehen, wie du möchtest. Du sollst nur wissen, dass ich dich sehr mag – nie aufgehört habe, dich zu mögen – und dass ich sehr geduldig sein kann.« Einen Augenblick dachte er nach, dann runzelte er dramatisch die Stirn. »Obwohl ich dich eigentlich fragen wollte, ob du morgen mit mir zur Witt fahren willst. Aber wenn du meinst, das ist zu …«

»Das klingt super«, sagte ich ehrlich begeistert.

Und dann küssten wir uns wieder. Heftig. Aber selbst als wir miteinander verschmolzen, war mir bewusst: Wenn ich wollte, dass mehr daraus wurde als ein Three-Night-Stand, musste ich einen Weg finden, mich ihm zu öffnen. Musste wenigstens versuchen, ihm zu erklären, warum Juliette Willoughbys Tagebuch mich so unmittelbar ansprach. Ihm zu erklären, dass ich genau wusste, wie es ist, in ständiger Angst zu leben, so wie sie es beschrieb, immer auf der Hut zu sein und dabei nie zu wissen, ob man nun schon paranoid ist oder aber nicht ängstlich genug.

Ich war zehn, als meine Mutter meinen Vater endlich verließ. Sie muss Jahre gebraucht haben, um den Mut dazu aufzubringen, Monate, um sich zu überlegen, wie es gehen könnte, Wochen, um den Augenblick abzupassen, in dem wir weglaufen konnten. Ich begriff auch ohne Worte, dass ich nie in meine alte Schule zurückkehren, meine Freundinnen nie wiedersehen würde. Dass wir in einer neuen Wohnung leben würden, einer neuen Stadt. Dass ich unser Haus gerade zum letzten Mal sah. Ich durfte eine Tasche mitnehmen und hatte eine halbe Stunde zum Packen, und die ganze Zeit stand sie am Fenster und hielt Ausschau nach seinem Auto, voller Angst, dass er womöglich früher von der Arbeit kam.

Er hatte immer gesagt, wenn sie je versuchen sollte, ihn zu verlassen, wenn sie je versuchen sollte, mich ihm wegzunehmen, dann würde er sie finden, und er würde sie umbringen.

Patrick hatte vermutlich vorgeschwebt, dass wir mit offenem Verdeck im MG nach London gondelten und unterwegs irgendwo in der Sonne eine Kleinigkeit zu Mittag aßen. Als wir aufwachten, regnete es. Wir stiegen ins Auto und mussten feststellen, dass es nicht ansprang. Er war rührend betreten, während wir warteten, bis der Regen ein wenig nachließ, und zum Bahnhof rannten. Die ganze Strecke bis King's Cross war unser Hauptthema Freddie Talbot.

Es war eine Erleichterung, dass Patrick ihn ebenso wenig mochte wie ich. Es sei typisch, dass er nicht zu dem Abendessen erschienen sei, sagte ich. Genauso wie Athenas Reaktion darauf. Man hatte zusehen können, wie ihr allmählich dämmerte, dass er entweder gar nicht auftauchen oder aber, falls doch, total betrunken sein würde.

»Es hat seine Gründe, warum Freddie so ist, wie er ist«, bemerkte Patrick. »Da mein Vater mit Philip Willoughby befreundet ist, war ich als Kind oft in Longhurst und habe mich mit Harry herumgetrieben. Freddie war auch häufig da. Ich weiß noch, wie wir stundenlang Verstecken gespielt haben. Freddie hat immer gewonnen – man hat ewig nach ihm gesucht, und dann war er auf einmal da, ausgestreckt auf einem Dachsparren oder so.«

Ich versuchte mir das vorzustellen: drei kleine Jungen, die in einem riesigen Herrenhaus herumturnten – dem Haus, in dem Juliette aufgewachsen war. Es überraschte mich gar nicht so sehr, dass Freddie und Harry Cousins waren. Während meiner Anfänge in Cambridge wäre mir das als ebenso verrückter Zufall erschienen wie die Tatsache, dass sie beide mit Juliette Willoughby verwandt waren. Inzwischen aber unterstrich es für mich nur einmal mehr, wie viele Querverbindungen es in den Kreisen gab, in die ich hier hineingestolpert war.

»Warum war Freddie so oft in Longhurst? Hat er auch dort gewohnt?«, fragte ich.

»Nicht ganz«, sagte Patrick. »Die meiste Zeit war er im Internat, aber wenn Arabella, seine Mutter, ihn während der Ferien nicht bei sich haben wollte, war er eben in Longhurst. Sie war dann vielleicht in Monaco, auf der Yacht von irgendwem, oder auf Hochzeitsreise in Spanien oder praktizierte irgendwo auf einem Berg Yoga. Als Freddie ungefähr zwölf war, ist sie mit Ehemann Nummer vier nach Südafrika gezogen. Ich glaube nicht, dass er jemals drüben war.«

»Das muss schwer für ihn gewesen sein«, sagte ich.

»Jedenfalls hat er nie gern darüber gesprochen. Wenn man Freddie wirklich ärgern wollte, brauchte man ihn nur zu fragen, wo Arabella gerade war. Nicht, dass es ein Spaß gewesen wäre, Freddie zu ärgern, er hatte nämlich schon immer einen gemeinen Zug. Zum Beispiel hat er Harry und mir, um uns Angst einzujagen, ständig gruselige Geschichten über das Zeug erzählt, das Cyril im Haus angehäuft hatte – die Mumien, die alten Schriftrollen und so weiter. Außerdem hatte er dieses Buch, *Die Welt des Unbekannten* oder so, über ungeklärte Rätsel. Darin stand auch die Geschichte des ›Vermissten Hausmädchens von Longhurst Hall‹ – das war ein Hausmädchen, das in den Dreißigerjahren spurlos verschwunden war. Er hat immer behauptet, dass das Zimmer, in dem ich untergebracht war, früher ihres gewesen sei und dass mehrere Familienmitglieder definitiv ihren Geist gesehen hätten. Wenn du acht bist, kannst du darüber lachen, solange du mit den anderen zusammen bist, aber in der Nacht schlief ich dann bei voller Beleuchtung im Sitzen, den Rücken an die Wand gedrückt.« Patrick schwieg einen Moment. Dann sagte er: »Was aber wirklich erklärt, warum

Freddie so ist, der Hintergrund seiner ewigen Unzufriedenheit, ist die Tatsache, dass Longhurst eigentlich ihm gehören müsste.«

»Wie bitte?«

»Juliettes Vater, Cyril, war der älteste von drei Brüdern, aber er hatte keinen Sohn. Deshalb hätte Longhurst nach seinem Tod an seinen nächstjüngeren Bruder gehen müssen. Und da wird es seltsam. Der Nächstjüngere in der Linie war Freddies Großvater Osbert. Harrys Großvater Austen war der Jüngste. Ein Bruder ist also übersprungen worden, es wurde alles an ihm vorbei vererbt: das Haus, der Familienbesitz, alles.«

»Warum?«

»Keine Ahnung. Harry sagt, er weiß es genauso wenig wie Freddie. Mein Vater meint, es hatte damit zu tun, dass Freddies Großvater ein Trinker war. Dass Cyril fürchtete, Osbert könnte alles versaufen. Jedenfalls stelle ich mir vor, dass das gewaltig an Freddie nagt.«

Aber nichts von all dem, sagte ich, erklärte die seltsame Szene, die ich einige Tage zuvor beobachtet hatte: wie Freddie in seinem Auto von diesem Mann angeschrien worden war. Patrick sagte, er habe auch keine Ahnung, worum es da gegangen sein könnte und wer der Mann gewesen sei.

»Die Sache mit Freddie ist – er hatte schon immer ein besonderes Talent, Leute auf die Palme zu bringen.«

Die Frau am Empfangsschalter der Witt Library sagte, es werde einen Augenblick dauern, bis ich einen Leseausweis bekäme. Patrick fragte, ob es in Ordnung sei, wenn er schon mal mit dem anfange, worum sein Vater ihn gebeten hatte.

»Natürlich«, sagte ich. Es hatte sich so angehört, als müsste er eine Menge Fotos durchsehen.

Enttäuschend gering war dagegen meine Ausbeute an

Material zu Juliette Willoughby. Wie nicht anders zu erwarten bei einer Künstlerin, von der keine Kunst erhalten war, tauchte ihr Name im Katalog der Bibliothek gar nicht auf. Also tröstete ich mich damit, die Ordner durchzusehen, in denen Sphinx-Darstellungen anderer Surrealisten vorkamen. Ich wühlte mich gerade durch einen zum Bersten gefüllten Kasten mit Fotos von Salvador-Dalí-Gemälden, als über der Trennwand meines Arbeitsplatzes Patricks Gesicht auftauchte. Er grinste.

»Hast du die Bilder gefunden, die du gesucht hast?«, fragte ich.

Er schüttelte den Kopf. Er grinste immer noch.

»Was ist?«

»Ich habe eine kleine Entdeckung gemacht. Komm mit.«

Auf seinem Tisch stand ein offener Kasten, der mit »Longhurst Hall 1961« beschriftet war.

»Was ist das?«, fragte ich.

Er zog mir einen Stuhl heran. »Setz dich. Das sind welche von den Fotos, von denen ich dir erzählt habe«, sagte er. »Die ich für meinen Vater durchgehen soll.«

Er wies auf das Foto, das ganz oben auf dem Stapel lag. Darauf war das gemalte Porträt eines traurig dreinschauenden Bluthundes zu sehen, der Hintergrund erst halb fertig, eine unvollendete, nicht signierte Arbeit. Es war ein altes, körniges Schwarz-Weiß-Foto. Patrick schob es auf einen anderen Haufen. Das Foto darunter zeigte das Gemälde eines am Boden schnüffelnden Wolfshundes, eindeutig von derselben Hand gemalt. Auch dieses Foto legte Patrick auf den anderen Stapel, und es kam ein neues zum Vorschein.

»Was hältst du davon?«, fragte er.

»Das kann nicht sein.«

Im Mittelpunkt des Fotos – frustrierend unscharf und leider ebenfalls schwarz-weiß – war eine einzelne weibliche

Figur zu sehen. Ich spürte, dass Patrick mich beobachtete. Sie war es. Die junge Frau von dem Foto im Reisepass. Juliette Willoughby.

Auf dem Gesicht lag ein herausfordernder Ausdruck. Sie zeigte auf den Anhänger mit dem Auge, der um ihren Hals hing. Ihre Hinterpfoten – von der Taille abwärts war sie eine Katze – ruhten gekreuzt auf einem Felsen. Rings um diese zentrale Figur waren – leider kaum auszumachende – andere Szenen angeordnet. Ein blasses Mädchen mit dunklem Haar. Eine vermummte Gestalt in einem Boot.

»Das kann nicht sein. Nichts von dem, was in dieser Pariser Wohnung war, hat das Feuer überstanden«, sagte ich und schüttelte den Kopf. »Das weiß jeder. Du hast es selbst gesagt.«

»Was ist mit dem Tagebuch, das du gefunden hast, mit dem Reisepass, dem Anhänger? Die haben das Feuer jedenfalls überstanden«, erwiderte Patrick. »Und irgendwie haben sie den Weg nach Longhurst gefunden.«

»Es ist unmöglich«, sagte ich.

Patrick schüttelte den Kopf. »Es ist das *Selbstporträt als Sphinx*.«

JULIETTES TAGEBUCH, PARIS 1937

Dritter Eintrag

Montag, 13. Dezember. Manchmal frage ich mich, wie wir in die Geschichte eingehen werden, Oskar und ich.

Seit Tagen tüftelt er an *Drei Gestalten in einer Landschaft* herum, dem riesigen, überbordenden Ölgemälde, an dem er arbeitet, seit ich ihn kenne, das ihn zur Verzweiflung treibt, mit dem er ringt.

Den ganzen Vormittag ist er immer wieder ans Fenster getreten und hat erwartungsvoll hinausgeschaut. Heute ist Montag, deshalb hat die Frau des Concierge das Treppenhaus gewischt, und jedes Mal, wenn ihr Mopp gegen die Fußleiste stieß, zuckte Oskar zusammen, weil er dachte, es hätte an der Tür geklopft. Jedes Mal, wenn er am Spiegel vorbeikam, fuhr er sich durchs Haar und zog sich die Krawatte zurecht – wodurch er wie ein nervöser Oberkellner kurz vor dem Ansturm der Gäste wirkte.

Er sah auf die Uhr. Er griff nach der Zeitung und starrte auf die Titelseite. Dann sah er wieder auf die Uhr. Endlich drang von unten das Quietschen der großen Haustür herauf, und wir hörten Stimmen. Es waren die Frau des Concierge und der Mann, auf den wir warteten: André Breton. Der allseits anerkannte Anführer der surrealistischen Bewegung, gewiss ihr am meisten gefeierter Theoretiker und Redner. Der Mann, auf dessen Meinung Oskar mehr gibt als auf die von irgendwem sonst auf der Welt.

Ich, wenn ich ehrlich bin, fand ihn schon immer ein wenig aufgeblasen.

Es gibt bekannte Leute, die sich ihrer Bekanntheit und Wichtigkeit ständig bewusst zu sein scheinen. Mein Vater, der Parlamentsabgeordnete, ist so jemand. Breton ebenfalls. Als Oskar mich das erste Mal zu einem Surrealistentreffen mitnahm – ins Café Promenade de Vénus, wo sie sich täglich außer sonntags um halb sechs versammeln –, war mein erster Gedanke über Breton: Er spricht, als erwarte er, dass jemand mitschreibt. Er warf sich sehr gern für meine Fotos in Pose: selbstbewusst, grüblerisch, den Ellbogen auf dem Marmortisch oder mit Zigarette, nachdenklich aus dem Fenster schauend, immer äußerst fotogen.

Oskar war wegen des Besuchs deshalb so nervös, weil Breton kommen wollte, um zu entscheiden, welche – falls überhaupt welche – von Oskars Bildern in die bevorstehende internationale Surrealismusausstellung aufgenommen werden sollen.

Er brauchte lange die Treppe herauf. Endlich das ersehnte Klopfen. Oskar machte buchstäblich einen Satz zur Tür und riss sie auf. Wie immer war Breton geradezu grotesk zuvorkommend, verbeugte sich leicht vor mir, erkundigte sich höflich nach meinem Befinden.

»Oh, sehr gut«, sagte ich in meinem besten Schulfranzösisch. *»Très bien, merci.«*

»Und daran arbeiten Sie gerade?«, wandte er sich an Oskar. Oskars fast vollendetes Meisterwerk nahm eine ganze Wand ein, die mit dem günstigsten Licht.

Breton stand eine ganze Weile davor. Oskar hatte es ihm schon so viele Abende lang beschrieben, er hatte bereits so viele Vorstudien gesehen, dass es ihm sehr vertraut vorgekommen sein muss. Irgendwann stieß er ein zufriedenes Brummen aus und würdigte das Bild mit einem anerkennenden kleinen Nicken.

Dann fiel ihm etwas anderes ins Auge.

»Mais cette peinture«, rief er und riss die Augen auf. *»C'est incroyable!«* Ich spähte zu Oskar, um zu sehen, was für ein Gesicht er machte. Er wich meinem Blick aus. Sein Lächeln war erstarrt. Breton machte ein paar schnelle Schritte durch den Raum, wobei er ein paarmal in die Hände klatschte, eine ziemlich mädchenhafte Geste. *»Vraiment surréaliste!«* Damit drehte er sich um und sah erst Oskar und dann mich lächelnd an. Warum Oskar ihm nicht erzählt habe, dass er auch hieran arbeite, fragte er. Das gehöre selbstverständlich in die Ausstellung.

Oskar gab keine Antwort. Anscheinend hatte es ihm die Sprache verschlagen. Ich erwiderte Bretons Lächeln, brachte aber selbst einen Augenblick lang kein Wort heraus. Denn das Bild, das Bretons Aufmerksamkeit erregt hatte, war keine Arbeit von Oskar.

Es war mein *Selbstporträt als Sphinx*.

Vielleicht hätte es mich gar nicht überraschen sollen, dass Breton davon so angetan war. Es hat ja seinen Ursprung in einem Experiment mit automatischem Zeichnen, das wir in seiner Wohnung veranstaltet haben. Schweigend saßen wir da, jeder ein Blatt Papier vor sich, und versuchten sehr ernsthaft, unser bewusstes Denken aus dem, was unsere Stifte hervorbrachten, herauszuhalten. Ich begriff erst, was ich gezeichnet hatte, als ich fertig war.

»Ist alles in Ordnung?«, fragte Oskar damals. »Stimmt etwas nicht?«

Da hatte ich ihm schon von meiner Zeit in der Anstalt erzählt. Allerdings hatte ich mich nicht dazu durchringen können, zu gestehen, aus welchem Grund ich dorthin gebracht worden war; die Anschuldigungen, mit denen ich um mich geworfen hatte, zu wiederholen. Die Ärzte sagten mir damals, ich solle sie als Symptome meiner Krankheit sehen. Krankhafte Ausgeburten der Hysterie. »Denken Sie an Ihren Vater«, sagten sie immer wieder. »Denken Sie an seinen Ruf.« Das war die Botschaft, tagein, tagaus, monatelang.

Ich habe damals versprochen, dass ich das Gesagte nach meiner Entlassung niemals wiederholen würde. Das war die Bedingung für mein Leben in Freiheit, so viel hatte ich verstanden. Selbst jetzt zucken meine Finger zurück, wenn ich auch nur daran denke, meinen dunklen Verdacht in dieses Tagebuch zu schreiben.

Eins habe ich aber nie versprochen: dass ich die Dinge, die ich gesagt habe, nicht zeichnen oder malen würde.

5. KAPITEL

PATRICK, CAMBRIDGE 1991

Unsere zweite Supervision war für zehn Uhr am nächsten Tag angesetzt, wobei Alice Long, als sie die Tür öffnete, nicht den Eindruck machte, als hätte sie uns erwartet. Einen Moment lang schien nicht mal sicher, ob sie wusste, wer wir waren.

»Dann kommen Sie schon rein«, brummte sie schließlich.

Caroline wartete, bis wir im Wohnzimmer waren und alle saßen. Erst dann erzählte sie von dem Tagebuch. Wo sie es gefunden hatte. Was es enthielt. Juliettes handschriftliche Einträge. Ihre Zeichnungen. Auf der Rückseite des Hefts, das war Caroline nach einigem Recherchieren aufgegangen, hatte Juliette Farbproben gesammelt, hatte unterschiedliche Schattierungen hingetupft, vielleicht hatte sie das Heft beim Malen zur Hand gehabt, um sich an die jeweilige Mischung zu erinnern. Alice beugte sich vor und lauschte aufmerksam. Ab und zu gab sie kleine Laute von sich, erfreut, überrascht, verwundert. Ihre Augen leuchteten.

»Und das lag zwischen den Papieren im Willoughby-Nachlass?«

Caroline bejahte. Zusammen mit dem Reisepass und dem Anhänger, erklärte sie. »Ich hatte gehofft, dass Sie vielleicht eine Erklärung dafür haben, wie die Sachen dort hingelangt sind.«

»Ich habe keine Ahnung, fürchte ich«, antwortete Alice.

Caroline und ich wechselten einen Blick, und sie nickte mir flüchtig zu.

»Noch etwas«, sagte ich. »Wir glauben, dass nicht nur das Tagebuch das Feuer überstanden hat.«

Alice legte den Kopf schief und hob eine Braue. »Und warum glauben Sie das?«

»Wussten Sie, dass *Selbstporträt als Sphinx* aus der *Exposition internationale du surréalisme* entfernt wurde?«, fragte ich. »Dass Juliette es nur für einen Abend hergegeben hat?«

»Selbstverständlich weiß ich das«, erwiderte Alice etwas scharf. »Das ist gut dokumentiert. Sie hat nach der Eröffnung der Ausstellung entschieden, dass sie das Bild nicht länger öffentlich zeigen wollte und dass es auch nicht mehr zum Verkauf stand. Deshalb war es ja in ihrer Wohnung, als das Feuer ausbrach. Deshalb ist es bei dem Brand zerstört worden.«

»Und wenn nicht?«, sagte Caroline. »Wenn es erhalten geblieben ist?«

Als ich von dem Foto berichtete, das wir in der Witt gefunden hatten, keuchte Alice überrascht auf. Und ich gebe zu, nachdem sie bei unserem ersten Treffen so von oben herab gewesen war, erfüllte es mich mit tiefer Befriedigung, dass sie jetzt, wenn auch widerstrebend, anerkennend nickte.

Ich hatte ein schlechtes Gewissen, dass wir als Erstes ihr von unseren Funden erzählten und nicht meinem Vater. Schließlich war er mit den Willoughbys und Longhurst verbunden, schließlich waren wir in erster Linie seinetwegen auf das Foto von dem Gemälde gestoßen. Hätte ich es ihm erzählen sollen? Wahrscheinlich. Aber irgendwie fand ich, dass dies etwas war, das Caroline und mir gemeinsam gehörte – oder anders ausgedrückt: Ich wollte nicht, dass er sich einmischte und die Lorbeeren einheimste.

Wie viele andere in seinem Beruf hatte mein Vater einen Traum, der ihn seit vielen Jahren antrieb, von Auktion zu Auktion, von einer Haushaltsauflösung zur nächsten durchs Land zu fahren und Abend für Abend im Bett maschinengetippte Auktionskataloge durchzublättern. Es war der Traum, eines Tages ein wertvolles Kunstwerk zu entdecken, das nie als solches identifiziert worden war. Einen Schläfer. Und anders als die meisten in seinem Beruf hatte er tatsächlich schon mal eins entdeckt.

Als ich etwa ein Jahr alt war und das Geld so knapp wie nie zuvor, hatte er sich eingeredet, er hätte das Bild gefunden, mit dem er ein Vermögen machen und uns ein neues Leben bescheren könnte. Er hielt es für eine kleine Madonna von Raffael, die über hundert Jahre in einem Landhaus am Rand von Norwich gehangen hatte und dann zusammen mit dem gesamten Hausrat verkauft wurde. Das Bild war in schlechtem Zustand, der Firnis dick und nachgedunkelt. Um einen Schaden in der Leinwand zu kaschieren, hatte man einen Arm übermalt (in einem höchst merkwürdigen Winkel). Trotzdem, mein Vater sagte, er *wüsste* es einfach.

Es erforderte eine teure Restaurierung, die er bezahlen musste. Er verbrachte Monate in Archiven, um die Provenienz überzeugend zu belegen, und dann brauchte er eine Autorität, die die Echtheit bestätigte – er fragte seinen früheren College-Tutor, der ein anerkannter Raffael-Experte war. Dad brachte das Bild persönlich hinauf ins Zimmer des Professors, Staub und Schmutz aus Jahrzehnten waren entfernt, die Farben leuchteten. Der Experte kratzte sich am Kinn, inspizierte erst die eine Ecke des Bildes durch seine Halbbrille, dann die andere (Dad konnte das perfekt nachahmen). Sein Verdikt war: Raffael-Schüler. Entstanden vermutlich etwa zehn Jahre nach dem Tod des Meisters. Eine sehr schöne Arbeit, auf ihre Art durchaus eindrucksvoll, aber kein Raffael. Er gab sogar eine Schätzung ab, was das Bild wohl bei einer Auktion einbringen würde: um die zehntausend Pfund. (Als Dad es dann zum Verkauf anbot, erreichte es knapp über achttausend, und er hatte nur einen Bruchteil seiner Kosten wieder drin.)

Als er meinen Vater zu seinem Wagen begleitete – sehr

freundlich, voller Bedauern –, erwähnte der Professor, dass er gerade an einer Neuausgabe seines Standardwerkes über Raffael arbeite. Mein Vater wünschte ihm viel Erfolg. Zu seiner Überraschung stellte er dann bei Erscheinen des Buches fest, dass der Professor es sich anders überlegt und das Bild, mit dem er bei ihm gewesen war, in den Kanon der Werke des Meisters selbst aufgenommen hatte. Bei der nächsten Auktion, auf der die Madonna auftauchte, drei Jahre später, erzielte sie fünfzehn Millionen. Dad konnte diese Geschichte auf vielerlei Weise erzählen. Ironisch. Bekümmert. Voller Selbstmitleid. Ich hatte sie in allen Varianten bestimmt hundertmal gehört.

Um diesen Schläfer hatte man ihn gebracht. Keine Frage, wenn ich ihm auch nur den leisesten Hinweis auf die Entdeckung gab, die Caroline und ich gemacht hatten, würde er mit Sicherheit versuchen, es diesmal richtig anzupacken und sie für sich zu reklamieren.

»Ich begreife einfach nicht«, sagte Alice ratlos, »wie es dahin gekommen sein soll. Juliettes Bild. Nach Longhurst.«

Ich sagte, darauf hätten wir auch keine Antwort. Entscheidend sei doch aber, dass es in der Witt Library einen konkreten Beweis dafür gebe, dass das Bild 1961 in Longhurst gewesen war. Vielleicht sei es ja immer noch dort.

»Ich schätze, es gibt nur eine Möglichkeit, diese These zu überprüfen«, gab sie nachdenklich zurück.

Ich erzählte ihr, dass Caroline und ich zufällig am folgenden Wochenende zu einer Geburtstagsfeier dort sein würden, dass Harry Willoughby, der Enkel von Juliettes Onkel, mit uns an der Uni war und einundzwanzig wurde.

»Und noch etwas.« Caroline räusperte sich. »Ich glaube, ich weiß, warum sie sich als Sphinx gemalt hat. Sehen Sie, hier, das ist eine Fotokopie von dem Foto, das wir in der Witt gefunden haben.«

Sie holte das Blatt aus der Tasche und reichte es Alice, die es sich abwechselnd nahe und mit größerem Abstand vors Gesicht hielt, um mit ihrer Brille den richtigen Fokus zu finden. »Hm«, sagte sie blinzelnd. »Hm. Hm.«

Es war frustrierend, dass die schlechte Qualität des körnigen Schwarz-Weiß-Fotos es unmöglich machte, zu erkennen, was in den rund um die zentrale Figur angeordneten Szenen vor sich ging. Auf der Kopie war es noch viel schlimmer. Ich zeigte Alice Stellen, an denen zumindest teilweise etwas auszumachen war. In der Ecke unten links eine blasse Gestalt, jung, weiblich, mit aufwärts fließendem Haar. Unten rechts eine stehende vermummte Figur in einer Art Boot, das einen dunklen Fluss überquerte. Über all dem, über verschlungenem Geäst, hing der Mond.

Caroline war besonders ein Detail aufgefallen. »Sehen Sie, hier?«, sagte sie. »Flügel, an den Rücken angelegt. Juliette hat sich als geflügelte Sphinx gemalt.«

»Aha.« Alice wandte sich an mich. »Und das bedeutet, Mr Lambert?«

»Eine geflügelte Sphinx ist kein ägyptischer Sphinx, sondern eine griechische Sphinx.«

»Und was ist der Unterschied?«, fragte Alice.

»Ein ägyptischer Sphinx bewacht ein Grab«, sagte Caroline. »Eine griechische Sphinx gibt immer ein Rätsel auf. Deshalb hat sie sich so gemalt. Das sollen die Flügel uns sagen. Sie lässt uns wissen, dass in dem Bild ein Geheimnis steckt. Ein Rätsel, das wir lösen sollen.«

CAROLINE, CAMBRIDGE 1991

An dem Morgen, an dem wir zu Harrys Geburtstagsfeier nach Longhurst fahren wollten, suchte ich in einer von Patricks Schubladen nach einer Paracetamol und fand seinen Osiris-Ring.

»Kann ich dich dazu was fragen?«

Es schien ihm schon etwas peinlich zu sein. »Hör zu. Ich wollte es dir ja erzählen. Wahrscheinlich sieht es ein bisschen seltsam aus, dass ich bei so was mitmache. Es ist nur, meinem Vater bedeutet das sehr viel und …«

»Du bist in diesem Trinkverein, den Juliettes Großvater gegründet hat, und hast es mit keiner Silbe erwähnt?«

»Ich war bisher bei einem einzigen Abendessen dabei. Ich bin genau einmal in diesem Haus gewesen.«

Ich bat ihn, es mir zu beschreiben. Das tat er.

»Du musst mich da reinbringen.«

»Kann ich nicht«, sagte Patrick. »Das ist nicht erlaubt. Keine Gäste. Ganz bestimmt keine weiblichen Gäste. Keine Ausnahme.«

»Ach, komm schon. Wenn es da Sachen gibt, die Cyril gehört haben und bei der Osiris Society geblieben sind, statt in den Nachlass zu wandern … vielleicht kann man dort etwas finden, das erklärt, wie das Tagebuch und das Bild nach Longhurst gekommen sind.«

Er seufzte tief. Dann fuhr er sich mit beiden Händen übers Gesicht und sah auf die Uhr. »Okay. Heute fahren ja wohl alle zu Harrys Feier. Vielleicht unsere einzige Chance.«

Eine halbe Stunde später hielten wir vor dem Haus.

»Lass mich erst mal allein reingehen, ja?«, sagte er. »Ich will nur sichergehen, dass die Luft rein ist. Sollte doch jemand da sein, sage ich, ich will nachschauen, ob ich mir für heute Abend einen Smoking leihen kann.«

»Alles klar.« Ich nickte. Wie es der Zufall wollte, brauchte er tatsächlich einen Smoking. Als er seinen am Vorabend aus der Kleiderhülle geholt hatte, hatte sich gezeigt, dass das Satinrevers von den Krallen einer Katze zerrissen war.

»Einer Katze?«, hatte ich gefragt.

»Lange Geschichte.«

Ich sah zu, wie er die Straße überquerte, die Stufen hinaufging, an die Tür klopfte und, als sich nichts tat, einen Schlüssel hervorzog und öffnete. Er trat ein und ließ die Tür angelehnt. Ich zählte bis zehn, dann stieg ich aus und folgte ihm.

Dieses Haus zu betreten war ein bisschen, als werde man in die Vergangenheit zurückversetzt. Ich schloss die Tür hinter mir und fand mich in einem Interieur wieder, von dem ich mir mühelos vorstellen konnte, dass es seit hundert Jahren praktisch unverändert war. Das gedämpfte Licht, das durch das Buntglasfenster über der Haustür fiel. Der Messingschirmständer. Der Fliesenboden im Schachbrettmuster.

Am Fuß der Treppe standen ein Napf mit Katzenfutter und eine Wasserschale. Vom dämmrigen anderen Ende des Flurs klang ein Miauen herüber, dann sah ich etwas Schwarzes vorbeiflitzen.

»Das meiste ägyptische Zeug ist im ersten Stock, glaube ich«, sagte Patrick.

Als wir halb die Treppe hinauf waren, knarrte es irgendwo. Wir erstarrten. Ich fragte mich, was die Osiris-Jungs tun würden, wenn sie uns erwischten. Es hatte so geklungen, als wäre das Mindeste, dass sie Patrick aus ihrem Club hinauswarfen.

Alle Türen im ersten Stock waren zu, also versuchten wir es einfach bei einer nach der anderen. Patrick drehte den ersten Knauf, und als die Tür nicht aufging, versuchte er es bei der nächsten. Der große Messingknauf, bei dem ich es probierte, ließ sich überhaupt nicht bewegen. Ich drehte mich um und versuchte es an der Tür direkt gegenüber. Die gab nach, mit so lautem Quietschen, dass ich fast zurückgesprungen wäre.

Der Raum, den ich betrat, wurde einzig durch ein wenig Licht erhellt, das an den Rändern der schweren Samtvorhänge hereindrang. Vage machte ich mehrere gläserne Schaukästen an den Wänden aus. Die Goldrahmen der Gemälde darüber schimmerten, aber die Bilder selbst konnte ich nicht erkennen, dafür war es zu dunkel. Staub hing in der Luft. Ich ging hinüber zum Fenster und zog die Vorhänge einen Spaltbreit auf.

»Mein Gott«, entfuhr es mir.

In einer Ecke war ein Schaukasten voller *Wedjats*. Der gegenüber enthielt Jade-Skarabäen in allen Größen. Daneben stand ein Trio bemalter Kalksteinbüsten. Ich konnte mich des Gedankens nicht erwehren, dass diese Sachen in ein Museum gehörten. Man verstand sofort, dass die Zuständigen in Ägypten so etwas zurückhaben wollten.

Die Glaskästen bildeten jeweils den oberen Teil eines taillenhohen Schubladenschranks. Sehr behutsam zog ich eine der Schubladen auf. Zum Vorschein kam eine kunstvoll arrangierte Auswahl an Papyri unter Glas.

Ich schob die Lade wieder zu und öffnete die nächste. Im ersten Moment begriff ich gar nicht, was da vor mir lag: ein einzelner langer Streifen Papyrus, die Ränder rissig und porös. Offensichtlich war er einmal in der Mitte auseinandergetrennt worden. Der erhalten gebliebene Teil zeigte die untere Hälfte einer Gestalt, die in einen Umhang gehüllt war. Sie stand in einem Boot, das einen Fluss überquerte. Das Boot, mit hohem Bug und Heck, sah genauso aus wie das auf dem krisseligen Foto von Juliettes Gemälde. Munter pflügte es durch stilisierte Wellen, deren Farben erstaunlich frisch leuchteten. Wenn dieses Fragment so alt war wie die Papyri aus dem Willoughby-Nachlass, die Sam mir gezeigt hatte, hatte ich hier etwas vor mir, das vor Tausenden Jahren entstanden war.

Ich beugte mich gerade vor, um besser sehen zu können, da schwang am anderen Ende des Raums, gegenüber der Tür, durch die ich hereingekommen war, eine weitere Tür auf, die ich bis dahin gar nicht wahrgenommen hatte. Ich erstarrte.

In der Türöffnung erschien Freddie, irgendetwas unter den Arm geklemmt. Was machte er hier? Er war doch angeblich gar nicht in Cambridge. Athena hatte er erzählt, er würde direkt von einem Londoner Freund aus nach Longhurst fahren und könne sie deshalb nicht mitnehmen.

Leise drückte er die Tür, durch die er eingetreten war, wieder zu, schloss sie ab und schob den Schlüssel in die Hosentasche. Noch hatte er mich nicht gesehen, aber wenn er den Kopf nur geringfügig nach rechts wandte, würde es unweigerlich so weit sein.

Er überprüfte, ob die Tür wirklich abgeschlossen war, klopfte auf die Hosentasche mit dem Schlüssel. Irgendetwas, ein Dielenknarren in einem anderen Zimmer, irgendeine atmosphärische Veränderung, ließ ihn innehalten. Er blieb stehen, wo er war. Es sah aus, als horchte er.

Fast eine Minute lang hielt ich die Luft an und drückte mich in die dunklen Schatten. Ich kniff die Augen zu. Als ich sie wieder aufmachte, hatte Freddie den Raum durchquert und schloss gerade die Tür hinter sich. Erleichtert atmete ich aus.

Aus dem unteren Flur drangen Stimmen herauf – Freddie und Patrick. Dann fiel die Haustür ins Schloss. Kurz danach tauchte Patrick auf.

»Bist du hier drin?«, fragte er laut.

»Hier drüben in der Ecke.«

»Kein Smoking weit und breit. Ich werde unterwegs einen holen müssen«, sagte er. »Freddie war hier. Kam plötzlich die Treppe runtergeschlichen. Ich bin vielleicht erschrocken! Er hat dich aber nicht gesehen, oder?«

Ich schüttelte den Kopf. Viel hatte wahrlich nicht gefehlt. Mein Herz hämmerte immer noch.

Patrick wollte wissen, ob ich irgendwas Interessantes gefunden hätte.

»Ja. Ich weiß noch nicht, was es bedeutet, aber es muss eine Bedeutung haben. Erinnerst du dich an das Boot auf Juliettes Bild?«, fragte ich, winkte ihn zu mir und wies auf die offene Schublade. »Sieh dir das mal an …«

Erst auf halber Strecke nach Longhurst offenbarte Patrick, dass der Ort, an dem er einen Ersatzsmoking holen wollte, das Haus seiner Mutter war. Und dass ich sie bei der Gelegenheit kennenlernen würde. Wir hatten vorgehabt, früh in Longhurst einzutreffen, sodass Patrick Harry bei den Vorbereitungen helfen konnte, deshalb war ich eher praktisch als elegant angezogen – Hoodie, Jeans, Turnschuhe. Es war Mittagszeit – würde sie erwarten, dass wir zum Essen blieben? Hätte ich Blumen dabeihaben sollen, ein Geschenk? Ich kämpfte gegen aufsteigende Panik an.

Meine Vorstellung von Mary, Patricks Mutter, war äußerst vage. Ich wusste, dass er in den Schulferien immer bei ihr gewesen war. Dass sie nach der Scheidung von seinem Vater eine Ausbildung zur Rechtsanwaltsgehilfin gemacht hatte. Dass sie einen Partner hatte, Steve, von dem Patrick stets mit leiser Geringschätzung sprach. Er hatte sehr deutlich gemacht, dass Steve ihr Freund war und nicht sein Stiefvater.

Das Haus war komplett anders, als ich erwartet hatte. Es war in Suffolk, und ich hatte mir irgendwas Hübsches,

Ländliches vorgestellt – ein Cottage vielleicht oder ein Bauernhaus. Zu meiner Überraschung gehörte es zu einer ganzen Reihe baugleicher Häuser, in einem Dorf, das mich an das meiner Großmutter erinnerte. Die gleichen zweistöckigen Klinkerdoppelhäuser aus den Dreißigerjahren, die gleichen Vorgärten, die gleichen roten Dachziegel. Die gleiche Sorte Autos in den Einfahrten.

Der MG fiel definitiv aus dem Rahmen.

Mir kamen Geschichten in den Sinn, die Patrick mir selbstironisch aus seinen Teenagerjahren erzählt hatte – dass er eine Weile im Smokingjackett zu Hause aufgekreuzt war, wie er sich stundenlang im Bad eingeschlossen und Proust, Wilde und *L'Uomo Vogue* gelesen hatte –, und ich merkte, dass ich sie sofort anders einordnete.

»Da wären wir«, sagte er und hielt auf der zementierten, leicht ansteigenden Einfahrt. »Denk daran, die Schuhe auszuziehen. Meine Mutter nimmt es mit ihrem hellen Teppichboden sehr genau.«

Sich würdevoll aus einem Sportwagen zu schälen, der auf einem Abhang parkt, ist erstaunlich kompliziert. Als ich es geschafft hatte, stand die Haustür bereits offen und Patricks Mutter kam angelaufen, um uns zu begrüßen und mit Patrick zu schimpfen, weil wir so spät dran waren. Sie habe Sandwiches. Ob wir Sandwiches wollten?

»Lass gut sein, wirklich«, sagte Patrick. »Wir brauchen nichts. Wir haben gefrühstückt. Wir wollen unterwegs noch was essen. Heute Abend wird groß getafelt. Es sei denn, du möchtest was, Caroline?«

Ich sagte Nein, ich wollte nichts, es sei denn, sie hätte sich extra die Mühe gemacht. Und so kam es, dass ich, während Patrick und seine Mutter oben in seinem Zimmer herumsuchten, allein im Wohnzimmer auf dem Sofa saß, vor mir eine riesige Platte mit Lachssandwiches ohne Rinde.

»Doch, es war ganz sicher hier!«, hörte ich Patrick oben sagen.

Auf dem Kaminsims standen Schulfotos von Patrick in unterschiedlichem Alter. Patrick und seine Mutter und Steve irgendwo im Urlaub, vielleicht in Spanien, Patrick mit Mittelscheitel, in einem riesigen weißen T-Shirt über weiten Badeshorts.

»Dann weiß ich auch nicht, wo es ist«, rief seine Mutter hörbar ärgerlich. Und kurz darauf: »Was soll denn Steve mit deinem Smokingjackett?!«

Diese Sandwiches konnten unmöglich alle für mich sein. Sie hätten für eine ganze Cricket-Mannschaft gereicht.

Endlich erschien Patrick mit einem Jackett über dem Arm und verkündete, wir würden jetzt fahren.

»War schön, Sie kennenzulernen, Caroline«, sagte seine Mutter, als sie uns an die Tür brachte. »Schade, dass wir nicht dazu gekommen sind, uns ein bisschen zu unterhalten. Hoffentlich sehen wir uns bald einmal wieder.«

Ihr Lächeln war zögerlich – offensichtlich wusste sie nicht, ob ich einfach eine Freundin war oder *die* Freundin. Ich wusste es ehrlich gesagt auch nicht. Seit dem Abendessen bei Athena war eine Woche vergangen. Er hatte zweimal bei mir übernachtet. Ich hatte dreimal in seinem Zimmer geschlafen. Auch wenn wir noch nicht den Mut aufgebracht hatten, dem, was da ablief, einen Namen zu geben, war doch unübersehbar, *dass* etwas lief. Auf Harrys Frage, ob wir in Longhurst ein oder zwei Zimmer haben wollten, hatte Patrick, ohne mich zu konsultieren, gesagt, wir würden uns eins teilen.

Athena zeigte sich seit dem Abendessen bei ihr jedes Mal, wenn wir uns über den Weg liefen, äußerst zufrieden mit sich. Es ist in Ordnung, machte ich mir Mut, Patrick ist ein netter Typ. Wir haben Spaß. Meine Angst meldete sich nicht, wenn ich mit ihm zusammen war, sondern dann, wenn ich es nicht war.

»Ich hoffe, ihr habt ein schönes Wochenende«, sagte Patricks Mutter. »Kennen Sie Norfolk?«

»Nicht wirklich«, erwiderte ich. Sie erkundigte sich, wo ich aufgewachsen sei, eine Frage, vor der ich mich immer fürchtete. »Ach, an verschiedenen Orten«, sagte ich. »Eine Weile in Bedford, dann in London und dann in Cherry Hinton, nicht weit von Cambridge.«

»Oh, wie schön«, rief sie aus. »Leben da Ihre Eltern?«

»Meine Großmutter. Meine Eltern sind nicht mehr da.«

Das war beides: wahr und weniger heftig als die ganze Geschichte.

Und ehe ich mich versah, hatte ich, als wir schließlich losfuhren, drei oder vier kunstvoll in Servietten gewickelte Sandwiches auf dem Schoß.

»Das tut mir leid«, sagte Patrick. »Ich meine, das mit deinen Eltern. Das wusste ich nicht. Ich hätte sie sonst gewarnt. Ich hoffe, es war nicht zu schlimm für dich.«

»Es war nicht schlimm«, versicherte ich.

Aber etwas in meinem Ton muss deutlich gemacht haben, dass ich über dieses Thema nicht weiter sprechen wollte. Nicht hier. Nicht jetzt. Noch nicht.

Wir fuhren eine Weile schweigend weiter.

»Ach, übrigens«, Patrick langte nach hinten und angelte etwas von der Rückbank, »ich hab etwas ausgegraben, was dich vielleicht interessiert.«

Das Buch war eins jener großformatigen Kinderbücher aus den Achtzigern – *Die Welt des Unbekannten: Ungelöste Rätsel.* Auf dem Titel waren ein UFO und eine Gestalt mit einer Kapuze abgebildet. Ich sah Patrick verwirrt an.

»Erinnerst du dich, dass ich dir von dem ›Vermissten Hausmädchen von Longhurst Hall‹ erzählt habe? Die Geschichte, die Freddie Harry und mir vorgelesen hat, um uns Angst einzujagen. Von dem Hausmädchen, das dort in den Dreißigerjahren verschwunden ist? Das ist das Buch. Da ist alles drin, auch Fotos und so. Vom Haus, von dem Mädchen, die Schlagzeilen aus den Zeitungen.«

Ich blätterte, bis ich die Seiten gefunden hatte. Eine Schlagzeile lautete: »Das verschwundene Hausmädchen – ein Opfer des Willoughby-Fluchs?«

Patrick schaute zu mir herüber, der MG kam leicht ins Schlingern. »Ich glaube, ungefähr zu der Zeit ging das los. Auf einmal kursierte das Gerücht, es gäbe einen Familienfluch. Aber wahrscheinlich sollte man dieses Wochenende lieber nicht davon anfangen. Da können sie ziemlich empfindlich sein.«

»Kann ich mir vorstellen«, sagte ich. Ich wusste genau, wie es sich anfühlt, wenn man unter den Augen der Öffentlichkeit mit einer Tragödie fertigwerden muss.

Er fand uns. Mein Vater fand uns.

Nachdem wir uns monatelang versteckt hatten, in Hostels, in Frauenhäusern. Bevor wir rausgingen, schauten wir jedes Mal die Straße auf und ab, ob er da irgendwo stand. Wenn in der Nacht draußen ein Auto hielt, wachten wir voller Angst auf, dass das womöglich er war. Nicht einmal meiner Großmutter konnten wir sagen, wo wir uns aufhielten, damit sie nicht ebenfalls in Gefahr geriet.

Ich weiß noch genau, was für ein Gefühl es war, als wir endlich unsere eigene kleine Wohnung hatten. Zu wissen, dass es einen Ort gab, an dem wir sprechen konnten, so laut es uns gefiel, und lachen, so laut es uns gefiel. Wo wir nicht alles, was wir taten, im Voraus bedenken und planen mussten, nur damit mein Vater nicht wütend wurde. Wo wir nicht jederzeit damit rechnen mussten, dass seine Laune umschlug. Wo ich ein Glas Wasser umstoßen konnte, ohne mich auf einen harten Schlag gegen den Hinterkopf gefasst machen zu müssen. Wo es in Wänden und Türen keine Dellen gab – von Füßen, von Fäusten, von Köpfen.

Ich glaube, sie dachte, dass er irgendwann aufgeben und nicht länger nach uns suchen würde. Dass sein Gerede, er würde uns aufstöbern, wenn sie ihn jemals verließe, und sie dafür bezahlen lassen, nur Show gewesen war. Wie so viele seiner vollmundigen Versprechen. Es stellte sich heraus, dass sie damit falschlag.

Einer seiner Freunde hatte uns verraten, das kam im Prozess heraus. Er hatte meine Mutter und mich aus der Bücherei kommen sehen und das dann abends im Pub beiläufig erwähnt. Das ist etwas, das ich nie verstehen werde. Diese Entscheidung. Wenn nichts zu tun keine Konsequenzen hat, wenn es einen gar nichts kostet, den Mund zu halten – warum etwas sagen?

Und auf noch eine Frage werde ich nie eine Antwort bekommen: Was wäre aus mir geworden, wenn ich da gewesen wäre, als er kam? Hätte er mich auch umgebracht? Das nehme ich an. Im Prozess sagte er, ein roter Nebel hätte sich über ihn gesenkt. Seine Worte. *Ein roter Nebel.* Er hätte nur reden wollen, sagte er. Er gab zu, dass er vorher getrunken hatte.

Sie hatte ihn blamiert. Anders kann ich es mir nicht erklären. Hätte er auch nur fünf Minuten lang darüber nachgedacht, hätte er gewusst, dass er uns gar nicht zurückhaben wollte, da bin ich mir sicher. Ein Kind im Haus zu haben hatte ihn weiß Gott oft genug in einen Wutanfall getrieben. Das Problem, der Stachel im Fleisch, war der Gesichtsverlust. Dass er von dem Mann mit der schönen Frau zu dem Mann geworden war, den seine Frau verlassen hatte.

Wenn ich manchmal komisch bin, wenn ich erstarre, sobald jemand fragt, wo ich aufgewachsen bin oder was meine Eltern machen, dann aus diesem Grund. Weil ich, genau wie Juliette, weiß, dass es Dinge gibt, die man nicht beschreiben kann.

Weil mein Vater, als ich dreizehn Jahre alt war, meine Mutter erwürgt hat, so brutal, dass er ihr mehrere Halswirbel brach. Er hat sie auf dem Küchenboden liegen lassen, sodass ich sie finden musste. Er hat ihre Skizzenbücher eingesammelt, im Garten auf den Grill gelegt und verbrannt, weshalb mir nichts, aber auch gar nichts von dem, was meine Mutter geschrieben und gezeichnet hat, geblieben ist.

Und dann ist er gegangen und hat den Rest des Abends mit seinen Freunden im Pub gelacht und gesoffen.

ZWEITER TEIL

DAS GEMÄLDE

»Ich entsinne mich dass Picasso und Gertrude Stein kürzlich über verschiedene Dinge sprachen die damals geschehen waren, einer von beiden sagte aber das alles kann doch nicht in dem einen Jahr geschehen sein, oh sagte der andere, meine Beste du vergisst, dass wir damals jung waren und in einem Jahr haben wir eine Menge getan.«

Gertrude Stein,
Autobiografie von Alice B. Toklas

6. KAPITEL

PATRICK, DUBAI, GEGENWART

Ich versuche mich zu erinnern, wann ich schon jemals solche Angst hatte. Die Antwort lautet, glaube ich: nie.

Dass ich festgenommen wurde, habe ich erst kapiert, als sie mich aus der Galerie führten und in den wartenden Polizeiwagen setzten.

Den ganzen Weg zur Wache fragte ich immer wieder, worum es denn ginge. Keine Antwort. Eine zerkratzte Plexiglasscheibe trennte mich von den beiden Polizisten vorn. Einer blinzelte durch die staubige Frontscheibe nach draußen, der andere schaute aus dem Seitenfenster. Die ganze Zeit lief in meinem Kopf eine immer schriller werdende Endlosschleife der Horrorgeschichten von Leuten, die hier auf der falschen Seite des Justizsystems gelandet sind. Von den Touristen, die wegen öffentlicher Unzucht im Knast landeten. Vom Freund eines Freundes, der sich bei einem Brunch im Hotel betrunken mit einem Security-Mann angelegt hatte. Von dem Mann, der in einem Nachtclub seinen Ehemann geküsst hatte. Von der Urlauberin, die Opfer eines sexuellen Übergriffs geworden war und den Fehler begangen hatte, das Vorkommnis der Polizei zu melden.

Jemandem, der nie in diesem Land gelebt hat, kann man die permanent schwelende Expat-Paranoia nur schwer erklären, eine Paranoia, die eigentlich keine Paranoia ist, denn auch für jemanden wie mich kann es hier wirklich schieflaufen. Und wenn es schiefläuft, dann kann es sehr schnell sehr, sehr schieflaufen.

Es hat zwei Seiten, dieses Dubai: die glitzernde und die andere. Ich kann den Moment, in dem ich heute von der einen auf die andere Seite gewechselt bin, exakt festmachen. Als wir durch den Eingang der Polizeistation mit dem blank polierten Boden, den Hochglanzpostern und gerahmten Maximen traten, konnte ich immer noch glauben, dass ich nur hier war, um die Polizei bei irgendwelchen Nachforschungen zu unterstützen. Niemand sagte so etwas wie, ich solle mein Telefon abgeben. Als wäre das eine reine Formalität, kündigte man an, dass man meine Fingerabdrücke nehmen und ein Foto machen müsse.

Dann gehen wir durch eine Tür, und plötzlich sind wir auf der anderen Seite: ein graugrün gestrichener Korridor, an der Decke flackernde, summende Leuchten, ätzender Desinfektionsmittelgeruch, der die anderen Gerüche nicht ganz überdeckt. Ich werde in einen Raum gebracht und aufgefordert, mich hinzusetzen.

Nach einer gefühlt sehr langen Zeit des Wartens geht die Tür auf. Ich erschauere, ich weiß nicht, ob vor Anspannung oder wegen der Aircondition. Zwei Männer kommen herein. Beide setzen sich. Der eine hat ein faltiges Gesicht mit pockennarbigen Wangen. Der andere Mann ist jünger, schmaler, er trägt eine randlose Brille.

Ich wende mich an den Jüngeren.

»Es tut mir wirklich leid, aber mir ist immer noch nicht klar, warum ich hier bin«, sage ich und lächle ihn, wie ich hoffe, gewinnend an, spiele bewusst den liebenswürdigen, konfusen Engländer. »Geht es um Geld? Ich weiß, wie ernst Sie es hier mit Schulden nehmen – sollte ich mein Konto überzogen oder eine Zahlungsfrist übersehen haben, handelt es sich zweifellos um eine vorübergehende Sache, ein Missverständnis. Wenn Sie mir gestatten, meine Bank anzurufen, kann ich das schnell in Ordnung bringen …«

Der ältere Mann brummt etwas in Richtung des jüngeren. Der Jüngere übersetzt.

»Es geht hier nicht um Ihr leeres Konto oder Ihre überzogene Kreditkarte, Mr Lambert.«

»Hat es etwas mit dem Gemälde zu tun, Officer?«

Das Bild, das ich gerade verkauft habe, ist schließlich auf nicht ganz korrektem Weg nach Dubai gelangt. Genau genommen ist es in Harrys Koffer gekommen, auf einem Emirates-Economy-Flug. Könnte sein, dass sie ein Zollvergehen wittern. Oder hat es damit zu tun, wie der Verkauf des Bildes abgewickelt worden ist? Es gab Niedriggebote, die ich höflich abgelehnt habe, und es ist schon vorgekommen, dass ein verstimmter Sammler dann falsche Anschuldigungen erhebt …

»Er ist der Officer«, sagt der jüngere Mann und zeigt auf seinen Kollegen, der eine steinerne Miene macht. »Ich bin nur der Übersetzer.«

Meine Kehle ist trocken. Ich bitte um ein Glas Wasser. Sie wechseln ein paar Worte. Der jüngere Mann schaut mich an und lächelt.

»Selbstverständlich bekommen Sie etwas zu trinken. Aber vorher müssen wir ein paar Dinge klären.«

»Natürlich«, sage ich. »Fragen Sie, was Sie wollen.«

Aus irgendeinem Grund fragt er mich nach Harry Willoughby aus, woher ich ihn kenne, wie lange ich ihn schon kenne. Er fragt, was ich glaube, warum Harry mit dem Bild, das er verkaufen wollte, diesem *Selbstporträt als Sphinx*, gerade zu mir kam. Ich erkläre noch einmal das besondere Verhältnis zwischen meinem und Harrys Vater, wie lange Harry und ich schon Freunde sind. Sie fragen nach den Konditionen, zu denen ich eingewilligt habe, das Bild zu verkaufen, ob ich die für fair halte. Sie fragen, wann ich das letzte Mal mit Harry gesprochen oder ihn kontaktiert habe. Ob ich mich gewundert habe, dass er nicht zu der Pressekonferenz erschienen ist.

Ein bisschen schon, sage ich. Dass ich es vielleicht ein klein wenig unhöflich fand. Dass ich ihm mehrere Nachrichten auf die Mailbox gesprochen und gefragt habe, wo er bleibt.

»Also geht es um Harry?«, fragte ich. »Steckt Harry in Schwierigkeiten?«

Erst jetzt sagen sie mir, dass Harry tot ist. Dass er ermordet wurde.

Erst jetzt dämmert mir, dass ich hier bin, weil sie denken, ich hätte ihn umgebracht.

7. KAPITEL

CAROLINE, LONGHURST 1991

Willkommen in Longhurst«, sagte Patrick, als wir durch das schmiedeeiserne Tor fuhren und eine von Eichen flankierte Zufahrt entlangrumpelten. Das war es also. Das Haus, in dem Juliette aufgewachsen war. Das Haus, in das – wie das Foto in der Witt zu beweisen schien – ihr Gemälde zurückgekehrt war, auf welchem Weg auch immer.

Patrick folgte meinem Blick zu einer Ansammlung zerschlissener Jurten auf einer etwas weiter entfernt liegenden Wiese. »Das Werk von Philip Willoughby«, sagte er. »Einer seiner zahlreichen Versuche, mit dem Grund und Boden Geld zu machen. Die sind von dem gescheiterten Opernfestival übrig, glaube ich. Unternehmerisch gesprochen hat er sich breit aufgestellt.«

Das schien mir eine Untertreibung. Während wir auf das Haus zufuhren, der Weg zog sich fast eine Meile hin, zeigte Patrick auf ein Feld mit ein paar Reihen traurig aussehender Weinstöcke (ein gescheiterter Weinberg), die zugewachsenen Überbleibsel einer Gokart-Bahn und, neben einem leeren Feld, ein Schild, das die Besucher eines Maximal Malerischen Maislabyrinths willkommen hieß.

»Philip ist nett, auch wenn er dir ganz bestimmt seinen neuesten Geheimplan zum Geldverdienen erläutern wird. Seine Mutter – die Witwe des Malers Austen Willoughby – ist über neunzig und noch sehr gut beieinander.« Patrick pfiff durch die Zähne. »Und sie ist ein echter Drachen! Einmal hatte Freddie Harry und mich überredet, über den See zu rudern. Sie hat das mitbekommen, da muss sie schon in den Achtzigern gewesen sein, und ich kann dir sagen, ich habe nie wieder einen solchen Anschnauzer gekriegt. Da konnte sich nicht mal Freddie mit seinem frechen Grinsen rauswinden. Dann ist da noch Harrys Mutter, Georgina …« Während er einem besonders großen Schlagloch auswich, überlegte er kurz. »Auf jeden Fall gewöhnungsbedürftig. Du wirst sehr schnell merken, ob sie dich mag oder nicht. Mich mag sie seit jeher, keine Ahnung, warum, deshalb werden wir wahrscheinlich heute Abend in ihrer Nähe sitzen. Fühl dich gewarnt.«

»Ich komme bestimmt zurecht«, sagte ich, aber jetzt dämmerte mir, dass ich als Patricks Begleitung den ganzen Abend unter Beobachtung stehen würde.

»Das sehen wir gleich«, sagte Patrick mit einem Lachen und winkte einer dunkelhaarigen Frau mit Schürze zu, die den Kiesweg entlangging. Er ließ das Fenster herunter und rief: »Georgina!«

Sie beschattete ihre Augen und spähte in den Wagen.

»Patrick!«, schrie sie, offensichtlich entzückt und in beachtlicher Lautstärke. »Park dort oben, ja? Und gib den Schlüssel dem jungen Mann in der Halle, falls wir die Wagen noch mal bewegen müssen, um Platz zu schaffen. Ich fürchte, diesmal kannst du nicht ins Grüne Zimmer – wir hatten schon alles für dich vorbereitet, und dann gab es einen verdammten Rohrbruch.«

Sie schnitt eine Grimasse und schlug melodramatisch die Hand vor die Stirn.

»Ins Grüne Zimmer?«, fragte ich Patrick.

»Das ist das Zimmer – ganz oben, grüne Blattmustertapete, Blick auf Rasen und See –, in dem mein Vater oder ich immer untergebracht werden, wenn wir hier sind. Heute dann wohl nicht, wie es aussieht. Das ist das Problem bei solchen großen alten Kästen – es muss ständig was repariert werden.«

Wie zur Illustration deutete er auf das Gerüst, das vor der einen Seite des Hauses angebracht war, teilweise mit weißen Plastikplanen abgehängt. Auch ein Teil des Daches war von solchen Planen verhüllt. Sowohl das Gerüst als auch die Planen sahen aus, als seien sie hier schon länger im Gebrauch.

Trotz dieser Anzeichen schleichenden Verfalls war das Haus beeindruckend. Ich hatte meine Hausaufgaben gemacht: Ursprünglich ein kleineres georgianisches Herrenhaus, war es in den 1840ern von der Familie Willoughby erworben, erweitert und mit golden schimmerndem Bath-Kalkstein im neugotischen Stil verschönert worden. Es war alles vorhanden: Rosettenfenster, Spitzbögen und hohe Türmchen.

Auf der einen Seite des Hauses wuselte Servicepersonal in weißem Hemd und Weste über den Rasen, einige schleppten üppige Blumenarrangements heran, andere Tabletts voller funkelnder Gläser. Neben der Haustür wurde eine Pyramide aus Champagnergläsern aufgebaut. Obwohl in Harrys Einladung um Abendgarderobe gebeten worden war, obwohl darin Dinner und Tanz, ein mitternächtliches Feuerwerk und für die frühen Morgenstunden ein Spanferkel in Aussicht gestellt wurden, hatte ich die Dimension des Ganzen bis zu diesem Augenblick nicht annähernd ermessen. Keine Frage, das würde anders als alle Geburtstagsfeiern werden, die ich bisher erlebt hatte.

»Hast du nicht gesagt, die Willoughbys wären knapp bei Kasse?«, raunte ich Patrick zu.

»Es gibt Dinge, für die solche Familien immer Geld aufbringen, dieser Meilenstein-Geburtstag ist so was. Kein Wunder, dass sie meinen Vater beauftragt haben, noch ein paar Austen-Willoughby-Bilder zu verkaufen.«

»Caroline!« Als ich mich umdrehte, sah ich auf der anderen Seite der Zufahrt Athena aus einem Rolls-Royce steigen. Sie war bereits fürs Dinner angezogen. Ich winkte ihrem Fahrer zu, Karl, den ich kannte, seit er Athena und mich einmal nach einer Geburtstagsparty in London abgeholt und zum Haus der Familie Galanis in Holland Park gebracht hatte. Ich weiß noch, dass ich mich wunderte, wie spärlich das Haus eingerichtet war. Erst später ging mir auf, dass es wahrscheinlich nur eines der Londoner Häuser war, die ihnen gehörten – und möglicherweise nur einer von ihren Fahrern.

Athena kam zu uns herübergestöckelt. Ich sagte etwas davon, dass sie ja im passenden hochherrschaftlichen Stil anreiste.

»Ihr habt mir nicht angeboten, mich mitzunehmen, was sollte ich also machen?«, gab sie etwas frostig zurück.

»Wo hätten wir dich denn hinsetzen sollen?«, fragte ich und zeigte auf den MG, der ein Zweisitzer war. In Wahrheit war sie natürlich sauer auf Freddie, der es nicht nur abgelehnt hatte, sie herzufahren, sondern ihr obendrein noch gesagt hatte, sie solle sich der Familie keinesfalls als seine Freundin vorstellen. Ganz klar war dies weder der Ort noch der Zeitpunkt, ihr zu erzählen, dass ich ihn am Vormittag im Osiris-Clubhaus hatte herumschleichen sehen.

»Da ist es ja«, sagte Patrick, rasch das Thema wechselnd, »das Geburtstagskind!«

Harry stand auf der Eingangsterrasse, begrüßte die eintreffenden Gäste, schüttelte Hände, nahm Geschenke entgegen.

»Patrick!«, sagte er. »Willkommen.« Er schüttelte Patrick die Hand. »Und Caroline, wie schön, dass du kommen konntest!«

Kurz dachte ich, er würde auch mir die Hand schütteln, doch stattdessen umarmte er mich steif. Dann dirigierte er uns in die Halle. Dort war auf einer Staffelei eine Liste aufgestellt, die in kalligrafierter Schrift darüber Auskunft gab, wer in welchem Zimmer untergebracht war. Wir hatten das

Rosenzimmer im zweiten Stock, zwischen Athena und einem Francis Gore-Wykeham-Fiennes.

»Ich gehe Freddie suchen«, sagte Athena und marschierte davon. Patrick gab seinen Autoschlüssel einem Mann mit Weste, der ihn in eine Kommodenschublade legte, und dann gingen wir nach oben.

In unserem Stockwerk angelangt, sagte Patrick: »Warte kurz hier. Ich stelle die Taschen in unser Zimmer, und dann führe ich dich ein bisschen herum.«

Ich stellte mich an die Marmorbrüstung und verfolgte von oben, wie weitere Gäste eintrafen, die Mädchen mit glänzendem Haar, die Jungen mit Kleidersack über dem Arm. Als Patrick wieder auftauchte, gingen wir nach unten und warfen einen Blick in eine ganze Flucht von Räumen, die eindeutig für formelle Gesellschaften gedacht waren – eher beeindruckend als einladend. Der Speisesaal mit den schimmernden Kerzenleuchtern erinnerte an ein Geisterschiff; die Sofas in einem der Wohnzimmer waren so hochlehnig und sparsam gepolstert, sahen so unbequem aus, dass man dort sicher lieber stehen blieb, als Platz zu nehmen.

Vor diesem Leben war Juliette davongelaufen. Ich muss sagen, ich konnte es ihr nicht verdenken.

Am Ende eines Flurs wies Patrick auf eine mit Schnitzereien verzierte Tür.

»Hier geht's in den Ostflügel, den ältesten Teil des Hauses. Da hatte Cyril seine Räumlichkeiten.«

Er zeigte mir eine Abfolge von Hieroglyphen, die mit Goldfarbe oben auf den Türrahmen gemalt waren. Ich erkannte ein Auge, eine Waage, zwei Federn, ein weiteres, anders geformtes Auge, einen Falken.

»Auch die Bibliothek und Austens einstiges Atelier sind da drin. Wenn Juliettes Bild in Longhurst ist, dann wahrscheinlich irgendwo dort.«

Er hatte die Tür gerade einen Spaltbreit geöffnet, als Harrys Mutter um die Ecke kam.

»Patrick!«, sagte sie streng, und seine Hand zuckte zurück, als stünde der Messingknauf unter Strom. »Heute kein Zutritt, fürchte ich. Ich hatte Philip eigentlich gesagt, er soll ein Schild aufstellen.«

Vorhin hatte ich gedacht, sie spräche so laut, weil sie sich freute, Patrick zu sehen. Jetzt zeigte sich, dass das – bestimmt dreißig Prozent lauter als andere Leute – ihre normale Lautstärke war. Vielleicht musste das so sein, wenn man an einem Tisch aß, der zehn Meter lang war, und das Wohnzimmer das Format eines Tenniscourts hatte.

»Natürlich, Entschuldigung«, sagte Patrick.

Er nahm mich bei der Hand, und wir traten eilends den Rückzug an, durch die Halle und nach oben in unser Zimmer. Die ganze Zeit dachte ich darüber nach, was das bedeutete, ob es irgendeine Möglichkeit gab, Georgina dazu zu bewegen, dass sie für uns eine Ausnahme machte, ob wir Harry oder Philip bitten konnten, uns herumzuführen …

»Da wären wir«, sagte Patrick. »Ich hoffe, du magst Chintz.«

Es war unschwer zu erkennen, wie das Rosenzimmer zu seinem Namen gekommen war. Die Vorhänge hatten Rosenmuster. Die Kommode war mit Rosen bemalt. Patrick ließ sich aufs Bett fallen und klopfte neben sich auf den mit Rosen bedruckten Überwurf.

»Wir haben ja noch ein bisschen Zeit …«, sagte er.

Ich stand noch auf der anderen Seite des Zimmers.

»Patrick«, sagte ich leise.

Er stützte sich auf den Ellbogen und lächelte mich an. »Ja?«

»Tut mir leid, aber es gibt etwas, worüber wir sprechen müssen. Etwas, das du wissen musst, wenn wir zusammen sein wollen.«

»Ja?« Er lächelte immer noch, leicht verunsichert, versuchte, meinen Ausdruck zu deuten.

Würde ich das wirklich tun? Würde ich das wirklich jetzt tun? Ich betrachtete mich kurz in dem Spiegel über dem Kamin. Dann nahm ich allen Mut zusammen.

»Das ist bestimmt nicht der richtige Augenblick – im Haus anderer Leute, vor einem Fest –, aber ich fürchte, es gibt keinen richtigen Augenblick. Es ist eine ziemliche Zumutung, und du wirst vielleicht nicht wissen, was du sagen sollst, und das ist völlig in Ordnung.«

Patrick setzte sich auf. »Hat es mit deinen Eltern zu tun?«

»Hat es, ja. Ich habe noch nie jemandem die ganze Geschichte erzählt, aber dir möchte ich sie erzählen, weil ich glaube, dass das zwischen uns etwas bedeutet. Sollte ich mich irren, sollte es für dich nur eine Geschichte zwischendurch sein, ist das auch in Ordnung, aber dann musst du es mir jetzt sagen.«

Patrick schüttelte leicht den Kopf. Wir lächelten beide. Plötzlich empfand ich eine große Zärtlichkeit für ihn.

»Gott«, sagte ich, »ich weiß wirklich nicht, warum ich damit nicht warten konnte, bis ich ein Glas getrunken habe …«

Patrick streckte mir die Hand entgegen. Ich nahm sie. Er zog mich neben sich aufs Bett. Ich holte tief Luft, und dann begann ich zu erzählen.

PATRICK, LONGHURST 1991

Als wir über den Rasen gingen, klammerte Caroline sich an meinen Arm, bei jedem Schritt versanken ihre Stilettos tief im Boden.

»Scheiß drauf«, sagte sie auf halbem Weg zum Zelt, streifte die nervenden Schuhe ab und gab sie an mich weiter. Dann raffte sie den Saum ihres blassgoldenen Kleides und legte den Rest des Weges barfuß zurück.

Nie im Leben hatte ich eine solche Schönheit gesehen, wie Caroline es in dem Moment war, mit dem fast bis zur Taille reichenden Haar, das im goldenen Abendlicht schimmerte. Außerdem war ich nie einem Menschen begegnet, der so jung so viel durchgemacht hatte. Und dann hatte sie auch noch die innere Stärke, die ganze Wut, den ganzen Schmerz zu kanalisieren, daraus Kraft zu ziehen und das Leben anzustreben, das ihre Mutter sich für sie erträumt hätte.

Ich war richtiggehend erschüttert, dass Caroline mir so großes Vertrauen entgegenbrachte. Mir war klar, dass mir damit eine große und kostbare Verantwortung geschenkt worden war.

Ein bisschen schämte ich mich auch, dass ich mich ihr gegenüber so ausgiebig über meinen Vater beklagt hatte.

Wenn es jemand verdiente, dieses Gemälde zu finden, dann Caroline Cooper. Und wenn darin tatsächlich ein Geheimnis verborgen war, konnte ich mir niemanden vorstellen, der fähiger wäre, es zu entschlüsseln.

Als wir festeren Grund erreichten, schlüpfte sie rasch wieder in ihre Schuhe. Drinnen standen die Leute noch um die Tische herum, und wir suchten, wie die anderen, die handgeschriebenen Kärtchen an den Plätzen nach unserem Namen ab. Währenddessen gingen Kellner mit Champagner herum, und in einer Ecke des Zelts nudelte eine Jazzband vor sich hin. Am anderen Ende war eine formelle Tafel wie für eine Hochzeitsgesellschaft arrangiert.

»Mein Gott«, flüsterte Caroline, »ich komme mir vor wie am Set eines Kostümfilms.«

Komischerweise hatte ich es als Kind nie merkwürdig gefunden, dass Harry in so einem riesigen Haus wohnte und eine eigene Bibliothek hatte und im Garten einen See mit einer Insel in der Mitte. Es war einfach ein Ort gewesen, an dem man herrlich herumtoben konnte. Erst als Teenager hatte ich angefangen, über die heikle Dynamik zwischen meinem Vater und dem von Harry nachzudenken, eine alte Freundschaft, die definitiv keine Beziehung unter Gleichen war und außerdem für meinen Vater beruflich eine große Rolle spielte. Und noch später war mir die Frage in den Sinn gekommen, wie es für Harry sein mochte, zu wissen, dass er – egal, was er zunächst mit seinem Leben anfing – eines Tages, früher oder später, Longhurst erben und in der Pflicht stehen würde, es zu erhalten.

Die Sitzordnung folgte ziemlich durchsichtigen Kriterien. Ein paar Tische waren für Harrys Altphilologie-Kommilitonen vorgesehen, auch Giles Pemberton saß da, und vier oder fünf andere für Freunde aus Schulzeiten. Freddie und die Osiris-Jungs saßen mehr zur Rückseite hin, zwischen sich ihre leidgeprüften Freundinnen, über deren Köpfe hinweg sie sich unterhielten. Arno von Westernhagen, der immer noch nichts trank, schwadronierte lautstark über den Grund dafür – je öfter ich die Geschichte hörte, desto länger schien er da auf dem Rugbyfeld bewusstlos gewesen zu sein. Die Gästeschar bot wenige Überraschungen, bis auf eine Gruppe vielleicht, die vollkommen fehl am Platz wirkte: ein Häuflein Mathe- und Informatikstudenten aus unserem College, von denen, soweit ich wusste, keiner mit Harry befreundet war. Sie schienen alle genauso erstaunt, dass sie hier waren, wie ich.

»Was soll das denn?«, fragte ich Harry, als wir uns zum Haupttisch durchschlängelten.

»Dad wollte, dass ich sie einlade«, erklärte er etwas verlegen. »Er denkt, dass sie eines Tages das große Geld machen, weshalb es nützlich sein kann, mit ihnen bekannt zu sein.«

Da war vermutlich was dran.

Der Ehrlichkeit halber musste man sagen: Selbst wenn sie sich den ganzen Abend damit unterhielten, einander Pi bis zur hundertsten Dezimalstelle vorzubeten, würden sie mehr Spaß haben als irgendwer an unserem Tisch.

Harry saß in der Mitte, an seiner einen Seite Caroline, an der anderen seine Großmutter, Granny Violet. Neben Caroline thronte Harrys Vater – ich hörte ihn schon seine neueste Idee erläutern, eine Straußenfarm, und vorrechnen, wie viele Omeletts sich aus einem einzigen Straußenei zubereiten ließen. Dann kam Georgina, und ich saß neben ihr am Ende der Tafel.

An jedem Platz lag eine kleine Wegwerfkamera bereit. Freddie war sofort herumgegangen, hatte sich bevorratet und war schon dabei, sich unmöglich zu benehmen: Ich hatte gesehen, wie er mit einer dieser Kameras nach draußen gegangen und kurz darauf zurückgekehrt war, wobei er sich mit selbstzufriedenem Grinsen den Reißverschluss hochzog.

Als mir das dritte Mal Wein nachgeschenkt wurde, merkte ich, wie schnell ich trank, und beschloss, mich etwas zurückzuhalten. Da wir alle in einer Reihe saßen, war die Einzige, mit der ich mich überhaupt unterhalten konnte, Georgina, aber immer, wenn ich ihr eine Frage stellte, fiel ihr irgendwas Dringendes ein, und sie hastete davon, um einen Kellner zu suchen.

Auf Georginas anderer Seite war es Caroline endlich gelungen, Philip vom Thema Strauße wegzubringen. Stattdessen fragte sie ihn über Juliette aus, versuchte, ihn für *Selbstporträt als Sphinx* zu interessieren, und wollte wissen, ob er eine Idee habe, wie das Bild von Paris nach Longhurst gelangt sein könnte, ob jemals jemand etwas Derartiges erwähnt habe.

Selbst aus der Entfernung bekam ich mit, dass sie rein gar nichts erreichte.

»Du lieber Himmel, meine Liebe«, hörte ich Philip sagen. »Selbst wenn es jemals hier gewesen sein sollte, ist es bestimmt schon vor Jahren im Müll gelandet. Aber wenn Sie sich für Gemälde interessieren – wir haben einige sehr schöne Hundeporträts von Harrys Großvater Austen ...«

Harry, auf Carolines anderer Seite, hatte offenbar das ganze Essen damit zugebracht, Granny Violet immer wieder zu erläutern, wer wer war. Wenn ich mich anstrengte, konnte ich ihrem Gespräch über das allgemeine Gemurmel hinweg einigermaßen folgen. »Ja, es ist ein bisschen laut«, sagte er nicht zum ersten Mal.

Als Philip sich kurz entschuldigte, lehnte Caroline sich über seinen Platz und sagte Violet noch einmal, wer sie war. Ich hörte sie laut und deutlich Juliette erwähnen und sah, wie sie die Fotokopie des Fotos von *Selbstporträt als Sphinx* aus der Handtasche zog. Violet nickte ein paarmal, beugte sich über das Blatt und betrachtete es. Dann schaute sie noch einmal genauer hin.

Und schrie.

Immer noch schreiend stemmte sie sich halb von ihrem Stuhl hoch und versuchte, die Fotokopie zu fassen zu kriegen, sie Caroline aus der Hand zu rupfen, als wollte sie sie zerreißen.

Philip eilte zurück an den Tisch und griff ein, bedachte Caroline mit einem wütenden Blick, nahm seine Mutter um die Schultern und führte sie aus dem Zelt. Caroline sah furchtbar beschämt aus.

Ich ging hin, nahm ihr die Kopie vorsichtig ab, klemmte sie mir unter den Arm und folgte Philip und Violet nach draußen. Harrys Großmutter war noch immer außer sich.

»Lassen Sie mich das bitte erklären«, wiederholte ich mehrmals, wobei ich gar nicht weiß, ob ich dafür überhaupt nüchtern genug gewesen wäre. Ich versuchte es einfach, versuchte, ihnen die Bedeutung dessen, worauf Caroline und ich gestoßen waren, zu vermitteln, sagte, das Foto sei ein Beleg dafür, dass das Bild möglicherweise noch existierte. »Es muss irgendein Missverständnis vorliegen«, wiederholte ich ein ums andere Mal, doch sobald ich Anstalten machte, die Fotokopie unter dem Arm hervorzuziehen, fing Violet wieder an zu kreischen, und Philip fuchtelte heftig mit den Händen.

Irgendwann packte er mich, sichtlich sehr wütend, am Arm und zog mich ein Stück beiseite, auf einen Abschnitt des Rasens, der nur von den Lichterketten in den Bäumen erhellt wurde. In diesem Dämmerlicht beugte er sich sehr nahe zu mir vor.

»Wie kannst du es wagen, Patrick«, bellte er und bohrte mir den Zeigefinger in die Brust. Seine Stimme bebte vor Zorn. »Was fällt euch ein, dir und dieser jungen Frau, die wir noch nie im Leben gesehen haben? Wie könnt ihr es wagen, hierherzukommen und uns Vorträge über Juliette zu halten? Was weißt du denn über sie? Was weißt du überhaupt? Nichts! Nichts weißt du.«

Ich nahm Anlauf, zu erklären, warum Caroline und ich uns so für Juliette interessierten, warum sie so wichtig war. Er ließ mich nicht ausreden.

»Sie war verrückt, hast du das gewusst? Paranoid. Hatte Wahnvorstellungen. Als junges Mädchen mussten sie sie wegsperren, in eine Nervenklinik. Weil sie so schreckliche Sachen herumerzählt hat. Wüste Anschuldigungen. Ihr Vater hat dafür gesorgt, dass sie in der besten Privatklinik von London die teuerste Behandlung bekam. Und wie hat sie es ihm gedankt? Indem sie verschwunden ist. Mit einem verheirateten, viel älteren Maler durchgebrannt. Wie hat sie ihrer Familie all die Freundlichkeit und Sorge vergolten? Damit!«

Mit angewiderter Miene zeigte er auf das Blatt Papier in meiner Hand.

»Ich verstehe nicht …«, sagte ich. Nie in all den Jahren, die ich Philip nun schon kannte, nicht einmal an dem Tag, an dem Harry, Freddie und ich zu der Insel im See gerudert waren, hatte ich ihn dermaßen die Beherrschung verlieren sehen.

»Ich weiß, dass du das nicht verstehst«, entgegnete er. »Nun, ich werde es dir erklären. Gib mir das Ding da.«

Ich zögerte. Er schnippte mit den Fingern. Ich reichte ihm das Blatt. Er hielt es zwischen uns hoch in das spärliche Licht und zeigte auf die Figur in der linken unteren Ecke, das blasse, geisterhaft wirkende Mädchen mit dem dunklen Haar. »Weißt du, wer das ist?«

Ich schüttelte den Kopf.

»Lucy, Juliettes Schwester. Na, begreifst du langsam? Deine Freundin hat meine zweiundneunzigjährige Mutter mit einem Bild von ihrer toten Nichte überfallen.«

»Es tut mir leid«, sagte ich. »Das wussten wir nicht. Ich wusste überhaupt nichts von …«

»Natürlich nicht. Weil das etwas ist, worüber wir in der Familie bis heute nicht sprechen. Lucy ist mit zehn Jahren umgekommen, Patrick. Sie ist im See ertrunken, hier in Longhurst, 1924. Es war ein Sommernachmittag. Lucy und ihre kleine Schwester Juliette wollten zur Insel rudern und dort picknicken, aber das Boot ist gekentert. Juliette hat es zurück ans Ufer geschafft. Lucy nicht. So ein wunderhübsches Mädchen. Der Liebling von allen. Es war die große Tragödie der Familie, für Jahre versank alles in Traurigkeit. Und sie hat das gemalt. Juliette hat ihre Schwester, die geliebte Schwester, die alle vermissten, um die unendlich getrauert wurde, gemalt. Ohne jede Würde. Mit fleckiger Haut und blauen Lippen. Mit fließendem Haar. Und dann hat sie

sie öffentlich zur Schau gestellt, hat sie den Blicken kichernder Gaffer ausgesetzt. Als wäre sie, Juliette, die Einzige, die sich an sie erinnerte. Als hätte nur sie ihr Leben lang mit diesem Verlust zu kämpfen. Als hätte die Familie nicht schon genug verdammte Skandale am Hals gehabt …«

Mit einem verächtlichen Schnauben warf er mir das zerknüllte Blatt Papier zu. Irgendwo nicht weit weg konnte ich hören, wie Georgina versuchte, Harrys Großmutter zu trösten. Kopfschüttelnd machte Harrys Vater sich auf den Weg zu ihnen.

Als ich wieder ins Zelt trat und Caroline erklären wollte, was wir angerichtet hatten, war ihr Platz leer.

»Der Fluch von Longhurst Hall« – Auszug aus *Die Welt des Unbekannten: Ungelöste Rätsel* (London: Usborne 1981)

Das Verschwinden von Jane Herries, dem Vermissten Hausmädchen von Longhurst Hall, war wohl das perfekte Rätsel für das neue Medienzeitalter der frühen Dreißigerjahre: Eine hübsche junge Frau verschwindet spurlos und auf unerklärliche Weise vom Anwesen eines wohlhabenden und einflussreichen britischen Unterhausabgeordneten, Cyril Willoughby.

Die Bezeichnung »Vermisstes Hausmädchen« hat die *Daily Mail* geprägt. Der *Daily Mirror* brachte an drei aufeinanderfolgenden Tagen ein Foto von Jane Herries auf Seite 1. Als wäre es ein Fall für Hercule Poirot, druckten die Zeitungen Grundrisse von Longhurst Hall, zeichneten ein, wo Jane Herries ihr Zimmer gehabt hatte und wo sie zuletzt gesehen worden war, und rekonstruierten die letzten Stunden vor ihrem Verschwinden.

Am Freitag, dem 15. September 1933, wurde das Hausmädchen Jane Herries das letzte Mal gesehen. Freitags hatte sie ihren freien Nachmittag, und nachdem sie mit den anderen Hausangestellten zu Mittag gegessen hatte, sagte sie, sie werde nun nach oben gehen und einen Brief schreiben. An wen, sagte sie nicht. Als sie am Abend nicht zum Essen erschien, stellten die anderen Bediensteten fest, dass sie seit Stunden niemand gesehen hatte, und beschlossen, nachzuschauen. Sie gingen zu ihrer kleinen Kammer unterm Dach – sie war leer. Kein Brief. Auf dem Nachttisch stand eine Tasse kalter Tee. Ihre Kleider und sonstigen Dinge waren an Ort und Stelle. Außer Jane Herries selbst schien nichts zu fehlen.

Jane Herries war noch nicht zurück, als am späteren Abend alle Bewohner des Hauses nach und nach zu Bett gingen. Auch am Morgen war sie nicht wieder aufgetaucht, und da wurde die Polizei eingeschaltet.

Noch am selben Vormittag sprachen die Polizisten mit ihrer Schwester Helen in Bristol. Auch diese hatte sie weder gesehen noch von ihr gehört. Andere Verwandte hatten die Schwestern, die Waisen waren, nicht mehr. Auch eine Freundin oder Bekannte, bei der Jane Herries sich aufhalten könnte, fiel der Schwester nicht ein, ebenso wenig ein Grund, warum sie Longhurst so plötzlich hätte verlassen sollen, wo sie seit einigen Monaten arbeitete. Sie hätte sich immer sehr zufrieden mit ihrer Stelle geäußert, sagte Helen. Zum Beweis zeigte sie den Polizisten einige der – später in der Zeitung veröffentlichten – Briefe, die Jane ihr wöchentlich geschickt hatte. Immer freitags geschrieben und zur Post gegeben.

Ein Brief vom Freitag, dem 15. September, ist nie angekommen. Manche im Haus erinnerten sich, öfter gesehen zu haben, wie Jane Herries die Auffahrt von Longhurst hinunterging, um ihren wöchentlichen Brief einzuwerfen, an jenem Freitag aber hatte keiner sie gesehen.

Am Samstagnachmittag, dem 16. September, tat sich die Familie – Cyril Willoughby, seine Frau Diana, seine Tochter Juliette – mit den Hausangestellten zusammen, um das gesamte Anwesen nach Jane abzusuchen. Die oberen und unteren Rasenflächen, den Rosengarten, den Wald, der den See umgibt, die Insel, das Sommerhaus, die Stallungen, die Wiesen dahinter. Auch das Haus durchsuchten sie von oben bis unten. Die Dachböden. Die Keller. Sie fanden nicht den kleinsten Hinweis.

Vom Haus bis zum Eingangstor des Anwesens ist es etwa eine Meile. Vom Tor zur nächsten Bushaltestelle ist es (an der Straße entlang) noch einmal ein Fußweg von etwa dreißig Minuten. Die Fahrt bis zum nächsten Bahnhof dauert etwa eine Viertelstunde. Keiner der Busfahrer, die von der Polizei befragt wurden, konnte sich erinnern, Jane Herries an dem Tag mitgenommen zu haben. Am Bahnhof war keine Person gesehen worden, auf die ihre Beschreibung gepasst hätte.

Eine Zeit lang nahm man an, dass das Hausmädchen sich an einem zuvor verabredeten Ort mit ihrem Schatz getroffen hatte und mit ihm durchgebrannt war. Allerdings wusste niemand von den Befragten etwas von einem Schatz, niemand erinnerte sich, dass Jane jemals einen erwähnt hätte. Janes Schwester nannte die Idee abwegig. Auch gab es keine Erklärung dafür, wie Jane Longhurst ungesehen hätte verlassen können und warum sie nichts von ihren Habseligkeiten mitgenommen hatte.

Über Wochen tauchten in den Zeitungen die verschiedensten Meldungen auf, Jane Herries sei gesehen worden. Dass sie in Liverpool an Bord eines Schiffes nach New York ging. Mit einem Gentleman ein Restaurant in Bath besuchte. In einer Lyons-Teestube am Piccadilly saß, wo sie einen Zeitungsartikel über sich selbst las.

Keine dieser vermeintlichen Beobachtungen konnte jemals bestätigt werden.
Dann wurden die Gerüchte düsterer.
Eine Theorie – von ihrer Schwester in mehreren Interviews entschieden zurückgewiesen – lautete, dass es doch einen heimlichen Liebhaber gegeben hatte, dass Jane Herries schwanger geworden war und dass entweder er oder sie selbst etwas Unüberlegtes getan hatte. Der *Daily Express* brachte eine Titelgeschichte, in der ein bekannter und bei Prominenten geschätzter Spiritist zitiert wurde. Er behauptete, das Verschwinden des Hausmädchens hänge, wie auch der tragische Tod von Cyril Willoughbys älterer Tochter zehn Jahre zuvor, mit einem alten Fluch zusammen, der auf einem der Objekte in Willoughbys Sammlung ägyptischer Artefakte liege.
Im November 1933 setzte Cyril Willoughby eine Belohnung von 500 Pfund für jeden aus, der etwas Sachdienliches zum Verbleib seiner früheren Hausangestellten sagen könne, oder zu den Ereignissen, die zu ihrem Verschwinden geführt hätten. Niemand erhob je Anspruch auf die Belohnung.
Und irgendwann verdrängten andere Skandale, andere Sensationen, die düsteren Vorboten des nahenden Krieges das Vermisste Hausmädchen von Longhurst Hall von den Titelseiten.
Das Rätsel bleibt ungelöst.

8. KAPITEL

CAROLINE, LONGHURST 1991

Ich stand fröstelnd draußen vor dem Zelt und überlegte, wo ich mich für den Rest des Abends verstecken könnte, als ich ein Hüsteln hörte. Kurze Stille, dann wieder ein Hüsteln, etwas lauter jetzt, offensichtlich an meine Adresse. Ich drehte mich um. Es war einer der Nerds, auf die Patrick mich früher am Abend mit belustigtem Grinsen aufmerksam gemacht hatte. Er hob beschwichtigend die Hand, als wäre ich ein scheues Tier, das die Flucht ergreifen könnte, sobald er sich näherte.

»Alles in Ordnung, Caroline? Hier, du hast was vergessen«, sagte er und hielt mit der anderen Hand meinen Schal hoch. »Hier draußen ist es kalt, ich dachte, du brauchst ihn vielleicht.«

Erst als er einen Schritt näher kam, um mir den Schal zu geben, erkannte ich ihn – es war Terry, der stille Informatikstudent, der im College in dem Zimmer neben Patrick wohnte. Terry von nebenan nannten wir ihn manchmal. Wenn ich ehrlich sein soll, wunderte es mich, dass er überhaupt meinen Namen wusste. Abgesehen von einem Hallo im Treppenhaus und gelegentlich einem verlegenen Small Talk in der Küche, wenn wir warteten, dass das Wasser kochte, hatten wir nie ein Wort gewechselt.

Er trug ein Dinnerjackett mit breitem Samtrevers, an den Schultern viel zu breit, die Ärmel viel zu kurz.

»Danke.« Ich nahm den Schal. »Nett von dir.«

»Gern geschehen. Brauchst du vielleicht ein Taschentuch?«

Ich nickte. Bis dahin war mir gar nicht bewusst gewesen,

dass mein Gesicht ganz nass war, das Augen-Make-up sicher völlig verschmiert.

Eine Weile standen wir schweigend da. Mir wurde klar, wenn Terry an seinem weiter entfernten Tisch den Aufruhr mitgekriegt hatte, wusste wahrscheinlich das ganze Zelt Bescheid.

»Ich glaube, es geht gleich mit dem Tanzen los«, sagte er.

»Dann laufe ich lieber mal rüber ins Haus und ziehe andere Schuhe an.« Ich zeigte auf meine schlammigen Stilettos und lächelte. »Wenn du mich entschuldigst …«

Die Rückseite des Hauses erwies sich als verwirrende Ansammlung von Türen, Veranden und abgestuften Terrassen, alle mit Blick auf einen großen, dekorativen See. Ich stieg im Mondschein ein paar Stufen hinauf und blieb kurz stehen, um mich zu orientieren. Licht kam nur aus einem offenen Fenster im Erdgeschoss, ein paar Meter von da, wo ich stand. Es drangen Stimmen nach draußen, die von Harrys Vater und eine andere, hoch, schrill, immer noch zeternd: Granny Violet.

»Ich hätte es wissen müssen. Ich hätte wissen müssen, dass man deinem Vater nicht glauben kann. Er hat damals gesagt, er hätte dieses schreckliche Bild schon vor Jahren vernichtet. Er sagte, er hätte es verbrannt.«

Harrys Vater mühte sich ab, sie zu besänftigen oder sie zum Schweigen zu bringen, ein bisschen wohl beides. Ich hatte keine Ahnung, was ich sagen sollte, falls mich jemand hier erwischte, und hielt die Luft an.

»Versprich es mir«, sagte sie immer wieder, »versprich es, Philip. Du musst es finden. Du musst es vernichten. Das ist keine Kunst, es ist eine Abartigkeit! Sie war nicht gesund, als sie es gemalt hat. Auch als sie zugelassen hat, dass es öffentlich gezeigt wird, war sie nicht gesund. Das Ganze war von vornherein nur dazu gedacht, der Familie – ihrer eigenen

Familie, *unserer* Familie – möglichst großen Schmerz und Schaden zuzufügen.«

»Beruhige dich doch, Mutter, bitte«, flehte er. »Komm wieder mit zu den anderen, tanz mit dem Geburtstagskind. Er möchte doch, dass seine Granny sich amüsiert. Ich suche morgen früh nach dem Bild, und wenn ich es finde, werfe ich es eigenhändig ins Feuer.«

Seine Schritte kamen näher, dann wurde das Fenster geschlossen und der Vorhang zugezogen.

Das Herz klopfte mir bis zum Hals, mir schwirrte der Kopf. Was für ein Schlamassel. Wegen meiner plumpen Versuche, mehr über Juliette in Erfahrung zu bringen, würde das *Selbstporträt als Sphinx*, wenn es das Feuer in Paris denn wirklich überstanden hatte, morgen hier ins Feuer geworfen werden. Das durfte ich nicht zulassen.

Es war klar, was ich zu tun hatte.

Ich ging hinüber zu der Stelle, an der ich die Kellner ins Haus laufen und wieder herauskommen sah. Die Küchentür stand offen. Das Abendessen war beendet, die Hauptarbeit in der Küche erledigt. Jetzt waren nur noch ein paar Leute damit beschäftigt, Teller zu stapeln, aufzuräumen und sauber zu machen. Ich trat ein und zeigte achselzuckend auf die Schuhe in meiner Hand.

»Die kann ich wohl vergessen«, sagte ich etwas theatralisch, durchquerte die Küche und lief die rückwärtige Treppe hinauf und in unser Zimmer. Statt nach dem Lichtschalter zu suchen, setzte ich mich im Dunkeln aufs Bett und versuchte mich zu sammeln. Ich legte die Hand auf die Brust und fühlte mein Herz heftig schlagen. Atme, Caroline, redete ich mir gut zu.

Plötzlich gab es im Zimmer nebenan einen lauten Rums. So, als wäre etwas Schweres gegen die Wand geworfen worden. Dann erhobene Stimmen. Athena und Freddie. Es hörte sich an wie eine ihrer üblichen Streitereien. Und wie üblich hielt keiner von beiden sich zurück.

»Was soll das?«, schrie sie, und gleich darauf landete wieder etwas an der Wand. »Was ist los mit dir? Warum bist du so?«

Eine Antwort von Freddie war nicht zu hören. Stattdessen Türenknallen. Eilige, wütende Schritte den Flur entlang. Eine Minute später leichtere Schritte hinterher. »Freddie? Freddie! Komm zurück!«, hörte ich Athena in klagendem Ton die Treppe hinunterrufen. Ich blieb im Dunkeln sitzen, bis auch sie wieder nach unten gegangen war.

Schließlich schluckte ich die Übelkeit hinunter, die mich befiel, sobald ich Leute streiten hörte, einen kalten, hässlichen Würgereiz. Es wird schon in Ordnung sein, sagte ich mir, bestimmt geht es Athena gut. Wahrscheinlich hatte sie nur etwas nach Freddie geworfen und ihn verfehlt. Einen schweren Schuh vielleicht, eine Haarbürste. Freddie war ein Arsch, aber nicht gewalttätig. Nicht alle Männer waren wie mein Vater. Nicht jeder Streit endete mit einem Hagel von Faustschlägen und Fußtritten.

Ich zog meine flachen Schuhe an und schlich hinaus, zu der Tür, die Patrick mir gezeigt hatte, der Tür zum Ostflügel des Hauses. Sie stand noch einen Spalt offen – anscheinend hatte Patrick sie nicht richtig zugemacht. Ich drückte leicht dagegen und nahm mir vor, wenn jemand käme, ein bisschen zu schwanken und die Betrunkene zu geben, die eine Toilette sucht, weil sie sich übergeben muss, oder einfach ein stilles Plätzchen, wo sie sich ein bisschen hinlegen kann.

Die Tür gab nach. Ich ging hindurch, schloss sie hinter mir und wartete, bis meine Augen sich an die Dunkelheit gewöhnt hatten. Dieser Teil des Hauses hatte eine andere Atmosphäre – irgendwie unheimlich und beklemmend. Die Flure waren kleiner, schmaler, dunkler. Direkt vor mir, das sah ich durch die offene Tür, lag die in Mondlicht getauchte Bibliothek, ein lang gestreckter hoher Raum mit umlaufender Galerie, an den Wänden Regal an Regal voller ledergebundener Bücher. Keine Gemälde bis auf ein großes Bild über dem Kamin, das Porträt eines vorwitzigen Irish Setter, ganz klar ein Werk von Austen Willoughby. Ich hastete die gewundene Treppe zur Galerie hinauf, öffnete dort eine Tür und stand in dem Raum, der Austen Willoughbys Atelier gewesen sein musste, denn er hatte ein riesiges Oberlicht. Gespenstische weiß verhängte Formen warfen Schatten an die Wände, vermutlich Möbel und Stapel von Bildern. Vorsichtig hob ich eins der Tücher an, und eine Staubwolke stieg auf.

Ich sagte mir, dass mich bei der Feier niemand außer Patrick und Athena vermissen würde, und beschloss, sämtliche Objekte in dem Raum genauer anzuschauen. Hier etwas Bestimmtes finden zu wollen, war eine entmutigende Aufgabe. Das Atelier war eine Mischung aus einem Nobel-Trödelmarkt und dem Abfallcontainer hinter einem Auktionshaus. Es gab angeschlagene Lüster, beschädigte Möbelstücke, Spiegel mit Sprung, durchgesessene Sofas. Einen Karton mit *Country-Life*-Ausgaben aus den Fünfzigerjahren. Eine offene schwarze Plastiktüte voller Pelzstolen. Und unter vielen der weißen Tücher Stapel von Leinwänden, manche halb fertig, manche noch unbemalt. Einige, offenbar weder zum Aufhängen noch zum Verkaufen für gut genug befunden, waren stark ramponiert. Die Tücher waren schwer, und ich hatte Mühe, mich in dem Durcheinander zu orientieren, umso mehr, als ich auf das hereinfallende Mondlicht angewiesen war. Allmählich kamen mir Zweifel, ob ich das alles in einer Nacht schaffen würde – und da war es auf einmal. Etwas kleiner, als ich es mir vorgestellt hatte, ganz hinten in einem Stapel an der Wand lehnender Bilder.

Was ich in meinen zitternden Händen hielt, war Juliette Willoughbys *Selbstporträt als Sphinx*.

Plötzlich wurde der Raum von grellem Licht erhellt. Ich schrie auf, taumelte rückwärts und stolperte über eine Anzahl gegeneinander gelehnter Bilder, die unter lautem Getöse umfielen wie Dominosteine. Kurz dachte ich, ich würde auch hinfallen und obendrauf landen.

Es war wieder dunkel. Blinzelnd, mit wild hämmerndem Herzen stand ich da und versuchte zu begreifen, wo das Licht hergekommen war. Alles war still. Mein Gefühl sagte mir, dass ich allein war. Die Tür hinter mir war zu. Ich umklammerte das Bild so fest, dass sich der Holzrahmen, auf den die Leinwand gespannt war, in meine Arme grub.

Über mir gab es einen lauten Knall, und gleich darauf explodierten am Himmel grüne und rosa Lichter. Das Feuerwerk! Das musste das Licht eben gewesen sein. Der Beginn des Feuerwerks.

Reiß dich bloß zusammen, Caroline, dachte ich.

Ich wusste, was ich zu tun hatte.

Alle würden auf dem Rasen hinterm Haus sein und das Farbenspiel am Himmel bewundern. Wenn ich es hinkriegen wollte, musste es jetzt passieren. Das Bild, klein genug, dass ich es überhaupt tragen konnte, aber dennoch sperrig, passte gerade so unter meinen Arm. Ich zog meinen Schal über den oberen Teil des Bildes, um den Diebstahl halbwegs zu verschleiern, und machte mich auf den Weg zurück in den anderen Teil des Hauses. Nein. Es war kein Diebstahl, es war eine Rettungsaktion. Ich würde das Bild bewahren. Für die Kunstgeschichte. Für Juliette. Für meine Mutter.

Während ich in der Halle in der Schublade wühlte und Patricks Autoschlüssel mit dem rot-goldenen Anhänger unter den anderen herausangelte, hörte ich draußen immer noch Ohs und Ahs. Ich steckte den Schlüssel ein und atmete tief durch. Dann hastete ich die Stufen vor der Haustür hinunter und über den knirschenden Kies zu der Stelle, wo wir am Nachmittag geparkt hatten. Im hellen Mondlicht hatte alles klare Konturen. Patricks Wagen stand noch am selben Fleck. Hinter dem Haus stiegen immer neue Raketen in den Himmel und streuten ihr Licht. Ich legte das Bild in den Kofferraum und breitete eine Picknickdecke darüber.

PATRICK, LONGHURST 1991

Caroline war einfach verschwunden. Sie war nicht im Zelt und auch nicht auf dem vorderen Rasen. Sie war weder im Rosengarten noch auf der Terrasse. Sogar in der Damentoilette sah ich nach – und hörte einen Schrei. Eine wütende blonde Frau beschimpfte Freddie, den sie erwischt hatte, wie er über die Kabinenwand hinweg mit einer der Wegwerfkameras Bilder machte.

Ich lief hinüber zum Haus, um in unserem Zimmer nachzusehen, aber auch dort keine Spur von Caroline. Auch in ein paar andere Zimmer an unserem Flur spähte ich und störte ein Pärchen auf, das sich gemeinsam unter der Bettdecke vergnügte; sie kreischten laut und warfen einen Wecker nach mir. In jeden einzelnen Raum im Erdgeschoss schaute ich, sogar durch die Tür zum dunklen Ostflügel warf ich einen Blick und rief leise nach ihr. Nichts.

Als ich wieder ins Zelt trat, hatte die Band losgelegt und die Tanzfläche war voll. Hochhackige Schuhe waren in die Ecke geflogen, Jacketts abgelegt, die Hemden bereits durchgeschwitzt. Selbst Harry war – ganz untypisch für ihn – unter den Tanzenden, krawattenlos und mit geröteten Wangen.

Mein Weg zum Tisch führte an der Bar vorbei. Dort packte mich Ivo am Arm und reichte mir ein randvolles Glas

Rotwein, in das Douglas Burn schnell einen Penny gleiten ließ. Sofort umringten mich sämtliche Osiris-Typen und johlten: »Austrinken, austrinken!«

»Leute«, sagte ich, »kriegt euch mal ein, ja?«

Eric Lam grinste scheinheilig-mitfühlend. Benjy Taylor kicherte. Ich verzog das Gesicht, setzte das Glas an und kippte den Wein hinunter. Das mit dem Penny war eine der dämlicheren Cambridge-Traditionen. Es kam darauf an, das Glas zu leeren, bevor die Münze auf den Boden gesunken war – angeblich um die Queen vor dem Ertrinken zu bewahren. Und diese Typen verließen das College nie ohne ein paar Münzen in der Tasche.

»Tanzt du, alter Junge?« Douglas klopfte mir auf die Schulter.

»Gleich. Ich muss nur erst Caroline finden und nachschauen, ob alles in Ordnung ist. Du hast sie nicht gesehen, oder?«

Er schüttelte den Kopf. »Weit kann sie ja nicht sein.«

Da hatte er recht. Selbst wenn sie beschlossen hätte abzureisen – sie hatte kein Auto. War sie womöglich den ganzen Weg zum Tor zu Fuß gegangen und wollte auf eigene Faust versuchen, nach Hause zu kommen? Das wäre eine Wanderung von einer Meile gewesen und dann eine weitere halbe Stunde Fußmarsch auf der Landstraße bis zur nächsten Bushaltestelle, und vor Montag würde ohnehin kein Bus kommen. Konnte sie jemand im Auto zum Bahnhof gebracht haben? Möglich, aber dann hätte sie eine lange, kalte Nacht im Warteraum vor sich, wenn der überhaupt geöffnet war.

Allmählich machte ich mir ernsthaft Sorgen.

Nach der ganzen Aufregung heute, nachdem sie mir gegenüber so offen gewesen war, hatte ich das Gefühl, bei ihr sein und dafür sorgen zu müssen, dass es ihr gut ging. Stattdessen hatte ich zugelassen, dass sie ganz allein in die Nacht lief.

Auch als sich um Mitternacht alle auf dem hinteren Rasen versammelten, um das Feuerwerk zu bewundern, blieb sie verschwunden. Während über uns die Raketen explodierten, fragte ich herum. Toby hatte sie nicht gesehen. Ivo sagte, er habe keine Ahnung, von wem ich überhaupt redete. Giles Pemberton schließlich verwies auf Terry, mit dem habe Caroline draußen vorm Zelt gesprochen. Das kam mir unwahrscheinlich vor.

Ich irrte mich.

»Suchst du Caroline?«, fragte Terry sofort, als ich mich näherte. Auf seinem Gesicht flackerte der orangerote Schein des Lagerfeuers, an dem Leute standen und Marshmallows rösteten.

Ich nickte. »Hast du sie gesehen?«

»Sie ist in euer Zimmer gegangen, glaube ich. Sie schien ziemlich aufgelöst.«

Das wunderte mich nicht. Ich hatte sie zwar gewarnt, dass die Willoughbys empfindlich sein konnten, aber ein solches Drama hätte ich niemals erwartet. Jedes Mal, wenn ich Philip über den Weg lief, bedachte er mich mit diesem beleidigten Blick, als wundere er sich, dass ich die Frechheit hatte, überhaupt noch da zu sein. Ob er meinem Vater von der Sache erzählen würde? Ich hoffte sehr, dass er das nicht tat.

Ich ging noch einmal in unser Zimmer und entdeckte neben dem Bett Carolines schmutzige Stilettos. Gott sei Dank, dachte ich. Inzwischen hatte ich schon befürchtet, sie könnte sich im Dunkeln verlaufen haben und in den See gestürzt sein.

Als ich wieder nach unten kam, hatte es begonnen zu nieseln, und nach und nach fanden sich die Gäste – fröstelnde Mädchen im Frack ihres Freundes, Jungs in durchweichtem Hemd – im Haus ein.

Und durch den Hauptflur kam, suchend in jeden Raum spähend, Caroline geradewegs auf mich zu.

Ich rief ihren Namen, und sie lächelte erleichtert.

»Patrick! Wo warst du?«

»Vor allem habe ich dich gesucht. Geht's dir gut? Hast du dich die ganze Zeit hier im Haus versteckt?«

Sie nickte, schien etwas sagen zu wollen, überlegte es sich aber anders. Stattdessen gähnte sie herzhaft. Ich sah auf die Uhr.

»Bist du müde? Ich glaube, es würde niemandem auffallen, wenn wir einfach ins Bett verschwinden …«

Sie schüttelte den Kopf. »Ich gehe schlafen. Aber fühl dich bitte nicht verpflichtet, meinetwegen auch schon raufzukommen.«

»Aber ich …«

»Patrick«, sagte sie sanft. »Dein ältester Freund feiert seinen einundzwanzigsten Geburtstag. Geh zu ihm, trink ein Glas mit ihm. Sollte irgendwer immer noch sauer sein, kannst du vielleicht in meinem Namen um Entschuldigung bitten.« Sie beugte sich vor und küsste mich auf die Wange. »Wir reden morgen über alles.«

Während ich zuschaute, wie sie die Treppe hinauf verschwand, wurde mir bewusst, dass ich Harry schon eine ganze Weile nicht mehr gesehen hatte.

Da es sein Einundzwanzigster war, hatten die anderen Osiris-Mitglieder laut getönt, sie würden die Nacht durchmachen. Douglas und Benjy war das ohne Weiteres zuzutrauen, die meisten anderen waren schon weggedämmert. Ivo lag in der Eingangshalle auf einer Couch und schnarchte. Nicht weit davon hing Hugo in einem Sessel vor dem Kamin, die Augen zu, die Finger noch um ein halb volles Whiskeyglas gekrallt. Als ich mich meinerseits nach etwas Trinkbarem umsah, tauchte neben mir Toby auf, schniefte, rieb sich die

Nase und fragte, ob ich wüsste, wo Freddie sei. Ich schüttelte den Kopf.

Um drei Uhr morgens wurden draußen auf einem Tapeziertisch neben der Küchentür Kaffee, Toddy und Spanferkelbrötchen angerichtet. Eine der Kaffeemaschinen wurde von Georgina bedient, die schon im Schlafanzug war und einen grünen Regenmantel übergeworfen hatte. Arno von Westernhagen, der Einzige, der noch wach war und weder glasige Augen hatte noch lallte, kam mit einem dampfenden Kaffeebecher zu mir herüber. »Na, was meinst du, Lambert, hältst du bis morgen früh durch?«

»Ich glaube, ich schaff's nicht«, gab ich zu. Und alle um uns herum schienen sich ähnlich zu entscheiden oder zumindest schwankend zu werden.

Arno unterdrückte ein Gähnen. »Ich weiß auch nicht, wie ich es ohne eine zusätzliche Schachtel Zigaretten hinkriegen soll. Angeblich gibt's halbwegs in der Nähe eine Tankstelle mit durchgehend geöffnetem Shop …« Er sah mich bedeutungsvoll an.

»Tut mir leid, ich hab viel zu viel getrunken. Ich fahre heute nirgends mehr hin, zu welch noblem Zweck auch immer.«

»Ich könnte mir dein Auto leihen.«

»Äh …«

»Ich bin stocknüchtern, Patrick. Du weißt, dass ich nichts trinken darf. Ärztliche Anordnung.«

Ich zuckte bedauernd die Schultern.

»Ach komm, Patrick! Ich hab Harry versprochen, dass ich aufbleibe, und garantiert haben Eric und Hugo eine Wette am Laufen, dass ich es nicht schaffe. Tu mir den Gefallen.«

Ich spürte, wie mein Widerstand bröckelte. Mir war nicht wohl dabei, andererseits war Arno nüchtern, daran bestand kein Zweifel. Und ich kannte die Tankstelle – eine kurze, gerade Strecke, aus dem Tor raus nach links. Es war ja nicht so, dass um diese Zeit irgendwer auf der Straße unterwegs sein würde.

»Okay. Aber vorsichtig. Sanft Gas geben, bis du ein Gespür für den Wagen hast. Der Schlüssel liegt in der Halle in einer Kommodenschublade – MG-Anhänger. Leg ihn dann einfach wieder da rein.«

Arno war so froh, dass er mir tatsächlich um den Hals fiel.

»Ich hoffe, ich muss es nicht bereuen«, rief ich ihm noch hinterher.

Müde, mit trübem Blick, schleppte ich mich nach oben in unser Zimmer. Als ich neben Caroline ins Bett kroch, murmelte sie etwas Unverständliches. Ich schlang den Arm um ihre Taille, gab ihr einen Kuss auf den Nacken, hatte kurz das Gefühl, ich würde tatsächlich versinken, und war weg.

Dann war es plötzlich heller Morgen, die Sonne schien ins Zimmer, und jemand hämmerte wie wild an unsere Tür. Caroline murmelte etwas im Schlaf und drehte sich auf die andere Seite. Ich stieg aus dem Bett, prüfte kurz, ob ich wenigstens Unterwäsche anhatte, und ging zur Tür.

»Caroline?« Athena spähte über meine Schulter hinweg ins Zimmer.

»Ja, sie ist hier. Was ist los, Athena?«

»Hat einer von euch Freddie gesehen?«

Ich schüttelte den Kopf. »Schon ewig nicht mehr«, sagte ich. Unter der Decke drang undeutlich Carolines Stimme hervor, die das Gleiche sagte.

Athena ließ die Schultern hängen. Kurz dachte ich, sie würde in Tränen ausbrechen. Ich drehte mich um und sah hinüber zu Caroline. Sie saß inzwischen aufrecht im Bett und hatte sich in die Decke gewickelt.

»Komm rein, Süße«, rief sie. »Ist alles in Ordnung?«

Ich trat einen Schritt beiseite, sodass Athena an mir vorbeikam. Sie stürzte zu Caroline, die schon halb aus dem Bett war, und sie umarmten einander. »Er ist bestimmt hier irgendwo«, sagte Caroline, noch etwas heiser, und tätschelte Athena Arm und Schulter. »Wir helfen dir suchen.«

»Ich hab schon überall geschaut!«, rief Athena. »Seit Stunden suche ich ihn. Wir hatten Krach, und er ist davongestürmt.« Caroline seufzte mitfühlend. »Ich dachte, wenn er sich ein bisschen beruhigt hat, kommt er zurück und wir können reden, aber er ist nicht zurückgekommen. Vor zwei Stunden bin ich aufgewacht und dachte, ich gehe runter und überrede ihn, ein paar Stunden zu schlafen, damit er sich dann nicht ganz scheußlich fühlt, aber ich hab ihn nirgends gefunden. Im Haus nicht. In seinem Zimmer nicht. Im Zelt nicht. Im Sommerhaus nicht. Nirgendwo draußen. Sogar zum See bin ich runtergelaufen, weil ich dachte, vielleicht sitzt er auf dem Steg und schaut sich den Sonnenaufgang an. Keine Spur von ihm!«

Sie verstummte und presste den Handrücken gegen den Mund, um ein Schluchzen zurückzudrängen. Dabei fiel mir an ihrem Unterarm eine dunkel verschmierte Spur auf.

»Was ist denn das, Athena? Geht's dir wirklich gut?«

Sie tippte mit dem Finger auf die Stelle und seufzte. »Ich muss mich irgendwo geschnitten haben. Ich bin auf den Stufen vom Rasen herauf gestolpert und hingefallen.«

Ich schaute mich nach einem Handtuch für sie um. Als ich mich wieder umdrehte, war ihr Gesicht verzerrt.

»Oh Gott«, sagte sie. »Er war so wütend! Und so betrunken. Ich hab so Angst, dass was Schlimmes passiert ist.«

JULIETTES TAGEBUCH, PARIS 1937

Vierter Eintrag

Mittwoch, 15. Dezember. Es gab einen Moment, einen kurzen Moment, da dachte ich, dass Oskar sich einfach für mich freuen würde. Dass er froh wäre, dass André Breton, sein Freund, sein Held, sein Mentor, meine Arbeit so schätzt. Dass ich mit ihm zusammen ausstellen würde, dass unsere Bilder nebeneinander hängen würden.

Dann sah ich den Ausdruck auf seinem Gesicht.

Als Breton gegangen war, stand Oskar lange davor und starrte es an, mein *Selbstporträt als Sphinx*. Dann starrte er noch länger auf sein eigenes Bild. Und dann ist er ohne ein Wort gegangen.

Es dauerte Stunden, bis er wiederkam. Und als er kam, ging er, wieder ohne ein Wort, direkt ins Bett und blieb bis zum Abend liegen.

Kann es sein, das frage ich mich manchmal, dass ich einen schrecklichen Fehler gemacht habe?

Die Wutausbrüche. Das wochenlange Schweigen. Plötzlich ist mir klar geworden, an wen Oskar mich erinnert, wenn er so ist. An meinen Vater.

Gestern Abend gab es den schlimmsten Streit, den wir je hatten.

Es fing damit an, dass ich beim Zubereiten des Abendessens die Frechheit besaß, ihn zu fragen, ob er abends zu Hause sein würde. Woraufhin er wutschnaubend seine Zeitung in die Ecke pfefferte und eine lange Tirade anstimmte, was ich für eine Klette bin, dass ich ihm die Luft zum Atmen nehme und so weiter. Vielleicht würde er zu Hause bleiben, sagte er. Oder vielleicht würde er ausgehen, mit seinen Freunden. Er habe sich noch nicht entschieden. »Ich wollte einfach nur wissen, ob ich zwei Suppenschalen aufdecken soll oder nicht«, sagte ich. Er starrte auf den Topf, schnupperte, verzog das Gesicht und sagte: »Ich habe schon gegessen.«

Dann versuchte ich zu malen, und er lief den ganzen Abend im Zimmer hin und her, seufzte laut, nahm irgendwelche Sachen zur Hand, legte sie wieder hin und stellte sich so, dass er mir das Licht nahm, bis ich schließlich sagte, wenn er unbedingt ausgehen wolle, dann solle er in Gottes Namen gehen. »Ich halte dich nicht auf«, sagte ich. »Es ist mir egal. Ich kann es nur nicht gebrauchen, dass du hier herumstapfst, vor dich hin murmelst und schlechte Laune verbreitest. Ich muss arbeiten.«

Das gefiel Oskar nicht. So eine Standpauke zu bekommen.

Er ließ eine Bemerkung fallen – in den Raum hinein, wie an einen unsichtbaren Beobachter –, wie aufgeblasen diese Kleine doch auf einmal sei. Ich erwiderte, wie kleinlich diese alten Männer doch sein konnten, wie jämmerlich, neidisch.

Da hieb er mit beiden Fäusten auf den Tisch und starrte mich wild an. Er schäumte vor Wut. Einen Moment lang sah es wirklich so aus, als denke er daran, mich zu schlagen. Dann stürmte er davon und rief über die Schulter, ich brauche nicht auf ihn zu warten. Er schlug die Tür dermaßen laut zu, dass das Kleinkind der Nachbarin anfing zu weinen. Mir selbst war auch nach Weinen zumute. Stattdessen griff ich zum Pinsel und malte.

Mein Name ist Juliette Willoughby, ich bin Künstlerin. Das waren die ersten Worte, die ich an Oskar gerichtet hatte. Ich habe sie den ganzen Abend, während ich malte, wieder und wieder vor mich hingesagt.

Als Oskar vier Stunden später wiederkam, war ich immer noch bei der Arbeit.

Er sagte nichts. Ich sagte nichts. Stattdessen trat er hinter mich und blieb dort stehen. Die Dielen knarrten unter seinen Sohlen, weil er vor und zurück schwankte, so nahe, dass ich seinen Atem im Nacken spürte und roch, was er getrunken hatte. Das hätte mich schon irritiert, wenn sonst alles in Ordnung gewesen wäre, nun aber umso mehr, weil ich fast die ganze Zeit, während er weg gewesen war, mit demselben Teil des Bildes gerungen hatte. Ich hatte hier korrigiert und da nachgebessert und am Ende wütend noch mal ganz neu angefangen mit dieser letzten Figur, die mich seit Wochen umtreibt: Lucy. Meine Schwester Lucy, die aus dem See aufsteigt, die Haare nass, die Arme ausgestreckt.

»Ich weiß«, sagte ich, um dem, was auch immer er äußern würde, zuvorzukommen. »Ich weiß, dass es nicht stimmt. Ich weiß das.«

Er gab ein undeutliches Brummen von sich. Oskar weiß, dass ich hier nicht einfach mit technischen Schwierigkeiten zu kämpfen habe. Während unserer ersten gemeinsamen Wochen in Paris bin ich einmal aus einem Albtraum hochgefahren und habe ihm danach von meiner Schwester erzählt. Und von dem Tag, der mich bis heute verfolgt. Jedes Mal, wenn ich versuche, Lucy zu malen, ist mir, als schrecke meine Hand genau wie mein Verstand vor der Wahrheit zurück.

Lange standen wir beide so da und betrachteten mein Bild.

Er rieb sich den Nacken. Er rieb sich mit einem Fingerknöchel den Augenwinkel.

»Ich glaube«, sagte er schließlich, »ich habe eine Idee.«

9. KAPITEL

CAROLINE, LONGHURST 1991

Athena kaute auf der Unterlippe. Die geröteten Augen hatte sie hinter einer riesigen Sonnenbrille versteckt. Es war schon fast zehn. Wir hatten an jede Zimmertür geklopft. Wir hatten das Sommerhaus und die schon lange nicht mehr genutzten Stallungen abgesucht. Wir waren durch den Garten gewandert und hatten nach Freddie gerufen, hatten an Bäumen hinaufgespäht und im Gebüsch gesucht. Ich war sogar ans Ende des Rasens gegangen und hatte von dort nachgeschaut, ob er vielleicht am Gerüst hochgeklettert und da oben irgendwo eingeschlafen war. Wen wir auch fragten, alle sagten, sie hätten ihn seit Stunden nicht mehr gesehen – wobei das außer Athena auch niemandem Sorgen zu machen schien.

Je länger wir suchten, desto genervter war ich von Freddie – und desto dringender wollte ich weg. Weg von diesem Haus, dieser Familie. Jeden Augenblick konnte Granny Violet auftauchen und mich wieder anschreien. Philip Willoughby war vielleicht schon dabei, in Austens Atelier nach *Selbstporträt als Sphinx* zu suchen, um es sogleich in das immer noch schwelende Lagerfeuer zu werfen.

»Hör mal, Athena, ruf doch Karl an und sag, er soll dich abholen kommen. Oder Patrick fährt dich zum Bahnhof und kommt dann wieder her, um mich einzusammeln. Freddie taucht früh genug wieder auf, ganz bestimmt.«

Athena beharrte darauf, dass sie bleiben müsse, bis er wieder auftauchte. »Es ist was passiert, ich spüre es einfach. Es war so ein alberner Streit. Aber ich bin zu weit gegangen. Ich habe Sachen gesagt, die ich nicht hätte sagen sollen. Ich habe ihn provoziert, und vielleicht hat er eine Dummheit gemacht.«

»Es klang eigentlich wie immer«, sagte ich etwas unüberlegt.

»Bitte?«, fuhr sie auf.

Im Geist trat ich mir selbst gegen das Schienbein.

»Entschuldige, Athena, ich war einfach gerade in unserem Zimmer, weil ich andere Schuhe anziehen wollte, und – ja, ich habe euch nebenan gehört. Das Geschrei. Und – natürlich hab ich nicht alles verstanden, ich kenne nicht die ganze Geschichte, aber es klang eigentlich so wie sonst auch, wenn ihr euch streitet …«

»Also hast du uns belauscht.«

»Mir blieb ja gar nichts anderes übrig, oder?«, rief ich, gereizt von ihrem Ton, vor allem, nachdem ich ihr stundenlang beim Suchen geholfen hatte. »Hör zu, wir wissen beide, dass er bald wieder aufkreuzt. Er wird die Nacht in einem Wäschekorb oder einem Schrank oder an sonst einem unmöglichen Ort verbracht haben, der aber bestimmt eine gute Geschichte hergibt. Außerdem wird er sich entweder gar nicht daran erinnern, dass ihr Streit hattet, oder er behauptet, er wüsste nicht mehr, was er gesagt hat, und schon gar nicht wird er sich entschuldigen, und – ganz ehrlich, Athena, ich weiß nicht, wieso du dir das gefallen lässt, ich versteh's wirklich nicht. Du musstest darum betteln, dass er dich überhaupt zu diesem Fest mitbringt, er hat sich geweigert, dich im Auto mitzunehmen, er hat dich niemandem in der Familie als seine Freundin vorgestellt, und dann hat er dir mit seinem Verschwinden den ganzen Abend verdorben. Ruf Karl an, sag, er soll dich mit dem Wagen abholen und nach Cambridge bringen. Bitte. Das muss doch nicht dein Problem sein. Freddie muss nicht dein Problem sein.«

Athena sagte etwas, das ich nicht verstand.

»Wie bitte?«

»Ich sagte: Sieh mal an, wer hier plötzlich die Beziehungsexpertin ist.«

Ich beschloss, darauf nicht anzuspringen.

»Hast du wenigstens etwas gegessen?«, fragte ich stattdessen und öffnete den Kofferraum von Patricks Wagen gerade weit genug, um meine Tasche hineinzustellen. Allerdings konnte ich nicht widerstehen und vergewisserte mich, dass die Picknickdecke noch so dalag, wie ich sie hingebreitet hatte. Ich fuhr mit der Hand darüber und ertastete eine Ecke des Gemäldes. Vorsichtig stellte ich die Tasche daneben, dann klappte ich den Kofferraum zu und schloss ihn wieder ab.

»Sieht aus, als ob es irgendwo Frühstück gibt«, sagte ich und nickte in Richtung Terry, der neben einem kleinen Rollkoffer stand, zu uns herüberstarrte und in ein Schinkensandwich biss, aus dem Ketchup auf den Kies tropfte. Als er mitbekam, dass wir zu ihm hinschauten, hob er die Hand, um zu winken, und verlor prompt mehrere Scheibchen Schinken aus seinem Sandwich.

»Ich könnte jetzt gar nichts essen«, sagte Athena verärgert.

Plötzlich fiel mir etwas ein. »Hast du nachgesehen, ob Freddies Auto noch dasteht?«, fragte ich. »Er ist doch selbst hergefahren, oder?«

»Gott, ja, du hast recht! Das Auto. Was, wenn er betrunken davongerast ist?«

»Wahrscheinlicher ist, dass er mit einer leeren Weinflasche im Arm auf der Rückbank liegt und schläft«, sagte ich. Es sollte tröstlich klingen, aber Athena fasste es anders auf. Sie schnaubte böse und stürzte los, Freddies Auto suchen.

»Wir sehen uns in Cambridge, ja?«, rief ich ihr nach.

Athena hatte den Kopf gesenkt und ignorierte mich. Sobald er auftaucht, ist alles wieder gut, sagte ich mir. Ich hatte im Augenblick andere Sorgen. Dies war die letzte Gelegenheit, den Diebstahl noch einmal zu überdenken, und selbst jetzt war es schon praktisch unmöglich, das Bild an seinen Platz zurückzubringen, ohne dass jemand etwas mitbekam. Die ganze Nacht hatte ich mich in diesem knarrenden Eisenbett hin und her gewälzt und versucht, mir einen Plan zurechtzulegen. Während ich auf Patrick gewartet hatte, spürte ich, wie mein Triumph, das Bild gefunden und vor der Vernichtung bewahrt zu haben, mit jeder neuen Einsicht, die mir kam, weiter zerbröselte. Weder konnte ich das Bild behalten, noch konnte ich es irgendeiner Institution stiften. Ich konnte niemandem erzählen, was sich hier abgespielt hatte und wie ich in den Besitz des Bildes gelangt war. Ich wusste ja noch nicht mal, wie ich es Patrick beichten sollte.

Als er mit seinem Sandwich fertig war, kam Terry zu mir herübergeschlendert. »Ihr könnt mich nicht vielleicht mitnehmen?« Sein Blick ging zu Patricks Wagen. »Ich muss irgendwie ins College zurück, und anscheinend sind alle, die ich kenne, schon ohne mich gefahren.«

»Tut mir echt leid«, sagte ich. »Es ist nicht mein Auto, und es ist wirklich nur Platz für zwei. Vielleicht kann jemand von den Willoughbys dir ein Taxi rufen, das dich zum Bahnhof bringt?«

Er schlurfte in Richtung Haus, und ich rief ihm noch eine Entschuldigung hinterher.

Kurz darauf erschien Patrick in der Haustür und kam die Stufen herab. Er hatte seinen Kleidersack über dem Arm und balancierte in jeder Hand einen weißen Styroporbecher mit Kaffee. Beim Auto angelangt, öffnete er mir die Beifahrertür, und ich stieg ein, sprang aber sofort wieder hoch.

»Iiih, Gott, was ist das denn?«, quietschte ich und befühlte den Sitz. »Der ist klatschnass!«

Patrick schüttelte den Kopf. »Verdammt. Ich hab Arno

gesagt, er kann das Auto nehmen und Zigaretten holen. Was hat der denn gemacht?«

Mit gerunzelter Stirn ging er auf die Knie und sah sich den Sitz aus der Nähe an. Roch daran.

»Nur Wasser«, sagte er und richtete sich, sichtlich erleichtert, wieder auf. »Hier, im Handschuhfach sind Tücher zum Abwischen, und ich bin ziemlich sicher, dass dieses Ding wasserdicht ist.«

Nachdem er den Sitz trocken getupft hatte, so gut es eben ging, breitete er seinen Kleidersack als Unterlage für mich darüber. Dann fuhren wir los, wendeten auf dem Kies und rollten in Richtung Tor.

»Was wollte denn Terry?«, fragte er. Ich erzählte es ihm und hatte immer noch ein schlechtes Gewissen, dass wir ihn nicht mitnehmen konnten.

»Das kriegt er schon hin«, sagte Patrick. »Der einzige Mensch, der mir leidtut, ist der, der mit ihm in einem Zimmer schlafen musste.«

Bis ich die ersten Male bei ihm übernachtete, hatte ich immer gedacht, Patrick mache über das Schnarchen seines Nachbarn nur Witze. Patricks Zimmer, ganz oben in einem College-Gebäude aus dem neunzehnten Jahrhundert, mit Blick über einen Innenhof, nahm eine Ecke eines ehemals viel größeren Raums ein, den man unterteilt hatte, sodass mehr Studenten Platz fanden. Nur eine dünne Gipswand trennte ihn von Terry. Das bedeutete, dass wir, wenn Terry da war, und er war immer da, den ganzen Abend lang jedes Schnarchen, jeden Rülpser, jeden Furz, jedes Quietschen seiner Bettfedern, das Gebläse seines Computers und den wilden Tanz seiner Finger auf der Tastatur hörten. Einmal hatte Patrick ihn gefragt, was das Geklapper die halbe Nacht lang zu bedeuten habe – es hatte sich herausgestellt, dass Terry an der New Yorker Börse zockte.

Gegen Mittag erreichten wir Cambridge. Den größten Teil der Fahrt hatten wir in verkatertem Schweigen verbracht, beide tief in Gedanken versunken. Wir parkten auf dem College-Gelände, in meinem Hof. Ausnahmsweise standen da nur wenige andere Autos, und es war niemand zu sehen. Aus den Fenstern der College-Küche drang Radiogeplärr nach draußen. Nachdem wir ausgestiegen waren, streckten wir ächzend die Glieder. Irgendetwas knackte in meinem Rücken, Patrick gähnte so herzhaft, dass ich sein Kiefergelenk krachen hörte.

Der Augenblick, dem ich mit Schrecken entgegengesehen hatte, war gekommen. »Patrick«, hob ich an, »ich muss dir was sagen.«

Ich winkte ihn hinter das Auto – er kam leicht verwirrt. Ich öffnete den Kofferraum, nahm meine Tasche heraus und stellte sie neben mich auf das Kopfsteinpflaster. Dann schlug ich eine Ecke der Picknickdecke zurück.

»Mein Gott«, sagte er.

Ich zog die Decke wieder glatt. Er klappte den Kofferraumdeckel zu.

»Mein Gott«, sagte er noch einmal. »Das ist *Selbstporträt als Sphinx*, oder?«

»Ja, ich glaube schon.«

»Erklärst du mir, was das in meinem Kofferraum macht?« Er runzelte die Stirn.

»Ich habe es an mich genommen.«

Das Stirnrunzeln vertiefte sich, bis Patricks Brauen praktisch zusammenstießen.

»Warte«, sagte ich schnell. »Bevor du was sagst, warte, bis ich dir alles erzählt habe. Sie hatten vor, es zu vernichten. Ich habe sie gehört, Violet und Philip, gestern Abend im Haus. Ich habe gehört, wie er ihr versprochen hat, das Bild herauszusuchen und zu verbrennen. Du verstehst doch, dass ich da was unternehmen musste, oder? Ich habe es nicht gestohlen, Patrick, ich habe es gerettet.«

Ich redete viel zu schnell, verhaspelte mich.

Patrick schloss die Augen und rieb sich die Stirn. Dann schaute er sich im Hof um, schaute hinauf zu den Fenstern. Sie waren alle zu. Obwohl es schon mitten am Tag war, hatten nicht wenige Leute noch ihre Vorhänge zu.

»Und das ist noch nicht alles«, sagte ich.

»Oh Gott, was kommt denn jetzt noch?«

»Violet hat gesagt, Austen hätte ihr schon vor Jahren versichert, dass er das Bild eigenhändig zerstört hätte. Ich weiß, es klingt verrückt, aber ich glaube, dass es in dem Bild eine verschlüsselte Botschaft gibt, dass Juliette damit etwas erzählen wollte, was die Willoughby-Familie auf jeden Fall unter dem Deckel halten will. Irgendein schreckliches Geheimnis.«

Ich konnte sehen, wie es in Patrick arbeitete. »Was genau willst du damit sagen, Caroline?«

Ich holte tief Luft. »Ich glaube nicht, dass es Oskars Ex-Frau war. Ich glaube, dass Austen Willoughby das Feuer gelegt hat, in dem Juliette und Oskar umgekommen sind. Ich glaube, dass er es getan hat, um das Bild zu zerstören, aber irgendwie hat das Bild das Feuer überstanden. Und Austen hat es, sobald er es in die Finger bekam, mit nach Longhurst genommen«, sagte ich und merkte selbst, wie haarsträubend das alles klang. Jetzt, da es ausgesprochen war und zwischen uns in der Luft hing, sah ich, wie viele Lücken und Schwachstellen diese vermeintlich logische Verkettung aufwies.

»Aber warum? Warum hat er das Ding nicht einfach zerstört, wenn es ein so schreckliches Familiengeheimnis in sich birgt?«

»Vielleicht hat er es nicht fertiggebracht. Er war schließlich selbst Künstler, und es ist unzweifelhaft ein außergewöhnliches Werk.«

»Aber seine Nichte und ihren Liebhaber umbringen, das hat er fertiggebracht?«

Darüber dachte ich einen Augenblick nach. »Vielleicht war es ein Unfall, ein Versehen. Vielleicht sollte das Feuer zwar das Bild zerstören, aber nicht Juliette und Oskar töten. Ich weiß es nicht. Aber wenn du eine bessere Erklärung dafür hast, wie das Bild nach Longhurst gekommen ist, bin ich gespannt, sie zu hören.«

Patrick warf mir einen Seitenblick zu und schloss den Kofferraum ab. »Ich brauche einen Augenblick zum Nachdenken. Ich gehe ein paar Schritte.«

Ich war erst ein paar Minuten oben in meinem Zimmer, als es leise an der Tür klopfte. Mühsam hievte ich mich aus dem Sessel, in den ich mich hatte fallen lassen, und ging öffnen.

Hör zu, Patrick, legte ich mir zurecht, *ich weiß, das ist ein ziemlicher Brocken …*

Es war nicht Patrick. Vor der Tür standen zwei uniformierte Polizisten und einer der College-Pförtner.

»Caroline Cooper?«

Ich nickte stumm.

»Ist es richtig, dass Sie gestern Abend in Longhurst Hall waren?«

Mein Gehirn arbeitete fieberhaft. Was konnten sie wissen? Woher konnten sie überhaupt schon wissen, dass das Bild fehlte? Ich hatte alles, was ich bewegt hatte, wieder an Ort und Stelle gerückt, hatte sämtliche Staubhüllen zurück an ihren Platz gehängt. Selbst wenn Philip Willoughby das Bild gesucht und nicht gefunden hatte, welchen Beweis sollte es dafür geben, dass ich es mitgenommen hatte? Einen schrecklichen Augenblick lang dachte ich, dass womöglich Patrick die Polizei …

Sie fragten, ob sie hereinkommen dürften, erklärten, dass

sie versuchten, mit allen zu sprechen, die auf dem Fest gewesen waren, dass eine Person vermisst wurde, dass sie sich bemühten, festzustellen, wo derjenige sich aufhalte.

»Oh, Sie wollen mit mir über Freddie Talbot sprechen«, sagte ich und versuchte, nicht allzu erleichtert zu klingen.

»Wir wollen mit Ihnen über Freddie Talbot sprechen«, bestätigte einer der beiden Polizisten.

PATRICK, CAMBRIDGE 1991

»Der lacht sich jetzt ins Fäustchen«, sagte Harry wenig überzeugend und trat mit dem Absatz gegen die Wand der Master's Lodge, an der er lehnte. »Das ist typisch Freddie. Dieser Mistkerl. Immer der Witzbold. Das hat er schon gemacht, wenn wir als Kinder Verstecken gespielt haben. Er hat allen Angst eingejagt, blieb so lange verschwunden, bis sich alle ernsthaft Sorgen gemacht haben. Der taucht wieder auf. Wahrscheinlich kommt er mitten beim nächsten Osiris-Dinner an, fragt, warum wir alle so gucken, was er verpasst hat. Das wird sein großer Augenblick: wenn er unsere Gesichter sieht.«

Eric Lam kicherte halbherzig, Benjy Taylor rang sich ein Lächeln ab. Ich glaube, nachdem Freddie seit achtundvierzig Stunden von niemandem mehr gesehen worden war und vor allem angesichts dessen, was die Polizei in Longhurst gefunden hatte, waren wir uns alle im Klaren darüber, dass es wirklich nicht gut aussah.

Der Einzige, der das offenbar nicht kapiert hatte, war Ivo Strang, dieser Idiot, der immer wieder den vermeintlich lustigen Spruch brachte, er schulde Freddie noch sehr viel Geld für Drogen und hoffe, dass der nie wieder auftauche. Als er das dritte Mal damit anfing, gerade als Athena zu uns gestoßen war, sagte ich ziemlich heftig, er solle endlich die Klappe halten.

Wir waren gebeten worden, uns mit Freddies Mutter und ihrem Mann zu treffen, die aus Südafrika hergekommen waren. Nachdem die Polizei sie in Longhurst kurz ins Bild gesetzt hatte, zeigte man ihnen nun Freddies Zimmer im College, während wir draußen vor der Master's Lodge warteten. Gerade als wir hineingebeten wurden, kam Arno von Westernhagen von seiner Vorlesung, und mir wurde bewusst, dass ich ihn, seit er mit meinem Auto unterwegs gewesen war, nicht mehr gesehen hatte.

Ich blieb etwas zurück, bis er neben mir ging. Als wir in das holzgetäfelte Gesellschaftszimmer traten, klopfte ich ihm auf die Schulter. »Mit dir habe ich noch ein Hühnchen zu rupfen.«

»Ach ja?«, flüsterte er und wich meinem Blick aus.

»Was zum Henker ist mit meinem Beifahrersitz passiert?«

»Dem Beifahrersitz? Richtig, ja.« Er ließ die Schultern hängen. »Das tut mir leid. Ich hab in dem Tankstellenshop eine große Flasche Wasser gekauft, und die ist auf der Rückfahrt ausgelaufen. Wenn da ein Schaden entstanden ist …«

Er verstummte, als der Master – silbergraues Haar, weltberühmter Ökonom, in olivgrünem Tweedanzug neben einem Tisch stehend – sich räusperte. Da es nicht genügend Stühle gab, standen wir verlegen am Kamin oder am Fenster herum. Keiner wusste, wo er hinschauen oder was er sagen sollte. Ich versuchte, Athena, die reglos gleich neben der Tür stand, mitfühlend zuzulächeln, aber sie vermied jeden Blickkontakt.

Für sie musste das Ganze viel schwerer sein als für uns andere. Caroline hatte versucht, sie zu erreichen – hatte Nachrichten in ihr Postfach gelegt, hatte sie angerufen, bei ihr geklingelt –, doch es war nichts darauf erfolgt als eisernes Schweigen.

»Danke, dass Sie alle erschienen sind«, sagte der Master. »Wie Sie sich denken können, würde Ihnen Freddies Mutter gern einige Fragen bezüglich des vergangenen Wochenendes stellen.«

Es war der Ehemann der Mutter, Cameron, der die erste Frage stellte. Freddie hatte einmal gesagt, Cameron sehe aus wie ein Tennislehrer, und ich verstand, was er gemeint hatte. Groß, schlank, braun gebrannt, um einiges jünger als Freddies Mutter. Ihm gehörte ein kleines Wildreservat ein paar Stunden von Kapstadt entfernt, dort lebten Arabella und er seit etwa zehn Jahren.

Er fragte, ob Freddie sich in den Wochen vor dem Fest irgendwie sonderbar verhalten habe.

»Mir ist nichts aufgefallen«, sagte ich, um das Schweigen zu brechen. »Mir kam Freddie vor wie immer.«

Ich stand nahe genug bei Cameron, um sein leises Schnauben zu hören.

Wir wussten alle nicht so recht, was wir sagen sollten. Caroline hatte den Polizisten bereits erzählt, was sie ein paar Wochen zuvor beobachtet hatte: wie Freddie in seinem Auto mit einem Mann gestritten hatte. Sie hatten sich das interessiert angehört, aber nicht überrascht gewirkt. Was sie nicht erwähnt hatte, war, dass sie Freddie am Morgen vor der Geburtstagsfeier im Osiris-Clubhaus hatte herumschleichen sehen. Ich hatte ihr gesagt, das hätte sicherlich keine Bedeutung. Harry hatte inzwischen festgestellt – und uns darüber informiert –, dass irgendwann in den vergangenen Wochen mehrere wertvolle Objekte, die sich seit Anbeginn im Besitz der Society befunden hatten, aus dem Clubhaus verschwunden waren, und es lag auf der Hand, wer hier der Hauptverdächtige war.

»Hat irgendwer von Ihnen Freddie jemals … Drogen konsumieren sehen?«, fragte Arabella.

»Oh nein«, riefen wir praktisch unisono.

Sie hob eine sauber gezupfte Braue. Ihr blondes Haar, inzwischen von silbrigen und weißen Strähnen durchzogen, war zu einem Knoten aufgesteckt. Mir fiel auf, dass sie ganz in Schwarz war, wie zu einer Beerdigung.

»Ich begreife einfach nicht«, sagte sie, »was Freddie vorhatte. Wo wollte er denn um diese nächtliche Stunde hinfahren?«

Das begriff ich auch nicht. Das letzte Mal war Freddie auf Harrys Fest etwa um ein Uhr nachts gesehen worden. Am Sonntag gegen Mittag hatte man auf halber Strecke zwischen Longhurst und dem Bahnhof sein Auto gefunden. Es war von der Straße abgekommen, eine steile Böschung hinuntergerutscht und in der Ouse liegen geblieben, die an dieser Stelle eine starke Strömung hat. Die Fahrertür war offen gewesen, das Auto verlassen.

Haus und Gärten waren, ebenso wie der Wald, von der Polizei gründlich abgesucht worden. Beunruhigend war, dass sie auf den Bodenplatten vor dem Haus, genau am Fuß des Gerüsts, eine große Blutlache gefunden hatten. Tests hatten ergeben, dass das Blut zu Freddies Blutgruppe passte. Das war der Moment, in dem sie begonnen hatten, die Sache sehr ernst zu nehmen. Wo man im College auch hinkam, überall hörte man seit Tagen Leute darüber diskutieren, was passiert sein mochte, bekam mit, wie sie einander über die jüngsten Entwicklungen informierten und Theorien austauschten.

Eins der Szenarien, die die Polizei in Betracht zog, teilte man uns nun mit, war, dass Freddie am Gerüst hochgeklettert und abgestürzt war, dass er, verletzt und möglicherweise mit einer Gehirnerschütterung, versucht hatte, allein ins Krankenhaus zu fahren, und dabei von der Straße abgekommen und ins Wasser geraten war. Es bestand die Möglichkeit, dass er aus dem Auto geklettert und dann aufgrund seiner Verletzungen sowie unter dem Einfluss von Alkohol und anderen Substanzen von der Strömung fortgetragen worden war.

»Wenn irgendjemand von Ihnen etwas weiß, das den Polizisten bei den Ermittlungen helfen könnte«, warf der Master ein, »bitten wir Sie, das schnellstmöglich mitzuteilen.«

Ich versuchte, nicht zu Athena hinüberzuschauen. Eric Lam starrte angelegentlich auf seine Schuhe. Ivo Strang blickte aus dem Fenster. Die Wahrheit war: Wir kannten die Gerüchte alle – dass in der Veterinärmedizin das Fehlen großer Mengen Tranquilizer festgestellt worden war; dass Freddie auf dem besten Weg war, in seinem letzten Jahr durchzufallen.

Nach einer unangenehmen halben Stunde mit weiteren Fragen hieß es, wir könnten gehen. Der Master hatte die Tür noch nicht ganz geöffnet, da war Athena schon draußen.

Harry und ich begleiteten Arabella und Cameron zu dem Taxi, das auf sie wartete. Bei dem Wagen angelangt, hielt Cameron kurz inne, dann drehte er sich zu uns um.

»Wenn ihr Jungs etwas wisst, müsst ihr es uns sagen. In Fredericks Interesse«, sagte er nachdrücklich.

Harry versteifte sich. »Ich glaube, es ist keine Frage, dass wir uns alle große Sorgen um Freddie machen«, sagte er.

»Ich glaube, es ist keine Frage …«, wiederholte Cameron mit aufgesetztem britischen Akzent. »Also, ich glaube, es ist keine Frage, dass ihr wegen seines Drogenkonsums gelogen habt. Der ist für uns nichts Neues – schon als er dreizehn war, haben wir von seinem Internatsleiter einen Brief gekriegt, in dem stand, dass Freddie Pot raucht. Habt ihr gewusst, dass er auch Drogen verkauft? Habt ihr selbst bei ihm gekauft? Einige von euch hier haben das nämlich definitiv getan. Seine College-Freunde. Deine Partygäste. Die Polizisten haben uns mitgeteilt, dass sie in seinem Kofferraum eine schwarze Plastiktüte mit einem Kilo Kokain ebenso viel Ketamin und Hunderten Ecstasy-Pillen gefunden haben.«

»Ach du Scheiße«, entfuhr es mir. Natürlich hatte ich gewusst, dass Freddie dealte, aber die Dimensionen waren mir nicht klar gewesen. Harry schwieg. Ich sah ihn an. Und merkte erst da, wie wütend er war.

»Wie könnt ihr es wagen«, sagte er, und es traten rote Flecken auf seine Wangen, »wie könnt ihr es wagen, hierherzukommen und mich darüber zu belehren, was in *Fredericks* Interesse ist? Wo bisher keiner von euch beiden jemals irgendein Interesse daran hatte, was in seinem Interesse wäre, oder überhaupt ein Interesse an ihm!«

Arabella zuckte zusammen.

»Wisst ihr, wie viel es ihm bedeutet hätte, wenn ihr ihn *einmal* eingeladen hättet, den Sommer bei euch in Südafrika zu verbringen? Oder die Weihnachtsferien? Stattdessen habt ihr ihn bei uns in Longhurst abgeladen. Habt ihr einmal darüber nachgedacht, was für ein witziger Zufall es ist, dass er Veterinärmedizin studiert, wo ihr ein Wildreservat betreibt? Ist euch nie in den Sinn gekommen, dass die vielen Male, wenn er Ärger in der Schule hatte und ihr genötigt wart, euch mal mit seiner Existenz zu beschäftigen, Versuche gewesen sein könnten, eure Aufmerksamkeit zu erlangen?«

Der Taxifahrer drehte sich um und fragte, wie viele von uns denn nun mitfahren wollten.

Arabella stieg hinten ein. Cameron setzte sich neben sie und schlug die Tür zu. Er musste eine Weile herumfummeln, bis es ihm schließlich gelang, das Fenster herunterzulassen. Unbeeindruckt sah er Harry an.

»Vielleicht«, sagte er, »wenn Freddie und seine Mutter nicht um das, was ihnen rechtmäßig zustand, betrogen worden wären, wenn Arabellas Vater nicht in der Erbfolge übersprungen worden wäre und sich über dem Versuch, zu begreifen, warum, zu Tode gesoffen hätte, vielleicht wäre dann manches etwas anders gelaufen. Aber das ist ja etwas, worüber wir nicht reden, stimmt's, Harry? Das ist ein loser Faden, den niemand in eurer Familie aufdröseln möchte.«

Arabella beugte sich vor, um etwas zu sagen, ließ es dann aber lieber bleiben.

Cameron war noch nicht fertig. »Hier ist noch etwas, worüber ihr beide ein bisschen nachdenken könnt: Laut der Polizei wurde in Freddies Handschuhfach ein Notizbuch gefunden. Voller Namen, Telefonnummern und Adressen. All die Leute, denen er was verkauft hat. Und die, von denen er gekauft hat. Alles in seiner Handschrift. Und soweit ich es mitgekriegt habe, ergibt das eine sehr interessante Lektüre.«

JULIETTES TAGEBUCH, PARIS 1937

Fünfter Eintrag

Montag, 20. Dezember. Die Idee sei einfach, versicherte Oskar. Die Organisation war es offensichtlich nicht. Oskar brauchte mehrere Tage, um alles vorzubereiten, schlich zu seltsamen Zeiten davon, weigerte sich, mir zu sagen, was vor sich ging. Seine finstere Laune war gänzlich verflogen, nun, da er einen Weg gefunden hatte, unsere altgewohnte Dynamik wiederherzustellen: Oskar, der weise und großzügige Mentor, ich, die unsichere, ängstliche Neophytin. Ein bisschen war es wieder wie in unserer ersten Zeit in Paris.

Heute beim Frühstück hatte er einen fast spitzbübischen Ausdruck. Nachmittags verschwand er, um etwas zu erledigen, warf sich den Mantel über, zog die Mütze tief über die Augen und verließ die Wohnung. Abends waren wir im Les

Deux Magots essen, und die ganze Zeit spürte ich seine Erregung, seine Ungeduld. Er war wie ein Kind, das ein Geheimnis hüten muss. Als ich meinen Kaffee trank, spürte ich, dass er am liebsten mit den Fingern auf die Tischplatte getrommelt und mit dem Fuß gewippt hätte.

Den ganzen Boulevard Montparnasse hinauf – der Fußweg war rutschig vom Regen, einem feinen Nieseln, das man im Licht der Straßenlaternen sah – ging er ein, zwei Schritte voraus und ignorierte hartnäckig jedes Nachfragen, wohin er mich denn führe. Eine Kirchenglocke schlug blechern Mitternacht, als wir in die Rue le Verrier einbogen. Da endlich dämmerte mir, wo wir hingingen. Ich zögerte. Er drehte sich um und lächelte, nickte einmal und streckte mir wortlos eine behandschuhte Hand hin. Jedes Mal, wenn uns jemand entgegenkam, verlangsamte er kurz unseren eiligen Schritt, damit wir nicht auffielen. Schließlich ist er jemand, dessen Name bekannt ist, dessen Gesicht die Leute hin und wieder in der Zeitung sehen.

Wir betraten das Krankenhaus durch den Haupteingang, ohne auch nur kurz innezuhalten. Er blickte starr geradeaus. »Hier lang«, flüsterte er auf dem Weg durch die verzweigten Gänge. Dann zog er an meiner Hand – »Hier lang, Jules« – und nickte nach links, in Richtung einer Tür, die ich gar nicht gesehen hätte. Ohne zu zögern, öffnete er sie und schob mich hindurch. Wir waren beide noch in unseren Ausgehsachen, unsere Absätze klapperten auf dem Parkett, und wir mussten uns dem Schritt des Mannes vor uns anpassen, der einen großen Wagen mit sauberer Wäsche vor sich herschob. Es roch durchdringend nach Desinfektionsmittel.

Ich fasste Oskars Hand fester. Krankenhäuser machen mir Angst. Ich nehme an, so geht es jedem, der einmal in einem war und es nicht verlassen durfte.

Wir bogen ab. Wir bogen noch einmal ab. Leute kamen uns entgegen – ein Arzt, eine Krankenschwester, ein Mann in einem blauen Arbeitskittel. Obwohl ich jedes Mal voller Panik war, sah uns nur die Schwester kurz an.

Am Ende eines nur trübe erleuchteten Korridors erwartete uns ein Pförtner. Es gab keinerlei Blickkontakt. »Une heure«, sagte er nur, als Oskar ihm etwas in die Hand drückte. Mit einer geschickten Bewegung schob er es in die Tasche und schaute gleichzeitig auf die Uhr. Dann trat er beiseite und öffnete die Tür, vor der er gestanden hatte. Oskar schaute ebenfalls auf die Uhr, und dann führte er mich hinein.

Es war ein lang gestreckter, fensterloser Raum, kalt, mit einem Deckengewölbe aus Backstein. Am hinteren Ende stand eine Metallbahre. Der Körper, der darauf lag, war mit einem weißen Tuch zugedeckt. Ich schluckte. Wie in einem Albtraum war mir nicht bewusst, dass ich mich vorwärtsbewegte, und trotzdem ging ich irgendwie darauf zu. Zu hören war nichts als das Echo unserer Schritte.

Oskar zog das Tuch zurück. Auf der Bahre lag ein Leichnam, nackt, weiblich. Ich schauderte.

Ihre Augen waren geschlossen, die Hände ordentlich über der Brust gefaltet. Dunkles Haar, jung, hübsch, sommersprossig, eine Frau, wie man sie mit ihrem Liebsten im Jardin du Luxembourg spazieren gehen sieht oder der man begegnen könnte, während sie mit ernster Miene und in gestärkter Tracht den Kinderwagen ihrer Herrschaft durch den Jardin des Tuileries schiebt. Sie war bestimmt kaum älter als einundzwanzig.

»War sie …? Hat sie …?«

Oskar sagte, er wüsste es nicht. Er könne mir lediglich sagen, wer ihm den Hinweis gegeben habe – Jules Gaspard, ein Bekannter aus Oskars Studienzeit, jetzt erfolgreicher Mediziner, mit dem wir einmal Pastis trinken waren und dem es offensichtlich gefiel, sich mit seinem Künstlerfreund und dessen junger Begleiterin in einem Café am Montparnasse einen schönen Abend zu machen. Der habe ihm gesteckt, dass es einen Leichnam gab, nach dem niemand fragte, hatte ihm die Adresse des Krankenhauses gegeben und den Namen eines Pförtners, der dort behilflich sein konnte. Ich fragte, ob Gaspard das nicht selbst merkwürdig fand, ob er gar keine Bedenken hatte. Laut Oskar fand er es eher spannend. Offenbar fühlte er sich an die Streiche erinnert, die sie in Studentenzeiten ausgeheckt hatten.

»Sie haben sie im Fluss gefunden«, sagte er. »Gleich hinter dem Pont des Arts haben sie sie rausgeholt.«

Einen Moment lang habe ich mich gewundert, dass ihre Haare gar nicht nass waren.

Oskar hatte mir das alte Pariser Leichenschauhaus auf der Île de la Cité einmal beschrieben – dass Schaulustige, die sich gern gruseln, oder Menschen, die hoffen, einen verschollenen Verwandten zu finden, Zutritt zu den eindrucksvollen Räumen erhalten, umhergehen und durch große Glasscheiben die Leichen betrachten können, die aus der Seine gezogen worden sind und, ihre letzten feuchten Habseligkeiten neben sich, auf Kupferplatten aufgebahrt daliegen. Selbstmörder, Opfer von Bootsunfällen, Ermordete, Mörder. Männer, Frauen, Kinder. Tote, nach denen keiner fragt. Die nicht identifiziert worden sind. Nicht geliebt. Als er mir das erzählte, sagte ich, das ist wie eine letzte Demütigung. Oskar fragte nur, ob ich glaubte, dass das für die Toten noch eine Rolle spielte.

Ich trat einen Schritt näher heran. Ihr Ausdruck war friedvoll. Nein, nicht friedvoll. Leer. Das Gesicht war ohne jeden Ausdruck. Es ist reine Sentimentalität, wenn wir glauben, dass sich im Gesicht eines toten Menschen ein Gefühl spiegelt.

Ich glaube, dies kann als Geständnis gewertet werden.

Denn es gab Nächte, da habe ich Oskar, wenn er sich stöhnend im Schlaf herumwälzte oder schweißnass vor Schrecken hochfuhr, fast beneidet. Beneidet um die Schrecknisse, die er im Krieg gesehen hatte, diese unauslöschlichen Bilder, die sich in seinen frühen Arbeiten niedergeschlagen haben. Die verwüsteten Landschaften, die zersplitterten Telegrafenmasten. Die Gebäude, die wie Puppenhäuser in tausend Teile zerborsten waren. Den Pferdeschädel, der ihm aus dem Schlamm entgegengrinste. Die Leichen in Uniform, die er an einem strahlenden Morgen neben einer belgischen Landstraße sah und aus deren Rücken bereits Weizen spross. Ja, ich gestehe, wenn ich ihn nachts streichelte, um ihn zu beruhigen, habe ich den Künstler Oskar beneidet, auch wenn der Mensch mir von Herzen leidtat.

Erst als ich mit *Selbstporträt als Sphinx* anfing, wurde mir bewusst, dass auch ich furchtbare Dinge gesehen, Schreckliches durchlebt habe, und mir kam der Gedanke, dass ich es vielleicht aus meinen Träumen vertreiben könnte, indem ich es male.

Oskar hatte immer betont, dass es die Pflicht des Künstlers sei, schonungslos die Wahrheit zu sagen, und nun verstand ich endlich, wie er das meinte. Wenn ich mein Bild jemals vollenden wollte, das Bild, von dem ich mir sagte, es ist meine Pflicht, es zu vollenden, dann musste ich mich mit der Realität eines Leichnams konfrontieren, wie er hier vor mir lag. Ich brauchte keinen warmen, lebendigen Körper, wie ich sie an der Slade gezeichnet hatte, und keine Marmorstatue, wie ich sie mir in Rom angesehen hatte. Es reichte nicht, mir vorzustellen, wie jemand, der ertrunken ist, aussehen *könnte* – mir ist ja nicht erlaubt worden, den Leichnam meiner Schwester zu sehen, mich von ihr zu verabschieden –, sondern ich musste genau dies sehen: die lädierte, fleckige, herzzerreißende Realität.

Mir war trotz allem vollkommen klar, dass das, was wir hier machten, meinen Vater, meine Mutter, jeden, den ich in meinem früheren Leben gekannt habe, ja auch mich selbst zutiefst entsetzt hätte. Es ist schwer zu beschreiben, wie entfernt ich mich hier in Paris manchmal von meiner Vergangenheit fühle, von den Stadien meines früheren Ichs. Von dem kleinen Kind in Longhurst mit seinen Puppen, dem Kindermädchen, der überbordenden Fantasie. Von dem mutigen Mädchen, das, so erzählte man es sich in der Familie, mit sieben Jahren erklärte, es wolle malen. Dem fleißigen, gewissenhaften Schulmädchen, das sich mit großem Ernst darum bemühte, an der Slade studieren zu dürfen. Der ehrgeizigen Kunststudentin, die ich war, als ich Oskar kennenlernte.

Wenn ich mit Oskar über das Bild und meine Angst vor der Reaktion meiner Familie sprach, erinnerte er mich jedes Mal daran, dass sein Vater fast ein Jahr lang nicht mit ihm gesprochen hatte, nachdem er sein Gemälde *Kreuzigung* erstmals ausgestellt hatte. Dass es in der Familie seiner Mutter Verwandte gab, die bis heute nicht mit ihr sprachen. Dass seine Kunst von Zeitungen, von Politikern, von der Kanzel herab, sogar von einigen seiner früheren Lehrer und Kollegen als obszön, blasphemisch, degeneriert geschmäht wurde.

So reagieren immer einige Menschen auf Kunst, die die Wahrheit spricht, die die Dinge so zeigt, wie sie sind, in ihrer ganzen hässlichen Komplexität.

Einen Moment lang hatte ich erwartet, dass unter dem Tuch, das er wegzog, ein anderes Gesicht zum Vorschein kommen würde, ein Gesicht, das mich in meine Träume verfolgt.

Doch noch während ich den Leichnam auf dieser Metallbahre ansah, einen Leichnam, der kaum vierundzwanzig Stunden zuvor eine lebendige, atmende junge Frau gewesen war, dachte ich schon, wie froh ich war, dass ich meine Stifte und mein Skizzenbuch bei mir hatte.

Denn plötzlich hatte ich dieses Kribbeln in den Fingerspitzen, das sich immer einstellt, wenn es Zeit ist, mit der Arbeit zu beginnen.

10. KAPITEL

CAROLINE, CAMBRIDGE 1991

Ich stupste Patrick sanft an, dann setzte ich mich langsam, leise, in seinem schmalen Einzelbett auf. Der Wecker zeigte vier Uhr. Zu hören war nichts als das rhythmisch rumpelnde Schnarchen von Terry von nebenan, das durch die Wand drang.

Patrick rührte sich nicht, auch nicht, als ich Mantel und Stiefel anzog, seinen Schlüssel einsteckte und die Tür hinter mir zuzog. Das war in den Nächten, die ich bei ihm verbrachte, mein kleines Ritual geworden, mich hinauszuschleichen zu seinem Auto, wo auch immer es gerade stand, und *Selbstporträt als Sphinx* anzusehen. Ein paarmal hatte ich mich vergewissert, dass niemand in der Nähe war, und das Bild aus dem Kofferraum herausgeholt, mir die im Lauf der Jahre nachgedunkelte Rückseite angeschaut und die Flecken auf dem Keilrahmen, die aussahen wie Daumenabdrücke. Da musste jemand, vermutlich Juliette selbst, das Bild mit Farbe an den Händen angefasst und hochgehoben haben.

Es war eine ganz und gar außergewöhnliche Arbeit. Komplex. Raffiniert. Beunruhigend. Ein Bild, in dem man sich verlieren, das man ein Leben lang betrachten konnte. Jedes Mal gab es ein neues Detail zu entdecken, etwas Seltsames, Überraschendes, Faszinierendes, das gewiss eine ganz spezielle symbolische Bedeutung besaß – wenn man es nur entschlüsseln könnte. Zum Beispiel die golden gefiederten Flügel, die an Juliettes Sphinx-Rücken zusammengelegt waren. Die Flügel machten sie zu einer griechischen Sphinx. Wie jener, die sich vor den Toren Thebens auf vorüberkommende

Reisende stürzte, ihnen ein Rätsel aufgab und sie, wenn sie es nicht zu lösen vermochten, verschlang.

Ein bisschen fühlte ich mich selbst wie eine dieser Reisenden.

Die Sphinx Juliette befand sich in der Mitte des Bildes auf einer Lichtung, auf der hier und da ein Felsbrocken lag, das ganze Gelände überzogen von fantastisch verschlungener Vegetation – großen herabhängenden Blüten, gefährlichen gekrümmten Dornen. In den freien Stellen, die es rund um die Lichtung der zentralen Figur zwischen den Bäumen gab, spielten sich seltsame kleine Szenen ab. Am oberen Rand des Bildes lief ein Mädchen mit wehendem goldbraunem Haar auf einem schmalen Pfad durch einen dichten, düsteren Wald. Sie sah aus wie Juliette selbst. Wovor sie floh, was ihr auf den Fersen war – das zeigte das Bild nicht. Unmissverständlich hingegen war ihr Ausdruck: maßloses, blindes Entsetzen.

Die linke untere Ecke nahm die Figur ein, die Harrys Großmutter so in Aufregung versetzt hatte: Juliettes Schwester Lucy in einem langen weißen Kleid, triefend nass und durchscheinend. Ihr Gesicht war halb von nassem Haar verdeckt, die bloßen Füße standen in einer schimmernden Pfütze. Arme und Beine waren bleich und mit Flecken überzogen, Zehen- und Fingernägel hatten einen Lilaschleier. Dass ich wusste, wer das war und was Juliette getan hatte, um die Figur stimmig hinzubekommen, verstärkte die Wirkung noch. Man hatte das Gefühl, dass man sie eigentlich nicht anschauen sollte. Und man hatte das Gefühl, es trotzdem tun zu müssen.

Das Bild war eine Welt, in der die Zeit seltsamen Gesetzen folgte. Im linken Teil sah es aus, als sei später Nachmittag und es ziehe ein Sturm auf. Rechts schien der Mond, und es war Nacht. Oben hing über allem eine Ansammlung dunkler Wolken. Wohin man auch schaute, in jedem Winkel, jeder Ecke verbargen sich unheimliche Traumgebilde, wie sie mir aus Juliettes Tagebuch vertraut waren; in jedem Baumstamm, jedem halb im Schatten liegenden Stein, jedem knorrigen Ast zeigte sich zumindest eine Andeutung von etwas anderem: ein grinsendes Gesicht, ein Augenpaar, ein lockender Finger, etwas vielbeinig Krabbelndes. Und rechts unten war diese merkwürdige Gestalt mit Umhang in ihrem Boot, genau so, wie ich es auf dem Papyrusfragment im Osiris-Clubhaus gesehen hatte.

Ich verstand, warum Breton von dem Bild so fasziniert gewesen war. Ich verstand auch, warum es die Familie verstörte. Was mir nicht gelang, war, daraus schlau zu werden.

Ich hatte gehofft, wenn ich nur *Selbstporträt als Sphinx* vor mir hätte, würden sich mir Juliettes Geheimnisse wie von selbst erschließen. Warum sie es nach nur einem Abend aus der Ausstellung zurückgezogen hatte. Warum ihre Familie so darauf aus war, es zu vernichten. Was das für schlimme Anschuldigungen gewesen waren, dass sie dafür in eine Nervenheilanstalt gesperrt worden war. Keine davon konnte ich entdecken. Natürlich, ihre Schwester war eine wichtige Figur auf dem Bild, aber nach einer Anspielung auf das Vermisste Hausmädchen, dessen Verschwinden Juliettes Jugend ebenfalls überschattet haben musste, suchte ich vergebens. Wie auch nach einem Verweis auf ihren Vater. Oder auf Oskar und seine Frau, die die beiden verfolgte.

Das Bild enttäuschte mich nicht – es war wirklich bemerkenswert –, nein, es frustrierte mich. Konnte es sein, dass es gar keine zweite Bedeutungsebene hatte, dass es gar keine mysteriöse Botschaft zu entschlüsseln gab? Vielleicht ging ich falsch an die Sache heran, suchte nach einem tieferen Sinn, wo das Bild in Wahrheit nur ein Versuch war, die albtraumhaften Wirrnisse in Juliettes Unbewusstem auf der Leinwand festzuhalten?

Dann rief ich mir in Erinnerung, dass sie sich bewusst dafür entschieden hatte, sich als Sphinx mit einem Geheimnis zu malen. Wie Harrys Großmutter reagiert hatte, als sie hörte, dass das Bild womöglich doch noch existierte. Was Juliette über das Bild in ihr Tagebuch geschrieben hatte.

Es war nur noch ein Eintrag übrig, ein paar Seiten, datiert auf den 25. Januar 1938.

Juliettes Handschrift zu entziffern war von Anfang an herausfordernd gewesen, aber diese letzten Seiten waren so vollgekritzelt, die Zeilen so eng zusammengedrängt, dass die Worte nahezu unlesbar schienen. Aber sie waren alles, was ich hatte. Wenn sie nichts Erhellendes hergaben, dann war es das. Die restlichen Seiten des Heftes waren leer.

Einen Tag in der Bibliothek. Mehr würde ich nicht brauchen, um die Transkription abzuschließen. Ich würde, sobald sie öffnete, dort sein, meinen angestammten Platz am Fenster einnehmen und mich in die Arbeit stürzen. Doch wie immer würden mein Enthusiasmus und das Bewusstsein, welch enormes Glück ich mit der Entdeckung des Tagebuchs gehabt hatte, getrübt durch das Wissen, dass Juliette, nur ein paar Wochen nachdem sie den Punkt hinter diesen letzten Eintrag gesetzt hatte, tot gewesen war.

Die Uhr der College-Kapelle schlug fünf, es waren nur noch ein paar Stunden, bis die Bibliothek öffnete. Mit leisem Bedauern deckte ich das Bild wieder ab und schloss den Kofferraum. Als ich in Richtung College-Tor ging, blendete mich plötzlich grelles Scheinwerferlicht. Auf der anderen Straßenseite war ein Auto vorgefahren, die Tür ging auf und wurde wieder zugeschlagen. Ich blieb stehen, duckte mich halb hinter Patricks Wagen und hoffte, dass man mich nicht gesehen hatte.

Die Gestalt dort drüben kehrte mir zwar den Rücken zu, aber ich erkannte die dunkle Mähne und den eleganten Kamelhaarmantel: Athena, eben abgesetzt von dem silbernen Rolls-Royce, der sie auch nach Longhurst gebracht hatte. Es war mir ein Rätsel, was sie um diese Uhrzeit hier machte – sie war nie Frühaufsteherin gewesen, die Morgendämmerung bekam sie nur zu Gesicht, wenn sie die Nacht durchgemacht hatte, und angesichts der Sache mit Freddie konnte ich mir nicht vorstellen, dass sie feiern gewesen war.

Einen Augenblick lang war ich unschlüssig, was ich tun sollte.

Seit sie in Longhurst davongestürmt war, hatte Athena praktisch nicht mit mir gesprochen. Sie war nicht zu den Vorlesungen gekommen, war weder ans Telefon gegangen noch an die Tür, hatte auf keine meiner Nachrichten geantwortet. Es war mir schrecklich, dass ich ihre Ahnung, Freddie sei etwas zugestoßen, bezweifelt hatte, dass ich den Ernst der Lage und ihrer Sorge nicht von Anfang an begriffen hatte. Und es tat mir weh und verwirrte mich, wie sie sich seitdem benahm.

Ich ging hinüber, und erst als ich so dicht hinter ihr war, dass sie mich unmöglich ignorieren konnte, sagte ich: »Athena! Wo bist du denn gewesen?« Damit meinte ich den Abend, die Nacht, aber auch die vergangene Woche, und ich gab mir Mühe, besorgt zu klingen und nicht vorwurfsvoll.

Sie schrak zusammen. Als sie merkte, wer sie angesprochen hatte, begann sie konzentriert in ihrer Tasche nach dem Schlüssel zu suchen.

»London«, sagte sie knapp über die Schulter.

»Ist alles in Ordnung? Hör zu, wenn manches von dem, was ich neulich gesagt habe, falsch rübergekommen ist, tut mir das leid. Du bist meine beste Freundin. Ich bin hier, bitte rede mit mir. Lass mich dir helfen. Ich habe Vorlesungsmitschriften, die kann ich dir geben. Dieses Trimester ist wichtig, du willst doch den Anschluss nicht verpassen, jetzt, wo es bis zu den Prüfungen nur noch ein paar Monate sind.«

Sie sollte wissen, dass es mir leidtat, dass ich für sie da war.

»Ich weiß nicht, was das soll. Wieso lungerst du morgens um fünf vor meinem Haus rum und spionierst mir nach? Du hast doch ganz deutlich gemacht, was du von Freddie hältst, du hast mir wörtlich gesagt, dass ich ohne ihn besser dran wäre, also tu jetzt bloß nicht so, als würdest du dir seinetwegen Sorgen machen.«

»Ich mache mir aber Sorgen um Freddie. Und ich mache mir Sorgen um dich.«

Und das war die Wahrheit. Die Sache war für alle ein Albtraum, und ganz besonders für Athena, aber das änderte nichts an der Tatsache, dass er sie mies behandelt hatte, und ob er nun tot war oder am Leben, wenn sie seinetwegen alles andere über Bord warf, würde sie das ganz sicher irgendwann bereuen. Irgendjemand musste ihr das sagen. Dies mochte nicht der beste Zeitpunkt sein, aber wenn es sonst niemand tat, musste ich vielleicht diejenige sein. Nur bekam ich gar keine Chance.

Athena hatte ihren Schlüssel gefunden, öffnete die Tür und trat in die dunkle Diele. Machte Licht. Drehte sich zu mir um, und ich dachte, sie würde mich hineinbitten. Kurz meinte ich ihre Unterlippe beben zu sehen, so als würde sie gleich weinen. Doch stattdessen verhärtete sich ihre Miene.

»Du brauchst dir um mich keine Sorgen zu machen, Caroline. Ich brauche dein Bedauern nicht. Ich brauche kein Mitleid von dir. Ich brauche deine Vorlesungsmitschriften nicht, und ich brauche auch deine Freundschaft nicht. Ich will nur, dass du mich in Ruhe lässt.«

PATRICK, CAMBRIDGE 1991

Der Unibetrieb lief weiter, als wäre nichts geschehen. Alle mussten Essays schreiben, Vorlesungen hören, sich auf Prüfungen vorbereiten. Obwohl erst ein paar Wochen vergangen waren, hatte das Verschwinden von Freddie Talbot für die meisten nur noch den Status von Cambridge-Klatsch – etwas, worüber man beim Mittagessen oder in der Bibliothek ein bisschen spekulieren konnte.

Ich hatte Caroline zwar versprechen müssen, dass wir es langsam angehen ließen, aber inzwischen verbrachten wir mehr Zeit mit- als ohneeinander. Wir arbeiteten zusammen, wir aßen zusammen, wir schliefen zusammen, wir schoben zusammen Panik, weil Alice Long vor der nächsten Supervision den aktuellen Stand unserer Arbeiten sehen wollte. Am Montagnachmittag sollten wir eine Textprobe von zehn Seiten abliefern, aber wir fingen beide erst am Samstagnachmittag an zu schreiben. Caroline saß mit Stift und Papier an meinem Schreibtisch, ich hing mit einem College-Block in meinem alten Sessel.

Als wir nach zwei fast durchgearbeiteten Nächten bei Keksen und Tee am Montagmorgen schließlich fertig waren, fühlte mein Rücken sich an, als wollte er sich niemals wieder auseinanderfalten. »Ich bringe sie Alice Long heute Nachmittag mit dem Auto vorbei«, sagte ich und schob die beiden dünnen Stapel Papier in meine Umhängetasche.

»Aber steck sie nur durch den Briefschlitz, ja? Sonst fragt sie dich gleich über unseren Besuch in Longhurst aus«, erwiderte Caroline. »Und womöglich über das Bild …«

»Das Bild? Du meinst, das gestohlene Bild?«, fiel ich ihr nur halb scherzend ins Wort. »Das Bild, das *du* gestohlen hast, und zwar aus dem Haus eines meiner besten Freunde …«

»Ich habe das Bild nicht gestohlen, Patrick«, wiederholte

sie zum x-ten Mal, und jetzt ein bisschen genervt. »Ich habe es gerettet.«

Ich bezweifelte, dass Harry und seine Eltern das auch so sehen würden. Und Alice Long?

Worüber Caroline und ich spätabends in meinem Zimmer ständig hin und her diskutierten, war nicht nur die Frage, ob sie richtig oder falsch gehandelt hatte – sondern auch, was in aller Welt wir nun mit dem Bild machen sollten.

Es im Kofferraum meines MG liegen zu lassen war zweifellos keine langfristige Lösung, aber so würde es wenigstens nicht von einer der Reinigungskräfte entdeckt, die sich um unsere Zimmer kümmerten, oder von einem Polizisten, der vielleicht aufkreuzte, weil er noch Fragen zu Freddie hatte.

Die Möglichkeit, sich zu entschuldigen und *Selbstporträt als Sphinx* an die Familie Willoughby zurückzugeben, hatte Caroline von vornherein ausgeschlossen. »Die wussten ja nicht mal, dass sie es überhaupt hatten, bis wir sie darauf gestoßen haben«, sagte sie. »Hätte ich es nicht an mich genommen, hätten sie es verbrannt.«

Immer wieder erinnerte sie mich daran, was Austen Willoughby zu Granny Violet gesagt hatte: dass er das Bild zerstört habe, indem er es *verbrannte*. Ein seltsamer Zufall, betonte sie, wenn man bedachte, wie Oskar und Juliette umgekommen waren. Aber auch sie hatte nach wie vor keine Erklärung dafür, wie das Bild das Feuer überstanden hatte und wie es nach Longhurst gelangt war.

Wir überlegten hin und her, wie wir unsere Entdeckung öffentlich machen sollten. *Dass* sie öffentlich gemacht werden musste, stand für Caroline außer Frage.

Praktisch gesehen bestand das Hauptproblem darin, dass die Kunstwelt davon ausging, dass das Gemälde in Flammen aufgegangen war. Ohne seriösen Provenienznachweis würden wir niemanden davon überzeugen können, dass das Bild in meinem Kofferraum tatsächlich Juliettes verschollenes Meisterwerk war. Um seine Echtheit nachweisen zu können, mussten wir den Zusammenhang mit Longhurst herstellen, dadurch würde aber klar, dass es gestohlen war, und fast ebenso klar, dass wir die Diebe waren.

Dieses Dilemma hatten wir nachts im Bett in Endlosschleife erörtert, doch keinem von uns war eine Lösung eingefallen. Ich wusste nur einen, der uns möglicherweise helfen konnte, nämlich meinen Vater, aber ihm gegenüber zuzugeben, dass wir seinem besten Freund und treuesten Klienten ein Bild geklaut hatten, schien mehr als unklug. Außerdem konnte ich ihm kaum erklären, was geschehen war, ohne von meinem Streit mit Philip und Granny Violets heller Aufregung zu erzählen, und ich konnte mir sehr gut vorstellen, wie das bei ihm ankommen würde. Glücklicherweise hatte Philip, aus welchem Grund auch immer, die Sache ihm gegenüber offenbar noch mit keiner Silbe erwähnt.

Als ich gegen vier Uhr nachmittags in die Elm Lane einbog, wurde es bereits dunkel. Vor Alice Longs Haus stand ein Umzugswagen. Ich parkte dahinter. Die Hecktüren standen offen, sodass ich ins Innere schauen konnte: Tische, Stühle, alles ordentlich verstaut. Der Metallrahmen eines auseinandergebauten Bettes. Das kleine Zweiersofa, auf dem Caroline und ich bei der ersten Supervision gesessen hatten.

Auch die Haustür von Nummer 32 stand offen. Zwei Männer im Overall trugen gerade einen kleinen Tisch mit Glasplatte den Weg zum Gartentor entlang. Ich machte ihnen Platz. Ein bisschen seltsam war es schon, dass Alice Long umzog und uns nichts davon gesagt hatte. Was, wenn wir zur nächsten Sitzung erschienen wären und andere Leute hier angetroffen hätten? Dann wurde es mir plötzlich klar.

»Alles in Ordnung, junger Mann?«, fragte einer der Möbelpacker von der Straße her.

»Entschuldigung«, ich zeigte auf den Möbelwagen und dann auf das Haus, »ist hier … ist sie …?«

»Haushaltsauflösung«, sagte er. »Die alte Dame ist vor vierzehn Tagen verstorben.«

Kurz nach unserer letzten Supervision, dachte ich. Vermutlich war niemand auf die Idee gekommen, die Universität zu informieren.

»Was wird aus den ganzen Sachen?«, fragte ich.

»Werden versteigert. Das meiste jedenfalls. Ely Auction Rooms. Was dabei reinkommt, geht wahrscheinlich an ein Heim für Katzen oder so was. Wie üblich.«

Ich kannte das Auktionshaus, war viele Male mit meinem Vater dort gewesen. Mein Blick ging zu dem Möbelwagen. Ich prägte mir den Namen der Umzugsfirma ein. Irgendwie drängte es mich, zu fragen, ob Alice Long wirklich tot war, ob sie das richtige Haus ausräumten. Ich starrte auf die offene Tür und den abgewohnten Flur dahinter, in dem nun keine Bilder mehr an den Wänden hingen. Schon das war ein trauriger Anblick. Der Gedanke, dass wir ihr nun nicht mehr erzählen konnten, was wir in Longhurst entdeckt hatten, war herzzerreißend.

»Der Milchmann hat Alarm geschlagen«, erzählte der andere Overall-Mann. »Ihm ist aufgefallen, dass die Flaschen tagelang nicht reingeholt wurden. Durch das Fenster in der Tür hat er gesehen, dass auf dem Boden im Flur schon ein Haufen ungeöffneter Briefe lag. Jemand hat den Hausbesitzer angerufen, und der hat die Polizei reingelassen. Sie hat im Bett gelegen. Ist wohl ganz friedlich eingeschlafen.«

Gerade hatten sie ihren Schreibtisch in den Möbelwagen gehoben und zum Schutz eine dicke Decke darübergebreitet. Ich trat beiseite, um sie vorbeizulassen, und sie gingen zurück ins Haus. Neben dem Tisch machte ich die Umrisse aufrecht stehender Bilder aus, außerdem Sessel und Beistelltische.

Ich hörte die beiden im Inneren des Hauses darüber debattieren, was sie als Nächstes rausbringen sollten, wo was hinpassen würde und ob sie die Sachen im Umzugswagen noch mal umräumen mussten. Und da hatte ich die Idee. Meine brillante Idee. Woher sie kam, weiß ich bis heute nicht. Vielleicht, weil ich meinen Vater oft auf solche Haushaltsauflösungen begleitet, alles genau beobachtet und aus nächster Nähe miterlebt hatte, wie zielsicher er in dem Geröll, das sich im Laufe eines Lebens angesammelt hatte, genau die ein oder zwei wertvollen Stücke erkannte.

Sicher ist nur, dass ich in dem Moment, als mir die Idee kam, wusste, dass ich sie umsetzen würde und dass mir nicht viel Zeit blieb. Ich sah mich in der leeren Straße um. Es dämmerte. Ich ging zum Auto, öffnete den Kofferraum, zog die Decke von *Selbstporträt als Sphinx*, betrachtete es noch einmal – aber, wie ich sehr hoffte, nicht zum letzten Mal –, schob es mir unter den Arm und ging zum Heck des Umzugswagens. Dann sprang ich hinauf, lüpfte die Decke, unter der Alice Longs andere Bilder standen, und schob es dazwischen. Ich ließ die Decke wieder über die Bilder gleiten, hüpfte von der Ladefläche. Senkte den Kopf und ging, ohne mich noch einmal umzudrehen, schnell zu meinem Wagen.

Erst als ich im MG saß, den Motor anließ, ausparkte und losfuhr, kam mir der Gedanke, dass ich vielleicht gerade einen schrecklichen Fehler begangen hatte. Dass ich nun zurückfahren und Caroline erklären musste, was ich getan hatte und warum ich es getan hatte. Dass ich entweder ein Genie war oder ein Vollidiot.

JULIETTES TAGEBUCH, PARIS 1938

Der letzte Eintrag

Montag, 17. Januar. Ich bin eine Närrin. Seit Wochen, seit Monaten lebe ich in der Gedankenwelt einer Närrin, habe nur meine Kunst im Kopf, gehe vollkommen in meiner Malerei auf. Ich war so mit dem beschäftigt, was ich erschuf, dass ich nicht ein einziges Mal darüber nachgedacht habe, in welche Falle ich damit tappe.

Zweimal war ich noch in dem Krankenhaus, einmal mit, einmal ohne Oskar, und habe mich gezwungen, die junge Frau, die immer noch niemand identifiziert hatte, auf ihrer Metallbahre genau anzuschauen und zu zeichnen. Mich zu vergewissern, dass ich alles richtig erfasst hatte.

Um meine Mythologie-Kenntnisse aufzufrischen, habe ich die Bibliotheken von Paris durchforstet und in Antiquariaten herumgesucht. Warm eingepackt, habe ich mich abends im Bett durch das *Ägyptische Totenbuch,* Wilkinsons Werk über Sitten und Gebräuche der alten Ägypter und Budges *Ägyptische Magie* gequält, Bücher, deren Rücken mir aus der Bibliothek meines Vaters vertraut sind, über deren Inhalt er ohne Punkt und Komma monologisierte, und zwar vor jedem, der gerade in der Nähe war (einem fünfjährigen Kind, einem leicht schockierten Pfarrer, einem Gärtner). Über Re und Thot und Osiris sprach er, darüber, welche Vorstellung die alten Ägypter vom Jenseits hatten, über die Theorien anderer Leute zu dem Thema (alle verkehrt) und seine eigenen (durchweg zutreffend).

Die ganze Zeit beim Malen war mir schmerzhaft bewusst, dass es die komplexeste und anspruchsvollste Arbeit war, an die ich mich jemals gewagt hatte, dass ich nur einen Versuch hatte, um alles richtig zu machen – und dass der Tag unaufhaltsam näher rückte. Der Tag der Ausstellungseröffnung.

Der heutige Abend.

Die ganze Woche haben Oskar und ich an den Schaufensterpuppen gearbeitet, die wir wie alle an der Ausstellung beteiligten Künstler *surrealisieren* sollten. Die ganze Zeit habe ich mir Oskars Ächzen und Murren angehört, während er das arme Ding malträtierte, es hierhin verbog und dahin. Diese Puppen sind erstaunlich schwer. Als wir sie zu zweit die Treppe hinauftrugen, mussten wir mehrmals pausieren, stießen ständig irgendwo an, fluchten und entschuldigten uns, wenn neugierige Nachbarn den Kopf aus der Tür steckten. Dann machten wir uns an die Arbeit, und es lag eine gewisse Spannung in der Luft, eine Wettkampfatmosphäre. Der Wunsch, hervorzustechen, Eindruck zu machen, die anderen Künstler zu überbieten – vielleicht auch einander. Vielleicht ganz besonders einander. Die Puppen sollten anonym gezeigt werden, aber es hatte sich schon herumgesprochen, was Dalí plante und was Duchamp bereits fertig hatte. Würde irgendwer erraten, welche meine war? Umwickelt und noch mal umwickelt wie eine Mumie, wie ein fest eingepackter Säugling, der Mund über Kreuz verklebt mit roten Stoffstreifen. Die habe ich selbst im Waschbecken gefärbt, was dem Porzellan nicht gut bekommen ist.

Am Samstag zur Teezeit, ich war gerade einen Schritt zurückgetreten und bewunderte mein Werk, hörte ich Oskar in seinen Stiefeln losstapfen und die Tür hinter sich zuschlagen. Soll ich?, dachte ich, nur ganz kurz? Damit wir uns nicht gegenseitig ablenkten, hatte Oskar ein Seil durch den Raum gespannt und dünne Tücher darüber gehängt. Ich ging hin und schob die Tücher ein wenig auseinander. Es dauerte einen Moment, bis ich das, was ich sah, einordnen konnte, und natürlich macht gerade das Oskar zu einem großen Künstler, einem Surrealisten. Kurz dachte ich, ich hätte ein echtes menschliches Wesen vor mir, einen Leichnam. Einen malträtierten Leichnam. Plötzlich gab es eine Erklärung für die Geräusche, die ich von der anderen Seite des Vorhangs gehört hatte: Er hatte die Puppe verstümmelt. Die Seiten aufgeschlitzt. Ihre Brust durchbohrt. In der Stirn saß die kleine Axt, mit der wir unser Feuerholz hacken. Es war brutal. Es war schrecklich. Es war brillant.

Gestern waren wir alle in der Galerie Beaux Arts, ein großes Durcheinander, lauter Künstler, die aufgeregt herumliefen, zankten, nervös Objekte hierhin und dahin schoben, prüften, ob ihre Arbeiten richtig hingen, sich darüber beschwerten, wie ihre Puppen platziert waren. Dazwischen ging Breton umher und erteilte knappe Anweisungen. Das Gleiche taten andere aus der Gruppe der Organisatoren, und oft ordneten sie das genaue Gegenteil von dem an, was Breton gerade gesagt hatte. Alle waren beschäftigt, angespannt, besorgt, alle fluchten über Wolfgang Paalen und das Theater, das er wegen seines Teichs machte, der den halben Boden einnimmt. Ich hatte versucht, nicht zu viel darüber nachzudenken, was für eine große Ausstellung das wird. Vor der Eröffnung mussten 231 Werke gehängt und aufgebaut werden, von sechzig Künstlern aus vierzehn Ländern. Ein Phonograph spielte in ohrenbetäubender Lautstärke immer wieder das schrille, hysterische Lachen einer Frau ab, was nicht gerade half, mir meine Nervosität zu nehmen.

Es war Bretons Idee – damit überfiel er uns in letzter Sekunde –, dass Oskars und meine Arbeiten in einem eigenen kleinen Raum hängen sollten. *Selbstporträt als Sphinx*, gerade erst fertiggestellt, und Oskars *Drei Gestalten in einer Landschaft*. Zwei Bilder, im selben Atelier gemalt, die sich hier trafen wie alte Bekannte und von Galeriewand zu Galeriewand ihr unterbrochenes Zwiegespräch fortsetzten. Mir gefiel die Vorstellung. Oskar war nicht so versessen darauf. Er hatte sich zweifellos gewünscht, dass sein großes Bild einen Raum für sich allein bekommen würde.

Ich hatte darum gebeten, dass im Ausstellungskatalog nur mein Name und der Titel meiner Arbeit genannt werden, meine Beziehung zu Oskar und das Land und die Stadt, wo ich lebe, sollten unerwähnt bleiben. Eigentlich hatte ich sogar daran gedacht, meinen Namen ganz von der Liste der ausstellenden Künstler streichen zu lassen und das Bild anonym zu zeigen, aber Oskar fand das albern und konnte mich überzeugen. Er legte mir die Hand auf die Schulter, sah mir tief in die Augen und erinnerte mich an das, was ich damals zu ihm sagte: dass mein Name Juliette Willoughby ist, dass ich Künstlerin bin. Jetzt, sagte er, hätte ich die Gelegenheit, es der Welt zu zeigen.

Wie hätte ich der Versuchung widerstehen können? Natürlich wollte ich dabei sein bei der Vernissage, wollte die Besucher in ihrer Abendgarderobe sehen – dreitausend sollen es gewesen sein, später wurde sogar die Polizei gerufen, um für Ordnung zu sorgen –, wie sie mit den Taschenlampen, die sie am Eingang erhalten hatten, durch die dunklen Flure mit den Puppen gingen und erschraken, kicherten, zurückzuckten. Wie sie auf Dalís *Regentaxi* reagierten, ein echtes Taxi, das draußen vor der Galerie steht, es sitzen Schaufensterpuppen darin, und im Innern regnet es unentwegt. Wie die Leute im Dunkeln herumstolperten und, während ihnen von den über ihnen hängenden Kohlensäcken Staub auf die Hüte rieselte, die Ausstellungsstücke auf sich wirken ließen, Kunstwerke wie Ausschnitte aus den Träumen anderer Menschen. Wie sie *Selbstporträt als Sphinx* aufnahmen.

Ich erwarte nicht, dass irgendwer das Bild auf Anhieb versteht.

Das braucht Zeit, es erfordert Aufmerksamkeit. Es dauert, bis die Verbindungen zwischen den einzelnen Teilen des Bildes hervortreten. Bis man erkennt, dass es eine zusammenhängende Geschichte erzählt. Eine so abwegige, so schreckliche Geschichte, dass es leichter ist, sich einzureden, man sei verrückt, als zu glauben, dass man wirklich sieht, was man sieht.

Wenn Oskar und Breton über mein Bild sprechen, ist von Albtraum die Rede, von heimlichen Ängsten, die öffentlich preisgegeben werden, einer sehr persönlichen Phantasmagorie. Ich glaube, keiner von beiden ahnt auch nur ansatzweise, wie viel von dem, was ich gemalt habe, die Realität abbildet.

Als ich in unseren Raum kam, waren dort viele Leute. Die meisten standen vor Oskars Gemälde und redeten darüber. Vor meinem Bild stand ein einzelner Mann, groß, kerzengerade, weißes Haar, den Hut in der Hand. Lange stand er da und starrte das Bild an. Und noch ehe er weiterging, ehe ich sein Gesicht sah, erinnerte irgendetwas an ihm mich an meinen Vater, an die Männer in meiner Familie, ihre Körperhaltung. Da wusste ich, wer er war.

Ich habe wohl hörbar nach Luft geschnappt, einen kleinen Würgelaut von mir gegeben. Er drehte sich um. Er erblickte mich. Und als ich den entsetzten Ausdruck auf Onkel Austens Gesicht sah, wusste ich, dass er es verstanden hatte. Was das Bild bedeutet. In dem Moment begriff ich, was für einen riesigen Fehler ich gemacht habe. Was für eine Närrin ich wirklich bin.

Ich weiß nur, dass ich weggelaufen bin. Ich bin gegen Leute gestolpert, habe die Blicke ignoriert, die Rufe hinter mir, bin aus der Galerie hinausgestürmt. Und draußen bin ich weitergerannt, bis ich unten am Fluss war. Ich keuchte so heftig, dass ich mich fast übergeben hätte. Erst da wurde mir wirklich klar, was ich getan habe.

Selbstporträt als Sphinx ist nicht einfach nur ein Gemälde. Nicht für meine Familie. Für meine Familie ist es eine Kriegserklärung.

11. KAPITEL

CAROLINE, CAMBRIDGE 1991

Ich wusste nicht, ob ich beeindruckt sein sollte oder entgeistert.

Das eine war die Nachricht von Alice Longs Tod. Wie angemessen trauern – um eine Frau, der wir nur zweimal begegnet waren, die aber unwiderruflich unser Leben verändert hatte?

Aber was Patrick – instinktiv, eigenmächtig – getan hatte, nachdem er von ihrem Tod erfahren hatte, war eine ganz andere Sache.

»Okay«, sagte ich, »erzähl mir die ganze Geschichte noch mal von vorn.«

»Alice Long hatte keine Angehörigen, jedenfalls keine, denen sie etwas hinterlassen hat. Das hat mir der Möbelpacker gesagt. Anscheinend hat sie zur Miete gewohnt, und der Eigentümer wollte das Haus schnellstmöglich leer geräumt haben, damit er es neu vermieten kann. Als ich hinkam, waren sie also dabei, alles rauszuholen und zum Auktionshaus zu bringen. Der Erlös, glaubte jedenfalls der Möbelpacker, soll für wohltätige Zwecke gespendet werden. Soweit ich das sehen konnte, haben sie keine Inventarliste gemacht – deshalb habe ich unsere *Sphinx* einfach zu den anderen Bildern gestellt.«

»Also ist sie … weg? Du hast sie einfach weggegeben? Ohne mich zu fragen?«

Patrick schüttelte den Kopf. »Ich kenne die Ely Auction Rooms. Ich weiß, was für Leute zu solchen Versteigerungen gehen. Wenn es ein Druck von einem lächelnden Typ mit Degen oder so wäre oder ein Wedgwood-Teeservice, würde es für eine Summe deutlich über dem Schätzwert verkauft. Wenn es ein Bild von Austen Willoughby wäre, würde es sofort weggehen. Aber ich kann dir versichern, ein verrücktes Ölbild mit einer Katzenfrau, die sechs Brüste hat, noch dazu von einer Künstlerin, von der sie noch nie gehört haben, wird niemand in diesem Auktionssaal haben wollen. Wir brauchen also nur zu warten, bis es auf der Angebotsliste auftaucht – das wird in ein paar Wochen der Fall sein –, und es zu kaufen.«

»Wovon?«

»Ich habe ein bisschen Geld, von den Eltern meiner Mutter geerbt.«

»Und dann?«, fragte ich. »Was geschieht, nachdem wir das Bild, das du gerade verschenkt hast, zurückgekauft haben?«

»Dann hat *Selbstporträt als Sphinx* seriöse Papiere. Eine Provenienz. In allen Ehren auf einer Auktion ersteigert, durch uns. In einem Auktionshaus, das in derselben Grafschaft liegt wie der Ort, an dem es zuletzt gesehen und dokumentiert worden ist: Longhurst Hall. Es ist kein Diebesgut, sondern ein Schläfer, rechtmäßig erworben von zwei Kunst sammelnden Studenten, die zufällig erkannt haben, was das für ein Bild ist. Unsere Beweise? Das Tagebuch, das du im Willoughby-Nachlass gefunden hast, und das Foto aus der Witt.« Er schien sehr stolz auf sich. »Unsere Quittung und das Datum können überprüft werden, und die Bestandslisten des Auktionshauses belegen, dass das Bild von einer Frau stammt, die nicht mehr darüber Auskunft geben kann, wo sie selbst es herhatte, weil …«

»… sie tot ist«, sagte ich.

Wenigstens jetzt wirkte Patrick leicht verlegen. »Sie ist tot, und wir werden ein Stück Kunstgeschichte neu schreiben, genau wie sie es wollte.«

Es war seine Idee, dass wir zur Beerdigung gehen sollten. Selten hatte ich etwas so Trauriges erlebt. Sie fand an einem grauen Donnerstagnachmittag statt, in einem Krematorium am Rand der Fens. Wir waren die einzigen Trauergäste in der Backsteinkapelle. Der Redner sagte ein paar Worte über Alice Longs Leben und Laufbahn, dann drückte er auf einen Knopf, und rund um den Sarg schloss sich ein Vorhang.

Dann warteten wir.

Der Auktionssaal entpuppte sich als großer, staubiger Schuppen auf einem Industriegelände. Jeden Freitag fuhren wir in Patricks Wagen hin, suchten die Gänge mit den Angeboten ab und machten auf dem Rückweg Halt an einem Pub, dem Four Horseshoes, wo wir etwas zu Mittag aßen. Manchmal redeten wir über unsere Abschlussarbeiten und die neuen Betreuer, denen wir zugeteilt worden waren. Manchmal redeten wir über Freddie, der immer noch als vermisst galt. Die Polizisten hatten weder in Longhurst noch in einem der Gewässer, die sie abgesucht hatten, etwas gefunden, nicht den kleinsten Hinweis.

Manchmal sprachen wir auch darüber, wie Harry wohl mit all dem zurechtkam. Über Athena, die nach wie vor nicht mit mir redete, die auf keine meiner Nachrichten und auch nicht auf meinen langen Brief geantwortet hatte. Immer wieder hatte ich geschrieben, dass es mir leidtue. Falls sie mich brauche, wann immer sie mich brauche – ich sei da. Auf dem College-Gelände ging sie grußlos an mir vorüber, und wenn sie ein seltenes Mal zu einer Vorlesung erschien, übersah sie es geflissentlich, wenn neben mir ein Platz frei war. Lass ihr Zeit, sagte Patrick. Lass ihr Raum. Der Brief, den ich ihr unter der Tür durchgeschoben hatte, lag einen Tag später ungeöffnet wieder in meinem Postfach.

Wochen gingen ins Land, das Trimesterende nahte, und allmählich verlor ich ein wenig das Zutrauen zu Patricks Plan.

Bislang war nichts aus Alice Longs Haushaltsauflösung auf den Angebotslisten des Auktionshauses aufgetaucht. Ich hatte albtraumhafte Visionen von dem Bild in irgendeinem Müllcontainer. Patrick sagte, wir müssten nur die Ruhe bewahren, geduldig sein, aber dabei schaute er selbst nicht besonders optimistisch drein. Er fragte Eric Lam, der Jura studierte, wie der Ablauf war, wenn jemand starb und seine gesamte Hinterlassenschaft für wohltätige Zwecke spendete. Vor allem, so die Antwort, konnte es wohl eine Weile dauern – ein Erbschein musste beantragt werden, dann musste ein Testamentsvollstrecker den Besitz so verteilen, wie es im Letzten Willen (wenn es einen gab) verfügt war. An sich keine komplizierte Sache, außer es gab Fragen im Zusammenhang mit dem Tod des Erblassers, oder das Testament wurde angefochten. Wenn das alles reibungslos verlaufen war, fragte ich Patrick, wo konnten Alice Longs versteigerungstaugliche Sachen dann hingekommen sein? Darauf hatte er keine Antwort.

Und dann, eines Freitags, war es da.

Bevor wir zu unserer Tour aufbrachen, hatten wir wie üblich den Katalog (eine fotokopierte Liste) darauf durchgesehen, ob das Bild, hinter dem wir her waren, erwähnt war. Bedauerlicherweise verfasste die Person, die diese Listen zusammenstellte, nicht gerade blumige Beschreibungen. »Mahagonitisch.« – »Großer Krug.« – »Kleiner Krug.« – »Stuhl.« Einmal waren wir extrem aufgeregt über den Eintrag: »Bild: große Katze.« Eine Stunde brauchten wir, um es zu finden: ein ausgebleichtes Löwen-Poster in einem kaputten Rahmen, aufgerufen waren 5 Pfund.

An diesem Freitag waren die Beschreibungen noch einsilbiger als sonst. Wir mussten siebenundzwanzig Objekte prüfen, die lediglich als »Ölgemälde mittelgroß« gelistet waren.

»Sollen wir uns aufteilen?«, sagte ich. »Wir sind jetzt seit einer Stunde hier, und es müssen immer noch über zehn Bilder abgehakt werden.« So ganz gefiel es ihm nicht, aber er nickte und ging hinüber ans andere Ende des großen Lagerraums.

Ich musste mich schwer beherrschen, nicht aufzukreischen, als ich sie entdeckte: eine kleine Sammlung alter Kameras und Objektive, verstaut in einem lädierten Pappkarton. Ich schloss die Augen und machte im Geiste einen Rundgang durch Alice Longs vollgestopftes Wohnzimmer, rief mir ihren Bücherschrank in Erinnerung. Ja, ich war mir sicher – die Sachen hatten auf dem obersten Bord gelegen.

Mir war plötzlich schwindelig, deshalb stützte ich mich mit beiden Händen auf den Schreibtisch gleich neben mir – und merkte schnell, dass ich auch dessen mit brüchigem Leder bespannte Platte aus Alice Longs Haus kannte. Ich sah mich weiter in dem Gang um und stellte fest, dass ich von Relikten aus dem Leben der alten Dame umgeben war. Lampen, Schirmständer, das Sofa, auf dem Patrick und ich gesessen hatten, alles in diesem fremden Raum gestapelt, mit Etiketten und Nummern versehen. Einst mit Bedacht ausgewählte Dinge, der gesamte Besitz einer Frau, die von allen außer uns vergessen worden war – hier standen sie, eng zusammengepfercht und ihres Kontextes, der Bedeutung, die sie einmal gehabt hatten, beraubt. Dazwischen befanden sich auch Objekte, die auf keinen Fall Alice Long gehört hatten. Zum Beispiel ein Korb voller Hundeleinen und Näpfe. Ein Stapel Jahrbücher des Magazins *Punch*.

Jemand tippte mir auf die Schulter. Als ich mich umdrehte, stand da ein sehr aufgeregter Patrick. Wortlos nahm er mich bei der Hand, führte mich ans Ende des Ganges und nickte bedeutungsvoll zur Rückseite einer Leinwand, die achtlos zwischen zwei gleiche abgewetzte Sessel geschoben war. Da ich es selbst in Händen gehalten hatte, erkannte ich das Bild sofort und fiel Patrick um den Hals.

»Es ist da«, flüsterte ich und spürte seinen warmen Atem an meiner Wange. »Das ist es!«

Patrick nickte lächelnd und zwinkerte mir zu. Dann beugte er sich vor und gab mir einen Kuss, und ich bin sicher, er hat mein Herzklopfen gespürt. Aus Gründen, die ich noch nicht verstand, hatte Juliette Willoughby geglaubt, dass ihre Familie vor nichts zurückschrecken würde, um dieses Bild zu vernichten, es ihr wegzunehmen, sie dafür zu bestrafen, dass sie es erschaffen hatte. Ein halbes Jahrhundert lang war es versteckt worden. Nun würde es, dank unseres Einsatzes, die Welt in Erstaunen versetzen.

PATRICK, CAMBRIDGE 1991

Provinz-Auktionshäuser erinnern mich immer an meine Kindheit. Die Gerüche von Staub, von Holzlack, von muffigen Mänteln. Koffer voller Soldatenuniformen und militärischen Erinnerungsstücken, Paravents, alte Schallplatten, Spazierstöcke. Das eine oder andere ausgestopfte Krokodil.

Das war es, was Dad und ich an den Wochenenden unternahmen, worauf ich mich die ganze Woche freute: Wir stiegen ins Auto und fuhren irgendwohin, um »mal zu sehen, was wir sehen«, wie er es ausdrückte. Erst als ich älter wurde, ging mir auf, dass er ausschließlich samstags für die Kinderbetreuung zuständig war und dass sie für ihn darin bestand, dass er genau das tat, was er sowieso vorhatte, nur mit mir im Schlepptau.

In Auktionshäusern wie diesem kannte er immer irgendwen. Nickte dem Eigentümer zu, anderen Händlern. Mein Vater war bekannt für seinen Riecher, deshalb wurde er ständig gefragt, ob er an etwas Speziellem interessiert sei. »Ich schau mich nur mal um«, sagte er dann.

Wenn bei der Vorbesichtigung ein Bild gezeigt wurde, an dem er tatsächlich interessiert war (aber nicht allzu interessiert erscheinen wollte), schickte er mich vor, es mir anzusehen und ihm zu sagen, was ich davon hielt. Mit ungefähr elf war ich darin dank seiner Anleitung schon ziemlich gut, konnte mit einer gewissen Präzision sagen, in welchem Zustand ein Objekt war und ob es etwas für einen seiner Stammkunden sein könnte. Ein- oder zweimal hatte ich ihn auf ein Bild hingewiesen, das er übersehen hatte, und war mit einem Fünfer belohnt worden.

Daher war es für mich nicht neu, dieses Kribbeln, die Erregung, die einen erfasst, wenn man weiß, dass gleich etwas versteigert wird, das man für etwas Besonderes hält und von dem man sicher ist, dass sonst niemand es bemerkt hat. Die Aussicht, allen anderen eins auszuwischen, ist natürlich Teil des Kribbelns. Ein Teil des psychologischen Spiels besteht darin, es nie zu zeigen, wenn man auf ein Objekt scharf ist, ein anderer, sich nicht dazu hinreißen zu lassen, das eigene nüchterne Urteil in den Wind zu schlagen. Sich nie so für ein Objekt zu begeistern, dass man mehr bietet, als es wert ist.

Es war beruhigend, dass am fraglichen Tag nicht viele Besucher zur Auktion erschienen waren. Den Katalog auf dem Schoß, saßen wir gespannt auf unseren Stühlen. Insgesamt waren es kaum mehr als dreißig Leute, die mit uns darauf warteten, dass jemand aufs Podium stieg und an das wacklige Rednerpult trat. Caroline und ich waren mit Abstand die Jüngsten. Niemand kam mir bekannt vor, ich entdeckte keinen der Kollegen oder Rivalen meines Vaters. Einige der Anwesenden machten den Eindruck, als hätten sie sich vor allem vor dem Regen hierhergeflüchtet.

Dann kam Giles Pemberton herein.

Caroline entdeckte ihn als Erste und stupste mich an. Genau in dem Moment schaute er herüber und erkannte uns. Mir wurde mulmig. Giles Pemberton, der mit uns Kunstgeschichte studierte, der Typ, der bei Athenas Abendessen gewesen war, der sich so gut mit Austen Willoughbys Bildern auskannte und uns über das von Juliette hatte reden hören.

Scheiße, dachte ich.

Ich fragte, ob er sich für etwas Spezielles interessierte. Er zeigte uns ein antikes, handbemaltes Porzellan-Spaniel-Pärchen. »Habt ihr schon mal so was Hässliches gesehen? *J'adore un petit chien moche.* Sie werden auf meinem Kaminsims der Gipfel der Scheußlichkeit sein.«

Caroline lächelte. Ich sagte, da könnte er recht haben.

»Was sucht ihr beide denn hier? Ich liebe solche Versteigerungen, wisst ihr? Mein Traum ist es, eines Tages ein falsch zugeordnetes Meisterwerk zu entdecken, einen echten Willoughby.«

Einen Augenblick erstarrte ich vollständig. Dann begriff ich, dass er von Austen Willoughby sprach, dem Hundemaler. Oder nicht? War das ein Test, wollte er sehen, wie ich reagierte? Wir lächelten alle, Giles, Caroline und ich. Fanden es unendlich witzig, dass wir uns hier über den Weg gelaufen waren. Was für ein kurioser Zufall.

Meine Gedanken drehten sich wie irre im Kreis. Giles war auch auf dem Fest gewesen. Was, wenn er beobachtet hatte, wie Caroline das Bild einpackte? Konnte er irgendeine Veranlassung haben, zu glauben, dass *Selbstporträt als Sphinx* noch existierte und dass wir es gefunden hatten? Wenn er hier im Auktionshaus über das Bild gestolpert war, konnte er dann eins und eins zusammengezählt haben?

Caroline erzählte Giles, sie interessiere sich für ein Paar Ohrringe. Mir fiel auf, dass sie klugerweise ein Objekt ausgesucht hatte, das sehr viel weiter unten auf der Liste stand als seine Porzellanhunde.

Der Auktionator erschien – krauses Haar, Fliege, Weste –, und die Versteigerung begann. Dass ich ein wenig nervös sein würde, damit hatte ich gerechnet. Aber die Anwesenheit von Giles brachte mich völlig aus dem Konzept.

Dies war nicht die Art von Auktion, bei der man eine Bieterkarte hob, um ein Gebot abzugeben, hatte ich Caroline erklärt. Hier nickte man einfach, oder man schüttelte den Kopf. Wie fast alle, die das zum ersten Mal mitmachen, witzelte sie, sie hoffe nur, dass sie nicht versehentlich etwas ersteigern würde, nur weil sie sich an der Nase kratzte. Während der ersten Gebote hielt sie die Arme fest verschränkt.

Unser Bild hatte die Nummer 76, und so saßen wir da und sahen zu, wie alle Objekte davor unter den Hammer kamen. Die meisten gingen zum ersten und einzigen Gebot weg, was mich leicht entspannte. Giles bekam seine Hunde zu einem Schnäppchenpreis. Als er davontrottete, um sie abzuholen, nickte er uns zum Abschied zu. Wir formten mit den Lippen ein »Tschüss«.

Ich glaube, ich war noch nie so erleichtert, jemanden von hinten zu sehen. Selbst als er seine Hunde hatte, fürchtete ich noch, er könnte wiederkommen, weil er seinen Schirm vergessen hatte oder weil er unter seinem Stuhl nachsehen wollte, ob dort etwas liegen geblieben war.

Zehn Stücke trennten uns noch von unserem Bild. Mit jedem, das wegging, beschleunigte sich mein Puls. Würde es wirklich klappen? Vor mir schienen sich unendliche Möglichkeiten aufzutun, plötzlich waren die Karriereträume, von denen ich Caroline im ersten Studienjahr so großmäulig erzählt hatte, fast in Reichweite. Was für ein Start für unsere jeweilige Laufbahn! Was für ein Start in unser gemeinsames Leben! Ich sah es schon vor mir: wir beide mit unserer Entdeckung auf der Titelseite der *Cambridge Evening Post;* wie wir mit dem Bild in den Lokalnachrichten interviewt wurden, wie Caroline die historische Bedeutung dieser Entdeckung erläuterte, wie der Interviewer uns bat, zu erzählen, auf welch wundersame Weise wir das Bild gefunden hatten. Ich malte mir sogar schon aus, wie ich meinem Vater die Neuigkeiten überbrachte, wie er zwischen Stolz und Neid hin- und hergerissen sein würde.

»Los Nummer sechsundsiebzig«, rief der Auktionator endlich. Ich atmete tief durch und rückte vor auf die Stuhlkante. »Wer steigt bei fünfundzwanzig ein?«

Ich nickte. Der Auktionator nahm es zur Kenntnis. Er schaute sich um. In einer Ecke des Raums stand ein Schreibtisch, an dem ein Mann per Telefon Gebote von nicht anwesenden Interessenten entgegennahm. Ich sah, wie er den Blick des Auktionators suchte und nickte. Der Auktionator nahm es zur Kenntnis. Schaute wieder zu mir.

»Fünfzig«, sagte ich.

Blick zu dem Mann am Telefon. Er sagte etwas in den Hörer und wartete auf die Antwort. »Fünfundsiebzig«, sagte er.

Der Auktionator schaute wieder zu mir. Ich nickte. »Also hundert«, sagte er.

Der Mann am Telefon sagte: »Hundertfünfundzwanzig.«

Ich spürte, wie Caroline neben mir auf dem Stuhl herumzurutschen begann. Sie hielt meine Hand im Klammergriff.

»Was ist da los?«, fragte sie. »Wer ist das da am Telefon?«

Genau diese Frage stellte ich mir auch. »Jemand, der es gesehen hat und dem es gefällt, schätze ich.«

Kein Grund, paranoid zu werden, sagte ich mir. Es gab keinen Grund, anzunehmen, dass wir gegen jemanden boten, der wusste, was es mit Los 76 wirklich auf sich hatte. Die Einzigen, denen wir von dem Tagebuch erzählt hatten, waren Athena, Harry und Giles bei diesem Abendessen gewesen. Und Alice Long natürlich. Von dem Foto des Bildes hatte allein Alice Long etwas gewusst. Ohne – wie wir – das Foto gesehen zu haben, konnte niemand das Bild, auf das wir boten, zuverlässig als Juliette Willoughbys *Selbstporträt als Sphinx* identifizieren.

Als das Gebot zweihundertfünfzig Pfund erreichte, wurde ich unruhig. Niemals hätte ich für möglich gehalten, dass irgendwer an unserem Bild solches Interesse haben könnte. Alles in allem besaßen Caroline und ich zusammen genau 1087,96 Pfund – und zwar, wenn wir jeweils unser Konto komplett leer räumten.

Laut Katalog wurde bei dem Bild ein Erlös von ein- bis dreihundert Pfund erwartet. Daher hoffte ich, dass der andere Bieter sich dreihundert Pfund als Limit gesetzt und beschlossen hatte, da auszusteigen. Das erwies sich leider als Wunschdenken. Die Gebote erreichten diesen Betrag und gingen ohne Zwischenstopp stramm weiter nach oben. Mittlerweile stiegen sie in Fünfzig-Pfund-Schritten. Dreihundertfünfzig, vierhundert, vierhundertfünfzig Pfund. Fast vergaß man, dass es um echtes Geld ging, genau genommen ein Drittel dessen, was wir gemeinsam in dieser Welt unser Eigen nannten. Fünfhundert. Fünfhundertfünfzig. Sechshundert.

So was hatte ich auch auf anderen Auktionen schon erlebt, eine Überbietungsspirale, wenn man unbedingt gewinnen wollte. War es das, was hier gerade ablief? Da wir den gegnerischen Bieter nicht sahen, ließ sich das schwer sagen. Wenigstens hatte das Tempo etwas nachgelassen, der Mann am Telefon musste nun nach jeder Steigerung eine Weile mit seinem Kunden konferieren, bevor er schließlich doch nickte. Dafür ging es nun um jeweils hundert Pfund höher. Siebenhundert. Achthundert. Neunhundert.

Als wir die Tausend-Pfund-Marke erreichten, kam Unruhe auf. Leute, die sich draußen umgesehen hatten, sammelten sich an der Tür des Auktionssaals, um zuzuschauen.

Carolines Hand war krampfhaft um meine gekrallt. Mir drehte sich der Magen um. In Nullkommanichts würden wir bei tausendfünfhundert Pfund sein. Der Mann am Telefon begann eine Show abzuziehen, legte kleine Pausen ein, bevor er das nächste Gebot herausposaunte. Das nervte mich ziemlich, schließlich war es nicht sein Geld, das er aufs Spiel setzte. Ich bot weiter. Tausendsiebenhundert. Tausendachthundert. Ich würde mit meinem Vater reden, ihm die Lage erklären. Auf keinen Fall würde ich mir das Bild wegen ein paar Hundert Pfund entgehen lassen.

»Patrick«, flüsterte Caroline, als wir bei zweitausend anlangten, »was machst du?«

Mittlerweile gab es jedes Mal, wenn der Preis des Bildes stieg, und das tat er jetzt in Zweihundertfünfzig-Pfund-Schritten, ein kollektives Aufkeuchen im Saal.

»Ich verkaufe den Wagen«, murmelte ich. »Ich verkaufe den verdammten Wagen.«

Als wir bei dreieinhalbtausend waren, hatte ich im Geiste den Wagen verkauft, eine Kreditkarte ausgereizt, die ich nicht besaß, meinen Dispokredit komplett ausgeschöpft. Wenn ich noch mehr Geld brauchte, würde ich mich an meinen Vater wenden. Caroline schüttelte nur noch den Kopf, was zur Folge hatte, dass der Auktionator jedes Mal, wenn er mich nicken sah, zu ihr schaute und dann wieder zu mir, als wollte er fragen: Sind Sie sich sicher?

Ich war mir sicher. Wir mussten es kriegen, denn wenn wir es nicht kriegten, war das meine Schuld. Das Ganze war mein idiotischer Plan gewesen. Meiner Dummheit war es zu verdanken, wenn dieses seit Jahrzehnten verschollene Bild vielleicht wieder in irgendeiner privaten Sammlung verschwand und die Luftschlösser, die ich gebaut hatte – meine Zukunft, Carolines Zukunft, unsere gemeinsame Zukunft –, zerfielen.

Ich wusste nicht, ob ich mir an Carolines Stelle jemals verzeihen könnte. Das war das Schlimmste überhaupt. Und ich wusste nicht, ob ich es mir selbst je verzeihen würde.

Oft hatte ich darüber nachgedacht, wie es für meinen Vater gewesen sein musste, den Raffael zu verlieren. Sich sein Leben lang den Gedanken verkneifen zu müssen, wie anders alles hätte laufen können. Bis ans Ende seiner Tage mit dieser Enttäuschung zu leben. Verzweifelt noch an den geringsten Statussymbolen zu kleben – einer Freundschaft mit Philip Willoughby, daran, dass der eigene Sohn Mitglied bei Osiris war, dem besten Tisch in einem Restaurant.

Bei viertausend Pfund war klar, dass der andere Bieter nicht aufhören, sondern weitermachen würde, bis er sich das Bild gesichert hatte. Ich sah, dass Caroline in den Katalog starrte, auf die Beschreibung des Bildes, den Richtpreis, als ließe sich da eine Erklärung finden. Der Auktionator schaute zu mir. Ich schüttelte den Kopf. Es war vorbei. Kaum zu glauben nach allem, was hinter uns lag, aber wir hatten unser Bild verloren.

»Den Zuschlag erhält für viertausend Pfund der Bieter am Telefon.«

DRITTER TEIL

DAS DILEMMA

»Noch bei der höchstvollendeten Reproduktion
fällt eines aus: das Hier und Jetzt
des Kunstwerks – sein einmaliges Dasein
an dem Orte, an dem es sich befindet.«

Walter Benjamin,
Das Kunstwerk im Zeitalter seiner
technischen Reproduzierbarkeit

12. KAPITEL

CAROLINE, LONDON 2023, EINE WOCHE VOR HARRYS TOD

Wie schnell die Jahre vergehen.

Im Gift Shop der Tate Modern blätterte eine dunkelhaarige Frau – sie sah aus wie Ende zwanzig – in *Das surreale Leben der Juliette Willoughby*. Ich war ungefähr so alt wie sie, als dieses Buch, mein erstes und kommerziell bei Weitem erfolgreichstes, 1998 erschien. Im selben Jahr hatte ich meine erste Unistelle angetreten, in Cambridge, ich hatte Patrick geheiratet, und er hatte seine Galerie eröffnet.

Von dem Foto hinten auf dem Buch schaute mich die Frau an, die ich damals war (jung, ehrgeizig, verliebt). Auf dem Titel verkündete ein schillernder Aufkleber: *Fünf Millionen verkaufte Exemplare weltweit.* Das war für eine wissenschaftliche Biografie, noch dazu über eine Malerin, die zu der Zeit, als ich das Buch schrieb, nahezu unbekannt war, schon außergewöhnlich. Als ich ein Exemplar zur Hand nahm, klappte es wie von selbst auf der Seite mit der Widmung auf: *Für meine Mutter.*

Auf einem separaten Tisch lag ein weiterer Stapel dieser Hardcover-Ausgabe. Darüber hing ein Plakat, auf dem mein Vortrag heute Abend angekündigt wurde, eine Veranstaltung anlässlich des Erscheinens der Jubiläumsausgabe fünfundzwanzig Jahre nach der Erstveröffentlichung. Sie enthielt eine überarbeitete Einleitung, die zu schreiben mich der Verlag gebeten hatte; ich sollte darin auch auf den Erfolg des Buches eingehen. Die Wahrheit ist, ich habe diesen Erfolg nie für mein Verdienst gehalten. Ich hatte einfach das Glück, zu einer Zeit über eine weibliche Künstlerin zu schreiben, als die Leute endlich anfingen, sich für solche Frauen zu interessieren. Noch dazu über eine Künstlerin mit einer spannenden Lebensgeschichte, die man, je nachdem, durch welches Prisma man sie betrachtete, als tragische Liebesgeschichte sehen konnte, als Familientragödie, als Coming-of-Age-Erzählung oder als eine Parabel darüber, wie die Leistungen von Frauen stets übersehen wurden. Oder als all das zugleich.

Das Gemälde *Selbstporträt als Sphinx* war zwar nach der Auktion verschwunden, aber ich hatte immer noch Juliettes Tagebuch – für sich genommen schon ein bemerkenswertes historisches Dokument – als Grundlage für meine Betrachtungen und Überlegungen. Und wie hatte Alice Long so klug vorhergesagt: Wenn man nur anfing, nach Juliette zu suchen, entdeckte man sie in den Tagebüchern und Briefen ihres Pariser Zirkels durchaus hier und da – meistens unter dem Namen Jules (der Spitzname, den Oskar ihr gegeben hatte) oder als *La Rousse anglaise*, die rothaarige Engländerin, eine stille junge Frau, die nicht gut Französisch sprach.

Natürlich erschien mein Buch zunächst in einem Wissenschaftsverlag, eine teure gebundene Ausgabe, die vor allem für Universitätsbibliotheken gedacht war, ein paar enthusiastische Besprechungen in Fachjournalen bekam und ansonsten keine großen Wellen schlug. Auf die Bestsellerlisten wurde es erst durch das unerwartete Auftauchen von *Selbstporträt als Sphinx* katapultiert.

Als ich Mitte 1998 in meinem College-Postfach einen Brief der Tate fand, in dem ich gebeten wurde, nach London zu kommen und eine wissenschaftliche Einschätzung zu einem Gemälde von Juliette Willoughby – dem *einzigen* Gemälde von Juliette Willoughby – abzugeben, das ihnen kürzlich als Dauerleihgabe angeboten worden war, brach ich kurz in Panik aus.

Aus naheliegenden Gründen wurde in meinem Buch nicht

erwähnt, dass ich *Selbstporträt als Sphinx* in Longhurst gefunden beziehungsweise gestohlen hatte und dass es uns bei der Auktion verloren gegangen war. Zwar hatten Patrick und ich jahrelang darüber spekuliert, wer der Käufer gewesen sein mochte und ob er gewusst hatte, was er ersteigerte, aber in der Zusammenfassung im Buch hatte ich nur beschrieben, wie wir das Tagebuch und das Foto aus der Witt gefunden hatten, beides als Beweise dafür angeführt, dass das Gemälde das Feuer überstanden hatte, und meiner Hoffnung Ausdruck verliehen, dass es eines Tages wieder auftauchen würde.

Das Bild stand im Büro des Direktors der Tate-Sammlungen auf einer Staffelei. Ich sah es und wusste sofort, es war das, das uns durch die Lappen gegangen war. Wer der Eigentümer war, konnten sie mir in der Tate nicht sagen – um seine Anonymität zu wahren, wurde nur über Anwälte kommuniziert. Patrick meinte, das sei unter seriösen Sammlern nicht ungewöhnlich. Manche wollen nicht von Kunsthändler-Haien behelligt werden, die neue Kunden suchen, andere haben Sorge, eine hochkarätige Leihgabe könnte Diebe auf die Idee bringen, dass der Rest ihrer Sammlung ähnlich wertvoll sei.

Es verunsicherte und frustrierte mich, dass der Eigentümer geheim bleiben würde, doch Patrick konnte mich davon überzeugen, dass es alles in allem eine gute Neuigkeit war. Das Bild war wieder da und sollte in einem der renommiertesten Häuser der Welt ausgestellt werden. Mein Status als fachliche Autorität eröffnete mir sämtliche medialen Möglichkeiten, Leben und Werk von Juliette einem ganz neuen Publikum nahezubringen.

»Ehrlich gesagt«, sagte Patrick, »können wir froh sein, dass derjenige, der es auf der Auktion gekauft hat, nur am Telefon war und die Leute, die gegen ihn geboten haben, nicht gesehen hat. Andernfalls müssten wir jetzt wahrscheinlich einige unangenehme Fragen beantworten, meinst du nicht?«

Ich musste zugeben, dass da etwas dran war.

Im Jahr 2000 wurde *Selbstporträt als Sphinx* unter großem Mediengetöse in der neu eröffneten Tate Modern gezeigt. Zeitungen aus der ganzen Welt brachten die Geschichte, Fernsehteams selbst aus Japan und Argentinien wollten mich, vor dem Bild stehend, interviewen. Auf Bitten meines Verlags schrieb ich über diese wundersame Wiederentdeckung ein zusätzliches Kapitel. Die Biografie wurde neu aufgelegt, anstelle des Fotos von Juliette prangte auf dem Titel nun eine farbige Hochglanzreproduktion des Gemäldes. Diesmal wurde das Buch überall besprochen, und der Verlag konnte gar nicht so schnell nachdrucken, wie abverkauft wurde.

Ich wies immer darauf hin, dass Patrick derjenige war, der das Foto in der Witt entdeckt hatte, und schlug den Presseleuten oft vor, doch auch ihn zu interviewen. Ohne das Foto hätte schließlich die Echtheit des Bildes nicht nachgewiesen werden können. Mir war sehr bewusst, dass er, während meine Karriere durch die Decke ging, in seiner Galerie Achtzehnstundentage absolvieren musste. Hoher Druck für eine Ehe.

Die dunkelhaarige Frau legte mein Buch zurück auf den Tisch, und da erst sah ich das Schild, das sie umhängen hatte. Es wies sie als Flo Burton aus, die Assistentin, von der mir gesagt worden war, dass sie mich bei der Veranstaltung begleiten würde. Sie sah mich an, stockte kurz, dann lächelte sie und streckte mir die Hand hin.

»Professor Cooper? Schön, Sie kennenzulernen. Wollen wir raufgehen? Es wird voll heute Abend«, sagte sie und steuerte mich Richtung Fahrstuhl. »Seit Wochen ausverkauft. Unsere Mitglieder kommen sehr gern, wenn Experten sprechen, und *Selbstporträt als Sphinx* ist eins unserer meistbesuchten Werke …«

Sämtliche Plätze im Raum waren besetzt, und dank der generationenübergreifenden Anziehungskraft von Juliettes Kunst und ihrer Geschichte saßen Teenager neben Rentnern, Kunststudenten neben mittelalten Paaren in gleichen Fleecejacken. Hier und da sah ich Kollegen, frühere wie gegenwärtige, ein paar ehemalige Studentinnen. Flo hielt sich an ihrem Papier fest und beugte sich über das Mikrofon.

»Guten Abend«, sagte sie. »Begrüßen Sie mit mir Professor Caroline Cooper. Sie ist nicht nur die weltweit herausragende Juliette-Willoughby-Autorität, sondern hat auch im vergangenen Jahr als Gast hier im Haus die Ausstellung *Frauen und Surrealismus* kuratiert und sehr viel über diese Bewegung in den Neunzehnhundertzwanziger- und -dreißigerjahren geforscht und publiziert. Wir freuen uns sehr, sie heute in unserer Vortragsreihe zu Gast zu haben. Sie spricht über …«, sie schaut kurz auf ihren Zettel, »… die ›Wiederentdeckung einer Ikone: die Geschichte des Gemäldes *Selbstporträt als Sphinx*‹.«

Flo zog sich auf einen Platz in der ersten Reihe zurück, und ich trat hinter das Pult, angelte die Brille aus meiner Tasche und machte eine selbstironische Bemerkung darüber, dass ohne die heute gar nichts mehr gehe, was mehr Gelächter erntete, als es verdiente.

»Vielen Dank, Flo. Es kommt nicht oft vor, dass man über ein Gemälde sprechen kann, das direkt hinter einem hängt. Ihnen allen ein herzliches Willkommen.«

Ich trank einen Schluck Wasser.

»Wenn Sie aufgefordert würden, sich ein Auktionshaus am Tag der Versteigerung vorzustellen, hätten Sie vermutlich Institutionen wie Sotheby's oder Christie's vor Augen. Wo mit behandschuhten Händen ein Meisterwerk nach dem anderen neben den Auktionator aufs Podium gestellt wird, wo die Sammler Bieterkarten hochhalten und aggressiv versuchen, einander auszustechen, mit Steigerungen in Millionen-Pfund-Schritten. Dazu kann ich nur sagen: Vergessen Sie das. Die meisten Verkäufe auf dem Sekundärmarkt hierzulande – also Verkäufe von Bildern, die zuvor schon den Besitzer gewechselt haben und nicht direkt von der Staffelei des Künstlers, der Künstlerin kommen – werden unter weit weniger glamourösen Umständen abgewickelt. Die kleineren Aktionshäuser, wo preiswertere Objekte von geringerer Qualität ge- und verkauft werden, bilden das eigentliche Rückgrat des Kunstmarkts. Allerdings kommt es nicht oft vor, dass an einem solchen Ort lange verschollene Meisterwerke aus der Ära des Surrealismus auftauchen.«

Erneut freundliches Lachen, von zwei Frauen in der letzten Reihe.

»Aber es *kommt* vor. Das Bild ist ganz normal im Auktionskatalog zu finden, gelistet für die wöchentliche Versteigerung in den Ely Auction Rooms am 29. November 1991. Los Nr. 76. ›Ölgemälde mittelgroß.‹ Würden wir das Bild, das hier hinter mir hängt, abnehmen und umdrehen, würden Sie auf der Rückseite das Etikett mit genau dieser Beschriftung sehen. Der Eigentümer hat es damals per Telefon ersteigert. Für viertausend Pfund, eine Summe weit über dem Schätzwert.«

Ich lächelte. »Heute ist es natürlich weit mehr wert.«

Hin und wieder kam mir dieser Gedanke. Dass Patrick und ich unter anderen Umständen reiche Leute hätten sein können. Mehrfache Millionäre wahrscheinlich, wenn man bedachte, welcher Kult sich um die Person Juliette entwickelt hatte. Mit Sicherheit war das Bild an der Wand hinter mir jetzt mehr wert als irgendeine Arbeit von Oskar Erlich.

Ich versuchte, ein unbewegtes Gesicht zu machen, als mir

der schreckliche Moment im Auktionssaal durch den Kopf zuckte: wie der Hammer fiel, wie wir begriffen, was wir verloren hatten, wie jegliche Farbe aus Patricks Gesicht wich.

Ich machte ihm keinen Vorwurf. Das sagte ich ihm an dem Abend immer wieder, während er auf und ab ging, sich mit beiden Händen übers Gesicht rieb, fluchte, um Verzeihung bat. Ich hatte ihm schon verziehen, schwor ich. Was hätte es für einen Sinn gehabt, ihm Vorwürfe zu machen? Er fühlte sich auch so schon elend genug. Wir hätten immer noch das Tagebuch, sagte ich. Wir hätten einander. Das sei es, was zähle. Ich hegte keinerlei Groll. Aber schon da ahnte ich, dass ich ihm das bis ans Ende unserer Tage erzählen konnte und er doch nie wissen würde, ob er es glauben sollte oder nicht.

Ich zwang mich zurück in den Vortragsraum, in die Gegenwart. Was ich hier erzählen würde, war die offizielle Version der Geschichte. Nicht, wie ich das Bild gefunden und wieder verloren hatte, sondern wie ich, als es wieder auftauchte, zu dem Schluss gekommen war, dass es das echte Bild sein musste.

»Es gibt im Grunde drei Möglichkeiten, die Echtheit eines Kunstwerks festzustellen. Die erste besteht darin, auf Dokumente gestützt die Provenienz zu belegen. Bei manchen Gemälden gibt es eine Abfolge von Papieren, die bescheinigen, wann und wo es zum ersten Mal verkauft wurde, die klar und eindeutig bis zum ersten Eigentümer zurückführen, vielleicht sogar bis zu dem Zeitpunkt, als sie entstanden sind. Leider ist das bei *Selbstporträt als Sphinx* nicht der Fall. Wir wissen noch nicht einmal, wer 1991 der Verkäufer war, denn das Auktionshaus wurde wenige Jahre später geschlossen, und es sind keine Unterlagen erhalten, wahrscheinlich wurden sie geschreddert oder schlicht weggeworfen. Was wir haben, sind Juliettes Tagebuch, ihr Reisepass und ihr Anhänger – die offenbar nach ihrem Tod wieder nach Longhurst gelangt und später zusammen mit anderen Materialien der Universität Cambridge gestiftet worden sind. Es existieren also Gegenstände, die beweisen, dass zumindest einiges aus ihrem Besitz das Feuer in Paris überstanden hat. Zusätzlich haben wir ein Foto, das zeigt, dass *Selbstporträt als Sphinx* sich 1961 in Longhurst befand, auch wenn wir nicht wissen, wie es dort hingekommen ist und was dann damit geschehen ist. Und die Familie Willoughby hat immer behauptet, sie wüsste es auch nicht.«

Tatsächlich hatten Philip und Georgina Willoughby es wiederholt barsch abgelehnt, irgendwelche Fragen zu Juliette, dem Bild oder dem Tagebuch zu beantworten.

»Zweitens besteht die Möglichkeit, die Echtheit eines Gemäldes – oder eben eine Fehlzuschreibung oder Fälschung – durch technische Untersuchungsmethoden festzustellen. Dafür hatten wir hier mehr Material. Die Unterschrift in Juliettes Reisepass ist der Signatur auf dem Bild sehr, sehr ähnlich.«

Ich trat hinter dem Pult hervor, stellte mich neben das Bild und beschrieb mit dem Finger einen Kreis um die untere rechte Ecke. Die Zuhörer lehnten sich vor und spähten herüber.

»Farbanalysen ergaben, dass die für das Bild benutzten Pigmente exakt genauso zusammengesetzt sind wie in den Farbmustern, die Juliette Willoughby in ihr Tagebuch getupft hat. Das lebhafte Grün, das Sie hier sehen«, ich wies auf den Umhang der Gestalt in dem Boot, »enthielt Spuren von Arsen. Und das Weiß«, jetzt zeigte ich auf das Kleid des ertrunkenen Mädchens, »war mit Blei versetzt. Diese beiden Komponenten sind, wie man heute weiß, hochgiftig, waren aber in den Dreißigerjahren des letzten Jahrhunderts noch sehr verbreitet. Die Radiokarbondatierung von Holzrahmen und Leinwand ergab, dass das Alter bei beiden stimmt. Und dann haben wir auf der Rückseite Daumenabdrücke. Juliette muss den Rahmen einmal mit farbverschmierten Händen hochgehoben haben, jedenfalls sind die Abdrücke identisch mit denen, die sie in den Kohlezeichnungen in ihrem Tagebuch hinterlassen hat.«

Ich trank noch einmal etwas Wasser.

»Der dritte und letzte Faktor, auf den Museen wie die Tate sich verlassen, ist die Expertenmeinung – und das ist die Stelle, an der Leute wie ich ins Spiel kommen. Leute, die sich ihr Leben lang mit einem Künstler oder einer Künstlerin und deren Werk beschäftigt haben. Leute, die bereit sind, ihre gesamte, über Jahre erworbene fachliche Reputation in die Waagschale zu werfen. Das ist eine große Verantwortung, nicht selten stehen Millionensummen auf dem Spiel. Als ich aber um mein Expertenurteil zu diesem Gemälde gebeten wurde, hatte ich nicht den leisesten Zweifel. Das Sujet und die Anordnung der verschiedenen Szenen, die sich auf dem Bild abspielen – beides passt haargenau zu den fragmentarischen Vorstudien in Juliettes Tagebuch. Wenn Sie alle diese Beweise zusammennehmen, kann es kaum einen ernsthaften Zweifel geben, dass das Bild, das Sie hier hinter mir sehen, genau jenes bemerkenswerte Werk ist, das Juliette Willoughby 1938 auf der *Exposition internationale du surréalisme* ausgestellt hat.«

Es war nach dem Vortrag, nach der Fragerunde für das Publikum, nach der Signierrunde, als ich meine Sachen zusammensuchte und die Stühle aufeinandergestapelt und weggeräumt wurden, dass mein Telefon klingelte und mein Leben zum zweiten Mal auf den Kopf gestellt wurde.

Es war Patrick. Er rief an, um mir zu sagen, dass ein zweites *Selbstporträt als Sphinx* entdeckt worden war.

PATRICK, DUBAI 2023,
SECHS TAGE VOR HARRYS TOD

Ich sah auf die Uhr. Bei Verabredungen mit potenziellen Käufern bin ich immer früh dran, um sicherzugehen, dass die Inszenierung stimmt, dass alles perfekt arrangiert ist.

Dave White verspätete sich. Das überraschte mich nicht. Dave White war ein schwerreicher Mann mit einem ganzen Reigen von Affären mit Supermodels und einer Sammlung moderner Kunst von astronomischem Wert. Ich war ein Mann, der ein sehr teures Stück moderne Kunst zu verkaufen hatte. Bemerkenswert war nicht, dass Dave White zu spät kam, sondern dass er sich überhaupt mit mir zum Mittagessen traf.

Jahrelang hatte ich mich bemüht, ihm etwas zu verkaufen. Hatte seine Büros in New York, Dubai und London kontaktiert, sobald wir etwas hatten, von dem ich meinte, es könnte ihn interessieren – er sammelte surrealistische Gemälde aus den 1920ern und 1930ern. Nie hatte ich auch nur eine Antwort erhalten.

Am Vortag um achtzehn Uhr Dubaier Zeit hatte ich seinem Büro gemailt, ich hätte ein Gemälde von Juliette Willoughby zu verkaufen. Eine Viertelstunde später rief Dave White persönlich an und schlug vor, dass wir uns zum Lunch treffen sollten. Ich fragte, wo er hinwollte. Ohne dass klar war, wer die Rechnung übernehmen würde, nannte er ein Sushi-Restaurant im siebenundneunzigsten Stock, wo eine Mahlzeit für zwei so viel kostet wie ein Kleinwagen. Kurz dachte ich, er mache Witze. Dann nannte er eine Uhrzeit, sagte, ich solle einen Tisch reservieren, und legte auf.

Ich widerstand dem Drang, schon wieder auf die Uhr zu sehen. Er würde kommen. Und wenn er nur kam, um zu hören, wie ich in den Besitz eines Bildes gelangt war, das es nicht gab. Ich zwang mich, die Speisekarte zu ignorieren – genauer: die Preise darauf –, und schaute über ein Meer aus weißen Tischtüchern hinweg durch die bodentiefen Fenster hinaus auf die Wüste in der Ferne.

Ich hatte einigen Aufwand getrieben, um einen guten Eindruck zu machen. Die Uhr war eine Rolex, kein Fake. Ich trug einen neuen Favourbrook-Anzug. Ein guter Rat, den mein Vater mir stets gab, lautete: Einem Mann, der ärmlich aussieht oder verzweifelt wirkt, kauft niemand etwas ab. Was besonders gilt, wenn man so arm und verzweifelt ist, wie ich es war.

David White tauchte so plötzlich auf, dass ich es kaum mitbekam. Auf einmal stand er am Tisch, und ich erhob mich. Er streckte mir die Hand hin, ich streckte ihm meine hin. Er sah die Rolex, und auf seinem Gesicht erschien ein schwaches Grinsen. Es verschwand auch nicht, als wir uns setzten.

»Hallo, Patrick«, sagte er mit deutlichem Birmingham-Einschlag. Er trug Badeshorts, ein Hawaiihemd und Flip-Flops. Ich merkte, dass die anderen Restaurantgäste in ihren Maßanzügen und makellos weißen Kanduras so taten, als sähen sie es nicht. In einer Ecke besprachen sich diskret zwei Kellner. Wahrscheinlich überlegten sie, ob sie ihn als Stammgast erkennen müssten, ob er so reich oder mächtig war, dass sie es ihm durchgehen lassen mussten, hier aufzutauchen, als käme er geradewegs vom Strand.

Einer der beiden zog sein Telefon hervor, vielleicht, um Dave zu googeln – ein aussichtsloses Unterfangen, denn selbst wenn sein Name bei der Reservierung vermerkt gewesen wäre, hätte das nicht weitergeholfen. Wie alle extrem reichen Leute achtete Dave White streng darauf, dass nichts Persönliches über ihn online erschien, nicht einmal ein Bild von ihm, was nicht der Ironie entbehrte, hatte er sein Vermögen doch im Wesentlichen mit Gesichtserkennungstechnologie gemacht. Es gab keinen Zeitungsartikel, keine Magazin-Story. Keine Nennung in der Reichenliste der *Sunday Times*. Lediglich eine kurze Erwähnung, zwei karge Zeilen, auf der Webseite von Vision Corp., dem Unternehmen, das er gegründet hatte und immer noch führte.

Wir tauschten ein paar höfliche Floskeln aus. Er fragte nach meiner Galerie und wie lange ich schon in Dubai ansässig sei, äußerte sich aber nicht zur Ursache seiner Verspätung. Ich fragte mich, ob er eigens zu diesem Treffen eingeflogen war. Oder war er mit dem Wagen von der Villa herübergekommen, die er Gerüchten zufolge auf der Halbinsel Palm besaß? Ich erkundigte mich, ob er in letzter Zeit interessante Stücke erworben habe – meinen Quellen zufolge besaß er bereits zwei Picassos, sechs Dalís, ein paar Kahlos, einen Delvaux und einen Man Ray, dazu mindestens ein Dutzend Erlichs, darunter *Drei Gestalten in einer Landschaft*.

Wie aus dem Nichts erschien ein Kellner. Dave bestellte als Erster, eine Omakase-Platte und ein Mineralwasser. Ich widerstand dem Impuls, auf der Karte nach dem Preis seiner Bestellung zu schauen, und entschied mich für den Wolfsbarsch, das zweitgünstigste Gericht auf der Karte. Außerdem schlug ich ein Glas Wein vor und nahm erleichtert sein Kopfschütteln zur Kenntnis.

»Also stimmt es?«, fragte er.

Ja, sagte ich, es stimme, ich sei im Besitz eines Gemäldes – und böte es über meine Galerie zum Verkauf –, bei dem es sich, davon sei ich überzeugt, um eine echte Juliette Willoughby handele.

»*Selbstporträt als Sphinx*«, sagte er.

»Ein zweites *Selbstporträt als Sphinx*.«

Er schüttelte den Kopf. »Das ist unmöglich.«

»Wir haben umfassende Analysen angestellt, und die Ergebnisse sind eindeutig. Die Leinwand. Der Rahmen, auf den sie gespannt ist. Alles aus den Neunzehnhundertdreißigern. Farbproben, die denen in Juliettes Tagebuch entsprechen. Die Signatur passt zur Unterschrift im Reisepass, und es gibt die gleichen Daumenabdrücke. Wir sind auch mit der weltweit führenden Juliette-Willoughby-Autorität im Gespräch …«

Dave White räusperte sich. »Du erinnerst dich nicht an mich, oder, Patrick?«

Ich lächelte leicht verwirrt. Sollte ich ihn kennen? Er sah aus wie viele, denen ich im Laufe meines Berufslebens begegnet war, wobei einem natürlich jemand dermaßen Reiches hätte im Gedächtnis bleiben müssen. Waren wir einander mal auf einer Biennale vorgestellt worden? Oder uns bei irgendeiner privaten Vorabbesichtigung über den Weg gelaufen?

»Wir waren im selben College, Patrick, in Cambridge.«

Er nannte das Jahr. Er nannte unser College. »Ach ja«, sagte ich, obwohl ich mich kein bisschen an einen Dave White erinnerte. »Seit damals haben wir uns wohl alle ziemlich verändert.«

»Ihr habt mich Terry genannt«, sagte er ausdruckslos. »Du und deine Freunde. Leute, denen ich nie begegnet war, dachten, ich heiße wirklich Terry.«

»Aber du heißt nicht Terry.« Ich muss genauso verdattert ausgesehen haben, wie ich war.

Ja, ich fragte mich sogar, ob diese ganze Situation inszeniert war. Was hatte er gleich wieder studiert? Mathe? Informatik? Jedenfalls garantiert irgendwas Nerdiges, wenn man bedachte, wie er zu seinem Geld gekommen war. Vielleicht war dies die Strafe für mich, von der er jedes Mal, wenn er mich im Treppenhaus traf und ich auf dem Weg zu irgendeiner Party war, geträumt hatte; jedes Mal, wenn er mich mit meiner schönen Freundin durch den Innenhof gehen sah. Jedes Mal, wenn ich ihn Terry nannte – aus welchem idiotischen Grund auch immer ich das getan hatte.

»Vielleicht habe ich deinen Namen falsch verstanden, als wir uns kennenlernten?«

Dave schüttelte den Kopf. »Oh nein, Patrick. Ich hatte eine orangefarbene Regenjacke an, die meine Mutter mir gekauft hatte. Du hast einen Witz darüber gerissen, und dann haben mich alle drei Jahre lang Terry genannt.«

Mir entfuhr ein Kichern, ich konnte nicht anders. Die orangefarbene Jacke. Terry's Chocolate Orange. Jetzt klingelte es! Ich wusste gar nicht, ob es sie überhaupt noch gab, diese großen Kugeln aus Schokolade mit Orangengeschmack, umhüllt von orangefarbener Folie, und ob sie immer noch unweigerlich in den Weihnachtsstrümpfen britischer Kinder landeten. Dave Whites Miene blieb ausdruckslos.

»Wir haben auf demselben Flur gewohnt. Im College. Das ganze letzte Jahr war ich in dem Zimmer direkt neben deinem«, sagte er.

»Natürlich!«, rief ich, als ich endlich in dem gebräunten, markanten Gesicht mir gegenüber Spuren der weichen, rosigen Züge des Teenagers Terry erkannte. »Du bist Terry von nebenan!«

Jetzt umspielte ein Lächeln seine Lippen. Kein sehr freundliches Lächeln, aber ein Lächeln. »Damals war ich Terry von nebenan, ja. Aber wir sitzen ja hier nicht zusammen, um von alten Zeiten zu reden, was, Patrick?«

Ich merkte, dass ich ebenfalls lächelte, nervös und erleichtert zugleich. Einen schrecklichen Augenblick lang hatte ich befürchtet, er könnte einfach eine Magnumflasche Krug-Champagner bestellen, mir sagen, was für ein Arsch ich gewesen sei, und davonspazieren, während ich auf der Rechnung sitzen blieb.

»Richtig, ja, gute Idee«, sagte ich, dankbar für den Themenwechsel. »Das Bild ist in Longhurst gefunden worden, von Harry Willoughby, einem direkten Nachfahren von …«

Er fiel mir ins Wort. »Ich weiß, wer Harry Willoughby ist, ich war auch auf der Party zu seinem Einundzwanzigsten.«

Wirklich? Das war mein erster Gedanke. Dann fiel mir der Tisch mit den ganzen Sonderlingen wieder ein.

Dave White fragte, was ich glaube, warum Harry sich an mich gewandt habe, die Lambert Gallery, und nicht an eins der großen Londoner Auktionshäuser. Die Antwort war einfach: Harry wollte so viel Geld wie möglich, und zwar so schnell wie möglich. Das war natürlich nicht die Antwort, die ich Dave gab, denn auf diesem Niveau geht es beim Kunsthandel zu einem Prozent um Expertise und zu neunundneunzig Prozent um PR.

»Also, zum einen, weil wir alte Freunde sind, zum anderen, weil der Nahe Osten, wie du weißt, für Kunst weltweit einer der spannendsten Märkte ist. Mit zahlreichen großen Häusern, die aktiv akquirieren – der Louvre Abu Dhabi zum Beispiel, etliche neue Galerien in Saudi-Arabien –, ganz zu schweigen von einigen sehr wohlhabenden privaten Sammlern …«

Es schadet nie, gegenüber potenziellen Käufern durchblicken zu lassen, dass sie nicht die Einzigen sind, die sich für ein Bild interessieren.

»Und du glaubst wirklich, dass es echt ist?«, fragte er dazwischen. »Mir ist nämlich völlig unklar, wie das sein kann. Ich habe meine Hausaufgaben gemacht. Juliette hat bis zuletzt an *Selbstporträt als Sphinx* gearbeitet, bis zu dem Tag, an dem sie es ausgestellt hat. Weitere Versionen des Bildes werden in ihrem Tagebuch nicht erwähnt. Sie hatte gar keine Zeit, noch andere zu malen …«

»Und trotzdem haben wir eins«, sagte ich und zuckte die Achseln. »Wie gesagt, in ein paar Tagen fliegen wir die weltweit führende Expertin ein und hören ihr Urteil.«

»Caroline Cooper«, sagte er. »Deine Ex-Frau.«

»Sie ist auch meine Ex-Frau, ja«, räumte ich etwas unwillig ein.

»Wie steht's denn so zwischen euch?«

Ich murmelte etwas wie, alles sei ganz einvernehmlich. Und es war definitiv einvernehmlicher als in früheren Zeiten. Immerhin waren seit der Scheidung fünf Jahre vergangen. Ich war wieder verheiratet. Ab und zu begegneten Caroline und ich einander auf irgendeiner Londoner Veranstaltung, und es lief immer völlig zivil ab. Ein- oder zweimal hatte ich sie angerufen, weil ich eine Frage zu etwas hatte, das in ihr Fachgebiet fiel.

»Und du bist sicher, dass sie kommt?«

Die Frage war nicht abwegig. Schließlich hatte Caroline die Echtheit des Bildes bestätigt, das in der Tate Modern hing, und eine ganze Karriere lang darüber geschrieben und Vorträge gehalten. Als ich ihr am Telefon von dem zweiten Bild erzählte, konnte ich hören, wie sie erschrak, wie ihr dämmerte, welche beruflichen Konsequenzen es für sie haben würde, wenn sich diese neue Version des Bildes als echt erwies. Vielleicht war in ihrem Ton sogar der leise Verdacht angeklungen, dass es mir Freude bereitete, ihr diese Mitteilung zu machen.

Wenn Dave White aber auf Details darüber hoffte, wie und warum unsere Ehe zu Ende gegangen war, hatte er Pech. Ich würde seine Neugier nicht befriedigen. Es war immer eine unserer Stärken als Paar gewesen, nicht öffentlich irgendwelche schmutzige Wäsche zu waschen. Wir hatten beide Dinge getan und gesagt, auf die wir nicht stolz waren, und einander in einem Maße verletzt, wie wir es nicht für möglich gehalten hätten. Für Caroline war die Liebe immer eine hoch komplizierte Angelegenheit, und das konnte nicht allein dadurch geheilt werden, dass sie den richtigen Menschen traf. Als ich ihr das erste Mal einen Antrag machte, sprach sie eine Woche lang nicht mit mir, und es brauchte zwei weitere Anläufe, bis sie schließlich Ja sagte. Selbst noch am Tag unserer Hochzeit stand ich vor dem Altar, und eine leise Stimme in mir fragte sich, ob sie überhaupt kommen würde. Jetzt aber stellte keine leise Stimme in mir diese Frage.

»Sie wird kommen«, sagte ich.

Sie würde kommen, weil sie sich natürlich die Fotos in meiner Mail angeschaut und dasselbe gesehen hatte wie ich: dass dieses neue Gemälde keine Eins-zu-eins-Kopie desjenigen war, das in der Tate Modern hing. Wie Caroline vermutlich schneller erkannt hatte als ich, gab es zwei feine, aber sehr aufschlussreiche Unterschiede. Zwei signifikante Details, die nicht übereinstimmten, und dies konnte womöglich das Rätsel erhellen, an dessen Entschlüsselung Caroline sich seit Jahrzehnten abarbeitete.

Sie würde kommen, versicherte ich Dave – und mir selbst.

Denn wenn Caroline nicht kam, das wurde mir klar, als die Rechnung auf unseren Tisch flatterte und Dave keinen Finger rührte, sondern stumm zusah, wie ich die Brieftasche zückte, war ich endgültig im Arsch.

Es gibt Dinge, die können niemals niedergeschrieben werden.

Oskar und ich mussten fort. Das sagte ich ihm immer wieder. Dass dieser Ort nicht mehr sicher war. Wenn mein Onkel wusste, dass ich in Paris war, erklärte ich, dann wusste es auch mein Vater, und wenn mein Vater wusste, wo ich war …

Mir gingen die Nerven durch. Das war Oskars Meinung, und darauf beharrte er. Jedes Mal, wenn er sah, wie ich am Fenster stand und vorsichtig den Vorhang beiseiteschob, um in den Hof hinunterzuspähen. Jedes Mal, wenn ich zusammenfuhr, weil auf der Treppe Schritte zu hören waren. Ich malte nicht. Ich fand nicht die Ruhe zum Lesen. Es war eine Tortur für mich, die Wohnung zu verlassen, und sei es nur, um schnell ein paar Lebensmittel einzukaufen oder bei dem Straßenhändler an der Ecke ein mit Draht umwickeltes Bündel Feuerholz zu erstehen. Auch zum Tagebuchschreiben war ich viel zu unruhig, selbst wenn ich gewollt hätte. Allein die Vorstellung, zu Papier zu bringen, was mir durch den Kopf ging, jagte mir Angst ein. Stattdessen wirbelten die Worte mir pausenlos durch den Kopf. Nicht nur einmal traf Oskar mich in der Küche an, wie ich mit mir selbst sprach, oder rüttelte mich nachts wach und sagte, ich hätte unzusammenhängendes Zeug gemurmelt.

In einem Anflug von Panik verstaute ich mein Tagebuch und meinen Reisepass in dem gusseisernen Topf mit dem schweren Deckel, in dem wir unsere Suppen kochten. Dann stellte ich den Topf in der Küche aufs höchste Bord. Wenn mein Reisepass nicht da war, so meine Überlegung, wie konnte mein Onkel mich dann zwingen, nach England zurückzukehren? Und in dem versteckten Tagebuch war wenigstens ein Teil meiner Geschichte bewahrt, sodass andere sie lesen konnten, eine Spur meiner Existenz.

Wenn ich wieder in die Fänge meiner Familie geriet, würde ich den Rest meines Lebens in einer Irrenanstalt zubringen, davon war ich überzeugt. Manchmal hatte ich schreckliche Albträume, in denen ich bereits dort war und gezwungen wurde, einem Arzt in allen Einzelheiten zu erklären, was *Selbstporträt als Sphinx* besagt. Als ich Oskar eines Nachts mit meinem Stöhnen und Zucken und Murmeln zum dritten oder vierten Mal geweckt hatte, stand er wütend auf und legte sich mit seiner Decke zum Schlafen in einen Sessel.

Derart übellaunig und grob hatte ich ihn noch nie erlebt.

Es ärgerte ihn, dass ich mein Bild so plötzlich aus der Ausstellung zurückgezogen hatte, vor allem, wo es so begeistert aufgenommen worden war. Noch mehr aber ärgerte ihn, dass bislang niemand sein Bild gekauft hatte.

Ich wollte fort, wollte fliehen. Nicht nach England. Nicht nach Deutschland. Vielleicht, sagte ich, könnte ich mir für uns eine Zukunft in New York vorstellen. Und irgendwann, nach langem Drängen, ging Oskar endlich zur amerikanischen Botschaft.

Schon seine Schritte die Treppe herauf verrieten mir danach, dass die Expedition kein Erfolg gewesen war. Noch in der Tür schleuderte er seine Stiefel von den Füßen, dass die Sohlen gegen die Wand schlugen. »Idioten.« Das war sein einziger Kommentar, bevor er sich aufs Bett warf. Eine Staubwolke wirbelte auf und sank wieder herab. »Solche Idioten.« Wir wussten beide, dass für die alten Griechen ein Idiot einfach jemand gewesen war, der sich aus allen öffentlichen Angelegenheiten heraushielt. Wie etwa ein Mann, dessen Aufgabe es ist, Reisepässe auszugeben, der auf seinem Formular verschiedene Kästchen zum Ankreuzen hat, aber keine Kombination für einen Antragsteller findet, der einen deutschen Namen und einen deutschen Akzent hat, dessen Eltern Deutsche sind und dessen Muttersprache Deutsch, dessen Geburtsort sich aber seit dem Ende des letzten Krieges eindeutig auf polnischem Gebiet befindet.

Auch wenn ihm bewusst war, dass sich hinter ihm eine Schlange bildete, hatte Oskar versucht, einen kurzen Überblick über die Geschichte Galiziens und Lodomeriens vom achtzehnten Jahrhundert bis heute zu geben. In der Hoffnung, dass er die Zusammenhänge nur klar und nachdrücklich genug erklären musste, um zu bewirken, dass alle bürokratische Kleinlichkeit beiseitegefegt und irgendeine Lösung gefunden würde. Ich konnte mir lebhaft vorstellen, wie die Unruhe der Wartenden hinter ihm gewachsen und die Laune des Schalterbeamten gesunken war, während Oskar weiter und weiter dröhnte. Unweigerlich hatte die Antwort gelautet: Ob er es schon bei der polnischen Botschaft versucht habe?

Den ganzen Nachmittag saß ich da, lauschte dem leisen, metallischen Ticken unserer Uhr und fragte mich, ob das immer so laut gewesen war. Den ganzen Tag lang, die ganze Nacht, nur dieses Ticken.

Und dann sah es plötzlich so aus, als könnten Oskar und ich doch eine Zukunft haben.

Er war mit Freunden zum Mittagessen verabredet (ich hatte die Einladung, wie er es vorhersehen konnte, abgelehnt), und als er wiederkam, verkündete er noch auf der Türschwelle, er hätte einen Mann gefunden, der uns Pässe besorgen und alle Angelegenheiten regeln würde, die mit der Einwanderung in die USA verbunden sind. Wir würden neue Identitäten bekommen – zumindest für die Reise. Er, Oskar, würde Franzose sein. Und damit es plausibel war, weil ich keine andere Sprache fließend sprach, würde ich Engländerin bleiben. Er würde kein staatenloser Galizier mehr sein.

Juliette Willoughby würde aus Paris verschwinden, ohne eine Spur zu hinterlassen.

»Also ist dieser Mann ein Fälscher?«, fragte ich.

»Ein sehr guter«, antwortete Oskar. Viele von denen, die das machten, erklärte er, seien ausgebildete Künstler. Der Mann sei in unserem Kreis bekannt. Es hätten sich Leute für ihn verbürgt.

»Bist du dir wirklich sicher?«, fragte ich.

Es sei alles arrangiert, sagte Oskar. Er würde sich in einem bestimmten Café mit dem Mann treffen und unsere Fotos mitnehmen. Schon drei Stunden später wäre er zurück, mit den neuen Pässen. Wir könnten die Fotos selbst aufnehmen, mit der kleinen Leica, die er mir zum Geburtstag geschenkt hatte, und sie hier in der Wohnung entwickeln.

»Wir können weg!«, sagte Oskar. Wenn wir erst einmal diese Pässe hätten, bräuchten wir nur noch Fahrkarten zu kaufen. Sechs Stunden bis Le Havre. Innerhalb von vierundzwanzig Stunden würden die Klippen von Dover in Sicht kommen. Und dann? Es müsse Amerika sein, sagte ich. Die Neue Welt. Ein neues Leben. New York. Er nahm mein Gesicht in beide Hände und küsste mich. Aber sein Lächeln hatte einen Knacks, so als könne er selbst nicht ganz glauben, was er mir erzählte. Als gäbe es da einen Haken, den er mir noch nicht mitgeteilt hatte. »Wir müssen nur noch das Geld auftreiben«, sagte er.

Und dann sagte er, wie viel Geld.

13. KAPITEL

CAROLINE, LONGHURST 2023, FÜNF TAGE VOR HARRYS TOD

Hallo, Harry«, sagte ich. »Schön, dass es so kurzfristig klappt.«

»Caroline!« Einen Moment zögerte er, dann umarmte er mich unbeholfen. »Natürlich, natürlich, du bist hier jederzeit willkommen.«

Wir wussten beide, dass das nicht immer der Fall gewesen war. Jahrzehntelang hatte ich als Juliette-Biografin Harrys Eltern immer wieder (über Harry oder per Brief und E-Mail) gebeten, mir Zutritt zu Longhurst zu gewähren, weil ich annahm, dass ich gewisse Aspekte von Juliettes Persönlichkeit, Elemente von *Selbstporträt als Sphinx,* bei einem Aufenthalt an diesem Ort leichter würde entschlüsseln können. *Keine Chance,* hatte ich stets zur Antwort bekommen, von Harry mit höflichem Bedauern übermittelt.

»Wenn meine Eltern sich erst mal eine Meinung zu etwas oder jemandem gebildet haben …«, sagte er dann einleitend, um darauf erst einmal zu verstummen. »Und ich kann nicht behaupten, dass du an meinem Einundzwanzigsten einen großartigen ersten Eindruck hinterlassen hast.«

Doch am Ende genügte es, dass ein Willoughby sich von einer Zusage finanziell etwas versprach, und schon war ein Besuch arrangiert.

Das Gemälde war bereits in Dubai, bei Patrick, aber ich wollte von Harry selbst hören, wie und wo er es gefunden hatte. Und das war nicht das Einzige, was ich in Longhurst herauszukriegen gedachte.

»Harry ist dabei, das Anwesen zu verkaufen«, hatte mir

Patrick gesagt. »Also ist jetzt vielleicht die letzte und einzige Gelegenheit, noch mal hinzufahren, bevor es in andere Hände übergeht.«

Da ich die Anzeige des Immobilienmaklers online gesehen hatte, wusste ich, dass das Gebäude in schlechtem Zustand war. Womit ich nicht gerechnet hatte, war Harrys Zustand. Er sah nicht nur wesentlich älter aus, als ich erwartet hatte, sondern auch wesentlich schlechter. In meiner Erinnerung war er stets so geblieben wie damals an der Universität: ein rosiger Cherub mit buttergelben Locken. Jetzt war er eckig und schmal, hatte statt üppiger Locken nur noch ein paar flaumige Büschel an den Schläfen. Er trug ein Hemd, das einmal gepasst haben mochte, nun aber ein paar Nummern zu groß schien, und dazu eine rote Cordhose, die an den Knien fadenscheinig war und an der Taille von einem brüchigen Ledergürtel gehalten wurde.

Zugegeben, wir hatten uns lange nicht gesehen. Harry war auf unserer Hochzeit gewesen, und ein paarmal waren wir zu dritt essen gegangen, immer in teure Restaurants, die Harry vorgeschlagen hatte. Die Rechnung hatte dann aber immer Patrick übernommen; Harry hatte nie die richtige Brieftasche dabei oder die richtige Kreditkarte. Danach hatte ich ihn ein paarmal im Fernsehen gesehen, wenn er im Foyer des House of Commons interviewt wurde oder in *Newsnight* die Position der Regierung verteidigen musste. Für einen Cambridge-Absolventen mit so hochfliegenden politischen Ambitionen hatte er eine sehr unspektakuläre Karriere gemacht, beschädigt obendrein durch den Parlamentsspesenskandal 2009 und das Auffliegen der Tatsache, dass er mehrere Zehntausend Pfund Steuerzahlergeld für Reparaturen in Longhurst ausgegeben hatte. Kurz nachdem der Skandal durch die Presse gegangen war, hatte Harry erklärt, er werde bei der bevorstehenden Wahl nicht noch einmal antreten.

»Es ist ja eisig«, rief er. »Komm rein, komm rein!«

Drinnen war es noch viel kälter, die frostige Luft in einem Haus, in dem die Heizung schon sehr lange nicht mehr angestellt worden war.

»Kann ich dir eine Tasse Tee anbieten? Oder was Stärkeres?«, fragte er.

Ich sagte, einen Tee würde ich nehmen. Es war halb zwölf Uhr vormittags. Trotzdem fragte ich mich angesichts seines unsicheren, stolpernden Ganges, des seltsamen Schlingerns mal nach links, mal nach rechts, ob er vielleicht schon versucht hatte, sich mit einem Schlückchen aufzuwärmen.

Er führte mich in ein Wohnzimmer, in dem, wie er sagte, ein Feuer brannte. Das Feuer erwies sich als einsames Scheit, das auf dem Rost eines riesigen Kamins vor sich hin glomm. In einer Ecke stand auf einem Teewagen ein Plastikwasserkocher. Den füllte Harry aus einer ramponierten Evian-Flasche mit Wasser, dann öffnete er das Fenster und holte einen Karton Milch vom Sims herein. Ich erkannte, dass ich genau in dem Raum stand, in dem sich Harrys Großmutter und sein Vater befunden hatten, als sie von ihm verlangte, *Selbstporträt als Sphinx* zu suchen und zu verbrennen.

»Nicht ganz ideal, um Gäste zu empfangen, aber ich habe ein Angebot für das Haus angenommen. Jetzt muss jede Menge gepackt und ausgeräumt werden, deshalb bewohne ich nur noch ein paar Zimmer. Geschlafen habe ich jetzt immer im Ostflügel. Das ist der älteste Teil des Hauses, dort sind die Wände dicker, und es ist etwas wärmer.«

Der Raum, in dem wir standen, war zwar auch schon halb leer geräumt, aber immer noch etwas Besonderes. Kunstvoller Stuck an der Decke – Cherubim, Obstkörbe, hier und da beschädigt –, übereinanderliegende, mottenzerfressene Teppiche, ein eingestaubter Lüster. Auf dem Flügel standen Familienfotos. Während Harry mit den Teebeuteln beschäftigt war, nahm ich einen Silberrahmen zur Hand. Ein Bild von Harry und seinen Eltern, steif lächelnd vor einem Weihnachtsbaum.

»Meine Mutter ist letztes Jahr gestorben, ich weiß nicht, ob du davon gehört hast. Vater ist schon seit einigen Jahren tot.« Harry reichte mir einen dampfenden Becher. Ich tat so, als sähe ich nicht, wie seine Hand zitterte.

»Nein, das wusste ich nicht. Mein Beileid.«

»Danke. Wenigstens kriegen sie nicht mehr mit, dass ich das alles hier am Ende wegen der Erbschaftssteuer verliere. Millionen will das Finanzamt haben. Millionen! Unerhört.«

Er ließ seinen Blick durch den Raum schweifen, wie um die Absurdität des Ganzen zu unterstreichen, und ich gab mir Mühe, möglichst teilnahmsvoll dreinzuschauen.

»Wie auch immer, sie hatten ja beide ein langes, erfülltes Leben«, sagte Harry, und ich musste daran denken, für wie viele Menschen, die mit diesem Haus verbunden gewesen waren, das nicht galt. Juliette und Lucy, die so jung gestorben waren. Jane Herries und Freddie Talbot, die einfach verschwunden waren.

Ab und zu hatte nach meinen Juliette-Vorträgen mal jemand gefragt, ob ich an den Willoughby-Fluch glaube. Ich hatte stets Nein gesagt. Ganz bestimmt nicht. Allerdings, hatte ich hinzugefügt, könne ich mir vorstellen, dass Menschen, die mit so vielen tragischen Ereignissen konfrontiert sind, einen seltsamen Trost darin finden, zu glauben, dass hinter all dem zumindest eine gewisse Logik waltet.

»Ist das von deiner Geburtstagsfeier damals?« Ich zeigte auf ein Foto von Harry inmitten glattgesichtiger, formell gekleideter junger Männer, die sich auf der Terrasse des Longhurst-Hauses aufgebaut hatten. Er nickte.

»Das sind die Osiris-Mitglieder. Ivo Strang. Benjy Taylor. Arno von Westernhagen. Eric Lam. Und Freddie natürlich.

So sehe ich ihn immer noch vor mir: im Abendanzug, wie er Champagner schlürft. Armer Freddie. Wahrscheinlich haben wir alle jahrelang gedacht, dass er eines Tages wieder in unser Leben geschlendert kommt. Deswegen ist er auch nie offiziell für tot erklärt worden, wusstest du das? Deswegen gab es nie irgendeine Art von Trauergottesdienst, weil niemand in der Familie akzeptieren wollte, was offensichtlich war. Und irgendwann merkst du, dass zehn Jahre vergangen sind, zwanzig …«

Ich dachte an Athenas tränennasses Gesicht, als sie zu mir gekommen war, um zu erzählen, dass er verschwunden war. Wieder und wieder war ich diesen Vormittag im Geiste durchgegangen, meine ungeschickten Versuche, sie zu beschwichtigen. Nie hatte ich sie wirklich und angemessen um Verzeihung gebeten, immer war ich zu sehr mit anderen Dingen beschäftigt gewesen. Wie oft hatte ich in den vergangenen dreißig Jahren darüber nachgedacht, was ich in den ersten Wochen nach seinem Verschwinden noch hätte tun können, damit sie mich nicht so wegstieß.

Einen Moment lang schwiegen wir beide.

»Wie auch immer«, sagte er schließlich, »deshalb bist du ja nicht hier. Gibt es etwas Bestimmtes, was du über das Bild wissen willst?«

Ich nickte. »Darf ich fragen, wo du es gefunden hast? Patrick meinte, du hättest eins der Schlafzimmer leer geräumt und …«

Es war ein seltsames Gefühl, Patricks Namen auszusprechen; plötzlich merkte ich, dass ich das schon lange nicht mehr getan hatte. Mir war immer noch nicht klar, wie viel seine alten Freunde über das Ende unserer Ehe wussten, wie sie reagieren würden, wenn sie mir begegneten, was sie von wem gehört hatten.

Es ist schwer zu sagen, warum genau eine Partnerschaft

implodiert, aber ich habe manchmal gedacht, dass das Problem vielleicht weniger bei uns lag als bei der Ehe an sich – oder zumindest bei der Hochzeit. Bis dahin waren wir zwei Menschen gewesen, die einander liebten und Tag für Tag versuchten, einander glücklich zu machen. Dann planten wir plötzlich den einen großen Tag, es waren lauter andere Leute involviert, und jeder brachte eigene Erwartungen mit. Zum ersten Mal sah ich, wie sehr Patrick die kleinen Snob-Macken seines Vaters verinnerlicht hatte, wie wichtig es ihm war, ihn zu beeindrucken. Ich werde nie vergessen, wie Patrick mich angesehen hat, als ich im Beisein seines Vaters vorschlug, dass wir Cava servieren könnten statt Champagner. Plötzlich hatte er unverrückbare Meinungen – zum Tafelbesteck oder dazu, ob der Käse vor oder nach dem Dessert gereicht werden sollte. Das wäre ja in Ordnung gewesen, wenn er die ganze Organisation übernommen hätte, was er natürlich nicht tat. Ich schrieb an einem Buch, und die Hochzeitsvorbereitungen kamen mir vor wie ein Verwaltungsjob, um den ich mich nicht beworben hatte – umso mehr, als von meiner Seite nur meine Großmutter kommen würde und mich in jeder Phase der Vorbereitungen irgendwer nach meinen Eltern fragte.

Meine Hoffnung war, dass wir nach der Hochzeit zu unserem alten Leben zurückkehren könnten, aber irgendwie haben wir das nie gänzlich getan. Je älter wir wurden, desto unterschiedlicher entwickelten wir uns und desto weniger empfanden wir so wie die beiden Menschen, die sich einst ineinander verliebt hatten.

Zum Glück schien Harry am Thema meiner Scheidung wenig interessiert. Stattdessen kam er schnell auf das Bild zu sprechen.

»Ich habe das Grüne Zimmer leer geräumt«, erzählte er, »und dort war es, in einem Schrank, zusammen mit einer ganzen Ladung anderer Bilder. Wenn es regnet, ist dieses Haus einfach wie ein Sieb. Deshalb sind mit der Zeit alle guten Möbel und die guten Bilder in immer weniger Zimmer gewandert, in Kleiderschränke und Truhen, wo sie einigermaßen sicher waren. Wenn du willst, kann ich dir zeigen, wo genau ich es gefunden habe.«

Als er mich die Treppe hinauf und durch das halbe Haus führte, stiegen wirbelnd alle möglichen Erinnerungen in mir hoch. Einige Räume und Flure waren mir deutlich im Gedächtnis geblieben, andere hatte ich vollständig vergessen.

Es war zwar gerade erst Mittag, aber sobald wir uns von dem Teil des Hauses entfernten, den Harry bewohnte, war es nahezu stockdunkel. Überall waren die Vorhänge zugezogen. Irgendwann blieb Harry stehen und öffnete eine Tür. Sofort schlug uns ein feuchter, dumpfer Geruch entgegen.

»Der Schrank, in dem das Bild war, stand da drüben«, sagte er und zeigte auf eine Stelle neben dem Kamin, wo auf der verblassten Blattmustertapete noch die Umrisse zu sehen waren.

»Und du hast es gleich erkannt?«, fragte ich und merkte sofort, wie herablassend das klang.

»Na ja«, gab er leicht pikiert zurück, »dank Ihnen ist es ja weltberühmt, Professor Cooper.«

»Was mich gewundert hat, war, dass du dich an Patrick gewendet hast und nicht an ein großes Auktionshaus oder eine Galerie in Mayfair.«

Wir verließen den Raum, um wieder nach unten zu gehen. »Sentimentalität, nehme ich an. Ich vertraue Patrick, so wie mein Vater seinem Vater vertraut hat. Außerdem waren es auch ganz praktische Gründe – bei den großen dauert es oft lang, und für mich ist es wirklich wichtig, dass es mit dem Verkauf schnell geht.«

»Bis Ende des Monats, hat Patrick gesagt. Darf ich fragen, warum?«

»Selbstverständlich. Wobei du es dir vermutlich denken kannst. Das ist der Zeitpunkt, zu dem ich den Kaufvertrag für das Haus unterschreiben muss, dann gibt es kein Zurück mehr. Wenn das Bild aber so viel wert ist, wie Patrick sagt, muss ich nicht der Willoughby sein, der Longhurst verliert, verstehst du?« Er seufzte. »Ich könnte vielleicht sogar verhindern, dass das ganze Ding über mir zusammenbricht …« Er drehte sich zu mir um und sah mich durchdringend an. »Wie hoch schätzt *du* denn den Wert des Bildes?«

»Was ein Bild wert ist, war nie mein Gebiet, fürchte ich. Mein Part in der ganzen Sache ist es nur, herauszufinden, ob es wirklich von Juliette stammt«, erklärte ich. Das Dumme war nur, dass wir schon ein *Selbstporträt als Sphinx* hatten, das in einer nationalen Institution hing. Inzwischen rechnete ich minütlich mit einem Anruf von den Tate-Modern-Leuten, die wissen wollten, was das alles zu bedeuten hatte, oder meinem Verlag, wo man sich Sorgen machte, dass das Bild auf dem Umschlag von fünf Millionen Büchern eine Fälschung sein könnte. Womit ich wohl selbst zu einer Art Fälscherin würde. Und eins konnte ich ihnen ja nicht sagen – und Patrick schwor, dass er Harry gegenüber nie die leiseste Andeutung gemacht hatte –, nämlich dass ich im Wesentlichen deshalb so fest an die Echtheit dieses Werks glaubte, weil ich es eigenhändig aus diesem Haus hier gestohlen hatte.

»Aber *mein* Bild ist ja nun direkt hier in Longhurst gefunden worden …« Harry sah mich erwartungsvoll an.

Ich schwieg. Ich konnte ja schon keine Erklärung dafür liefern, wie *ein* Exemplar des Bildes das Pariser Feuer überstanden hatte, von zweien ganz zu schweigen.

Was mich davon abhielt, das neue Bild als Kopie einzuschätzen, die ein verzweifelter Harry bei einem Fälscher in Auftrag gegeben hatte, waren die Fotos, die Patrick mir gemailt hatte. Sie zeigten eindeutig, dass es eben keine Eins-zu-eins-Kopie war. Fälscher bringen in den Kopien, die sie anfertigen, keine eigenen künstlerischen Schnörkel an, und Harrys Bild wich zweifelsfrei an manchen Stellen vom anerkannten Original in der Tate ab. Das Problem war, dass die Abweichungen nur winzige Details betrafen. Und das Bild aus der Witt Library war so unscharf, dass man sie darauf nicht erkennen und daher unmöglich feststellen konnte, welches der beiden Gemälde sich 1961 in Longhurst befunden hatte.

»Ich muss die Unterschiede zwischen beiden Werken analysieren und sehen, was sie bedeuten könnten«, erklärte ich. »Ob sie einen Hinweis darauf liefern, welches der Bilder authentisch ist beziehungsweise in welchem Verhältnis sie zueinander stehen. Soweit ich es bisher sehen konnte, gibt es zwei signifikante Unterschiede. Zum einen ist auf beiden Bildern unten rechts ein Mann mit Umhang, der sein Boot über dunkles Wasser auf eine Insel zusteuert.«

Das Motiv war erkennbar ein Echo der verhüllten Gestalt, die ich auf dem Stück Papyrus in der Sammlung der Osiris Society gesehen hatte, jenem Fragment, auf dem der Kopf des Mannes fehlte. Es war nur eins von mehreren Echos, über die ich mir jahrelang den Kopf zerbrochen hatte, eine merkwürdige Verbindung zwischen Cyril Willoughbys Sammlung ägyptischer Artefakte und dem verlorenen Meisterwerk seiner Tochter.

»Auf der Version von *Selbstporträt als Sphinx*, die in der Tate Modern gezeigt wird, ist der Mann auf dem Boot einfach eine verhüllte Gestalt, ohne Gesicht. Auf der neuen hat er einen Schnabel.«

»Einen Schnabel? Wie ein Vogel?«

»Wie ein ägyptischer Gott«, sagte ich.

Tatsächlich erweiterten meiner Auffassung nach die beiden Abweichungen auf dem neu entdeckten Bild die mythologischen Resonanzen. Damit lag umso näher, dass das Werk einen symbolischen Gehalt hatte, eben jene Bedeutung, die sich mir immer entzogen hatte. Was das hinsichtlich seiner Echtheit bedeutete, konnte ich noch nicht sagen.

»Und was ist der zweite Unterschied?«, fragte Harry.

»Der zweite Unterschied besteht darin, dass die Version in der Tate unten links einfach eine karge Landschaft hat, während auf deiner dort Hieroglyphen stehen. Ein Auge, eine Waage, zwei Federn, ein weiteres, anderes Auge, ein Falke.«

Harry fragte, was das bedeute.

»Ich kann Hieroglyphen leider nicht lesen, aber ein Kollege hat mir versprochen, es sich anzusehen«, sagte ich.

Allerdings war mir diese Hieroglyphenreihe seltsam bekannt vorgekommen, und das war einer der Gründe für meinen Besuch in Longhurst.

Wir waren an der Stelle, wo die Treppe eine Biegung machte, nicht weit von der schweren Eichentür, die zum Ostflügel führte und durch die ich vor dreißig Jahren geschlüpft war, um das Bild zu suchen. Ich blieb stehen, legte Harry die Hand auf den Arm und wies mit der anderen auf den Türsturz. Mein Magen machte einen kleinen Satz. Genau wie ich es in Erinnerung hatte – dort über der Tür waren in Gold Hieroglyphen hingemalt, exakt die gleichen, und auch die Reihenfolge war gleich: ein Auge, eine Waage, zwei Federn, ein weiteres, anderes Auge und ein Falke.

»Siehst du das?«, fragte ich.

Harry brummte etwas, nickte, rieb sich das Kinn. Offensichtlich dachte er nach.

»Es gibt noch was, das du dir anschauen solltest«, sagte er schließlich.

Damit er mir zeigen konnte, was er meinte, mussten wir zur Insel rudern. Ich hatte Bedenken. Nicht wegen des Boots, das einen seetauglichen Eindruck machte. Auch nicht, weil es sich um den See handelte, in dem Lucy ertrunken war. Sondern weil ich mir, je länger wir zusammen waren, zunehmend um Harry Sorgen machte. Er verlor häufig den Faden, vergaß alarmierend oft, worüber wir gerade gesprochen hatten, stellte dieselbe Frage zweimal kurz hintereinander. Als wir zum See hinuntergingen, fiel es ihm schwer, dem gewundenen Weg aus moosüberwachsenen Pflastersteinen zu folgen. Aber ich roch keinen Alkohol an ihm, und als wir das alte Boot zu Wasser gelassen hatten, hatte er keine Probleme, uns mit gleichmäßigen Schlägen in die richtige Richtung zu rudern. Er beugte sich rhythmisch vor und zurück, und so glitten wir über das spiegelglatte Wasser.

Von dem, was einmal der Bootssteg der Insel gewesen war, existierten nur noch die halb verrotteten Pfosten. Wir zogen das Boot auf den kleinen Kieselstrand, die Riemen legten wir hinein. Harry zog ein Taschentuch hervor und tupfte sich die Stirn. Vor uns lag ein Weg, so überwuchert, dass wir uns regelrecht durchkämpfen mussten. Harry, der voranging, blieb ab und zu stehen, um einen dornigen Zweig vorsichtig wegzuschieben oder ein paar Nesseln beiseite zu treten. Nach einer Weile erreichten wir die Pyramide: das Grab, in das durch eine tragische Verkehrung der Ereignisse erst Cyrils geliebte ältere Tochter gebettet worden war und in dem später auch er seine letzte Ruhestätte gefunden hatte. Seine Frau hingegen hatte im Dorf begraben werden wollen, auf dem geweihten Friedhof der Church of England.

Harry, ziemlich außer Atem, stützte die Hände auf die Oberschenkel und stand ein, zwei Minuten reglos davor. Dann drehte er sich zu mir um und wies schweigend auf den Eingang, über den etwas in den Stein geschnitten war: ein

Auge, eine Waage, zwei Federn, ein weiteres, anderes Auge und ein Falke.

PATRICK, DUBAI 2023, VIER TAGE VOR HARRYS TOD

Der späte Abend war schon immer meine liebste Zeit in Dubai. Nach dem Abendessen, wenn die Hitze nachlässt, mit einem Gin Tonic auf der Terrasse unserer Villa sitzen, den lauen Wind in den Dattelpalmen rascheln hören, zuschauen, wie hin und wieder eine Schwalbe in den Swimmingpool taucht und die Wasseroberfläche kräuselt.

»Würdest du das alles hier gegen eine Wohnung in Islington tauschen?«, fragt Sarah manchmal.

»Auch gegen ein Haus in Mayfair würde ich es nicht tauschen«, sage ich dann.

Die Luftverschmutzung. Die Kriminalität. Das Wetter. Wenn man hier morgens die Vorhänge aufzieht und jeden Tag aufs Neue die Sonne scheint, vergisst man fast, wie es bei Regen in England ist – die Leute, die in der U-Bahn ständig niesen, die Novembertage, an denen es kaum hell wird.

Dabei war es nicht das Wetter, was mich hierhergelockt hat.

Sarah und ich haben uns vor drei Jahren bei einem Abendessen während der Art Dubai kennengelernt. Ich unterhielt mich mit der attraktiven Australierin, die neben mir saß, lobte die raffinierte Tischdekoration – und erfuhr, dass sie sie entworfen hatte. Sie lebte damals schon seit zehn Jahren hier, und sie hat mir den Ort in den verlockendsten Farben geschildert. Als ich sagte, ich sei das dritte Mal hier, aber nie nennenswert über die Kunstmesse hinausgekommen, konnte sie es kaum glauben. Sie dachte, ich mache Witze. Ich müsse raus in die Wüste, sagte sie, unter den Sternen schlafen. Segeln gehen. Wie lange ich denn bliebe?

Ich war eine Woche da, und es lief darauf hinaus, dass ich jeden Tag etwas mit Sarah unternahm, alles Dinge, die ich noch nie gemacht hatte. Scuba Diving. Dune Bashing. Wasserski. Sie sagte, sie sei ein Mensch, der immer wieder Neues ausprobieren müsse. Wenn ich mit ihr zusammen war, hatte ich das Gefühl, auch so ein Mensch sein zu können. Jedenfalls hatte ich den Mann, der ich geworden war – diesen Mann, der zu viel trank, zu viel rauchte und in der Vergangenheit hängen geblieben war –, gründlich satt.

Mit Sarah fühlte ich mich jung, positiv und optimistisch wie schon seit Jahren nicht mehr. Miteinander geschlafen haben wir erst in meiner letzten Nacht in Dubai. Einen Monat später war ich wieder da. Drei Wochen danach kam sie zu mir nach London. Schlechtes Timing – der Boiler in meiner Wohnung spielte verrückt, für meine Galerie in der Dover Street war zum dritten Mal in drei Jahren die Miete erhöht worden, und Sarah hatte sich im Flugzeug eine absolut scheußliche Erkältung geholt (und an mich weitergegeben).

Während ihres ganzen Besuchs redete sie davon, wie aufregend die Kunstszene in Dubai sei, was für ein idealer Zeitpunkt es wäre, jetzt dort hinzuziehen. Warum nicht das alles hier hinter sich lassen? Warum nicht neu anfangen? Am Flughafen Heathrow machte ich ihr einen Antrag. Sie sagte sofort Ja, hatte Tränen in den Augen, war sichtlich entzückt, dass ich direkt neben dem Check-in auf ein Knie ging und ihr einen antiken Diamantring darbot. Dass die ganze Sache so fröhlich und einfach war, versetzte mich in einen regelrechten Rausch.

Binnen eines Jahres hatte ich meine Londoner Galerie

verkauft und war umgezogen. Um eine neue Galerie aufzumachen. Um ein neues Leben anzufangen.

Es gab Momente, da fragte ich mich, ob das vielleicht etwas überstürzt gewesen war. Es zeigte sich nämlich, dass Sonnenuntergänge langweilig werden können. Dass man sich am Strand langweilen kann. Dass es nerven kann, wenn man ständig Erfolg demonstrieren, Selbstbewusstsein ausstrahlen, Charme versprühen muss. Man konnte sich schon fragen, ob man sich selbst etwas vormachte, ob es wirklich so schlau gewesen war, alles, was man zu Hause besessen hatte, zu verkaufen und hier ein neues Unternehmen aufzuziehen, in den Vereinigten Arabischen Emiraten, einem Land, in dem man genau einen Menschen kannte. In dunkleren Momenten konnte sich sogar ein leiser Zweifel melden, ob dieser eine Mensch wirklich der richtige eine Mensch für einen selbst war.

»Du bist in der Midlife-Crisis«, war Carolines Kommentar, als ich ihr erzählte, dass ich auswandern würde. Damals schrieb ich das ihrer Eifersucht zu. Im Rückblick muss ich sagen, sie könnte recht gehabt haben.

Das Ganze – der Umzug, die neue Galerie, die Darlehen, die ich aufgenommen hatte, um beides zu finanzieren – war ein Glücksspiel, und ich war am Verlieren. Wenn der Verkauf von Harrys Bild nicht klappte, wenn ich Caroline nicht überzeugen konnte, dass sie die Welt von der Echtheit des Gemäldes überzeugen musste, sodass wir jemanden fanden, der es kaufte, würde ich in ein paar Wochen insolvent sein. Ich würde die Galerie verlieren. Ich würde dieses Haus verlieren. Aber das war noch nicht das Schlimmste.

»Versteht sie das?«, fragte Sarah immer wieder. »Hast du ihr gesagt, was passiert, wenn du hier bankrottgehst? Das kann sie dir doch nicht wünschen!«

Ich sagte, es würde nichts nützen, Caroline unter Druck

zu setzen, um sie in ihrem fachlichen Urteil zu beeinflussen. Genau aus dem Grund kriegte man kaum einen Wissenschaftler dazu, gegen Bezahlung die Echtheit eines Werks zu prüfen – sie hatten Angst, krummer Deals bezichtigt zu werden. Nichtsdestotrotz war ich genau ein Gemälde von der Insolvenz entfernt, und das in einem Land, in dem einen eine Insolvenz direkt ins Gefängnis bringt. Das Land zu verlassen war dann auch keine Option, schon an der Passkontrolle würden sie mir Handschellen anlegen.

Ich dachte gerade darüber nach, ob ich mich aus dem Stuhl bequemen und reingehen sollte, um mir noch einen Drink zu holen, da klingelte mein Telefon.

Sarah warf einen Blick auf das Display. »Das ist sie«, sagte sie scharf und bedeutete mir, dass ich rangehen sollte.

Ich richtete mich auf und griff nach dem Handy. »Caroline! Wie war's in Longhurst?«

»Gut. Ich meine, Harry sah aus wie ein trauriges Gespenst, so schleicht er dort durch die Gänge, und wegen seiner Gesundheit mache ich mir ernsthaft Sorgen. Aber der Besuch hat was gebracht. Deswegen rufe ich auch an. Dieses Bild, die Fotos, die du mir geschickt hast – du erwähnst zwei Unterschiede zwischen deinem Bild und dem in der Tate Modern. Hast du deins bei dir?«

»Leider nein. Ich bin zu Hause. Das Bild ist in der Galerie, dort ist es sicher«, sagte ich. Tatsächlich hatte ich teures Geld in zusätzliche Vorkehrungen investiert, damit es wirklich gesichert war.

»Wie lange brauchst du, um hinzufahren?«

»Jetzt gleich? Vielleicht eine Viertelstunde.«

»Patrick. Es gibt einen dritten Unterschied zwischen den beiden Gemälden.«

Zwanzig Minuten später stieg ich beim Dubai International Financial Centre aus einem Taxi. Die Galerie war natürlich abgeschlossen. Es war fast zehn Uhr abends. Ich tippte den Code ein und machte die Tür sorgfältig hinter mir zu. Caroline hatte gesagt, sie würde in einer halben Stunde wieder anrufen. Als das Telefon klingelte, stand ich vor dem Bild.

»Na?«, sagte sie.

»Ich seh's nicht.«

»Schau dir den Bereich unten rechts an.«

Das tat ich.

»Mein Gott, du hast recht!« Ich spürte ein Kribbeln zwischen den Schulterblättern. »In dem Boot, richtig? In dem Boot liegt was.«

»Genau, genau!«, rief sie triumphierend. »Das meine ich. Ein weißer Umriss. Aber was ist das? Ich habe ewig auf deine Fotos gestarrt, so nahe rangezoomt wie möglich, aber ich erkenne nicht, was das ist. Du?«

Ich hob das Telefon und aktivierte die Taschenlampe, hielt die Luft an und beugte mich vor, sodass das grelle Licht die normalerweise unsichtbare Krakelüre im Firnis erkennbar machte.

Dann trat ich einen Schritt zurück und richtete den Lichtstrahl in einem anderen Winkel auf das Bild.

»Ich glaube, es ist ein Leichnam«, sagte ich. »Ein mit Bandagen umwickelter Leichnam. Das Objekt in dem Boot ist eine Mumie.«

JULIETTE, PARIS 1938

Die Ausstellung endete und mit ihr unser Traum von der Flucht.

Oskars Bild war nicht verkauft worden, und er hatte in den vielen Wochen nichts Neues angefangen. Ich konnte ihn verstehen. Solange ich ihn kannte, hatte er an *Drei Gestalten in einer Landschaft* gearbeitet. Er war davon überzeugt, dass es sich um sein Meisterwerk handelte, eine Arbeit, die Hohn und Spott auf sich ziehen würde, aber auch Lob und Ruhm, die die Kritiker zu neuen Superlativen anspornen und dafür sorgen würde, dass Käufer ihr Scheckbuch zückten.

Stattdessen war es auf nahezu vollständiges Schweigen gestoßen, wurde in kaum einer Besprechung erwähnt. Umso unangenehmer für ihn – und mich –, dass, in Zeitungsspalten gemessen, das Bild, das ich aus der Ausstellung zurückgezogen hatte, mehr Aufmerksamkeit erntete als seins, das bis zum Schluss dort hing.

Unangenehm ist vielleicht zu milde ausgedrückt. Als die Ausstellung in der dritten Februarwoche schloss, war die Situation unerträglich. Oskar stand morgens auf, kramte grimmig jeden Tag eine andere seiner halb fertigen Leinwände hervor, brachte ein paar Pinseltupfer an und stellte sie deprimiert zurück. Nachmittags machte er lange Spaziergänge oder brütete in einer Bar vor sich hin. Nie kam er vor Mitternacht nach Hause. Und wenn er da war, konnte er es kaum ertragen, mich anzusehen. *Selbstporträt als Sphinx* sah er sowieso nicht mehr an. Er hatte es mit dem Gesicht zur Wand gestellt, als wäre es ein ungezogenes Kind.

Ich versuchte, ihm zu erklären, warum ich es den Blicken der Öffentlichkeit entzogen hatte, aber es gelang mir nicht, ihm begreiflich zu machen, wovor ich solche Angst hatte. »Was können deine Leute schon tun, selbst wenn sie uns finden?«, fragte er spöttisch. »Du bist keine Minderjährige. Wir sind hier nicht in England. Du bist aus freien Stücken hier.«

Seit Wochen war ich nicht mehr draußen gewesen, und Oskar drängte mich, die Wohnung doch mal zu verlassen. Das würde mir guttun, sagte er. Ich malte immer noch nicht. Ich nahm kaum etwas zu mir. Ob ich wirklich glaube, fragte er, dass es mit mir, mit uns noch lange so weitergehen könne. Selbst wenn mein Onkel noch in Paris sei – wie hätte er denn meine Adresse herausfinden sollen? Oskar erinnerte mich daran, dass von allen unseren Künstlerfreunden nur Breton einmal bei uns gewesen war, um sich unsere Arbeiten anzusehen. Unsere Bilder waren in einer internationalen Ausstellung gezeigt worden, wiederholte er ein ums andere Mal, im Katalog waren vierzehn Länder aufgeführt. Im Katalog stand nichts, was mich mit Paris in Verbindung brachte. Im Katalog stand nichts, was mich mit Oskar in Verbindung brachte. Für meinen Onkel könnte ich ebenso gut in Spanien sein, in Italien, Amerika oder Japan.

Irgendwann gab ich nach.

Es war seltsam, wieder draußen zu sein, unter Menschen. Am Seine-Ufer entlangzuspazieren und das Funkeln auf dem Wasser zu sehen, den kalten Wind im Gesicht zu spüren. Ständig sah ich irgendetwas, von dem ich dachte: Das muss ich Oskar erzählen.

Aber als ich nach Hause kam, war Oskar weg. Und mein Bild auch.

Den Rest des Tages saß ich da und wartete auf ihn, versuchte mich abzulenken. Ich setzte Wasser auf, ging weg und wunderte mich, als ein schrilles Pfeifen ertönte und eine Dampfwolke unter der Decke hing. Ich kochte Tee und trank ihn nicht. Das Licht veränderte sich, die Dämmerung brach an. Die Zeit fürs Abendessen kam und ging vorüber. Als ich seine Schritte auf der Treppe hörte, war es kurz vor acht, und sein Gang war so unstet, dass ich wusste, er war betrunken. Das alte Geländer ächzte unter seinem Gewicht. Dann hörte ihn ich vor sich hin brummen, während er nach dem Schlüssel suchte und sich mit dem Schloss abmühte. Irgendwann hatte er die Tür endlich auf und fiel praktisch ins Zimmer.

Als er mich dasitzen sah, die Arme verschränkt, die Beine übereinandergeschlagen, eisige Miene, stockte er und brauchte einen Moment, um einigermaßen geradeaus schauen zu können. Als er sich vorbeugte, um mich zu küssen – ich reagierte nicht darauf –, roch ich den schalen Zigarettenrauch in seinem Atem. Seine Bartstoppeln kratzten.

»Ehe du was sagst«, fing er an, hob eine Hand, griff mit der anderen in die Jackentasche, zog mitsamt dem Futter einen braunen Umschlag hervor und warf ihn auf den Küchentisch.

»Was ist das?«, fragte ich und schaute absichtlich nicht hin. In meinem Ton lag ein Hauch kühler Willoughby-Hochmut. Manche Leute kochen und brodeln und explodieren, wenn sie wütend sind. Ich erstarre. Ein zufälliger Beobachter, vielleicht sogar Oskar, hätte glauben können, ich sei ganz ruhig.

»Reisepässe«, sagte er, und ein schlaffes Grinsen trat auf sein Gesicht. »Unsere neuen Reisepässe. Zugfahrkarten. Schiffspassagen. Alles auf unsere neuen Namen. Das wolltest du doch, oder? Einen glatten Bruch mit der Vergangenheit. Nicht? Einen neuen Anfang in der Neuen Welt.«

Unser Schiff sollte am nächsten Nachmittag in Le Havre ablegen. Einen Augenblick lang schien sich eine leuchtende Zukunft vor uns aufzutun. Ein neues Leben für uns beide. Dann fragte ich ihn, wovon er das alles bezahlt habe. Was mit meinem Bild passiert sei.

Sein Blick wich mir aus. Ich fragte noch einmal nach meinem Bild, und Stück für Stück kam es heraus. Da sei dieser Gentleman gewesen, ein echter Gentleman, erklärte Oskar, Engländer, gebildet, ein seriöser Sammler. Den hatte er vor ein paar Tagen im Café kennengelernt. Er hatte sich zu ihm gesetzt und gefragt, ob er Oskar Erlich sei. Er hatte mit ihm über seine Arbeit gesprochen, hatte nach *Drei Gestalten in einer Landschaft* gefragt und nach dem Bild daneben, meinem Bild. Warum es aus der Ausstellung zurückgezogen worden sei. »Was konnte ich da schon sagen?«, rief Oskar. »Ich sagte, das weiß allein die Künstlerin.«

Ich spürte, wie sich meine Nägel in die Handflächen gruben, wie mein Gesicht sich verhärtete. »Ein englischer Gentleman?«, sagte ich. »Du verdammter Dummkopf.«

Oskar grinste höhnisch, wie er es immer tat, wenn eine Frau fluchte. Und dann lief er rot an, wie er es immer tat, wenn jemand ihn Dummkopf nannte. Er ballte die Hände zu Fäusten, dass die Adern hervortraten. So zornig hatte ich ihn noch nie gesehen. Ich blickte mich nach etwas um, womit ich ihn mir vom Leib halten konnte, falls er die Beherrschung verlor. Auf dem Tisch lag eine Gabel. Am Rand der Spüle lag das kleine Messer, das Oskar benutzte, um die Farbe von alten Leinwänden zu kratzen.

»Ein Dummkopf, ja?«, schrie er. »Ich bin also ein *verdammter Dummkopf?*«

Dabei griff er in die Innentasche seines Mantels, holte einen weiteren Umschlag hervor und warf ihn auf den Tisch, wo er mit einem dumpfen Geräusch landete.

»Mach auf«, sagte er. »Zähl.«

»Du hast mein Bild gestohlen«, fauchte ich und schüttelte den Kopf. »Du hast mein Bild gestohlen und es verkauft.«

Er wiederholte, ich solle in den Umschlag schauen. Ich weigerte mich.

»Sag mir den Namen«, verlangte ich stattdessen. »Beschreib ihn.«

»George Brown«, er versuchte sich an einem britischen Akzent, »George Brown hieß er.«

Er solle ihn beschreiben, verlangte ich noch einmal. Oskar gehorchte. Und jedes weitere Detail presste mir das Herz weiter zusammen. Das lange, schmale Gesicht. Der gepflegte Schnurrbart. Das mit Brillantine zurückgestrichene blonde Haar, in dem noch die Spuren des Kamms zu sehen waren. Mein Onkel. Er hatte den ganzen Tag mit meinem Onkel getrunken. Er hatte für einen Umschlag mit Geld mein Bild hergegeben. An meinen Onkel. Ich nannte ihn noch einmal einen verdammten Dummkopf, und dann griff ich nach dem Umschlag und warf ihn Oskar ins Gesicht.

Da schlug er mich. Legte seine ganze Kraft in einen Schlag in mein Gesicht, der mir die Ohren klingen und mein Kinn taub werden ließ. Ich schmeckte Blut. Und er machte weiter. Blanken Zorn im Blick, wollte er weiter zuschlagen. Er holte weit aus, verfehlte mich und schickte stattdessen den wackligen Tisch quer durch den Raum. Ich taumelte rückwärts, zur Spüle.

Ich hob die Hände, um mich zu verteidigen. Ich dachte nicht darüber nach, was ich in der Hand hatte, hatte kaum bemerkt, dass meine Hand sich etwas von der Spüle gegriffen und sich darum geschlossen hatte. Wieder stürzte er auf mich los, streckte die Hände aus, als wollte er mich bei der Gurgel packen, und als er mich fast erreicht hatte, spürte ich, wie meine Hand einen Ruck machte. Ich schaute hin und sah das Palettenmesser, das ich von der Spüle genommen hatte. Vielleicht hatte ich damit vor ihm herumfuchteln wollen, um ihn zur Vernunft zu bringen.

Jetzt aber steckte es bis zum Griff in seiner Brust. Auf dem Hemd, das rund um die Stelle Falten schlug, wuchs ein dunkler Blutfleck. Und einen Augenblick lang sah es so aus, als wollte er lachen, als sei es absurd, dass ich gedacht hatte, dieses kleine Ding könnte ihm etwas anhaben, als würde er es gleich herausziehen und durch den Raum schleudern, und dann würde es mir richtig übel ergehen.

Stattdessen gaben, noch während er nach dem Messer

greifen wollte, noch während er versuchte, etwas zu sagen, die Knie unter ihm nach und er knickte ein, riss noch mit der Schulter einen Küchenstuhl um. Dann stöhnte er. Dann fiel er, mit dem Messergriff voran, vornüber auf die Dielen.

14. KAPITEL

PATRICK, DUBAI 2023, DREI TAGE VOR HARRYS TOD

Ich saß hinten in einem Taxi, als mein Handy summte. Eine Nachricht von meiner Galerie-Assistentin. *Schau in deine Mails*. Sie hatte mir ein Statement der Tate Modern weitergeschickt:

Wir haben den Hinweis erhalten, dass derzeit eine zweite Version von Selbstporträt als Sphinx, *dem Gemälde von Juliette Willoughby, das seit 2000 als Dauerleihgabe bei uns ausgestellt ist, zum Verkauf angeboten wird. Dabei soll es sich ebenfalls um ein authentisches Werk der Künstlerin handeln. Wir haben keinen Grund, an der Echtheit des Bildes hier in der Tate Modern zu zweifeln, dennoch wird es auf Wunsch des Eigentümers vorerst aus der Ausstellung entfernt, sodass es weiteren Analysen unterzogen werden kann.*

Das war's. Die Katze war aus dem Sack. Geringfügig früher, als ich es erwartet oder gehofft hatte. Trotzdem kann das gut sein, sagte ich mir. Jede Menge Medienecho, ein Hauch von Skandal – das konnte alles helfen, den Preis des Bildes noch einmal in die Höhe zu treiben. Oder es schreckte potenzielle Käufer ab. Unmöglich vorherzusehen. Dies war der bei Weitem hochkarätigste Verkauf meiner Laufbahn und damit unbekanntes Terrain.

Um das Unwirkliche an der Sache auf die Spitze zu treiben, war ich jetzt auch noch im Desert Palm Polo Club gelandet, ganz und gar nicht meine bevorzugte Umgebung. Ich stieg aus dem Taxi – neben einer ganzen Schlange teurer

Wagen, die auf den Parkservice warteten –, nannte an der Tür meinen Namen, setzte mich an die Bar und bestellte ein Bier. Während ich darauf wartete, landeten summend weitere Nachrichten auf meinem Handy: Jemand vom Kunstmagazin *Apollo* erkundigte sich, ob das mit dem Bild stimme. Harry schrieb, Giles Pemberton, inzwischen Chef-Kunstkritiker der *Sunday Times,* habe ihn angerufen und dieselbe Frage gestellt. Und Caroline bestätigte, dass sie einen Flug gebucht hatte, um sich das Bild selbst anzuschauen.

Gott sei Dank, dachte ich.

Rasch tippte ich ein paar Antworten und merkte nicht, dass Jerry Wilson im Anmarsch war, ein Freund von Sarah. Britischer Expat, schon seit dreißig Jahren hier, ausgeprägter Hang zu Panamahüten und gestreiften Jacketts. Wenn man bei einem Abendessen jemanden dabeihaben wollte, der Geschichten aus der guten alten Zeit auf Lager hatte, war er immer eine gute Wahl.

»Patrick! Ich glaube, dich habe ich noch nie beim Polo gesehen. Kennst du jemanden, der spielt?«

Ich schüttelte den Kopf. »Bin nur mit einer alten Unibekanntschaft zum Picknick verabredet. Du weißt nicht zufällig, wo …«

»Bestimmt drüben am anderen Ende des Spielfelds«, sagte Jerry. »Mitgliederbereich. Sehr VIP-mäßig. Wenn du willst, bring ich dich hin.«

Im Vorübergehen winkte ich hier und da Bekannten zu. Eins der Dinge, die ich nicht vorhergesehen hatte, war, wie viele Leute ich hier bald irgendwie kennen würde beziehungsweise schon kannte. Freunde von Freunden, Jungs aus der Schule, Kunstszene-Emigranten, Leute aus College-Zeiten wie Dave White, die plötzlich auf einer Party auftauchten oder im Restaurant am Nachbartisch saßen. Leute wie Athena Galanis, mit der ich jetzt verabredet war.

Seit unserer gemeinsamen Zeit an der Uni waren zwar dreißig Jahre vergangen, aber als Athena mir letztes Jahr bei einer privaten Veranstaltung das erste Mal hier über den Weg lief, erkannte ich sie sofort. Himmelhohe Absätze, Haar bis zur Taille, erlesener Diamantschmuck (und viel davon). Als ich mich erkundigte, was sie da machte, klärte meine Assistentin mich darüber auf, dass sie Kunstberaterin sei, eine sehr reiche Frau, die sehr reichen Freunden helfe, klug zu investieren und für ihre noch freien Wände erstklassige Werke herauszupicken. Als sie das sagte, erinnerte ich mich vage, dass Athena in Dubai aufgewachsen war, als Tochter irgendeines großen Wirtschaftsbosses hier – Baubranche vielleicht, wobei Eric Lam immer behauptet hatte, es sei etwas viel Zwielichtigeres, was zumindest eine Erklärung dafür sein konnte, dass Freddie so gezögert hatte, sie der Familie als seine Freundin zu präsentieren.

An jenem Abend hatte ich kurz mit Athena gesprochen, wir hatten Karten ausgetauscht und gesagt, wir sollten uns mal verabreden. Das hatten wir dann nie getan – bis sie an diesem Morgen plötzlich fand, es wäre höchste Zeit, das nachzuholen, und anrief, um mich einzuladen. Ich schätze, es gehörte zu ihrem Job, auf dem Laufenden zu sein. Als ich zusagte, fühlte ich mich etwas illoyal Caroline gegenüber. Die beiden waren so eng befreundet gewesen, dass es mir (egal wie die Umstände genau waren) extrem grausam vorkam, wie Athena die Freundschaft beendet hatte, so kalt, so abrupt, so endgültig.

Selbst Jahre später hatte man, sobald die Rede darauf kam, Caroline angemerkt, wie sehr sie das immer noch kränkte. Noch mit Ende zwanzig hatte sie versucht, Kontakt aufzunehmen, eine Versöhnung herbeizuführen. Als Friends United aufkam, suchten wir dort nach Athena, später auf Facebook. Sie war weder bei LinkedIn noch bei Instagram.

Ab und zu googelten wir ihren Namen, immer ohne Erfolg. Ich nahm an, Athena war, wie Dave White, so reich, dass sie sich unauffindbar machen konnte.

Am Eingang zum VIP-Bereich verabschiedete sich Jerry von mir.

»Patrick!«, rief Athena von Weitem und winkte jemandem zu, er solle mich holen.

Es war ein außerordentlicher Anblick. So etwas stellen sich die meisten Leute wahrscheinlich vor, wenn sie an Dubai denken. Den Eingang flankierten sanftmütige Kamele, jedes mit einer Decke auf dem Rücken, auf der ein Cartier-Logo prangte. Dahinter durfte eine ganze Reihe stattlicher Bentleys, Aston Martins und Rolls-Royce stehen, vor denen Picknickdecken ausgebreitet waren. Auf jeder lagerte ein Grüppchen Gäste – Frauen in luftigen Kleidern und Abayas, Männer in pastellfarbenen Anzügen und Kanduras –, und um sie herum schwebten Angestellte, reichten Drinks und packten Körbe voller Essen aus.

»Wie schön, dass du gekommen bist!« Eingehüllt in eine Wolke aus Parfüm, hauchte sie mir drei Küsschen neben die Wangen. »Meine Lieben, das ist Patrick – ein Freund aus Cambridge-Zeiten. Wir haben zusammen Kunstgeschichte studiert.«

Viele Gesichter kannte ich, es waren bekannte Sammler da, High-End-Kunsthändler und ein Auktionator von Sotheby's. Genau die Sorte Leute, an die ich heranzukommen versuchte, seit ich in Dubai gestartet war. Ein Kellner mit weißen Handschuhen offerierte mir eine Champagnerflöte auf einem Silbertablett, ein anderer hielt mir eine Platte mit Kaviar-Blini hin. Wir machten Small Talk, über die Hitze, eine fade Ausstellung, die gerade im Louvre Abu Dhabi eröffnet worden war, einen wunderbaren senegalesischen Künstler, dessen Arbeiten Athena gerade entdeckt hatte. Das Polo-Hufedonnern direkt neben uns ignorierten wir. Wollten wir Champagner nachgeschenkt haben, nickten wir einem der Kellner zu. Irgendwann lehnte Athena sich endlich zu mir herüber.

»Also, Patrick, raus mit der Sprache. Ein zweites *Selbstporträt als Sphinx?* Was ist das, ein Werbetrick? Ich kann mir nicht vorstellen, dass deine Ex-Frau darüber begeistert ist.« Sie lächelte wissend. Offensichtlich hatte sie Caroline und mich ebenfalls über die Jahre im Netz verfolgt.

»Es ist genau das, wonach es aussieht«, sagte ich.

»Das kann nicht sein«, erwiderte sie. »Ich habe Carolines Buch gelesen. Juliette Willoughby hat monatelang an *Selbstporträt als Sphinx* gearbeitet. In ihrem Tagebuch ist nur von einem Gemälde die Rede, und zwischen ihrem letzten Eintrag und dem Brand war nicht genug Zeit, dass sie ein zweites so detailreiches Bild hätte malen können.«

»Das ist mir bekannt«, sagte ich. »Trotzdem bleibt die Tatsache, dass das Bild in meiner Galerie eine echte Willoughby ist, ein echtes *Selbstporträt als Sphinx*.«

Athena sah mich forschend an. »Und du glaubst wirklich, Caroline verbrennt ihre Reputation, indem sie das beglaubigt?«

»Ich habe absolutes Vertrauen in Carolines Professionalität, ihre Objektivität und Integrität«, erklärte ich.

»Immer der Gentleman. Du hast dich überhaupt nicht verändert, was?« Athena lachte trocken.

Ich war mir nicht sicher, ob ich das als Kompliment auffassen sollte oder eher nicht.

»Caroline würde sich bestimmt sehr freuen, dich zu sehen«, sagte ich. »Nach all den Jahren …«

Die meisten Menschen, die ich kannte – zugegeben, überwiegend englische Mittelklasse –, hätten daraufhin zumindest ein Lippenbekenntnis abgegeben, auch wenn dann nie etwas passiert wäre. Athena überhörte die Bemerkung einfach.

»Wie du dir sicher denken kannst«, sagte sie, plötzlich sehr geschäftsmäßig, »habe ich dich hierher eingeladen, weil ich einige Klienten habe, die sich dein Bild sehr gern ansehen würden. Sie haben mich gebeten, vorzufühlen, welche Summe du in etwa erwarten würdest – wenn es denn für echt befunden wird.«

»Das kann ich im Moment noch gar nicht sagen«, antwortete ich wahrheitsgemäß.

Athena wusste sehr wohl, dass private Verkäufe so nicht liefen – man ging sehr viel vorsichtiger aufeinander zu, Geld war das Letzte, worüber gesprochen wurde.

»Nur ungefähr, komm schon, Patrick«, säuselte sie, plötzlich wieder im Wir-guten-alten-Freunde-Ton.

»Okay, es würde mich wundern, wenn der Verkäufer weniger als dreißig Millionen in Betracht ziehen würde.«

Harry hatte ich gesagt, dass mir das ziemlich hochgegriffen schien für ein Gemälde, das nach den Gesetzen der Logik eigentlich gar nicht existieren konnte. Doch er hatte darauf bestanden. Wir hatten uns schließlich darauf geeinigt, dass ich sämtliche Kosten für die Restaurierung des Bildes und für das Marketing übernahm – dafür hatte ich mir Geld leihen müssen – und dreißig Prozent Provision bekam, angesichts des hohen Risikos weit mehr als meine üblichen zehn Prozent. Es war ein Glücksspiel. Wenn es funktionierte, würde der Ertrag enorm sein. Was passierte, wenn sich das Bild nicht verkaufen ließ, darüber dachte ich nicht so gern nach.

»Dreißig Millionen *Pfund?* Das letzte Mal, als *Selbstporträt als Sphinx* auf dem freien Markt verkauft wurde …«

»Das letzte Mal wurde *Selbstporträt als Sphinx* in einem kleinen Provinz-Auktionshaus verkauft. Bevor Juliettes Tagebuch veröffentlicht war. Bevor Carolines Buch sich fünf Millionen Mal verkauft hat.«

Es war mir eine Freude, das einzuflechten. Ich hoffte, es wurmte Athena ein bisschen, dass sie und ihre Klienten längst vergessen sein würden, wenn Carolines Ruf als Wissenschaftlerin immer noch Bestand hatte.

»Ich geb's weiter«, sagte sie, wieder deutlich kühler. »Und ich melde mich. Es hängt natürlich alles von Carolines Urteil ab.«

»Wie du weißt, kommt es oft vor, dass Experten ihr Urteil revidieren, weil neue Beweise ans Licht gekommen sind.«

Unter anderen Umständen hätte ich vielleicht meinen Vater und seinen Raffael erwähnt.

Ein Kellner kam von hinten und wollte mir nachschenken, doch ich legte die flache Hand auf das Glas und sagte: »Ich muss mich erst mal kurz entschuldigen.«

Im VIP-Bereich fand ich die Toiletten nicht. Nachdem ich zweimal den Bereich umkreist hatte, verließ ich ihn und steuerte auf das Toilettenschild zu, das ich in der Nähe des Clubhauses gesehen hatte.

Am Urinal stand, sichtlich angeheitert, ein schwankender Jerry.

»Ach, hier bist du, Patrick! Amüsierst du dich?« Er wartete nicht auf eine Antwort. »Und war das die Tochter von George Galanis, mit der ich dich da drüben gesehen habe? Vielleicht komm ich mal mit und sage Hallo.«

»Ehrlich gesagt muss ich los – viel zu tun in der Galerie.«

»Ach schade! Ich hab George gut gekannt. Das war vielleicht einer. Enorme Energie. Toller Polospieler. Großartiger Geschichtenerzähler. Seh ihn immer mit 'nem Brandy in der Hand vor mir. Einer von der Sorte, die in der Badewanne Zigarre raucht. Einer, der plötzlich beschließt, dass wir mal eben alle Mann in seinem Privatjet nach Paris düsen, um dort zu Abend zu essen.«

Ich fragte mich, ob Freddie gewusst hatte, *wie* reich die Familie Galanis war. Im Grunde konnte ich mir vorstellen, dass ihm dieser Lebensstil sehr zugesagt hätte – hätte nicht irgendein seltsamer Willoughby-Wahn ihn davon abgehalten, Athena ernsthaft als Partnerin in Betracht zu ziehen. Vielleicht war das Schillernde der Familie Galanis das Problem gewesen – in einer Familie wie der von Freddie wurde ein Begriff wie *schillernd* natürlich nur mit einem kräftigen Schuss Snobismus und Vorurteil gebraucht. Ich wusste genau, welche Art von Frau Freddie geheiratet hätte, wäre er denn am Leben geblieben – blond, nichtssagend, blaublütig. Genau die Art von Frau, die, wenn man den Fotos auf Facebook trauen konnte, so ziemlich alle aus der Osiris Society geheiratet hatten.

»Nach allem, was man so hört«, Jerry senkte konspirativ die Stimme, »hat die Familie natürlich nach Georges Tod rausgefunden, dass sehr viel weniger Geld da war, als sie dachten.« Er hob wissend eine Augenbraue und beobachtete meine Reaktion. Dann fügte er hinzu: »Es heißt, nach seinem Herzinfarkt hätten sie festgestellt, dass sie komplett pleite waren. Es war praktisch nur eine Briefkastenfirma innerhalb einer Briefkastenfirma innerhalb einer Briefkastenfirma. Hundert Offshore-Konten, auf denen nichts lag.«

»Das ist bestimmt nur Dubai-Klatsch«, entgegnete ich, weil ich es schlicht nicht glauben konnte. »Athena hat mir wirklich nicht den Eindruck gemacht, als hätte sie finanziell zu kämpfen. Ich nehme an, sie verdient inzwischen selbst sehr gut – es sei denn, es ist ein reicher Freund im Spiel …?«

»Habe nie von einem gehört«, sagte Jerry und schüttelte den Kopf. »Ein Jammer! So eine schöne Frau. Aber ich versteh natürlich, warum sie es unterm Deckel hält. Das mit ihrem Vater. Wir wissen ja, dass es in ihrem Business – und in deinem – vor allem um den schönen Schein geht, was?«

Inzwischen standen wir an den Waschbecken, und unsere Blicke trafen sich im Spiegel. »Und vielleicht gilt das hier noch mal mehr als überall sonst auf der Welt.«

CAROLINE, CAMBRIDGE 2023, EINEN TAG VOR HARRYS TOD

Schon am Klopfen, dem kurzen, präzisen Tocktock, erkannte ich, dass Sam Fadel draußen vor meiner Bürotür stand.

Ich hatte gezögert, ihm zu schreiben, nicht zuletzt, weil ich wusste, dass er meine Mail umgehend mit einem Besuch beantworten würde, aber wenn jemand in der Lage war, die Hieroglyphen zu lesen, die sich auf Harrys Bild fanden und über der Tür in Longhurst und an Cyrils Pyramide auf der Insel, dann war es Dr. Sam Fadel, ehemals Kurator des Willoughby-Nachlasses, jetzt Direktor der Archive der archäologischen Fakultät.

»Herein«, sagte ich.

»Passt es gerade?« Unsicher lächelnd steckte er den Kopf zur Tür herein.

Eigentlich nicht, wäre die ehrliche Antwort gewesen, denn es war Viertel nach fünf, und ich hatte den ganzen Nachmittag am Telefon zugebracht, es kamen ständig Nachfragen zum Statement der Tate, ich hatte Reportern erklärt, dass ich zum Bild nichts sagen würde, weil ich es noch nicht in Augenschein genommen hatte. Und gerade beantwortete ich noch einige dringende Fragen von Studierenden, bevor ich am nächsten Tag nach Dubai flog, um es mir endlich anzusehen.

Andererseits tat Sam mir einen Gefallen, und er hätte jeden Grund gehabt, abzulehnen.

»Natürlich.« Ich nickte. »Ich bin dir sehr dankbar.«

»Gar kein Problem«, sagte er, schob die Brille auf der Nase hoch und hockte sich auf die Armlehne eines Stuhls. »Ich muss gestehen, ich finde die Bilder, die du mir gemailt hast, äußerst spannend. Kannst du mir noch ein bisschen mehr Kontext geben?«

»Diese Hieroglyphen finden sich auf einer zweiten Version von Juliette Willoughbys *Selbstporträt als Sphinx,* die in Longhurst entdeckt worden ist. Patricks Galerie versucht, das Bild zu verkaufen.«

Bei der Erwähnung von Patrick gefror sein Lächeln für einen Moment.

»Verstehe. Und du möchtest, dass ich das übersetze?«

»Ja, und vielleicht kannst du mir helfen zu verstehen, warum die Zeichen für Cyril Willoughby von Bedeutung waren. Sie sind in Longhurst an einen Türsturz gemalt, über der Tür zum Ostflügel, in dem er seine Sammlung untergebracht hatte. Und sie sind über dem Eingang zu seiner Grabpyramide in den Stein geschnitten. Ich habe überlegt, ob sie …«

»Vielleicht auch auf einem der Objekte im Willoughby-Nachlass erscheinen?«

»Genau.«

»Diese Frage kann ich dir sofort beantworten«, sagte er und schien sehr zufrieden mit sich. »Sie sind auf *jedem* der Objekte. Mit der Zeit haben wir uns die Sammlung immer weiter erschlossen, weißt du. Als ich damals anfing, mich mit den schriftlichen Materialien im Nachlass zu beschäftigen, gingen wir davon aus, dass Cyril sich ganz allgemein für Grabtexte und Sarginschriften interessiert hat. Inzwischen ist klar, dass er sein Leben lang bemüht war, an möglichst viele verschiedene Versionen eines bestimmten Kapitels im *Ägyptischen Totenbuch* heranzukommen. Des vierundsechzigsten Kapitels, um genau zu sein.«

»Verstehe«, sagte ich, auch wenn das nicht wirklich stimmte.

»Wenn wir über das *Totenbuch* reden, dürfen wir nicht vergessen, dass es bei den alten Ägyptern gar nicht so hieß und auch kein Buch war. Es ist eine Sammlung unterschiedlicher Aufzeichnungen – Gebete, Zaubersprüche, Anweisungen, festgehalten an den Wänden von Grabstätten, im Inneren von Särgen, auf Papyri, die zwischen Mumienbinden geschoben wurden –, die sämtlich dem Zweck dienten, die Seele eines Verstorbenen durchs Jenseits zu geleiten. Im neunzehnten Jahrhundert hat dann ein deutscher Gelehrter, Karl Richard Lepsius, diese Zeugnisse grob geordnet und übersetzt und dem Ganzen einen Titel gegeben: *Das Todtenbuch der alten Ägypter*.«

Als er das sagte, kam mir etwas in den Sinn – der weiß umwickelte Leichnam auf dem Bild, die Gestalt mit dem Schnabel, die das weiße Bündel in einem Boot über den See ruderte.

»Diese Sprüche sind über Tausende von Jahren immer wieder kopiert worden, daher haben wir von jedem unzählige Versionen. Solche von einem Sarg, der den Elementen ausgesetzt war. Oder von einer Grabwand, auf die irgendwann einmal ein Räuber mit einer Hacke losgegangen ist. Es gibt Fassungen, in denen der Schreiber etwas ausgelassen oder wiederholt hat. Und genau das war offenbar Cyril Willoughbys Leidenschaft. Verschiedene Fassungen des vierundsechzigsten Kapitels zu sammeln und miteinander zu vergleichen. Vielleicht ging es ihm darum, eine originale, vollkommene Fassung zu rekonstruieren – zumindest legen seine Aufzeichnungen das nahe.«

»Und aus diesen Sprüchen stammt auch diese Hieroglyphenreihe?«, fragte ich.

»Ganz genau. In den meisten Fassungen ist das die erste Zeile: *Ga ba ka, baba ka, ka ka ra ra phee ko ko.* In der viktorianischen Übersetzung von Budge, das ist die, mit der Cyril am besten vertraut gewesen sein dürfte, heißt das: ›*Ich bin Gestern, Heute und Morgen, und ich habe die Macht, ein zweites Mal geboren zu werden.*‹ Das heißt natürlich, im Jenseits.«

Ich wiederholte den Satz nachdenklich im Stillen und fragte mich laut, warum Juliette ihn in ihr Bild eingearbeitet haben mochte.

»Was das angeht, kann ich dir leider nicht helfen«, sagte Sam. »Aber mir ist auf dem Foto von dem Gemälde, das du mir geschickt hast, noch etwas anderes aufgefallen. Ich weiß nicht, ob das weiterhilft, aber …«

Er stockte. Als er fortfuhr, wählte er seine Worte vorsichtig, zögernd, wie jemand, der sich in Grenzzonen seines Fachgebiets vorwagt.

»Ich muss vorausschicken, dass ich ja kein Kunsthistoriker bin. Nichtsdestoweniger ist das, was Juliette mit den ägyptischen Motiven anfängt, interessant. Ich meine, auf interessante Weise *verkehrt*. Sie hat viel Sorgfalt darauf verwandt, die Hieroglyphen korrekt darzustellen, aber schau dir mal die Figur mit dem Umhang an.«

Ich öffnete die Fotos auf meinem Computerbildschirm. Jahre hatte ich damit zugebracht, dieses Bild zu analysieren. »Die Gestalt mit dem Ibis-Schnabel? Das ist Thot, der Gott der Weisheit«, sagte ich, froh, auch etwas beisteuern zu können.

»Und der Magie, genau. Aber das ist hier nicht der richtige Gott. Thot ist nicht der Gott, der die Seelen der Toten auf seiner Barke, seiner *Mandjet,* durchs Jenseits befördert. Das müsste Re sein, der Sonnengott, der einen Falkenkopf hat.

Ganz anderer Vogel. Ganz anderer Schnabel. Die Künstlerin weiß das, genauso wie sie weiß, dass ägyptische Sphingen keine Flügel haben. Das sind beabsichtigte Fehler, die eine Bedeutung haben. Ich bin mir nur nicht sicher, welche.«

Willkommen in meiner Welt, dachte ich.

»So, Caroline. Das ist schon so ziemlich alles, was ich dir sagen kann. Aber wenn du ausführlicher darüber reden möchtest – vielleicht könnten wir essen gehen …«

»Es tut mir leid, Sam, ich …«

»Natürlich, ich verstehe. Sehr vernünftig«, murmelte er und streckte mir die Hand hin.

»Es tut mir wirklich leid«, sagte ich, wissend, dass ich mich wiederholte, unfähig, auf andere Weise zu sagen, dass das einfach nicht ging. Weil ich nämlich nichts im Leben mehr bereute, als einmal mit Sam Fadel geschlafen zu haben. Auf keinen Fall konnte ich zulassen, dass es noch einmal dazu kam, dass auch nur die leiseste Möglichkeit, dass sich das wiederholte, in der Luft lag. Um unser beider willen.

Im Rückblick war leicht zu begreifen, wie es dazu gekommen war. In dieser Phase unserer Ehe sahen Patrick und ich einander kaum noch. Wenn er abends aus der Galerie kam, schlief ich meistens schon. Während des Trimesters blieb ich dreimal die Woche über Nacht in Cambridge, und manchmal ging ich abends mit Sam ein Glas trinken; wir redeten über Kollegen, witzelten über die kleinen Ärgernisse bei der Arbeit. Er muss gespürt haben, dass ich unglücklich war, dass es mit Patrick und mir nicht gut lief. Dazu hatte er selbst gerade eine unschöne Trennung hinter sich und sprach davon, dass sich in einer langjährigen Beziehung Ressentiments, Frust und Krisenpunkte regelrecht anhäufen konnten und wie schwer es manchmal falle, sich in Erinnerung zu rufen, warum man sich überhaupt mal ineinander verliebt hatte. Dass irgendwann ein Zustand erreicht war, in dem praktisch jedes Gespräch in einen Streit umkippen, jede Bemerkung als indirekte Kränkung aufgefasst werden konnte. Das kam mir nur zu bekannt vor.

Mit Sam zu reden war einfach. Darauf freute ich mich mehr als darauf, am Wochenende in London mit Patrick auszugehen. Zu einer Loftparty in Shoreditch vielleicht, wo mich ein ach-so-angesagter Konzeptkünstler in ein endloses Gespräch verwickelte und mich ungefähr drei Stunden lang mit Tiraden nervte, wie sinnlos mein akademisches Fach doch sei. Ich freute mich auch nicht darauf, aus Loyalität zu jeder von Patricks Privat-Vorbesichtigungen zu erscheinen, dazusitzen und gute Miene zu machen, wenn die vorgestellten Künstler und Künstlerinnen wirre Reden schwangen, in denen falsch verstandene Kunsttheorie und falsch erinnerte Kunstgeschichte durcheinandergewürfelt wurden. Oder mir bei irgendwelchen Dinnerpartys anzuhören, wie Patrick und seine Kunsthändlerkollegen über Künstler und deren Ruf redeten wie Broker über Aktienkurse – wer auf dem Weg nach oben war, wer auf dem absteigenden Ast. Mir war bewusst, dass ich das, was ich dachte und fühlte, weniger gut verbarg, als ich es gekonnt hätte. Dass es Momente gab, in denen ich Patrick ebenso auf die Nerven ging wie er mir.

Und eines Tages küsste mich Sam.

Wir waren in einem Pub, saßen auf einem Sofa in der Ecke. Es war, kurz bevor das Lokal zumachte. Wir hatten beide getrunken. Ich hätte gleich sagen sollen, dass wir wohl irgendwie aneinander vorbeigeredet hatten. Ich hätte erklären müssen, dass ich ihn zwar nett fand und klug und lustig und attraktiv, dass ich aber nie *so* an ihn gedacht hatte. Dass ich mich geschmeichelt fühlte, er das aber nicht hätte tun sollen und bitte auch niemals wieder tun sollte. Dass Patricks Eltern geschieden waren, weil der Vater ständig die Mutter betrogen hatte, und Patrick immer sehr klar gesagt hatte, ihm wäre es unmöglich, mit einer Person zusammenzubleiben, die ihn auf diese Weise hintergangen hatte. Das alles hätte ich Sam sagen müssen. Ich tat es nicht. Stattdessen habe ich den Kuss erwidert.

Vielleicht habe ich es genau aus dem Grund getan. Um diese Ehe zu beenden. Um eine unerträgliche Situation zur endgültigen Krise zu bringen. Erst nachdem ich es Patrick erzählt hatte, nachdem ich ihm gesagt hatte, was geschehen war, nachdem wir darüber geredet und gestritten und einander mit Vorwürfen überhäuft und geweint und eine Entscheidung getroffen hatten, war mir aufgegangen, dass ich auch mit Sam reden musste, ihm sagen, dass es ein Fehler gewesen war, dass ich es bereute. Und dann sah ich, wie er versuchte, sich nichts anmerken zu lassen – wir saßen in einem Café, es war um die Mittagszeit –, und begriff, dass er anders empfand, dass er nicht übertrieben hatte, als er sagte, er habe mich schon immer sehr gemocht. Da begriff ich, dass hier jemandem vor meinen Augen das Herz brach.

Es klopfte leise an der Tür, und eine Reinigungskraft schaute herein, um zu sehen, ob mein Papierkorb geleert werden musste. Sam nahm das zum Anlass, sich hastig zu verabschieden. Ich fuhr den Rechner herunter, wartete noch ein paar Minuten, damit ich Sam nicht noch einmal begegnete, und ging. Es wurde Zeit, dass ich nach Hause kam. Als ich durch den Innenhof zur Porter's Lodge ging, wurden gerade die Lichter angeschaltet. Ich machte kurz bei den Postfächern halt. In meinem lag ein Brief.

An der Bushaltestelle setzte ich mich hin und sah mir den Umschlag genauer an. Er kam von Boots, der Drogeriemarktkette; in solchen schicken sie einem Fotos, die man online bestellt hat. Sieh an, dachte ich, so was hab ich ja lange nicht gekriegt. Wie jede Akademikerin, die in den Medien auftaucht, hatte ich gelegentlich seltsames Zeug zugeschickt bekommen. Zeichnungen. Selbst veröffentlichte Bücher. Hilfreiche Anmerkungen zu meiner Kleidung und Sprechweise und darüber, dass ich von meinem Thema keine Ahnung hätte.

Vorsichtig öffnete ich den Umschlag. Er enthielt vier Hochglanzfotos. Ich zog sie heraus und sah mir das erste unter der gleißenden Bushaltestellenbeleuchtung an. Das Bild war dunkel, unscharf. Ich brauchte sogar eine Weile, um zu erkennen, ob ich es richtig herum hielt. Und dann begriff ich plötzlich, was ich sah und wann das Foto aufgenommen war. Das zweite Bild bestätigte die Erkenntnis. Es war viel besser ausgeleuchtet. Ich warf einen Blick auf das dritte und das vierte Foto. Mir zitterten die Hände. Mein Mund war trocken. Ich hatte das Gefühl, dass meine Augen immer wieder den Fokus verloren.

Es waren Fotos von mir in Longhurst, bei der Geburtstagsparty von Harry Willoughby. Fotos, von denen ich nicht wusste, dass sie gemacht worden waren. Von denen ich mir gar nicht vorstellen konnte, *wie* sie gemacht worden sein sollten. Der Bus kam, und ich winkte ihn mit zitternden Händen weiter, weil ich nicht wusste, ob ich aufstehen konnte, ob meine Beine mich tragen würden. Und als es vor meinen Augen flimmerte und blitzte, wusste ich nicht, ob die Bushaltestellenbeleuchtung flackerte oder ob es daran lag, dass ich keine Luft bekam.

Ich griff noch einmal in den Umschlag und zog ein Stück Papier heraus. Oben stand das Boots-Logo. Darunter: »Erklär das Bild für echt.«

JULIETTE, PARIS 1938

Oskar war tot. Mein geliebter Oskar war tot, und ich hatte ihn umgebracht. Ich hatte in einem Augenblick schrecklicher Angst ein Messer genommen und es ihm in die Brust gestoßen, ins Herz.

Zuerst konnte ich es einfach nicht glauben. Starr und steif stand ich da, blickte auf den reglosen Körper hinab und dachte wider alle Vernunft, er könnte jeden Moment aufspringen und laut aufschreien vor Schmerz oder Wut.

Auf der anderen Seite des Hofes hörte jemand Radio. Jemand anders hustete. Ich fragte mich, wie laut unser Streit zu hören gewesen sein mochte und ob sein abruptes Ende aufgefallen war. Oskar und ich hatten oft die Augen verdreht, wenn das Paar im Haus gegenüber wieder stritt – ihre Stimme wurde immer schriller, seine immer lauter, bis unweigerlich ein Stück Porzellan zu Bruch ging und die Tür krachend ins Schloss fiel. Bei dieser Erinnerung, die ich mit Oskar teilte, durchfuhr es mich plötzlich. Erst da begriff ich, was ich Schreckliches getan hatte und wem ich es angetan hatte.

Ein Teil von mir wollte das Fenster aufreißen und die Polizei rufen. Ein anderer wollte sich neben Oskar auf dem Boden einrollen, auch wenn unter seinem reglosen Leib das Blut hervorrann.

Da fiel mein Blick auf das Geld auf dem Tisch und den Umschlag mit unseren Pässen. Und dann weiß ich nur noch, dass ich irgendwann am Spülbecken stand und mir die Hände wusch. Das ablaufende Wasser war lange rosa gefärbt. Auf dem Weg nach unten kam ich an der Frau des Concierge vorbei. Sie stand in der Schürze an ihrer Wohnungstür, aus dem Innern kamen dicke Schwaden Essensgeruch. Ich erwiderte ihren Gruß mit einem freundlichen *bonsoir à vous* und hoffte, dass sie mir nichts ansah.

Dann trat ich aus dem Haus, ging am Café am Ende der Straße vorbei, wo um diese Abendstunde reger Betrieb herrschte. Ich zog den Mantel fester um mich. Der Himmel war wolkenlos, die Luft eisig, und als ich am Ende der Straße angelangt war, zitterte ich am ganzen Leib und schlang die Arme um mich, damit es aufhörte. Schock, dachte ich, das ist der Schock. Dein Körper reagiert auf das, was passiert ist. Dabei war mir sehr bewusst, dass ich normal aussehen, mich normal benehmen musste.

Ich wusste, dass jede Entscheidung, die ich an diesem Abend traf, mein Leben für immer verändern würde.

Er war tot. Er war tot, und ich würde mir nie verzeihen. Aber genauso wenig konnte ich ihm verzeihen. Das sagte ich ihm im Stillen, während ich weiterging. Ich entschuldigte mich bei ihm und wütete gegen ihn, diesen Idioten, den armen, dummen, toten Idioten.

Dank Oskar gehörte mein Bild nun meinem Onkel, und es war mehr als wahrscheinlich, dass Oskar während der vielen Stunden, die sie zusammengesessen und getrunken hatten, auch ausgeplaudert hatte, wo wir wohnten. Vielleicht hämmerte Onkel Austen, mit einem Polizisten im Schlepptau, in genau diesem Augenblick an unsere Tür, um zu verlangen, dass ich mit ihm nach England zurückkehrte. Was für ein Geschenk Oskars Tod für die Familie sein würde, für meinen Vater! Genau der Vorwand, den es brauchte, um mich für immer wegsperren zu lassen.

Ich erinnere mich noch genau an einen der Abende bei Breton. Er ging herum und fragte die versammelten Maler und Dichter der Reihe nach, warum sie ihren Vater hassten, und alle gaben die typischen bourgeoisen freudianischen Antworten. Als er zu mir kam, sagte ich: »Ich hasse meinen Vater nicht. Mein Vater hasst mich.« Das war nicht nur so dahingesagt. Mein Vater machte mich für Lucys Tod verantwortlich, wie ich selbst auch. Und selbst jetzt brachte ich es nicht fertig, ihn wirklich zu hassen. Stattdessen tat er mir leid – so weit einem jemand leidtun kann, vor dem man sich gleichzeitig fürchtet. Er tat mir leid, weil er solchen Schmerz erfahren hatte. Ich fürchtete mich vor dem Ungeheuer, zu dem er dadurch geworden war.

In einem dunklen Schaufenster sah ich flüchtig mein Spiegelbild. Die Stelle auf meiner Wange würde sich bald lila und dann schwarz färben, aber sonst gab es keine äußerlichen Spuren dessen, was vorgefallen war. Ich hätte erwartet, dass meine Augen flackerten und mein Haar wild zerzaust war, die Grimasse einer Verrückten. Stattdessen sah ich völlig normal aus, noch nicht einmal besonders aufgeregt. Unter dem Arm trug ich ein Bündel Kleider, mit einem Strick zusammengeschnürt.

Ich wusste, wo ich hinwollte. Ich wusste, was zu tun war.

Während ich so dahinging, dachte ich daran, wie ich diesen Weg das erste Mal mit Oskar gegangen war. Ich folgte meinen eigenen Spuren in entgegengesetzter Richtung, erkannte Gebäude wieder, die ich schon vergessen hatte, Parks und Plätze. Währenddessen listete ich im Geiste alles auf, was passieren musste, damit mein Plan aufging, und suchte zu verdrängen, was passieren würde, wenn er das nicht tat.

15. KAPITEL

CAROLINE, DUBAI 2023, EINEN TAG VOR HARRYS TOD

»Irgendwer weiß Bescheid.«

Das war das Erste, was ich am Flughafen zu Patrick sagte. Es entstand eine kurze Pause, in der wir einander linkisch einen Wangenkuss gaben, wobei eine von meinen Taschen zwischen uns eingeklemmt wurde.

»Über was weiß irgendwer Bescheid?«, fragte er verwirrt. Zugegeben, das war wohl nicht die Gesprächseröffnung, die man nach so langer Zeit und unter diesen Umständen erwartet hätte.

»Lass uns in die Galerie fahren«, sagte ich, »dein Bild anschauen. Ich erzähl's dir unterwegs.«

Er nahm meinen Koffer und ächzte. »Mein Gott, Caroline, was hast du da drin? Ziegelsteine?«

»Bücher«, sagte ich. »Mein Handwerkszeug.«

Er murmelte etwas davon, mir einen Kindle zu besorgen, und führte mich in Richtung Ausgang. Während des gesamten Fluges hatte ich die Frage hin und her gewälzt. Die vier Fotos, die Nachricht dazu: *Erklär das Bild für echt.* Ganz kurz hatte ich Patrick oder Harry im Verdacht gehabt, und eine Woge des Zorns hatte mich erfasst, dass sie meinten, sie könnten mich unter Druck setzen. Dann hatte ich etwas gründlicher nachgedacht. Hinter der Sache konnte weder Harry noch Patrick stecken.

Auf dem ersten Foto – ich erinnerte mich an den hellen Blitz, bevor das erste Krachen des Feuerwerks ertönt war – sah man mich in meinem Abendkleid in Austen Willoughbys Atelier, im Hintergrund die weißen Staubüberwürfe. Es musste von draußen gemacht worden sein, durch ein Fenster, und zwar genau in dem Moment, als ich das *Selbstporträt als Sphinx* entdeckte. Das zweite zeigte, wie ich versuchte, das Bild unter meinem Schal zu verbergen. Auf dem dritten war ich zu sehen, wie ich mit dem Bild unter dem Arm über den Vorplatz lief, auf dem vierten stand ich vor dem geöffneten Kofferraum von Patricks Wagen. Vermutlich hatte ich wegen der Raketen, die die ganze Zeit unter lautem Knallen hochgingen, nichts von den Fotoblitzen mitbekommen.

Der Umstand, dass es sein Wagen war, machte es unwahrscheinlich, dass Patrick derjenige war, der mich mit den Fotos erpressen wollte. Und Harry? Wenn er wusste, dass ich seiner Familie das Bild gestohlen hatte, warum hätte er das bis jetzt geheim halten sollen?

Die Türen des Terminals glitten geräuschlos auf, und Patrick zeigte auf einen leicht verbeulten Jeep. Er stand schief auf einer Fläche, die eindeutig als Parkverbotszone ausgewiesen war.

»Irgendwie hatte ich mit dem MG gerechnet«, sagte ich.

Patrick lachte. »Nicht sehr elegant, ich weiß. Aber man kann einfach alles hinten reinwerfen, Campingzeug, die Ausrüstung fürs Kitesurfen.«

»Sehr praktisch.« Ich lachte, weil ich dachte, er machte Witze.

Patrick schien etwas gekränkt.

»Entschuldige«, sagte ich hastig. »Ich hab dich nur nie als so einen Outdoor-Fan gesehen.«

Was seinen neuen Lebensstil anging, musste ich allerdings zugeben, er sah weitaus gesünder aus als der blasse, aufgedunsene Patrick, den ich ein paarmal in London getroffen hatte. Er war braun gebrannt. Er war muskulös. Er war schlank.

Manches ändert sich allerdings nie. Ich hatte mich noch

nicht ganz angeschnallt, da brauste Patrick schon los. Ohne mehr als einen kurzen Blick nach hinten zwängte er sich in einen stetigen Strom von Taxis. Der einzige Unterschied zum Autofahren mit Patrick in England war der, dass in Dubai offenbar alle so fuhren.

Er schaute zu mir herüber. »*Irgendwer weiß Bescheid,* hast du gesagt?« Gleichzeitig zog er abrupt über drei Spuren nach rechts, damit wir die richtige Ausfahrt erwischten. Ich erzählte ihm von den Fotos und der Nachricht. Es verwirrte ihn offenbar genauso wie mich, und ich konnte zusehen, wie er die gleichen panischen Überlegungen anstellte.

»Dir ist klar, dass mich das beruflich vernichten kann, oder, Patrick?«

»Natürlich ist mir klar, was auf dem Spiel steht, für uns beide. Es war mein Auto, in dem du dein Diebesgut gebunkert hast.«

Wir bogen von der Autobahn ab und dann ein weiteres Mal.

»Das ist der Financial District. Hier ist meine Galerie. Und dein Hotel.«

Zu beiden Seiten erhoben sich glitzernde schwarze Bürotürme. Auch die Autos, die zwischen ihnen dahinglitten, glänzten. Ab und zu spürte ich Patricks forschenden Blick von der Seite. Er wollte sehen, wie ich reagierte. Ob ich beeindruckt war. Überraschenderweise rührte mich, dass ihm das wichtig war.

An der Einfahrt zur Tiefgarage saß ein Wächter in seinem Häuschen. Er erkannte uns, oder den Wagen, und hob per Knopfdruck die Schranke. Patrick parkte und führte mich zum Aufzug. Wir kamen in einem Shoppingzentrum heraus. Genau gegenüber lag die Galerie. Plötzlich wurde mir bewusst, dass ich keine Ahnung hatte, wie spät es war. Die Leute waren gekleidet, als wollten sie zum Abendessen ausgehen, Frauen schwankten auf hohen Absätzen dahin. Die Lambert Gallery befand sich in den unteren beiden Stockwerken eines Bürogebäudes, die Jalousien waren geschlossen. Patrick tippte einen Code ein, es gab einen Piepton, und die Tür ging auf.

»Die Idee für die Privatbesichtigung morgen Abend war, dass wir hier draußen Dalís *Regentaxi* nachbauen. Wie bei der Ausstellung 1938: ein richtiges Auto, mit Efeu behängt, eine Schaufensterpuppe als Chauffeur, mit Haikopf, und hinten drin eine Puppe im Abendkleid. Und das Ganze so gemacht, dass es im Innern regnet. Ich schätze, hier, in diesem Klima, hätte das noch viel dramatischer gewirkt. Wir hatten sogar einen Rolls-Royce von 1933 aufgetrieben, und die Schaufensterpuppen, und waren in Kontakt mit einem Typen, der Schnecken züchtet, aber als wir gesehen haben, wie unendlich viele Genehmigungen wir dafür einholen müssten …«

Er betrat die Galerie, zog sein Handy aus der Tasche, aktivierte die Taschenlampe und reichte es mir.

»Mein Gott, Patrick!«, sagte ich.

»Wir haben unser Bestes getan.«

Es war wie ein Sprung in die Vergangenheit, genauer: zurück zur Eröffnung der internationalen Surrealismusausstellung. Von der Decke hingen Säcke, Hunderte Säcke. Weitere Säcke verhinderten, dass durch die Fenster Licht hereinfiel. Das musste ein riesiger Aufwand gewesen sein. Einen kurzen Moment lang hatte ich das Gefühl, dieser Aufwand sei meinetwegen getrieben worden, sei eine verrückte romantische Geste.

»Oh, warte!«, sagte Patrick und schaltete einen Soundtrack ein – historischen Straßenlärm, ein paar französische Wortfetzen, eine Hupe, Hundegebell. Als ich einen Schritt weiter in den Raum trat, fiel das Licht der Taschenlampe auf die Schaufensterpuppen ringsum. Es waren Kopien der Originale – von Dalí, Man Ray, Éluard, Erlich, Willoughby –, jede auf eine Art zugerichtet, die den Betrachter erschrecken und verstören musste. Eine war gefesselt und geknebelt und hatte eine Blume im Mund. Eine andere trug nur eine Kopfbedeckung aus Kettengeflecht und war ansonsten nackt.

»Lassen sie dir das hier durchgehen?«, fragte ich. »Nacktheit mögen sie nicht gerade, oder?«

»Das werden wir morgen erfahren, schätze ich. Es kommen ein paar ziemlich wichtige Leute, daher kann ich mir nicht vorstellen, dass wir hier eine Razzia kriegen. Ein bisschen wird es auch ein Cambridge-Revival. Giles Pemberton kommt für die *Sunday Times* rüber. Dave White – du erinnerst dich an ihn wahrscheinlich besser als Terry von nebenan – ist eingeladen. Harry natürlich. Oh, und damit du gewarnt bist: Athena Galanis wird auch da sein. Sie ist jetzt Kunstberaterin hier in Dubai. Hab ich auch erst kürzlich erfahren. Und das ist noch nicht alles …«

Patrick sah mein Gesicht und verstummte. Ich hatte mich oft gefragt, was ich tun würde, sollte ich Athena eines Tages über den Weg laufen, hatte mir zurechtgelegt, was ich ihr sagen, was ich sie fragen wollte. Angesichts all dessen, was sonst gerade ablief, war das kein glücklicher Zeitpunkt. Schon Patrick wiederzusehen war schwierig genug.

Die Handy-Taschenlampe vor mich haltend, ging ich weiter in den dunklen Raum hinein.

»Ganz hinten findest du eine Tür«, sagte Patrick. »Pass auf, dass du nicht über irgendwas fällst. Du bist hoffentlich nicht allzu enttäuscht, dass aus den Säcken kein Kohlenstaub rieselt, aber man kann es mit der Authentizität auch übertreiben. Ich kann es mir nicht leisten, einen Haufen Dior-Fummel reinigen zu lassen.«

Ich schlurfte vorwärts, bis ich im Schein der Taschenlampe

das Metall einer Türklinke blinken sah. Neben der Tür hing, schwach orangefarben beleuchtet, ein weiteres Zahlenfeld. Patrick tippte einen Code ein. Es piepte.

»Hier. Nur für dich. Wenn du willst, kannst du erst mal ein bisschen Zeit mit dem Bild verbringen, dann fahre ich dich ins Hotel.«

Sosehr er auch versuchte, es zu verbergen, Patrick klang nervös. Wie viel ihn das alles gekostet hatte, wollte ich mir lieber gar nicht vorstellen. Außerdem war das etwas – genau wie die Fotos, genau wie die drohende Botschaft auf dem Zettel –, von dem ich mich in meinem Urteil über das Bild auf keinen Fall beeinflussen lassen durfte. Ich musste das gut machen. Ich hatte eine Verantwortung. Gegenüber der Geschichte, gegenüber Juliette.

Ich atmete tief durch und legte die Hand auf die Türklinke.

PATRICK, DUBAI 2023, EINEN TAG VOR HARRYS TOD

»Du weißt, dass ich heute Abend noch nicht unbedingt in der Lage bin, dir etwas zu sagen, ja? Dass ich vielleicht erst ein paar Sachen nachlesen muss. Oder überdenken …«, erklärte Caroline, bevor sie den Raum mit dem Bild betrat.

Ich sagte, es täte mir leid, dass alles so eilig sei. Dass es vor allem an Harry liege, der die Sache in halsbrecherischem Tempo abgewickelt haben wollte, der verzweifelt …

»Patrick«, fiel sie mir sanft ins Wort. »Das wird eine Weile dauern, und ich werde mich konzentrieren müssen.«

Ich sagte, gut, ich wäre dann oben in meinem Büro. Obwohl ich wusste, dass ich nicht gleich eine Antwort kriegen würde, schrieb ich Sarah – sie war wegen einer drei Tage dauernden Hochzeit, die sie organisierte, in Abu Dhabi –, dass Caroline heil gelandet war.

Ich schrieb auch Harry eine SMS, wünschte ihm einen guten Flug am nächsten Morgen und berichtete, wie viel Aufmerksamkeit das Bild erregte. Dann fing ich an, die Post auf meinem Schreibtisch durchzusehen – Rechnungen, Rechnungen, Rechnungen. Ich sah auf die Uhr. Caroline war seit zehn Minuten dort drin. Ich hätte geschworen, dass mindestens eine Stunde vergangen war.

Diese Fotos. Wer außer Harry und mir hätte denn etwas von so einer Erpressung haben können? Ich trank ein Glas Wasser, zwang mich zur Ruhe. Wer auch immer die Fotos gemacht hatte, er musste sie schon an die drei Jahrzehnte in seinem Besitz haben. Dass es ihm nicht darum ging, Caroline oder mir eins auszuwischen, war offensichtlich, sonst wären die Fotos längst öffentlich gemacht worden. Wenn Caroline offiziell zu dem Urteil gelangte, dass das Bild echt war, gab es vielleicht gar nichts zu befürchten.

Und wenn sie nicht überzeugt war? Der Verkauf würde selbstverständlich trotzdem weiterlaufen. Ständig, überall auf der Welt verkauften Leute Bilder, über denen eine Wolke des Zweifels hing. In der Hoffnung, dass die Experten es sich noch anders überlegten oder dass eines Tages ein anderer Experte etwas anderes sagte, oder weil ein Bild aus der Rubens-Schule weitaus günstiger zu haben war als eins aus dem Catalogue raisonné. Der Unterschied war, dass Ersteres einige Zehntausend bringen würde, Letzteres dagegen einen zweistelligen Millionenbetrag. Einige Zehntausend würden noch nicht einmal meine Kosten decken. Die wissenschaftliche Analyse, die Extra-Sicherheitsvorkehrungen, die Versicherung. Carolines Flüge und ihr Hotel. Harrys. Die Privatbesichtigung. Ich tat mein Bestes, nicht an meinen Vater und seinen Raffael zu denken. Daran, wie viel er da hineingesteckt hatte, wie überzeugt er davon gewesen war, dass dieses Bild sein Leben verändern würde. Unser aller Leben.

Nach anderthalb Stunden tauchte Caroline schließlich auf. Sie räusperte sich. »Patrick?«, rief sie. Ich war schon halb die Treppe hinunter, als ich ihren Gesichtsausdruck sah. Sie schüttelte den Kopf, und mir wurde flau.

»Es ist unmöglich«, sagte sie. »Sie hatte einfach nicht die Zeit, zwei Versionen desselben Bildes zu malen. Die Umstände, die praktischen Aspekte, die Chronologie – es passt alles nicht.«

Sie hatte recht. Natürlich hatte sie recht. Irgendwo tief im Innern hatte ich das wohl immer gewusst.

»Es ist unmöglich«, sagte sie, »aber ich glaube, dass es echt ist. Das ist meine ehrliche und wohlerwogene fachliche Meinung.«

»Und du bist bereit, das öffentlich zu attestieren?«

»Es ist die Wahrheit.«

»Und was bedeutet das für das Bild in der Tate Modern?«, fragte ich. »Ist das dann eine Fälschung?«

Caroline schüttelte den Kopf. »Ich glaube, es ist etwas komplizierter. Ich kann es nur so erklären: Wenn ich einen Brief von Juliette fälschen wollte und ich würde versuchen, ein Wort aus ihrem Tagebuch nachzuschreiben, würde ich jeden Schwung und jeden Bogen exakt kopieren, vielleicht sogar abpausen. Dann würde es ganz genauso aussehen. Wenn sie aber selbst das Wort noch einmal schreiben würde, käme nicht exakt das Gleiche dabei heraus. Es wäre ähnlich, erkennbar von derselben Hand, aber mit kleinen, kaum wahrnehmbaren Variationen.«

»Und du denkst, das ist hier der Fall?«

»Natürlich gibt es die offensichtlichen Abweichungen, die inhaltlichen, die haben wir beide gesehen, aber ich glaube, auf der Ebene des Pinselduktus ist es genau das, ja. Ich kann nicht erklären, wie es möglich ist, aber ich bin überzeugt, dass beide Bilder von Juliette Willoughby gemalt worden sind. Und ich bin bereit, für diese Überzeugung meine fachliche Reputation in die Waagschale zu werfen.«

Im ersten Moment wusste ich nicht, was ich sagen, wie ich ihr danken sollte. Dann nahm ich sie fest in die Arme. Nach kurzem Zögern erwiderte sie die Umarmung. »Da ist noch was, Patrick«, sagte sie, und wir lösten uns voneinander.

»Noch was?«

»Ich habe einen weiteren Unterschied gefunden. Und den bisher merkwürdigsten.«

»Na los!« Ich lächelte. »Zeig ihn mir.«

Wir gingen noch einmal in den Raum, in dem das Bild hing.

»Schau mal genauer da unten rechts hin«, forderte sie mich auf, »und sag mir, was du siehst.«

Ich beugte mich vor, ging ganz nahe heran. Kniff die Augen zusammen.

»Mein Gott«, sagte ich.

Da, unten rechts, auf der Insel, auf die das Boot zusteuerte, die Perspektive sorgte dafür, dass man sie leicht übersah …

»Eine Pyramide. Eine weiße Pyramide auf einer Insel, genau wie in Longhurst.«

»Das *ist* Longhurst«, sagte Caroline. »Dieses Boot fährt nicht über irgendein mythologisches oder symbolisches Gewässer. Das ist der See in Longhurst, und das Boot ist unterwegs zu Cyrils Pyramide.«

Ihre Augen leuchteten vor Erregung.

»Aber was bedeutet das?«, fragte ich.

»Die ertrunkene Schwester. Juliette, die geflohen ist. Dieselben Schriftzeichen wie über der Tür zum Ostflügel und über dem Eingang der Pyramide. Patrick, ich glaube, das sind nicht einfach Traumbilder oder Hirngespinste. Es sieht so aus, als würde sich jedes einzelne Element dieser Version von *Selbstporträt als Sphinx* ganz konkret und kaum verfremdet auf ein reales Ereignis beziehen, auf etwas, das wirklich passiert ist. Das Bild will, dass wir diese Elemente sinnvoll zusammenfügen, zu einer Erzählung.«

Ihr Lächeln erlosch.

»Was ist?«, fragte ich.

»Sieh sie dir genauer an, ihr Gesicht. Die Juliette hier in der Ecke, die durch den Wald läuft. Ich fand diesen Ausdruck schon immer verstörend.«

»Sieht aus, als hätte sie Angst.«

»Als wäre sie außer sich vor Angst«, sagte Caroline. »Patrick, mein Gefühl sagt mir, dass das Geheimnis, das zu lüften die Sphinx uns auffordert, etwas wirklich Unaussprechliches ist.«

JULIETTE, PARIS 1938

Es war, als würde ich in einen Traum zurückversetzt. Alles so vertraut. Der Dampf aus der Wäscherei. Der Geruch von Desinfektionsmittel. Eine besondere, verordnete Stille, durchbrochen nur vom Quietschen von Gummisohlen auf den polierten Böden und dem leisen Rattern der Rollen unter den Bahren, dem Zuschwingen von Türen in entfernten Gängen.

Als ich den richtigen Flur erreichte, sah ich, wie erhofft, am Fuß der Treppe mit Stoff bespannte Rollstühle stehen. Einen davon griff ich mir. Meine hektischen Schritte hallten mir in den Ohren, deshalb zwang ich mich, etwas langsamer zu gehen. Erleichtert stellte ich fest, dass an der Tür zur Leichenhalle kein Pförtner stand.

Ich öffnete sie, schob den Rollstuhl hinein, schloss die schwere Tür behutsam wieder und bediente den Lichtschalter. Es war unheimlich, der einzige lebende Mensch in einem Raum voller Toter zu sein. Und es war genauso kalt, wie ich es in Erinnerung hatte. Flackernd gingen die Deckenleuchten eine nach der anderen an.

An einer Wand befanden sich drei Reihen Griffe, eine auf Kniehöhe, eine auf Taillen- und eine auf Schulterhöhe. An den Schubfächern, zu denen die Griffe gehörten, waren Schilder mit Namen und Datumsangaben angebracht – von Männern, Frauen und Kindern. Ich fand ein Fach, an dem stand: *Femme, inconnue* – unbekannte Frau. So wie es bei der jungen Frau gewesen war, die ich ein paar Wochen zuvor gemalt hatte. Das Datum auf diesem Schild lag eine gute Woche zurück. Von Oskar wusste ich, das bedeutete, dass die Leichenstarre vorüber war; ihre Gliedmaßen mussten also beweglich sein.

Das Fach ließ sich geräuschlos herausziehen. Die Frau darin war älter als ich, kleiner und schlanker, vielleicht auch sie ein aus der Seine gezogener Geist. Ihr Haar war zurückgebunden, es war einige Schattierungen dunkler als meins. Nackt lag sie auf dem kalten Metall, und auch wenn ich wusste, dass sie tot war, schauderte mich bei der Vorstellung von bloßer Haut auf eisigem Stahl. Ich trat einen Schritt zurück und zog die Lade ganz heraus.

Ihr Gesicht war weiß und vollkommen ausdruckslos, die Augen geschlossen. Zum zweiten Mal an diesem Tag entschuldigte ich mich bei einem toten Menschen. Zum zweiten Mal erschrak ich über das, wozu ich imstande schien.

»Es tut mir leid«, sagte ich mit rauer Stimme, die in dem leeren Raum widerhallte. »Es tut mir so leid.«

Ich versuchte mir einzureden, dass sie es verstehen würde, wären ihr die Umstände bekannt. Ich versuchte mir einzureden, dass diese Frau über den Punkt hinaus war, an dem man sie noch hätte verletzen oder beleidigen können.

Vorsichtig öffnete ich die Tür und spähte in den Gang. Niemand zu sehen. Dann wandte ich mich wieder dem Leichnam zu. Ich legte das Bündel Kleider aufs Fußende der Bahre, löste den Strick, entrollte es, nahm das Kleid, das Paar Strümpfe, die Strickjacke und die Schuhe heraus und zog ihr mit bebenden Fingern hastig und unbeholfen alles an. Dann biss ich die Zähne zusammen, nahm sie in die Arme und hievte sie von der Bahre in den Rollstuhl, wo ich sie so aufrecht hinsetzte, wie es nur ging. Die Decke, in die ich die Kleider eingerollt hatte, breitete ich über ihre Beine, den weichen Hut legte ich auf ihren Schoß. Ich entfernte das Schild von dem Schubfach, machte es zu, schob den Rollstuhl zur Tür und löschte das Licht.

Zurück zum Eingang nahm ich denselben Weg, den ich gekommen war. In den Gängen herrschte nur gedämpftes Licht, einige lagen fast ganz im Dunkeln. Jeden Moment konnte ich jemandem begegnen, dem ich seltsam vorkam und der daraufhin Alarm schlug. Ich malte mir aus, wie Uniformierte kamen, sahen, was ich Scheußliches getan hatte, mich überwältigten und zu Boden stießen.

Als ich ein Stück vor mir Türen aufschwingen hörte, hielt ich den Rollstuhl an. Am Ende des Flurs tauchten, ins Gespräch vertieft, ein Arzt in weißem Kittel und eine Krankenschwester mit Haube auf. Ich hielt die Luft an. Sie blickten nicht auf. Ich gab keinen Laut von mir und hörte zu, wie ihre Stimmen sich entfernten. Wagte erst wieder zu atmen, als ich sie durch eine weitere Schwingtür verschwinden sah.

Mit jedem Schritt wuchs meine Angst, denn ich musste den Rollstuhl noch eine Treppe hinaufwuchten, aus dem Krankenhaus hinaus- und dann den ganzen Zufahrtsweg entlangschieben.

Die dunklen Straßen waren menschenleer. Ich zog meinen Hut tief in die Stirn, wickelte mir den Schal um Kinn und Mund. Dann stopfte ich die Decke über der Frau im Rollstuhl fest, setzte ihr den Hut auf und trat einen Schritt zurück, um mir das Ergebnis anzusehen. Wir mussten über keine der breiten, gut beleuchteten Brücken, und auch die großen Straßen konnten wir meiden. Mit dem Hut auf dem nach vorn gesackten Kopf würde sie im Dunkeln durchgehen, da war ich zuversichtlich. In einer knappen Stunde würden wir in der Wohnung sein.

Und dann wartete der schwere Teil auf mich.

16. KAPITEL

CAROLINE, DUBAI 2023, AM ABEND VOR HARRYS TOD

Ich stand im Hotelzimmer vorm Spiegel, drehte den Kopf hin und her, strich mir übers Haar und tupfte etwas mehr Concealer unter die Augen, damit man nicht sah, wie wenig ich geschlafen hatte.

War mein Kleid zu schlicht? Ich hatte das Hotel am Nachmittag kurz verlassen, um mich in den umliegenden Boutiquen nach etwas Glamouröserem umzusehen, aber was ich dort fand, war weit außerhalb meines finanziellen Rahmens: Gucci, Prada, Dolce & Gabbana.

Entspann dich, Caroline, sagte ich mir. Die Leute interessieren sich für das, was du sagst, nicht für das, was du anhast.

Man konnte mich in einen Hörsaal schicken, in einen Seminarraum, sogar in ein Fernsehstudio zu einer Liveaufzeichnung, alles kein Problem, aber bei Events wie an diesem Abend hatte ich grausames Lampenfieber.

Die aufgeregte Anspannung, das Gefühl, mich nicht von der Stelle rühren zu können, obwohl ich dringend losmusste, weil ich erwartet wurde – es erinnerte mich ein bisschen an den Tag unserer Hochzeit, daran, wie ich mein Spiegelbild angestarrt und mir gesagt hatte: Du schaffst das, du kriegst das hin, Patrick zuliebe. Mir zugeredet hatte, dass die Liebe stärker sein würde als meine Verlustängste. Dass die Hoffnung stärker sein würde als die Furcht.

Es half auch nicht gerade, zu wissen, dass Athena da sein würde. Dass wir uns heute Abend das erste Mal nach dreißig Jahren wiedersehen würden.

Ich schlüpfte in die Schuhe und schob die Einladung in meine Clutch.

»Caroline Cooper!«, dröhnte eine Stimme vom Vorplatz der Galerie herüber, wo sich schon alle versammelt hatten. Es war Giles Pemberton. Sein Gesicht über der Seidenkrawatte glänzte, das weiße Leinenjackett zeigte erste Ansätze von Schweißflecken.

Ich setzte ein Lächeln auf und ging auf ihn zu, wobei ich unauffällig auch die anderen Gäste beäugte. Wie zu erwarten gewesen war, hatte Patrick zu dem Ereignis genau die Sorte Glamour-Kunstfreunde eingeladen, um die ich normalerweise einen großen Bogen machte. Giles – bekannt als der gehässigste Kunstkritiker Londons – musste begeistert sein. Ich konnte mir lebhaft vorstellen, wie er im Geiste schon seine Feder spitzte.

»Ma'am, kann ich Ihnen ein Glas Champagner anbieten?«, fragte ein Kellner.

»Danke, ich mache das«, sagte irgendwo hinter mir Patrick.

Wovon hatte er das alles bezahlt? Die ganze horrend kostspielige Inszenierung: den Vintage-Krug-Champagner, das Catering, die Ausgestaltung der Galerie und das im Anschluss offenbar geplante VIP-Abendessen im kleinen Kreis? Von seinem edlen Maßanzug gar nicht zu reden.

»Auf Juliette Willoughby!« Lächelnd erhob er das Glas. Hinter ihm blinkten die Lichter in den Hochhäusern des Financial District von Dubai, im Zentrum das wuchtige Gate – wie eine gigantische Lego-Version des Arc de Triomphe.

»Ist Harry noch nicht da?«, fragte ich, als mir bewusst wurde, dass ich ihn noch nirgends gesehen hatte. Patricks Lächeln verschwand kurz.

»Ich hab ihn heute Morgen am Hotel abgesetzt – er wohnt im selben wie du – und seitdem nichts von ihm gehört«, sagte er. »Ich hab Nachrichten auf sein Handy geschickt, mehrmals angerufen, sogar die Rezeption gebeten, ihm einen Zettel unter der Tür durchzuschieben. Nichts. Ehrlich gesagt mache ich mir langsam ein bisschen Sorgen.«

»Als ich ihn in Longhurst gesehen habe, hat er keinen guten Eindruck gemacht. Gesundheitlich.«

Patrick nickte grimmig. »Darüber will ich schon lange mit ihm reden. Immer allein da in dem Haus. Würde mich nicht wundern, wenn er öfter mal zu tief ins Glas schaut. Trotzdem, es wäre doch ein Jammer, wenn er die weite Reise macht und dann das hier verpasst! Apropos – nimm dir auf jeden Fall davon eine.«

Ein weiterer Kellner ging mit einem Tablett voller Taschenlampen herum. Die Gäste fanden das spannend. Einer hielt sich die Lampe unters Kinn, um sein Gesicht von unten anzustrahlen. Die anderen lachten.

Aus einem Lautsprecher neben der Tür hallte jetzt eine aufgenommene Stimme: »Steigen Sie mit uns hinab ins Unbewusste«, so laut, dass einige vor Schreck ihren Champagner verschütteten.

Es formierte sich eine Schlange. Die Leute fingerten an ihren Taschenlampen herum und spekulierten, was sie dort drinnen wohl erwartete. Jemand tippte mir auf die Schulter. Ich drehte mich um und stand Athena Galanis gegenüber. Es war mir ein Rätsel, wie sie das gemacht hatte, aber sie war keinen Tag älter geworden.

»Alles ziemlich beeindruckend, was?«, sagte sie. »Patrick hat erzählt, dass du kommst, ich war mir nur nicht sicher, ob ich es glauben soll.«

»Er hat mir auch gesagt, dass *du* hier bist. Hör mal, was damals passiert ist, was ich gesagt …«

Sie machte eine wegwerfende Handbewegung. »Lass uns jetzt nicht darüber reden. Das ist ewig her. Worauf die

Leute hier warten, ist dein Urteil über das Bild. Hast du Dave White gesehen, da drüben?« Sie nickte in Richtung eines großen Mannes in mittleren Jahren mit, wie ich annahm, Designer-Sonnenbrille und kragenloser silberner Lederjacke. Er stand inmitten einer Gruppe jüngerer Leute, die ihn bewundernd anschauten, und es hörte sich an, als erzähle er Geschichten aus seinem Leben.

»Ich weiß nicht, ob ich ihm in Cambridge je begegnet bin«, sagte Athena, »aber an Patrick und dich scheint er sich genau zu erinnern. Und heutzutage ist er ein ernst zu nehmender, wichtiger Kunstsammler.«

Ich wette, Patrick bereut es jetzt, dass er ihn damals auf der Rückfahrt von Longhurst nicht mitgenommen hat, dachte ich.

Daves Haar war dunkler, als ich es in Erinnerung hatte, sein Kinn kräftiger.

»Hat er sich …«, setzte ich an.

»Oh ja, er hat einiges an sich machen lassen«, vertraute Athena mir an.

Wir nahmen die Schlange in Augenschein, und Athena lieferte mir zu allen Anwesenden einen kurzen Abriss. Wer Käufer war. Wer Berater. Wer schon mehrere Kahlos besaß, wer eine Villa hatte, in der es noch freie Wände gab. Wer sich mit Kunst überraschend gut auskannte, auch wenn man es ihm nicht ansah.

»Also ist praktisch jeder hier, der in der Kunsthandelsszene von Dubai jemand ist?«, sagte ich.

»Von Dubai? Eher des ganzen Nahen Ostens. Einige sind extra aus Katar rübergeflogen. Aus Bahrain, Riad, Dschidda.«

Ich beobachtete Patrick – wie er herumging, Leute begrüßte, dafür sorgte, dass sie sich wahrgenommen fühlten, für jeden ein kleines Kompliment auf den Lippen, glücklich, wie ich ihn selten gesehen hatte – und konnte nicht anders, als ein wenig stolz zu sein. Er hatte lange genug geschuftet, um so weit zu kommen, hatte mehr als genug Rückschläge ausgehalten. Die Enttäuschung darüber, dass er nie ganz das erreichte, was ihm immer alle vorhergesagt hatten. Die Mühle ewig prekärer Arbeits- und Lebensverhältnisse. Es geht nicht spurlos an einem vorüber, Jahr um Jahr Entscheidungen treffen zu müssen, an denen ein Preisschild hängt, bei denen der Lebensunterhalt anderer ebenso wie der eigene davon abhängt, dass man die richtige Person anspricht, und dabei weiß man nie, ob es überhaupt eine richtige Person gibt. Und jetzt war er hier, strahlend und ganz in seinem Element.

Da kam Harry Willoughby angeschlurft.

Er hatte sich sofort ein Glas Champagner geschnappt, das er in einem merkwürdigen Winkel hielt, so als sei er nicht sicher, wie er daraus trinken sollte.

»Wenn du mich einen Augenblick entschuldigst, Athena«, sagte ich und sah, dass Patrick sich ebenfalls aus einer Gesprächsrunde löste.

Wir beide erreichten Harry genau im selben Augenblick. Giles leider auch.

»Harry! Vielen Dank für die Einladung – ich war so froh, dass mein Chefredakteur bereit war, mich herzuschicken. Dein Gemälde sorgt für ordentlichen Wirbel.«

Harry starrte ihn ausdruckslos an. Mir fiel auf, dass seine Schuhe beide nicht zugebunden waren. Er schwankte leicht.

»Patrick, Caroline – freut mich natürlich auch, *euch* zu sehen«, redete Giles weiter. »Also, ich dachte mir, ich frage euch drei …«

Patrick lächelte bedauernd. »Ich fürchte, im Augenblick können wir nicht reden, Giles. Wir müssen uns auf jeden Fall ausführlich unterhalten, und natürlich liefern wir dir liebend gern ein exklusives Zitat für dein Blatt, aber wenn du erlaubst, müssen wir jetzt erst mal Harry kurz entführen und den Ablauf des Abends durchsprechen.«

Während er das sagte, hatte er Harry schon die Hand auf den Rücken gelegt, und nun schob er ihn Richtung Galerie. Ich folgte ihnen. »Harry«, sagte er, als Giles außer Hörweite war. »Wenn du in diesem Zustand hier draußen rumläufst, kannst du ziemliche Schwierigkeiten kriegen. Ganz zu schweigen davon, dass du womöglich unser ganzes Vorhaben ruinierst.«

Harry schwankte dermaßen, dass ich dachte, er könnte gleich umfallen. Er starrte uns düster an. Seine Augen waren blutunterlaufen. Sein Smoking sah aus, als hätte er darin geschlafen, das Hemd war irgendwie schief geknöpft. Mit heiserer Stimme versicherte er, das – schon mit der Geste verschüttete er etwas von dem Champagner – sei sein erster Drink an diesem Tag.

»Sicher«, sagte Patrick. »Hör zu, Harry, bis das Essen losgeht, haben wir noch ein bisschen Zeit. Was meinst du, willst du dich nicht in mein Büro zurückziehen und dich ein bisschen sammeln?«

Wir gingen um das Gebäude herum, durch den Hintereingang und in Patricks Büro. Vielleicht, schlug er vor, könnte Harry sich aufs Sofa legen und ein Nickerchen machen, nur zwanzig Minuten, dann wäre er bestimmt wieder an Deck.

»Ist alles in Ordnung, Harry?«, fragte ich.

»Natürlich«, knurrte er. »Mir geht's gut. Es ist heiß, ich bin müde und hab eine lange Reise hinter mir, das ist alles. Die Frage ist, ob sich der ganze Aufwand gelohnt hat. Was ich sehe, ist, dass sie gern Champagner schlürfen, aber wird irgendeiner von denen anbeißen? Ich verlasse mich nämlich darauf, Patrick. Ich verlasse mich auf dich.«

»Wir verlassen uns beide darauf«, sagte Patrick. »Caroline

hat das ganze Gewicht ihrer Expertise in die Waagschale geworfen, und angesichts des Medieninteresses, das wir hier haben, bin ich zuversichtlich, dass wir einen Deal hinbekommen, und zwar hoffentlich schnell. Aber Sicherheiten gibt's in diesem Geschäft nicht, Harry.« Patrick hielt inne. Dann fügte er sanfter hinzu: »Und ich weiß, dass dir Longhurst wichtig ist, aber es ist auch nicht alles.«

»Oh Gott, du verstehst es nicht.« Harry stützte den Kopf in die Hände. »Du kannst es ja gar nicht verstehen. Es geht nicht nur um Longhurst, Patrick. Wenn wir das Bild heute Abend nicht verkaufen, weiß ich wirklich nicht, was ich machen soll.«

PATRICK, DUBAI 2023, AM ABEND VOR HARRYS TOD

»Die VIPs sind auf dem Weg zum Essen, Patrick«, sagte meine Assistentin, die diskret den Kopf zur Tür hereinsteckte. Ich nickte und bedeutete ihr: *fünf Minuten.*

»Trink das, Harry«, sagte ich und hielt ihm ein Glas Wasser hin. »Und reiß dich zusammen. Es sind ein paar extrem wichtige Player da, die wollen wir nicht vergraulen, okay?«

Harry sah mich an. Er trank einen Schluck Wasser und grunzte etwas Zustimmendes. Wenigstens roch er nicht nach Alkohol. Vielleicht konnten wir sein Benehmen als das eines britischen Exzentrikers hinstellen. Dieser Teil des Abends war der entscheidende – alle hochrangigen Käufer, die Interesse bekundet hatten, in einem Raum, um einen Tisch. Das Letzte, was ich gebrauchen konnte, war, dass der einzige noch lebende Willoughby es versaute. Andererseits, wenn er gar nicht erschien, würde das noch seltsamer aussehen.

Normalerweise ging ich bei solchen hochkarätigen Verkäufen viel strategischer vor. Ich machte eine Liste von Leuten, die ich ansprechen wollte, und arbeitete sie der Reihe nach ab, zeigte das Bild jedem einzeln, privat, sagte, das gebe es nur für ihn, und drängte ein bisschen, dass er ein Angebot abgab. Tat er das nicht, machte ich mit dem Nächsten weiter. Aber angesichts des extrem engen Zeitrahmens, den Harry gesetzt hatte, ging ich diesmal das Risiko ein, sie alle zusammenzubringen und eine Deadline zu setzen, bis zu der sie ein versiegeltes Gebot abgeben konnten: Mitternacht.

Insgesamt waren es zwölf Parteien: zwei Saudis, ein weniger bedeutendes Mitglied der königlichen Familie von Katar (in Begleitung und beraten von Athena), ein französischer Vertreter des Louvre Abu Dhabi, zwei Leute aus den Emiraten, zwei Russen, zwei Libanesen, ein Amerikaner und Dave White. Es war wie der Anfang eines schlechten Witzes: Du sitzt mit zwölf Milliardären in einer Galerie – wie kommst du da wieder raus?

Reich, hoffte ich, denn über dermaßen wohlhabende Leute, egal, aus welchem Land, wusste ich zweierlei. Erstens: Sie lieben extrem exklusive Events, bei denen sie mit anderen extrem wohlhabenden Leuten zusammentreffen. Zweitens: Es ist ihnen extrem wichtig, immer noch reicher zu sein als die anderen.

Wir hatten alle Register gezogen: Eine Jazzband hielt sich bereit, in einer Ecke war eine Bar eingerichtet, und wir hatten acht Gänge jeweils mit einem surrealistischen Thema vor uns. Eine Eisskulptur in Gestalt einer schmelzenden Uhr, Hummer, der auf schwarzen Bakelittelefonen serviert wurde, als Dessert gebackene Äpfel mit einem kleinen schwarzen Marzipanmelonenhut und zum Runterspülen Lapsang Souchong in Teetassen, die mit Fell überzogen waren (in Anlehnung an Meret Oppenheims *Le Déjeuner en fourrure*). Caroline würde einen kleinen Vortrag halten. Ursprünglich hatte ich auch Harry bitten wollen, ein paar Worte zu sagen, aber die Idee hatte ich angesichts seines Zustandes verworfen.

Die Gäste machten Small Talk, während sie darauf warteten, platziert zu werden. Die meisten schienen sich bereits zu kennen, vermutlich aus dem internationalen Kunstzirkus. Ich hatte mir über die Tischordnung endlos den Kopf zerbrochen, aber jetzt nahm ich meine Assistentin beiseite und bat sie, die Kärtchen so zu vertauschen, dass Caroline und ich Harry in die Mitte nehmen konnten. Ein Gang nach dem anderen wurde serviert, doch er schwieg die meiste Zeit, saß einfach nur da, atmete schwer und schwitzte. Die wenigen Male, da jemand versuchte, ihn in ein Gespräch über seine familiäre Verbindung zur Künstlerin zu verwickeln, beschränkte er sich auf kurze, vage Antworten. Ich tat alles, um das zu kompensieren, bemühte mich heftig, die Konversation am Laufen zu halten.

Athena, die mir gegenübersaß, war beeindruckend. Die Rolle der Kunstberaterin ist ein Drahtseilakt. Der Klient muss das Gefühl haben, dass man in seinem Interesse agiert, aber die eigene Provision steigt mit dem Preis, den er für das Werk zahlt, daher ist es, kurzfristig gesehen, im eigenen Interesse, dass er mehr hinblättert. Sie hatte ihre Hausaufgaben gemacht und stellte kluge Fragen. Dabei wechselte sie mühelos zwischen Russisch, Französisch und Arabisch hin und her – das Englisch ihres Klienten war mäßig, deshalb dolmetschte sie mehr oder weniger –, redete kompetent mit Dave White über seine Geschäftsinteressen in der Region oder schimpfte mit einem der Russen über die lästigen Sanktionen.

Caroline beantwortete selbstverständlich alle an sie gerichteten Fragen höflich und lebhaft und sprach sehr schön über Juliette. Sie schaffte es immer, jene Ära in Paris, den

Kontext, aus dem heraus das Gemälde entstanden war, zum Leben zu erwecken. Und sie glänzte, ihre Leidenschaft war ansteckend. Als das Dessert kam, lag bereits eine spürbare Spannung in der Luft.

»Meine Damen und Herren, wenn Sie mir nun zu Ihrer ganz persönlichen Besichtigung folgen wollen …«

Auf dem Weg durch den langen Gang unterhielten sie sich gedämpft, Harry und Caroline bildeten die Nachhut.

Ich stieß die Tür auf, betrat den Raum und bat sie herein. Es war das einzige Bild im Raum. Es hing an der gegenüberliegenden Wand. Einer nach dem anderen traten sie näher heran. Beugten sich vor. Machten einen Schritt zurück. Währenddessen versuchte ich, in ihren Gesichtern zu lesen, ihre Körpersprache zu deuten. Das versuchten sie untereinander eindeutig auch. Würde die Person, die das Bild zu dem von uns erhofften Preis kaufte, von den anderen beneidet werden oder sich zum Gespött machen? Wäre es schlau, sie daran zu erinnern, wie viele Versionen es von Munchs *Schrei* gab und dass jede einzigartig war? Daran, wie viele Fassungen von Leonardos *Salvator mundi* gerade restauriert wurden, weil irgendwer hoffte, die seine würde als das Original von des Meisters Hand anerkannt werden, obwohl eine doch schon für 450 Millionen Dollar an den Kronprinzen von Saudi-Arabien verkauft worden war?

Ich dankte ihnen fürs Kommen und erinnerte daran, dass mögliche Gebote bald abgegeben werden mussten. In meinem Büro, sagte ich und zeigte nach oben, stünde ein Kasten zum Einwerfen der verschlossenen Umschläge. Meine Assistentin sei oben und beantworte Fragen zum Prozedere, das folgendermaßen aussah: Im nächsten Schritt würden die beiden Interessenten, die die zwei höchsten Angebote abgegeben hätten – wenn es denn zwei gebe –, gebeten, ihr jeweiliges finales Best Offer zu beziffern. Die Stimmung im Raum änderte sich spürbar. Hier und da wurde genickt, plötzlich gab es viele Pokerfaces.

Als im Hintergrund die Band zu spielen begann, setzte der Small Talk wieder ein, wenn auch etwas bemühter. Athena war mit ihrem Klienten ins Gespräch vertieft. Die beiden Saudis führten eine Debatte, die ich nicht verstand, Dave White und der Amerikaner stritten sich über Algorithmen. Niemand bewegte sich auch nur ansatzweise in Richtung meines Büros.

Ein Kellner kam mit neuen Drinks vorbei und bot mir einen an – ich schüttelte den Kopf und rechnete im Stillen zusammen, was die Martinis auf seinem Tablett kosteten. Dann fixierte ich Harry, der einem gelangweilten Emirater irgendwas von einem Labrador erzählte und dabei andauernd Wein verschüttete.

Plötzlich stieg kalter Hass in mir hoch. Fuhr Harry den Karren hier absichtlich gegen die Wand? Und wenn ja, was sollte dann das Gerede, es stehe so viel auf dem Spiel für ihn? Dann dämmerte es mir. Er versuchte, Charme zu versprühen. Er wollte helfen. Noch eine halbe Stunde zuvor hätte ich alles dafür gegeben, dass er ein bisschen munterer wurde, aber doch nicht so! Ich hätte ihn lieber im Büro einschließen und den anderen erzählen sollen, dass es ihm nicht gut ginge. Wenn Harry diesen Verkauf ruinierte, wenn er meine Galerie ruinierte und mich wegen eines gigantischen Bankrotts ins Gefängnis brachte, ich würde ihn verdammt noch mal umbringen.

Als könnte sie Gedanken lesen, kam Caroline von der anderen Seite des Raums herüber und legte mir sanft die Hand auf den Arm.

»Zähl die Leute«, flüsterte sie.

Ich sah mich um und stellte fest, dass nur elf Käufer da waren. Der Repräsentant des Louvre Abu Dhabi fehlte. In der Ecke gegenüber redete Athena, der das offenbar auch aufgefallen war, leise auf ihren Klienten ein, und er nickte. Als die Jazzband eine Pause machte, war es ganz still. Dave White schaute sich um, registrierte ebenfalls, dass Bewegung in die Sache gekommen war.

Es funktionierte. Das Bild hatte sie gepackt.

Als Nächster verschwand Athenas Klient und kehrte wortlos zurück. Auch Dave White marschierte in mein Büro. Als er wieder auftauchte, lag auf seinem Gesicht der aufgeregt-selbstgefällige Ausdruck eines Jägers, der auf seine Trophäe stolz ist. Er kam quer durch den Raum auf mich zu.

»Bald Zeit fürs finale Angebot, was, Patrick?«

Ich nickte und bat meine Mitarbeiterin, die anderen im Raum höflich darauf hinzuweisen, dass sie, sollten sie ein Gebot abgeben wollen, es bald tun müssten. Niemand rührte sich vom Fleck.

Es war vorbei.

Ich ging ins Büro und setzte mich hinter meinen Schreibtisch. Meine Assistentin schloss die Box auf, und ich nahm drei Umschläge heraus. Öffnete den ersten. Ein Gebot über zwei Millionen Pfund vom Louvre Abu Dhabi. Ich schluckte. Hatte ich die Atmosphäre so fehlinterpretiert? Wenn Harry seine siebzig Prozent hatte, würde der Rest gerade mal meine Kosten decken.

Auf dem zweiten Blatt stand der Name Dave White. Drei Millionen. Scheiße! Ich hatte tatsächlich komplett falsch eingeschätzt, wie viel die Leute für das Bild zu zahlen bereit sein würden. Meine Hände zitterten dermaßen, dass ich den letzten Umschlag kaum aufbekam.

Siebenunddreißig Millionen Pfund. Einen Augenblick starrte ich auf das Papier, dann bat ich meine Assistentin, mir die Zahl zu bestätigen. Sie nickte lächelnd.

»Dem Louvre Abu Dhabi müssen wir mitteilen, dass sie

aus dem Rennen sind«, sagte ich. »Und sag bitte Dave White und Athena Galanis – damit sie es ihrem Klienten übersetzen kann –, dass wir jetzt bei siebenunddreißig Millionen liegen. Wenn sie nun ihr finales Best Offer abgeben möchten.« Ich reichte ihr die Zettel der beiden, und sie verließ das Büro.

Kurz darauf kam Caroline herein und sah mich erwartungsvoll an. Ich sollte ihr erzählen, wie es stand, aber ich wusste gar nicht, ob ich dazu imstande war. Sie nahm die Karaffe von meinem Schreibtisch, schenkte mir einen Whiskey ein, sich selbst ebenfalls und setzte sich in den Sessel mir gegenüber. Wenige Minuten später kehrte meine Assistentin zurück.

Sie legte zwei Umschläge vor mich auf den Tisch, sah Caroline kurz an und ging wieder hinaus.

»Würdest du …?«, fragte ich Caroline. Sie nahm die Umschläge und öffnete erst den einen, dann den anderen. Sie sah mich an. Ich sah sie an.

»Glückwunsch«, sagte sie und grinste, wie sie noch nie gegrinst hatte. »Verkauft an Dave White für zweiundvierzig Millionen Pfund.«

»Mein Gott. Mein Gott, Caroline, wir haben's geschafft. Das müssen wir Harry sagen!«

»Tut mir leid, Patrick. Harry ist vor ein paar Minuten gegangen. Er meinte, es geht ihm wirklich nicht gut. Ich habe angeboten, ihn zu begleiten, aber …«

Kurz dachte ich daran, selbst nach ihm zu sehen, aber vor meiner Bürotür stand Dave White und wollte die Transaktion gleich besiegelt haben. Ich hörte zu, wie er jemanden telefonisch anwies, den gesamten Betrag auf einmal zu transferieren.

»Was mein neues Gemälde angeht – ich schicke morgen einen Fahrer, der es abholt«, sagte er, schüttelte mir die Hand und gab auf dem Weg zur Tür überraschend Caroline einen Kuss auf die Wange. »Wenn du gern noch ein bisschen Zeit mit dem Stück verbringen würdest, können wir etwas arrangieren, Professor Cooper«, sagte er und gab ihr eine Karte.

Und damit war die Party zu Ende.

Als ich in den Hauptraum zurückkehrte, waren die meisten VIPs gegangen, ohne sich verabschiedet zu haben. Athena gratulierte mir abwesend, wischte auf ihrem Handy herum und bekundete demonstrativ Desinteresse. Zu Caroline sagte sie etwas Unverbindliches davon, sich noch mal zu verabreden, bevor sie nach Hause flöge. Ich hörte, dass Dave und der Amerikaner erwogen, im Zuma noch einen Cocktail zu trinken.

Irgendwann waren nur noch Caroline und ich da. Standen lächelnd in dem nun hell erleuchteten Raum, in dem Leute vom Catering herumgingen und pelzbespannte Teetassen einsammelten. Caroline murmelte etwas von einem Schlummertrunk an der Hotelbar, um ihren Jetlag loszuwerden. Ich verstand das falsch und dachte, sie hätte mich eingeladen. »Mit etwas Glück kriegen wir noch einen Drink …« Ich sah auf die Uhr. Es war viel früher, als ich gedacht hatte. Ich hätte das Auto da, sagte ich. Ich könnte sie schnell am Hotel absetzen.

Abgesehen von einem Pianisten, der in der Ecke ein paar Jazzstandards totklimperte, war die Bar praktisch leer. Wir wechselten einen Blick. Caroline schüttelte den Kopf.

»Ich habe ja eine Minibar«, sagte sie. »Möchtest du mit raufkommen und dieses grundstürzende Ereignis mit einer winzigen und extrem teuren Flasche Champagner begießen?«

Ich hatte Sarah die großen Neuigkeiten geschrieben und gefragt, wie es bei der Hochzeit laufe. Beide Nachrichten waren noch als ungelesen markiert. Sie würde frühestens übermorgen aus Abu Dhabi zurückkommen. Wenn ich jetzt nach Hause fuhr, brachte ich einen reichen Mann in ein leeres Haus.

»Wir sollten getrennt hochgehen«, sagte ich.

Caroline hob eine Augenbraue. Ich zuckte die Achseln.

»Es ist nicht wahrscheinlich, aber auch nicht unmöglich, dass wir Probleme kriegen würden. Mit der Polizei. Wir sind nicht verheiratet. Ich bin mit einer anderen verheiratet.«

»Was denkst du denn, was da oben passieren wird, Patrick?«, fragte sie und verdrehte die Augen.

»Es geht nur darum, wie es aussieht. Du gehst zuerst. Sag mir die Zimmernummer. Ich bleibe hier und komme in ein paar Minuten nach. Du kannst die winzige Flasche aufmachen und schon mal auf dem Balkon ein winziges Glas trinken.«

Sie sah nach ihrer Zimmernummer. Wir trennten uns. Als die Lifttüren zugingen, schaute sie noch einmal herüber. Ich lächelte. Sie lächelte. Es gibt Menschen, die brauchen dich nur anzusehen, und du hast das Gefühl, sie hätten dein Herz in der Hand. Es ist nur ein Glas Champagner, sagte ich mir. Ein Glas Champagner auf dem Balkon, um nach einem außergewöhnlichen Tag etwas runterzukommen. Was konnte schon Schlimmes passieren?

JULIETTE, PARIS 1938

Die Treppen waren das, wovor ich mich auf dem angstvollen Weg nach Hause am meisten fürchtete. Ich dachte immer daran, wie schwer es gewesen war, die Schaufensterpuppen fünf Stockwerke hochzuschleppen, und wusste, dass jedes Geräusch, das ich um diese nächtliche Stunde machte, den Concierge auf den Plan rufen würde. Verschlafen würde er in seinen Hausschuhen dastehen und wissen wollen, was vor sich ging.

Als ich endlich ankam, war es fast Mitternacht. Im ganzen Haus war es dunkel und still.

Den Rollstuhl ließ ich unten stehen, den würde ich später wegbringen. Der Leichnam war, als ich ihn mir erst einmal über die Schulter gelegt hatte, überraschend leicht. Es heißt, wer verzweifelt ist, kann übermenschliche Kräfte entfalten.

Im Stillen bat ich die Tote ein zweites Mal um Verzeihung, als wir den Aufstieg begannen.

Endlich waren wir oben. Die Wohnungstür fiel hinter mir ins Schloss, und ich erschrak dermaßen über das Geräusch, dass ich um ein Haar aufgeschrien hätte. Oskar lag genau so auf dem Boden, wie ich ihn zurückgelassen hatte. Ja, hatte ich denn erwartet, dass er sich irgendwie bewegt haben könnte? Ich wusste nicht, wie lange ich weg gewesen war. Zwei oder drei Stunden mindestens. Die Haut, die ich sehen konnte – sein Nacken, die Hand, die aus dem Ärmel ragte –, hatte schon schwache Flecken. Plötzlich verspürte ich den dringenden Wunsch, auf die Knie zu sinken und ihn aus tiefstem Herzen um Vergebung zu bitten, aber ich versagte es mir. Ich musste mich konzentrieren. Nur noch ein paar Stunden, dann brach der Morgen an. Zeit, mir Vorwürfe zu machen, würde ich später noch haben. Vermutlich ein Leben lang.

Meine erste Aufgabe bestand darin, die beiden nebeneinander aufs Bett zu legen. Es war schrecklich mühsam. Ich legte seinen Arm um sie, bat wieder stumm um Entschuldigung. Dann nahm ich meine Kette mit dem *Wedjat*-Anhänger ab – meine Schwester und ich hatten die gleiche gehabt und immer getragen – und legte sie ihr um.

Die andere, die von Lucy, hatte ich noch in meinem Koffer, ein letztes Erinnerungsstück. In diesen kleinen Koffer packte ich auch meine Farben und Pinsel, die Kamera und meine Fotos, mein Tagebuch und beide Pässe, meinen echten und den gefälschten, der Oskar und mich so viel gekostet hatte. Dazu einmal Kleidung zum Wechseln und das ganze Geld. Bei jedem Gang durch das Zimmer stieg ich über die dunkle Pfütze. Schließlich stellte ich den Koffer neben die Tür und zog Mantel und Schuhe an.

Ich nahm die Streichholzschachtel vom Ofen, ging, Entschuldigungen murmelnd und mir mit dem Ärmel die Tränen abwischend, im Zimmer umher, zündete Streichhölzer an und ließ sie fallen. Auf den Boden. Aufs Bett. Neben Oskars alte Leinwände. Als ich die zweite Runde durchs Zimmer machte, hatten einige Sachen schon Feuer gefangen. Ich nahm ein ganzes Bündel Streichhölzer, zündete sie alle auf einmal an und zwang mich, sie mit zitternder Hand unten an den Vorhang zu halten. Dann machte ich die Tür hinter mir zu, leise diesmal, schlich die Treppen hinunter und – ging.

Im Hof drehte ich mich noch einmal um und sah, dass es hinter dem Fenster oben schon orangerot schimmerte. Dann leuchtete es einen Moment unfassbar hell auf, und ein Fenster zersprang. Der Concierge und seine Frau im Erdgeschoss schliefen hinter geschlossenen Fensterläden. Ich zögerte. Schließlich machte ich, ehe ich es mir anders überlegen konnte, kehrt und klopfte vier-, fünfmal mit der Faust an ihre Tür.

Und dann rannte ich mit meinem kleinen Koffer in die Nacht, so schnell ich nur konnte. Heute staune ich darüber, wie ruhig ich war. Wie gnadenlos pragmatisch ich sein konnte. Wozu ich offensichtlich imstande war. Was ich mir offenbar seither vergeben konnte.

Andererseits: Ich kann mich nicht erinnern, dass ich mich seit meinem sechsten Jahr einmal nicht gefühlt habe wie eine Mörderin.

17. KAPITEL

CAROLINE, DUBAI 2023, IN DER NACHT VON HARRYS TOD

Ich musste zugeben, der Blick von meinem Balkon bei Nacht war eindrucksvoll. Die beleuchteten Pools und Springbrunnen da unten. In der Ferne der Burj Khalifa, dessen Spitze sich in die Wolken bohrte. Es war eigenartig, aus dieser Höhe auf die Stadt hinunterzuschauen und genau zu sehen, wo die Lichter plötzlich aufhörten und auf der einen Seite die dunkle Wüste begann und auf der anderen das Meer.

Was machst du hier, Patrick?, dachte ich. Und meinte: in diesem Land. Vielleicht auch: auf diesem Balkon. Mit mir.

Es war sehr spät, aber die Luft war immer noch mild. Die erste Flasche Champagner tranken wir sehr schnell, und wir redeten beide viel. Er zeigte auf andere Hotels, andere Hochhäuser, und ein-, zweimal streifte seine Hand meinen nackten Arm. Wir stellten uns auf die Zehenspitzen und versuchten, seine Galerie auszumachen. Sichtlich stolz auf die Lage so nahe an der Küste, zeigte er mir seine Villa in Jumeirah. Zwischendurch nannte er immer wieder einmal ungläubig die Summe, für die er das Gemälde verkauft hatte.

»Wird es reichen?«, fragte ich.

Er sah mich verwirrt an.

»Ich meine, für Harry.«

»Um Longhurst zu behalten? Wahrscheinlich. Um es vor dem Verfall zu bewahren?« Er zuckte die Achseln. »Wer weiß? Schon komisch. Früher dachte ich immer, es muss großartig und glanzvoll sein, so ein Haus zu erben. Jetzt denke ich eher, was für ein hartes Los. Wenn du nie weißt, was als Nächstes kaputtgeht und wie viel es kosten wird, es in Ordnung bringen zu lassen. Mich wundert es nicht, dass Juliette davongelaufen ist.«

In der Ferne flog ein Flugzeug über die Skyline. Ich spürte den Champagner.

»Patrick, es tut mir leid, wie das mit uns zu Ende gegangen ist. Dass ich dir das angetan habe.«

Er dachte eine Weile nach. »Ich muss mich ganz sicher auch für vieles entschuldigen«, sagte er schließlich. »Ich meine, ich kann verstehen, warum du es getan hast. Glaube ich. Ich weiß noch genau, wie das damals war. Diese Phase. Wir haben uns nicht besonders gut verstanden.«

Vorsichtig ausgedrückt. Es hatte so viele Abende gegeben, die eigentlich gut anfingen. Zum Essen in ein Restaurant oder ein Pint in einem Pub irgendwo am Fluss, und dann wurde eine einzige Bemerkung falsch aufgefasst, und wenn wir zu Hause ankamen, hatten wir schon eine halbe Stunde kein Wort mehr miteinander gesprochen, gingen zornig zu Bett und nahmen es jedes Mal persönlich, wenn der andere sich im Schlaf umdrehte oder an der Decke zog.

Ab und zu hatten wir darüber geredet, wie es wäre, ein Kind zu haben, aber ich wollte auf gar keinen Fall ein Kind in die Welt setzen mit jemandem, der so wütend war, so unglücklich, so empfindlich. Der zutiefst überzeugt war – auch wenn er es nicht zugab –, dass er die in ihn gesetzten Erwartungen, wie sein Leben verlaufen würde, nicht erfüllt hatte – seine eigenen, die seines Vaters, die, die ihm in der Schule eingetrichtert worden waren. Patrick weigerte sich stets, einzugestehen, dass er sich mit meinem Erfolg schwertat, mit der Tatsache, dass ich bei uns der Star war. Zugleich hatte ich mit wachsendem Groll zugesehen, wie unsere Ersparnisse, meine Einnahmen aus den Buchverkäufen in Patricks erfolglose Galerie flossen. Wie jede neue Enttäuschung an ihm nagte. Und ich war nicht in der Lage, irgendetwas dagegen zu tun.

Am Ende hatte ich den Patrick, mit dem ich verheiratet war, und den, in den ich mich einst verliebt hatte, überhaupt nicht mehr als ein und denselben Menschen sehen können. Jetzt, auf diesem Balkon, war es, als wäre wieder der alte Patrick bei mir.

Das war gefährlich, das wusste ich. Er hatte eine Frau. Er hatte ein Haus, ein Geschäft, ein Leben hier in Dubai, und er hatte hart daran gearbeitet, sich das aufzubauen. Ich hatte meine Karriere. In Cambridge.

»Was tun wir hier, Patrick?«, sagte ich.

Er nahm mir das Glas aus der Hand und stellte es auf den Tisch. Ich hörte das Klirren, als er seins danebenstellte. Dann drehte ich mich zu ihm um. Dann küsste er mich. Ich hatte es gewusst, ich hatte darauf gewartet. Und ich kann nicht erklären, was für ein Gefühl das war, ich kann höchstens sagen, dass es mir nicht nur natürlich erschien, sondern unausweichlich. Er küsste mich, und in dem Augenblick war alles weg, die Traurigkeit und die Scham und die Reue. Wir waren einundzwanzig und hatten keine Ahnung, was kommen würde. Ich fühlte mich auch an seine Behutsamkeit erinnert, seine Geduld damals in der ersten Zeit. Wenn ich mich zurückzog. Wenn ich plötzlich dichtmachte. Nicht wegen der physischen Intimität, sondern – unvorhersehbar, unkontrollierbar – bei der leisesten Andeutung von emotionaler Nähe oder häuslicher Vertrautheit. Mit ihm zu schlafen war in Ordnung. Die ganze Nacht zusammenzubleiben war etwas, das wir uns nach und nach angewöhnten. Aber bis ich ihm erlaubte, eine Zahnbürste oder ein paar Klamotten bei mir zu lassen, vergingen Monate, und bis ich ihn meiner Großmutter vorstellte, Jahre. Für ihn kann das nicht einfach gewesen sein, und doch war ich immer wieder überrascht, mit welch feinem Gespür er stets das Richtige sagte und das Richtige tat. Und wusste, was er nicht sagen und tun durfte.

»Vielleicht sollten wir reingehen«, sagte er und nahm mich bei der Hand.

Danach lagen wir im Bett und redeten über die Vergangenheit, unsere Vergangenheit, insbesondere unsere erste Nacht. Ob ich mich erinnerte, was das Erste gewesen sei, das ich zu ihm gesagt hatte. Ob er noch wüsste, welche Musik gelaufen sei. Ich erinnerte mich an sein Hemd. Er erinnerte sich an mein Kleid. Komisch, dass man jemand anderem für immer so in Erinnerung blieb, sich nie veränderte. Ich wünschte, es gäbe eine Möglichkeit, genau da noch einmal anzufangen, das Leben noch einmal zu leben und es diesmal richtig zu machen, einander diesmal nicht aus dem Blick zu verlieren.

»Ich glaube, ich habe mich da schon in dich verliebt«, sagte er. »An dem Abend, als ich dich kennenlernte.«

»Ich bin mir ziemlich sicher, dass ich mich erst später in dich verliebt habe«, gab ich zurück. »Aber dein Hemd hat mir gefallen.«

Patrick stützte sich auf den Ellbogen und sah mich an. Sein Ausdruck wurde ernst.

»Ich habe nie aufgehört, dich zu lieben, weißt du das? Ich dachte, ich hätte es, aber als ich dich wiedersah …«

»So was brauchst du nicht zu sagen, ehrlich. Das jetzt ist schön, sehr schön. Fühl dich bitte nicht genötigt, Sachen zu sagen, die du nicht so meinst.«

»Es ist mein Ernst.« Er streichelte meine Hand.

»Es ist wohl besser, wenn du gehst.«

Aber er rührte sich nicht. Lange Zeit sagte er gar nichts, und ich auch nicht. Irgendwann schaute er auf dem Handy nach der Uhrzeit und stöhnte. Ich fragte, ob er wirklich fahren könne, und er sagte, er glaube schon. Er überlegte laut, ob es zu spät war, um noch bei Harry zu klopfen und ihm die gute Nachricht zu überbringen, und wir befanden, dass es nie zu spät ist, um zu erfahren, dass man jetzt um etwa dreißig Millionen Pfund reicher ist. Da er beide Zimmer gebucht und bezahlt hatte, wusste Patrick, dass Harrys am selben Flur lag wie meins und dass er auf dem Weg zu den Aufzügen daran vorbeikommen würde.

Während er sich anzog, schlüpfte ich in den Hotelbademantel. Ich brachte ihn zur Tür und gab ihm zum Abschied einen Kuss. Trotz allem lag Sehnsucht in diesem Kuss. Zärtlichkeit.

Vielleicht sogar so etwas wie ein Versprechen.

PATRICK, DUBAI 2023, IN DER NACHT VON HARRYS TOD

Ich würde es ihr sagen. Das hatte ich mir auf dem Balkon geschworen, bevor ich Caroline küsste. Ich würde es Sarah sagen. Ich würde ihr erzählen, was passiert war und warum es passiert war. Kein Versuch, es zu verheimlichen. Ich war nicht so ein Mann wie mein Vater mit seinen Affären, seinen Rendezvous, seinen ewigen Indiskretionen. So ein Mann konnte ich nicht sein.

Harrys Zimmer, 712, befand sich auf halber Strecke zwischen Carolines Zimmer und dem Aufzug. Ich blieb vor der Tür stehen, lauschte auf Lebenszeichen, bückte mich, um zu sehen, ob unter der Tür Licht durchschimmerte, und klopfte. Keine Antwort.

Ich wartete einen Augenblick und klopfte noch einmal. Diesmal ertönte ein leises Stöhnen. »Wer ist da?«, krächzte Harry.

»Ich bin's«, sagte ich, leise, aber drängend. »Patrick.«

Daraufhin gab es ein dumpfes Geräusch, als wäre jemand aus dem Bett gefallen. Es dauerte eine Weile, dann machte Harry die Tür auf, nur einen Spaltbreit, der Riegel war immer noch vorgelegt. »Was ist?«

»Willst du mich nicht reinlassen?« Die Tür ging keinen Zentimeter weiter auf. »Wie geht's dir?«

Er zuckte die Achseln, brummte etwas. Er sah furchtbar aus.

»Okay, das muntert dich vielleicht ein bisschen auf: Dein Bild ist verkauft, Harry. Für zweiundvierzig Millionen Pfund.«

Er nickte, brummte erneut etwas, entriegelte unter lautem Klappern die Tür und machte sie auf.

In dem Zimmer herrschte das totale Chaos. Auf dem Nachttisch stand ein Roomservice-Tablett mit einem halb leer gegessenen Teller, auf dem Boden lagen nasse Handtücher. Die Balkontür stand offen, der dünne weiße Vorhang blähte sich im Wind. Sämtliche Lampenschirme waren verdreht oder standen schief.

»Tut mir leid«, sagte er und sah sich um.

»Was zum Henker ist los mit dir, Harry Willoughby? Ich habe dir gerade mitgeteilt, dass du deine Geldsorgen los bist. Dass du – dank des enormen Aufwands, den ich getrieben und finanziert habe – mit zig Millionen in der Tasche nach Longhurst zurückkehren kannst und es nicht verkaufen musst.« Ich legte ihm die Hände auf die Schultern und sah ihm in die Augen. »Ich will nicht bedürftig erscheinen, Alter, aber könntest du da vielleicht wenigstens mal eine Reaktion zeigen?«

Ein Danke wäre zum Beispiel nett gewesen. Meine Galerie hatte ebenso auf dem Spiel gestanden wie sein Haus. Harry war derjenige, der das ganze Ding um ein Haar vermasselt hätte. Aber in seinem Gesicht regte sich nichts. Er sah mich an, als hätte ich ihm erzählt, dass er einen Gewinner-Lottoschein in die Waschmaschine gesteckt hatte. Allmählich wurde ich richtig sauer.

»Was ist los, Harry, sag's mir!«

»Es ist wegen der Fotos.«

»Fotos? Was für Fotos?«

Aber darauf musste er nicht antworten, denn plötzlich dämmerte es mir. Wenn bei seinem Einundzwanzigsten jemand herumgeschlichen war und Caroline fotografiert hatte, gab es von ihm vielleicht auch Fotos von dem Abend. Vielleicht hatte er genauso einen Umschlag bekommen wie sie.

»Wirst du erpresst?«

Harry stieß einen tiefen Seufzer aus und nickte. »Und wer es auch ist, er will richtig Geld sehen.«

Wenigstens erklärte das, warum er sich die ganze Zeit so seltsam benahm. Wie erschöpft und unberechenbar er gewirkt hatte. Mir fiel auf, dass das ganze Zimmer zwar im Chaos versank, das Bett aber unberührt war. Harry sah aus wie jemand, der monatelang nicht richtig geschlafen hatte. Die Frage war …

»Bei was bist du denn fotografiert worden?«

Fast musste ich lachen, so schwer fiel es mir, mir den zugeknöpften einundzwanzigjährigen Harry bei etwas vorzustellen, mit dem man ihn dreißig Jahre später erpressen konnte.

Er sank auf eine Ecke des Bettes. Er fuhr sich mit beiden Händen übers Gesicht und die letzten verbliebenen Haarbüschel, blickte auf und sah mich an. Bedeutete mir mit einer Geste, dass ich mich ebenfalls irgendwohin setzen sollte.

Dann schoss es aus ihm heraus, wie es mit Geheimnissen, die jahrzehntelang unter Verschluss waren und in einem gebrodelt haben, eben geschieht. »Langsam, Harry«, musste ich immer wieder sagen. »Wie war das?«

Sie waren oben auf dem Gerüst gewesen, nach dem Feuerwerk, Freddie und er. Sie hatten geraucht und Champagner aus der Flasche getrunken. Sie hatten beide schon vorm Abendessen angefangen, heftig zu trinken. Freddie setzte ihm zu, dass er eine Line Koks ziehen solle.

»*Es ist dein Einundzwanzigster, Mann,* und so weiter«, erklärte Harry. »*Sei nicht so ein Langweiler.* Irgendwann habe ich eben Ja gesagt, hauptsächlich weil ich sehen wollte, wie er guckt.«

Harry hielt die Taschenlampe, und Freddie legte auf den Bohlen die Line. Er hatte Harry einen zusammengerollten Fünfpfundschein gegeben und ihm gewinkt, loszulegen. Harry hatte sich vorgebeugt, um das Zeug zu schnupfen – und da hatte Freddie die Kamera gezückt und Bilder gemacht. Mit Blitz.

»Von dir beim Koksen?«, fragte ich.

Er nickte.

»Und das Foto hat dir jetzt jemand geschickt? Ein, warte, dreißig Jahre altes Bild von dir, wie du auf der Party zu deinem Einundzwanzigsten eine Line Koks ziehst? Das kann nicht dein Ernst sein – du lässt dir mit so was ein Vermögen aus der Tasche ziehen? Du bist nicht mal mehr Abgeordneter! Wen kümmert das?«

Harry schüttelte den Kopf. Sein Gesicht war aschfahl. »Es gab Streit«, sagte er. »Ich war wütend. Er hat gelacht und gelacht. Am Ende haben wir uns richtig geprügelt, wie früher, als wir Kinder waren. Du weißt, wie er sein konnte, Patrick. Das musst du doch noch wissen. Ich wollte ihm die Kamera wegnehmen. Er hörte nicht auf, mich zu piesacken, hielt sie über seinen Kopf, schwenkte sie hin und her, sagte, dass er die Bilder an die Zeitung verkaufen würde. Sagte, meine Politkarriere wäre zu Ende, bevor sie überhaupt angefangen hat. *Nachwuchspolitiker mit Drogenproblem. Abgeordnetensohn in Kokainskandal verwickelt.* Solche Sachen.«

»Er hat dich nur aufgezogen«, sagte ich.

»Nein, es ging um mehr. Zwischen Freddie und mir ist es immer um mehr gegangen. Wegen Longhurst. Weil er verbittert war, voller Groll. Weil das Haus, wenn alles normal gelaufen wäre, an seinen Großvater hätte gehen müssen und nicht an meinen. Ich habe keine Sekunde daran gezweifelt, dass er wirklich vorhatte, die Bilder zu verkaufen. Keine Sekunde. Und ich wusste, wie dringend er Geld brauchte, er hat ja ständig gefragt, ob ich ihm was leihen kann.«

»Was hast du gemacht?«, fragte ich leise.

»Ich habe versucht, ihn zu packen, und dabei ist sein Hemd zerrissen, und er ist ausgeflippt. Er hat mir einen Hieb gegen den Kopf verpasst. Wir fingen an, ernsthaft zu ringen. Er nahm mich in den Schwitzkasten. Ich hab versucht, ihn abzuschütteln und an die Kamera heranzukommen.«

»Und dann?«

»Er ist gefallen«, sagte Harry, ohne mich anzusehen. »Ich hab noch mal versucht, mir die Kamera zu schnappen, und er ist rückwärtsgetaumelt und irgendwo mit dem Absatz hängen geblieben und vom Gerüst gestürzt. Wir waren auf Höhe des dritten Stockwerks. Er hatte nicht mal Zeit zu schreien, aber ich habe gehört, wie er unten aufschlug. Das Zelt stand auf der anderen Seite des Hauses, deshalb hat außer mir niemand etwas gesehen. Dachte ich.«

Ich schwieg.

»Ich bin runtergeklettert, so schnell ich konnte, aber als ich bei ihm ankam, rührte er sich nicht. Und dann habe ich das Blut auf den Platten gesehen, so viel Blut. Ich konnte zuschauen, wie die Pfütze größer wurde, dunkel und schimmernd wie Öl. Seine Augen waren zu. Sein Mund stand offen. Er hat nicht mehr geatmet. Ich sah mich nach der Kamera um, tastete in den Büschen hinter ihm, aber sie muss ihm aus der Hand gefallen und weiter weggeflogen sein.«

»Großer Gott! Dein Cousin lag da und starb oder war schon tot, und du hast an nichts anderes gedacht als die verdammte Kamera? Auf die Idee, einen Rettungswagen zu rufen, bist du nicht gekommen?«

»Ich war in Panik. Ich war betrunken, ich hatte Koks genommen, und ich konnte nicht klar denken. Irgendwann *bin* ich aber losgelaufen, Richtung Zelt, um Hilfe zu holen. Und dann bin ich wieder stehen geblieben und fing an nachzudenken. Darüber, was mit mir passieren würde. Über den unvermeidlichen Skandal. Was das für meine Eltern bedeuten würde, für den Ruf der Familie. Er war doch schon tot. Es war ein Unfall gewesen, aber er war tot, das konnte ich nicht mehr ändern.«

»Ich kapier's nicht«, sagte ich und versuchte, die neuen Informationen mit dem zusammenzubringen, was ich wusste. »Es ist nie ein Leichnam gefunden worden. Das Blut haben die Polizisten entdeckt, aber den Leichnam nicht. Und sein Auto – wenn er bereits tot war, kann ja die Theorie der Polizei, dass er betrunken weggefahren und dann ertrunken ist …«

Harry schüttelte den Kopf. »Das war ich«, sagte er so leise, dass ich es kaum verstand.

»Was warst du?«

Er antwortete nicht.

»*Was* warst du, Harry?«

»Das mit dem Auto. Ich hab das Auto weggefahren.«

»Du hast Freddies Auto weggefahren?«

Das entsetzte mich fast noch mehr als das Geständnis, dass er Freddie getötet hatte. Das war ein Unfall gewesen, jedenfalls nach dem, was er sagte. Ich konnte mir vorstellen, welche Angst er gehabt haben musste, als er sah, was er angerichtet hatte. Aber was er dann getan hatte, überstieg mein Vorstellungsvermögen. Dieses Kalkül, diese Abgebrühtheit.

»Nur damit ich das richtig verstehe, Harry. Du hast Freddie, den toten Freddie, einfach da liegen lassen, bist losgegangen, hast dir seinen Autoschlüssel besorgt und den Wagen absichtlich in die Ouse gesteuert. Damit es so aussah, als wäre er selbst weggefahren. Damit alle dachten, was nahelag, nämlich, dass er selbst in den Fluss gefahren und ertrunken war.«

Harry nickte. Nur einmal. Ohne mich anzusehen.

»Das passt doch nicht«, sagte ich. Jetzt blickte er auf, zornig. »Das passt alles überhaupt nicht zusammen«, wiederholte ich. »Wie bist du denn zurückgekommen? Sein Auto wurde mehrere Kilometer entfernt gefunden – wenn du nach Longhurst zurück hättest laufen müssen, wärst du stundenlang weg gewesen, und die ganze Zeit hätte der Leichnam da gelegen. Es hätte ihn jederzeit jemand finden können. Irgendwas verschweigst du mir. Jemand muss dir geholfen haben. Es muss jemand hinter dir hergefahren sein und dich mit zurückgenommen haben.«

Harry zögerte einen Moment. Dann gab er es zu. »Erinnerst du dich an Arno von Westernhagen?«

Ich nickte langsam. Natürlich erinnerte ich mich an Arno. Das letzte Mal hatte ich ihn vor vielleicht zwanzig Jahren gesehen. Er hatte den Osiris-Jungs einen ausgegeben, bevor er nach Hongkong ging, um dort einen Job bei Goldman Sachs anzutreten. Arno hatte betrunken alle umarmt, von den guten alten Zeiten geschwärmt. Harry war auch da gewesen. Als jemand – möglicherweise sogar ich – vorschlug, auf Freddie anzustoßen, hatten sie beide sehr betroffen dreingeschaut.

»Ihr Schweine«, sagte ich.

»Er konnte nichts dafür. Er wusste es nicht. Ich hab ihm erzählt, dass wir Freddie einen Streich spielen. War nicht schwer, ihn dazu zu kriegen. Freddie hatte ihn den ganzen Abend damit aufgezogen, dass er nüchtern war. Und natürlich war er in dem Moment der Einzige, von dem ich wusste, dass er fahren konnte – eben weil er nüchtern war.«

Kurz war ich verwirrt. Arno hatte nichts getrunken, ja, aber ich konnte mich nicht erinnern, dass er mit dem Auto zu dem Fest gekommen war. Nein, ich wusste, dass er kein Auto gehabt hatte, denn …

»Moment. Er ist mit *meinem* Wagen gefahren, oder? Er hat dich in meinem Wagen rumkutschiert, verdammt. Deshalb war der Sitz so nass, ja? Das warst du, nachdem du aus dem Fluss gestiegen warst. Aber irgendwann muss er ja kapiert haben, dass es nicht um einen Streich ging, dass irgendwas passiert war. Wie hast du ihn dazu gebracht, den Mund zu halten?«

»Ich kannte sein Geheimnis. Ich hatte mich über ihn schlaugemacht, über seine Familie. Irgendwann war ich mal in der Unibibliothek auf die Idee gekommen, ein bisschen über sie nachzulesen, mir vielleicht mal ein Bild von seinem Schloss anzugucken. Dabei fand ich raus, dass es überhaupt keine Grafen von Westernhagen gibt und dass in ganz Bayern kein Schloss mit diesem Namen in Verbindung gebracht wird. War alles erfunden. Als ich ihm das auf den Kopf zusagte, gab er alles zu. Er sagte, er hätte sich das ausgedacht, um in der Schule besser dazustehen, und dann lief es irgendwie aus dem Ruder. Sein Vater war ein ganz normaler Banker, seine Mutter Firmenanwältin.«

»Und mehr hat es nicht gebraucht, um zu verhindern, dass er die Polizei ruft? Du brauchtest nur damit zu drohen, du würdest allen erzählen, dass er kein richtiger deutscher Graf ist?«

Harry sah mich an, als wäre ich sehr schwer von Begriff.

»Zu dem Zeitpunkt, als er verstand, was eigentlich los war, hatte er sich schon zum Komplizen gemacht. Ich hab ihm gesagt, dass es ein Unfall war. Ich habe versucht, ihm klarzumachen, was auf dem Spiel stand. Freddie war tot, und keiner von uns beiden konnte ihm noch helfen. Man konnte nur noch versuchen, die Auswirkungen seines Todes irgendwie in den Griff zu kriegen ...«

»Oh, mein Gott, der Leichnam. Gleich erzählst du mir, dass ihr mit dem Leichnam auch noch was angestellt habt, oder?«

»Dazu hatte ich gar keine Chance. Auf dem ganzen Weg zum Fluss und zurück war ich in Panik, habe versucht nachzudenken, während Arno auf mich einschrie, habe überlegt, was ich machen soll. Wo ich ihn verstecken könnte. Aber als ich wiederkam, war der Leichnam weg.«

»Weg? Scheiße, was soll das heißen, weg?«

»Verschwunden. Wie in Luft aufgelöst. Die Party war in vollem Gange. Alle waren drüben auf der anderen Seite des Hauses. Die Blutlache war noch da, aber kein Freddie.«

»Also hat jemand anders den Leichnam fortgeschafft. Wer?«

»Genau das weiß ich eben nicht. Das frage ich mich seit dreißig Jahren. Und die ganze Zeit war mir klar, dass es irgendwo jemanden gab, der wusste, was mit Freddie passiert war, der vielleicht die Kamera hatte – die ist ja auch nie wieder aufgetaucht – und sich das alles aufgehoben hat, um mich richtig fertigzumachen. Jemanden, der nur darauf wartete, mich bloßzustellen, mich zu vernichten, jederzeit, wann immer ihm danach war. Vielleicht dachte er, dass ich eines Tages Premierminister werde – *ich* hab das jedenfalls gedacht – und dass dann sein Zahltag gekommen ist. Wie es aussieht, hat derjenige keine Lust, länger zu warten, und hat entschieden, dass es jetzt so weit ist. Vor ein paar Wochen war in meiner Post ein Umschlag, Patrick. Mit dem Foto und einer Forderung nach Geld. Nach einer riesigen Menge Geld.«

Es war der Jammerton in seiner Stimme, der mir den Rest gab. Das Jammern wegen dieser Ungerechtigkeit – dass Freddie ausgerutscht war, dass Freddie gestorben war und er, Harry, nun die Konsequenzen tragen musste. Dreißig Jahre lang hatte er *sich selbst* bemitleidet, hatte mit der Situation, in die Freddie *ihn* gebracht hatte, gehadert. Kein Gedanke an Arno oder mich, daran, wie er uns beide benutzt hatte. Nicht ein Gedanke an Athena. *Nicht ein einziger Gedanke an Freddie, den armen Teufel.*

In diesem Augenblick war ich so wütend wie noch nie zuvor. Nie habe ich einen anderen Menschen so dermaßen verabscheut, wie ich Harry in dem Moment verabscheute. Ich musste mich wirklich bezwingen, um ihm nicht an die Gurgel zu gehen.

»Und noch etwas«, sagte er.

»Noch etwas?« Ich konnte nicht anders als ungläubig lachen. »Noch *mehr?*«

»Heute Abend, als ich bei dir in der Galerie war, hat mir jemand einen Zettel hier unter der Tür durchgeschoben. Ein Blatt Papier, in der Mitte gefaltet, mit einer am Computer geschriebenen Nachricht.«

»Und wie lautet die Nachricht?«

»Tut mir leid, Patrick. Er will alles.«

»Das Geld? Nach Abzug meiner Provision und der Kostenerstattung für das Event sind das immer noch gut dreißig Millionen, Harry. Du willst mir doch nicht erzählen, dass du das ganze Geld einem …«

Ich verstummte, denn Harry schüttelte den Kopf. Er machte ein düsteres Gesicht.

»Da steht, er will das ganze Geld, Patrick. Die gesamte Summe, für die das Bild verkauft worden ist. Und wir werden sie ihm geben.«

JULIETTE, PARIS 1938

Der Sachverhalt, wie er damals in den Zeitungen dargestellt wurde, war einfach. Eine Familientragödie. Eine Bootspartie auf dem See. Die beiden Willoughby-Mädchen, Juliette sechs Jahre alt, Lucy zehn, waren an einem sonnigen Sonntagnachmittag in die Küche geschlichen, hatten sich Sandwiches und Kuchen besorgt und waren dann unbemerkt mit dem Ruderboot Richtung Insel aufgebrochen. Was nicht in den Zeitungen stand, war, dass es meine Idee gewesen war, meine Schuld. Dass ich meiner Schwester seit dem Frühstück damit in den Ohren gelegen hatte, dass ich geheult und mit dem Fuß aufgestampft und geschmollt hatte, bis sie schließlich die Augen verdrehte und nachgab.

Die Insel war ein länglicher, von Schilf eingeschlossener Streifen Land. Von dem kleinen Bootssteg führte ein Pfad durch kniehohes Gras zu der Pyramide, die mein Vater sich als sein künftiges Mausoleum hatte errichten lassen. Daneben gab es einen Flecken, wo das Gras schon platt getrampelt war, weil wir dort so oft mit Nanny unseren Picknickkorb ausgepackt hatten.

Wir haben es nicht dorthin geschafft. Nicht an jenem Nachmittag, jenem ruhigen, sonnigen Nachmittag.

Ich sah im Wasser etwas aufblitzen und unter dem Boot verschwinden, und wir krabbelten beide auf dieselbe Seite des Boots und lehnten uns über die Bordwand, um zu schauen, was das war. Das Boot kippte. Wir fielen ins Wasser, beide. Das Boot landete über uns.

Ich habe überlebt. Lucy nicht.

Das Wasser war nicht tief, aber es war kalt, und wir waren keine guten Schwimmerinnen, und das Ufer war weit.

Ich schmecke das Wasser des Sees bis heute. Kann fühlen, wie mir die Kleider am Leib immer schwerer werden und mich in die eiskalte, dunkle Tiefe ziehen, niemand in Hörweite. Ich erinnere mich, wie ich am Rumpf des gekenterten Boots scharrte und versuchte, mich hochzuziehen, abrutschte, es wieder versuchte, abrutschte, es wieder versuchte. In der Ferne lag der verlassene Rasen friedlich im goldenen Sonnenlicht.

Einer der Gärtner entdeckte mich schließlich, wie ich mich an den Bootsrumpf klammerte, sprang ins Wasser und kam zu mir geschwommen. Während er mich ins Flache zog, strampelte ich ein wenig mit, aber das half nicht viel, meine Glieder waren steif vor Kälte, fühllos. Ich bemühte mich verzweifelt, ihm trotz meines Zähneklapperns klarzumachen, dass meine Schwester noch da draußen war.

Er zog mich ans Ufer, legte mich auf die Seite, und ich erbrach braunes Wasser.

Als er wieder ins Wasser ging, um Lucy zu holen, war die Oberfläche glatt und still.

Er stürzte sich hinein, rief ihren Namen, wand sich aus seiner Jacke, um die Arme frei zu haben, tauchte immer wieder unter, das Hemd klebte ihm an der Haut. Ich schlotterte am ganzen Leib und dachte, wenn ich schon so fror, wie kalt dann der armen Lucy sein musste. Die Haushälterin trug mich hinein, und dann saß ich, in eine Decke gewickelt, in der Eingangshalle auf einer Bank und wartete auf die Nachricht, die unweigerlich kommen musste.

Es war das einzige Mal, dass ich meine Mutter habe weinen sehen.

Immer wieder musste ich meinem Vater an diesem Nachmittag erklären, was passiert war, wer die Idee gehabt hatte, wieso das Boot gekentert war. Ich war noch ein Kind, aber ich wusste, seine eigentliche Frage war: Wem gebe ich die Schuld? Die Antwort: mir. Ja, wir hatten das Boot zusammen zum Kentern gebracht. Aber ich hatte das Blitzen im Wasser gesehen. Ich hatte Lucy zu dem Picknick auf der Insel gedrängt.

Meine Mutter nahm mich kurz in den Arm, und dann bat sie die Haushälterin, mich ins Bett zu bringen, obwohl es erst später Nachmittag war. Das Bett meiner Schwester auf der anderen Seite des Zimmers war leer. Trotz der Vorhänge fiel immer noch Licht herein, und ich lag da und dachte an Lucy, die irgendwo anders im Haus lag, kalt und nass und allein, und es war unerträglich, ein schneidender Schmerz in der Kehle. Ein Schluchzer, der nie herauskam.

Sie war tot, und es war meine Schuld. Meine geliebte ältere Schwester. Der klare Liebling meines Vaters. Eigentlich der Liebling von allen. Die Schwester, die die Dienstboten ins Herz geschlossen hatten. Die Schwester, die so oft die Schuld auf sich genommen hatte, wenn ich etwas Dummes angestellt hatte – wenn mir etwas Kostbares kaputtgegangen war oder ich wieder einmal ein Loch in mein Kleid gerissen hatte. Die Schwester, die meinen Vater monatelang angebettelt hatte, bis er uns schließlich zwei gleiche Anhänger schenkte, *Wedjats,* Horusaugen, die die Trägerin vor Ungemach schützen sollten – das einzige Mal, dass er überhaupt etwas aus seiner Sammlung hergab. Die Schwester, an die ich selbst zu ihren Lebzeiten nie heranzureichen schien. Mit der ich immer verglichen wurde, und jedes Mal ließ ich zu wünschen übrig.

Meine Mutter war stets kühl gewesen und mein Vater leicht exzentrisch, aber nach Lucys Tod wurde sie zum Eisblock, und sein Verhalten nahm zusehends bizarre Züge an.

Ich erreichte den Gare du Nord kurz vor Tagesanbruch. Es war schwer zu glauben, dass das Leben einfach weiterging: das Geschrei der Dienstmänner, das Schrillen von Pfeifen, ein Mann wischte einen Bahnsteig und pfiff dabei tonlos vor sich hin. Ich setzte mich an einen Tisch im Café, bestellte ein Croissant und einen schwarzen Kaffee. Als ich die Tasse zum Mund hob, wunderte ich mich, dass meine Hände gar nicht zitterten. Schock, sagte ich mir. Deshalb kam mir das alles so unwirklich vor. Deshalb fiel es mir so schwer, mir vorzustellen, wie auf der anderen Seite der Stadt gerade zwei verbrannte Leichname aus einer verkohlten Wohnung geholt wurden, wie die *sapeurs-pompiers* in ihren rußigen Stiefeln durch die Überreste meines Lebens mit Oskar stapften, während der Concierge und seine Frau zusahen. Ich hatte die Kette mit dem Anhänger um den Hals, den ich nach ihrem Tod unter dem Kopfkissen meiner Schwester gefunden hatte – ich habe mich immer gefragt, ob er sie beschützt hätte, wenn sie ihn an jenem Nachmittag auf dem See getragen hätte, wenn sie ihn nicht abgenommen hätte, damit er nicht verloren ging. Meinen trug nun eine tote Fremde.

Links am Kinn hatte ich, hinter meinem offenen Haar verborgen, einen lang gezogenen blauen Fleck. Es war ein stetiger Schmerz. Bei jedem Schluck Kaffee musste ich ein Stöhnen unterdrücken, wenn die heiße Flüssigkeit an die offene Stelle innen an der Wange kam. Das Croissant riss ich in kleine Stücke, die ich in den Kaffee tunkte, bevor ich sie mir in den Mund schob, und trotzdem tat das Kauen weh. Jedes Mal, wenn ich das Kinn spürte, dachte ich an Oskar, sah seinen Blick wieder vor mir. Ich musste mich zwingen, das Croissant aufzuessen. Vom Kaffee ließ ich am Ende die Hälfte stehen.

Ich musste zum Zug.

Als er aus dem Bahnhof rollte, fiel die Morgensonne auf die Dächer und ließ Fensterscheiben blinken. Im letzten Augenblick waren noch eine Frau und ihr Mann gekommen und hatten sich zu mir ins Abteil gesetzt. Ich lächelte ihr zu und schaute wieder aus dem Fenster. Ob er einen ihrer Koffer auf die Ablage über mir legen dürfe, fragte sie. *Bien sûr,* sagte ich. Ich selbst hatte nur einen kleinen Koffer und darin alles, was ich auf der Welt noch besaß.

In meinen behandschuhten Händen hielt ich den neuen Reisepass mit meinem Gesicht und dem Namen einer anderen. Nein, nicht einer anderen. Das musste ich jetzt akzeptieren. Mein Name war nicht mehr Juliette Willoughby und würde es auch nie mehr sein. Wenn ich wollte, dass mein Plan aufging, wenn das alles nicht umsonst gewesen sein sollte, musste ich die Frau in dem Pass sein. Ein neuer Name. Ein neues Leben. Das lag nun vor mir. Im Stillen, ohne die Lippen zu bewegen, übte ich, den neuen Namen auszusprechen. Meinen einzigen Namen.

Alice Long.

VIERTER TEIL

DER MORD

»Sie hielten mich für eine Surrealistin, aber das
war ich nicht. Ich habe nie Träume gemalt.
Was ich gemalt habe, war meine Wirklichkeit.«

Frida Kahlo

18. KAPITEL

PATRICK, DUBAI, ZWÖLF STUNDEN NACH HARRYS TOD

Ein Mörder. Sie halten mich für einen Mörder. Vergangene Nacht ist Harry Willoughby umgebracht worden, mein ältester Freund, und sie denken, dass ich es war.

Wo ich nach der Feier in der Galerie hingegangen sei. Das fragt der Polizist immer wieder.

»Nach Hause«, sage ich immer wieder. »Ich habe die Papiere unterschrieben, die für den Verkauf des Gemäldes erforderlich waren, habe meine Frau angerufen und ihr eine Nachricht hinterlassen und bin nach Hause gefahren.«

»Direkt nach Hause?«

»Direkt nach Hause«, antworte ich, so überzeugend ich nur kann, denn mir ist klar, dass ich ihnen schlecht sagen kann, wo ich in Wahrheit war und was ich dort gemacht habe. Dann wäre ich nämlich nicht mehr der Einzige, der in einer Zelle sitzt.

Statt also zuzugeben, dass ich zur Feier des Tages auf einen Drink sowie einen Seitensprung – in Dubai nicht nur verpönt, sondern eine Straftat – im Hotelzimmer meiner Ex-Frau war, lüge ich. Und im selben Augenblick, in dem mir die Lüge über die Lippen kommt, weiß ich, dass ich noch viel größere Schwierigkeiten kriege, wenn herauskommt, dass ich nicht die Wahrheit gesagt habe.

Als das Verhör zu Ende ist, werde ich in einen Haftraum gebracht. Es herrscht ein penetranter Geruch dort drin, abgestanden und beißend zugleich. Es ist ein großer Raum, unterteilt durch eine vom Boden bis zur Decke reichende Wand aus grün gestrichenen Gitterstangen. Auf der einen

Seite des Gitters befinden sich ungefähr fünfzehn Häftlinge, alle männlich, alle in der Kleidung, in der sie festgenommen worden sind – Arbeiter im Blaumann, Typen in Hoteldiener-Livree, ein älterer Mann in einem billigen Anzug. Ein paar liegen auf dem Boden und haben sich die Jacke übers Gesicht gezogen. Einige haben es geschafft, sich so auf einem der Plastikstühle niederzulassen, dass sie schlafen können. Auf der anderen Seite des Gitters sitzt ein Mann in Uniform an einem Schreibtisch. An der Wand hinter ihm sind nummerierte Fächer, in denen unsere Telefone liegen. Ein paar Zellenkollegen kleben an den Gitterstangen, strecken die Arme aus und bitten darum, ihr Telefon benutzen zu dürfen. Die meiste Zeit werden sie ignoriert. Ab und zu blickt der Wärter genervt auf, fragt einen von ihnen nach dem Namen und gibt ihm sein Telefon.

Bis ich Sarah endlich anrufen kann, vergehen fast drei Stunden.

Ich bin mehrmals an die Sperre gegangen, wurde ignoriert und habe mich wieder hingesetzt. Diesmal stehe ich schon fast zwanzig Minuten da, bis er endlich Notiz von mir nimmt und seufzend nach meinem Namen fragt. Ich nenne den Namen. Er macht sich daran, die Postfächer abzusuchen, zieht jede einzelne der Plastiktüten heraus, in die sie die Telefone gesteckt haben und auf die unsere Namen gekritzelt sind. Ich sage ihm, dass meins in der untersten Reihe ganz links liegt. Entweder hört er es nicht, oder er versteht mich nicht. Mehrmals hält er mit fragender Miene das falsche Telefon hoch. Ich schüttele den Kopf, lächle ihm aber jedes Mal aufmunternd zu, damit er nicht sauer wird und aufhört zu suchen. Irgendwann bringt er schließlich das richtige, hält drei Finger hoch und tippt auf seine Uhr.

Ich sehe entgangene Anrufe und neue Nachrichten, da der Akku aber bei nur noch neunzehn Prozent ist, beschließe ich, sie zu ignorieren. Mit zitternden Fingern wähle ich die Nummer meiner Frau. Es geht sofort die Mailbox an. Natürlich. Die Scheicha-Hochzeit, die Sarah managt, findet mitten in der Wüste statt – Telefone nicht erlaubt, und Empfang hätte sie dort sowieso nicht. Sie wird erst morgen auf der Fahrt nach Hause sehen, dass ich versucht habe, sie anzurufen. Ich hinterlasse eine sehr kurze Nachricht, sage, dass ich es später wieder versuchen werde. Ich weiß nicht, was ich sonst sagen soll.

Kaum habe ich das Gespräch beendet, umringen mich Männer, die die Hände zusammenlegen und betteln, mein Telefon benutzen zu dürfen. »Tut mir leid«, sage ich aufrichtig. »Der Akku ist sehr weit runter … tut mir wirklich leid.«

Wenn das Ding seinen Geist aufgibt, weiß ich nicht, was werden soll.

Tief in mir braut sich eine dunkle Wolke zusammen, ein Sturzbach der Trauer, der mich überschwemmen wird, sobald ich wirklich begriffen habe, dass Harry – der in meinem Leben vorkam, solange ich denken kann – nicht mehr da ist. Im Augenblick aber bin ich wie betäubt.

Ich will das Telefon schon dem Wärter zurückgeben, da fällt mir ein, dass ich hier ja einen Anwalt kenne, Tom Wilson, Ehemann einer Freundin von Sarah. Er macht nicht Strafrecht, muss aber doch wenigstens ungefähr wissen, wie das Rechtssystem hier in den Emiraten funktioniert. Zum Glück habe ich seine Nummer gespeichert. Sein Telefon klingelt und klingelt. Verdammt. Ich breche den Versuch ab, rufe noch mal an. Diesmal meldet er sich.

»Patrick! Schön, dich zu hören …«

Ich unterbreche ihn sofort, erkläre schnell, was passiert ist, und sage ihm, welche Fragen mir die Polizei gestellt hat. Es klingt, als hätte ich ihn zu Hause erwischt, im Hintergrund fragt Sumira, seine Frau, was los ist.

»Patrick sitzt in einer Polizeizelle, draußen beim Flughafen«, teilt er ihr mit.

»Oh Gott«, sagt sie wenig ermutigend. »Scheiße, was hat er gemacht?«

»Ich habe gar nichts gemacht«, sage ich mit Nachdruck, so laut, dass sie mich hoffentlich auch hört.

Am anderen Ende ist es lange still. Und dann scheint Tom seine Worte sehr sorgfältig zu wählen.

»Eins musst du wissen, Patrick. Genau wie in Großbritannien basiert das Justizsystem in den Vereinigten Emiraten auf dem Prinzip, dass du als unschuldig giltst, solange deine Schuld nicht bewiesen ist.«

»Das ist gut zu hören, ich *bin* nämlich unschuldig«, sage ich. »Wenn sie den Fall erst mal untersuchen, werden sie das schnell feststellen.«

»Theoretisch ja. In der Praxis bin ich mir da nicht so sicher. Weil ich nicht glaube, dass sie wirklich anfangen, den Fall zu untersuchen. Nicht ernsthaft. Nicht, wenn sie jemanden haben, gegen den ein plausibler Verdacht besteht. Meiner Erfahrung nach ist es in diesem Land so: Wer einmal angeklagt worden ist, wird in der Regel auch verurteilt.«

»Und das bin in diesem Fall ich.«

»Hör zu, wir wollen nicht gleich verzweifeln«, sagt Tom. »Vielleicht kannst du sie davon überzeugen, dass ein Irrtum vorliegt, *bevor* Anklage erhoben wird, bevor die Sache weitergeht.«

»Oh Gott«, sagt Sumira im Hintergrund wieder.

»›Oh Gott‹?«, frage ich nach.

»Ach nichts«, sagt Tom. »Der Fernseher läuft.«

»Es kommt in den Nachrichten«, ruft Sumira. »In *BBC News 24*.«

»Was ist los, Tom?«, frage ich.

Er klingt angespannt, abgelenkt. »Sie berichten, dass ein

Brite ermordet aufgefunden wurde. In einem Hotel im Financial District. Sie nennen seinen Namen nicht, aber man sieht Filmaufnahmen von dem Hotel, es ist alles abgesperrt. Die Polizei bestätigt, dass sie jemanden in Gewahrsam haben.«

Das Blut dröhnt in meinen Ohren. Ich kann das Telefon kaum halten. Dass die Polizei ein Statement über meine Festnahme herausgegeben hat, ist alles andere als eine gute Nachricht. Die winzige Chance, die ich eben vielleicht noch hatte, nämlich, sie davon zu überzeugen, dass sie den Falschen haben, hat sich schon in Luft aufgelöst. Das wissen Tom und Sumira. Ich weiß es ebenfalls. Was sie nicht wissen, was ich Tom nicht gesagt habe, weil ich mich nicht überwinden kann, es auszusprechen, ist der Grund, aus dem die Polizisten mich für den Mörder halten.

Laut dem Officer, der mich verhört hat, haben sie die Tatwaffe identifiziert, den Gegenstand, mit dem Harry brutal die Kehle durchgeschnitten wurde. Ein zerbrochenes Champagnerglas.

Ein zerbrochenes Champagnerglas, auf dem überall meine Fingerabdrücke sind.

CAROLINE, DUBAI,
ZWÖLF STUNDEN NACH HARRYS TOD

Der Taxifahrer schaut besorgt, als er vor der Polizeiwache hält. In den blau getönten Fenstern des Gebäudes spiegelt sich der riesige Parkplatz, der so gut wie leer ist. Ich öffne die Autotür, und sofort beschlägt meine Sonnenbrille in der Hitze.

»Sind Sie sicher, dass Sie hierher wollten, Madam?«, fragt er.

»Bin ich«, sage ich. Es ist die vom Financial District aus nächste Wache, deshalb meinten in der Galerie alle, dass Patrick hierhergebracht worden sein muss. Es ist der Ort, wo man vielleicht am ehesten erfahren kann, was eigentlich los ist.

Zuvor habe ich stundenlang in der Galerie herumgesessen und auf Informationen gewartet. Die Polizisten hatten keinerlei Erklärung abgegeben, als sie Patrick zu ihrem Wagen führten. Weder Patricks schockierte Angestellte noch die Journalisten – die offenkundig begeistert waren, weil sie auf eine viel größere Story hofften, als die Pressekonferenz sie hergegeben hätte – hatten die leiseste Ahnung, was vor sich ging. Zu dem Zeitpunkt wussten wir ja noch nicht einmal, weshalb Patrick festgenommen worden war.

Einer der ortsansässigen Journalisten hörte als Erster, dass man im Mandarin Oriental einen etwa fünfzigjährigen Briten tot in seiner Suite aufgefunden hatte. In meinem Hotel. Ich dachte sofort an Harry, dessen Zimmer auf demselben Flur ist wie meins und der gestern Abend so schrecklich aussah. Lieber Gott, gib, dass das nicht er ist, betete ich stumm.

»Ein Herzinfarkt?«, fragte ich. »Ein Schlaganfall?«

Der Journalist schüttelte den Kopf. »Wir sollen es noch nicht schreiben, aber er ist ermordet worden.« Er fuhr sich mit dem Finger quer über den Hals. »In dem Zimmer war jede Menge Blut.«

Giles Pemberton, der zur Pressekonferenz gekommen war, um für die *Times* zu berichten, wurde sichtlich blass. Dann fragte er mich, ob er mit zur Polizeiwache kommen solle. Ich sagte, ich käme allein zurecht.

Gerade fange ich an, diese Entscheidung ein wenig zu bereuen.

Ich bitte den Taxifahrer zu warten, denn ich weiß nicht, ob ich ohne ihn zu meinem Hotel zurückfinden würde.

Die Lobby der Polizeiwache ist weiß gefliest. Es gibt einen Wasserspender, mehrere Reihen Stühle, eine laminierte Anweisung, auf Englisch und auf Arabisch, wie die Zahlung von Verkehrsbußgeldern zu leisten ist. Ich stehe minutenlang am Empfangstresen, bis der Mann dahinter schließlich aufblickt. Er hebt eine Braue, wodurch sein Barett mit dem goldenen Abzeichen daran leicht nach oben rutscht.

»Patrick Lambert«, sage ich. »Ich suche Patrick Lambert.«

Ich soll ihm den Namen buchstabieren, er hackt ihn geräuschvoll in seine Tastatur. Seine Miene verrät nichts. Er kratzt sich die Nase. Er schüttelt den Kopf. »Kein Lambert«, sagt er.

»Können Sie mir sagen, auf welcher Wache Patrick Lambert festgehalten wird? Er ist in einem Polizeiwagen mitgenommen worden«, sage ich. »Ich habe gesehen, wie er eingestiegen ist – das Blaulicht war an.« Aus irgendeinem Grund habe ich das Bedürfnis, ihm das auch durch Zeichen verständlich zu machen.

»Sind Sie seine Frau?«

»Eine Freundin.«

»Dann können wir Ihnen diese Information sowieso nicht geben, Madam«, sagt er.

»Sarah, seine Frau, ist nicht in der Stadt, sie ist beruflich unterwegs. Nicht erreichbar. Bitte, gibt es hier nicht irgendjemanden, den Sie fragen können?«

Seltsames Gefühl, sie beim Namen zu nennen. Sarah. Patricks Frau.

Nachdem er weg war, lag ich noch lange wach und haderte mit mir, entsetzt, dass wir einen solchen Fehler begangen hatten, er und ich. Wir waren aufgekratzt gewesen nach den Ereignissen des Abends, wir hatten in Nostalgie geschwelgt und uns hinreißen lassen wie zwei echte Midlife-Idioten. Doch als er mich dann heute Vormittag bei der Pressekonferenz vorstellte, mit diesem Grübchenlächeln und dem winzigen Zwinkern in meine Richtung, musste ich mir eingestehen, dass ich nie wieder für jemanden so empfinden werde wie für Patrick Lambert.

Und jetzt das. Jetzt das alles.

Der Officer schüttelt den Kopf, was bedeutet, dass für ihn die Sache erledigt ist. »Ich kann Ihnen nicht helfen, Madam.«

Ich steige wieder ins Taxi, und der Fahrer fragt, wo ich hinmöchte. »Ins Hotel, denke ich«, sage ich. »Mandarin Oriental bitte, im Financial District.« Ich glaube, in die Galerie zurückzukehren würde nichts bringen, und ich muss mich auf jeden Fall umziehen, muss den zerknitterten, durchgeschwitzten Anzug loswerden, in dem ich schon den ganzen Tag herumlaufe.

Als wir beim Hotel vorfahren, ist dort die Hölle los.

Überall Uniformierte. Vorm Eingang parken jede Menge Polizeifahrzeuge. Sowohl draußen als auch in der Lobby stehen Gäste und warten darauf, in ihre Zimmer gelassen zu werden. An der Rezeption lange Schlangen – Leute, die ein- oder auschecken wollen, Leute, die wissen wollen, was los ist, oder sich einfach beschweren. Geschäftsleute im Anzug schimpfen, dass sie ihren Flug verpassen. Angestellte versuchen, alle zu besänftigen, und erklären, dass das Hotel vorläufig noch wie ein Tatort behandelt wird.

Ich setze mich in die Lobby und behalte das Telefon in der Hand, falls Patrick anruft. Es vergehen mehrere Stunden, während derer mir nichts anderes einfällt, als wie besessen die Nachrichten-Feeds zu verfolgen, verzweifelt im Internet nach neuen Informationen zu suchen. Schließlich dürfen wir nach oben in unsere Zimmer. Im Aufzug gibt es viel Gemaule über die Unannehmlichkeiten, und es wird wild spekuliert, was passiert sein könnte. Ich versuche, nicht an Harry zu denken, und sage mir, dass es bislang kein offizielles Statement dazu gibt, um wen es sich bei dem Toten handelt.

Als ich den Aufzug auf meiner Etage verlasse, sehe ich in einiger Entfernung drei Polizisten miteinander reden. Es ist Harrys Zimmer, vor dem sie stehen. Plötzlich wollen mich meine Beine nicht mehr recht tragen. Doch ich gehe näher heran, werde nach meiner Zimmernummer gefragt und angewiesen, in die andere Richtung zu gehen, also den längeren Weg einmal außen herum zu nehmen. Kaum habe ich meine Tür zugemacht, die Schuhe von den Füßen geschleudert und die kalte Dusche angedreht, klopft es. Ein Polizist. Ein Kollege von ihm wartet vor der Tür gegenüber.

»Waren Sie letzte Nacht hier?«, fragt er, ohne sich auch nur vorzustellen. Ich bestätige das. Er will meinen Pass sehen. Ich nehme den Pass aus dem Tresor in meinem Schrank und reiche ihn dem Polizisten. Er notiert sich meine Personalien und fragt, ob ich etwas Verdächtiges oder eine auffällige Person gesehen hätte oder durch Geräusche gestört worden sei.

»Ich fürchte, nein«, sage ich.

Er schreibt nichts weiter auf. Gibt mir aber auch den Pass nicht zurück. Eigentlich schaut er auch nicht mich an, sondern an mir vorbei, in mein Zimmer. Er fragt, wann ich schlafen gegangen sei, und dann, wo ich vorher gewesen sei. Ich sage, ich sei am frühen Morgen von einer Veranstaltung in der Lambert Gallery zurückgekommen. Er kneift leicht die Augen zusammen.

»Wir werden noch einmal mit Ihnen sprechen müssen, Madam. Bis dahin müssen Sie in Dubai bleiben, deshalb nehme ich den mit.« Er hält meinen Pass in die Höhe, dann schlägt er ihn auf der letzten Seite auf, und sein Kollege überträgt die Angaben auf einen rosafarbenen Quittungsblock. Er reißt den Durchschlag heraus, drückt ihn mir in die Hand und geht mit seinem Kollegen davon.

Mein Handy klingelt. Mit zitternden Fingern nehme ich den Anruf an. Ich habe solches Herzklopfen, dass ich meine, der Anrufer müsste es hören. »Caroline, Gott sei Dank!« Patricks Stimme ist sehr leise. Im Hintergrund sind andere Leute zu hören.

»Wo bist du?«

»In einer Zelle. Auf einer Polizeiwache irgendwo beim Flughafen.« Er klingt erschöpft. »Sie halten mir dauernd Sachen hin, die ich unterschreiben soll, aber ich kann sie nicht lesen, es ist alles auf Arabisch. Ich habe einen befreundeten Anwalt. Der versucht gerade, genauer rauszufinden, wo ich bin, und wird dann die britische Botschaft benachrichtigen.«

»Ich kann dir auch helfen«, sage ich. »Ich bin dein Alibi. Du warst letzte Nacht bei mir, das werde ich ihnen sagen …«

Seine Reaktion kommt umgehend. »Sag ihnen das bloß nicht, um Gottes willen!«, zischt er.

Im ersten Moment denke ich, es geht ihm um Sarah, um seine Ehe. Obwohl wir gerade wirklich andere Sorgen haben, versetzt mir das einen kleinen Stich.

»Du darfst nicht vergessen, wo wir hier sind«, sagt Patrick mit Nachdruck. »Weißt du nicht mehr, was ich dir gestern Abend erzählt habe? Dass Ehebruch eine Straftat ist? Dafür wirft man hier Leute ins Gefängnis. Du kannst mir kein Alibi verschaffen. Du kannst mir nicht helfen. Damit würdest du alles nur noch schlimmer machen und dich selbst in Schwierigkeiten bringen.«

»Aber hast du denn in der Nacht noch mit Harry gesprochen? Wenn du noch in seinem Zimmer warst, könntest du der Letzte sein, der ihn lebend gesehen hat.«

»Darüber kann ich jetzt nicht sprechen. Das geht nicht

am Telefon. Caroline, ich rufe an, weil ich will, dass du abreist. Hier ist irgendetwas im Gange, und ich will auf keinen Fall, dass du da mit reingezogen wirst. Setz dich in einen Flieger. Verlass das Land. Jetzt sofort!«

»Das kann ich nicht, Patrick.« Er redet weiter, ich soll sofort packen und ein Taxi rufen – und erst dann dringt zu ihm durch, was ich gesagt habe. »Patrick, die Polizei hat mir gerade den Pass abgenommen.«

ALICE, LONDON 1938

Alice Long. Alice Evelyn Maud Long. Während der ganzen Reise sagte ich den Namen immer wieder stumm vor mich hin. Oben in meinem Doppelstockbett, während die Fähre den Kanal überquerte und die Frau unter mir schnarchte. Und als ich in Dover in der Warteschlange stand, um an Land zu gehen. Ich zeigte dem Mann in dem Häuschen meinen Pass, er warf nur einen flüchtigen Blick darauf und winkte mich durch. Eine Weile trottete ich in der Menge weiter, saugte englische Wortfetzen auf, gewöhnte mich wieder an englische Schilder und Werbetafeln, schnupperte englische Gerüche, die ich vergessen hatte, feuchte Wollmäntel, Haaröl, Fish and Chips.

Erst als ich im Bahnhof am Fahrkartenschalter stand, wurde mir klar, dass ich keine Ahnung hatte, wohin. Zusammen hatten wir nach Amerika gewollt, Oskar und ich, mit kurzem Zwischenstopp in England. Jetzt merkte ich, wie unausgegoren unsere Pläne gewesen waren. Hatte Oskar gedacht, wenn er erst in New York wäre, könnte er seine Passangelegenheiten irgendwie regeln, seine alte Identität wieder annehmen und seine Karriere neu starten? Es gab dort drüben Händler, die seine Arbeit bewunderten. Betuchte

Käufer. Andere Surrealisten, einheimische und importierte. War das, was ihm vorschwebte, eine Nachbildung unseres Pariser Lebens gewesen? Lange Abende in Bars in Manhattan, Partys, auf denen alle Französisch sprachen? Als wir gemeinsam Pläne schmiedeten, war es eine verlockende Vorstellung gewesen, in einer Stadt zu leben, in der sich schon so viele Freunde und Bekannte zusammengefunden hatten, in der viele uns wiedererkennen würden. Jetzt schien mir New York aus genau diesem Grund unmöglich.

Los Angeles? San Francisco? In keiner der beiden Städte kannte ich jemanden. Über keine der beiden Städte wusste ich irgendetwas. Wenn ich an Los Angeles oder San Francisco dachte, warum dann nicht auch an Mexiko-Stadt, warum nicht an Peking, warum nicht an Casablanca? Ich wusste sehr gut, was für ein Glück es war, eine solche Wahl zu haben. Mit dem Geld, das Oskar für mein Bild eingenommen hatte, konnte ich überallhin. Allerdings würde es nicht ewig reichen, bald würde ich meinen Lebensunterhalt selbst verdienen müssen, und dazu war ich nicht gerade erzogen worden. Ich hatte nichts gelernt, was mich zu einer Bürotätigkeit befähigt hätte oder dazu, als Lehrerin oder Krankenschwester zu arbeiten. Dass ich wieder einen Pinsel in die Hand nehmen würde, konnte ich mir nicht vorstellen, noch nicht. Ich dachte an die Fotos, die ich in Paris von Oskar und seinen Freunden gemacht hatte. Die Filme hatte ich in meinem Koffer. Und ich hatte meine Kamera.

Der erste Zug, der einfuhr, ging nach London, was ich als Zeichen nahm. Ich kaufte mir eine Fahrkarte für die erste Klasse, erschrak aber sofort und setzte mich lieber in die zweite, wo die Wahrscheinlichkeit, dass ich jemanden kannte, viel geringer war. Am Bahnhof Charing Cross nahm ich mir im erstbesten Hotel ein Zimmer. Die Lobby war düster, der Lift winzig, der Hotelpage mürrisch. Im Zimmer war es stickig und roch nach Staub, und als ich das Fenster aufmachen wollte, stellte ich fest, dass es nicht ging, weil der Rahmen mit Farbe verklebt war. Nachts hörte ich Schritte auf dem Flur und meinte zu sehen, wie mein Türknauf sich drehte, deshalb verbarrikadierte ich die Tür mit dem Frisiertisch. Ich zog mich wieder an, auch die Stiefel, und döste den Rest der Nacht vollständig bekleidet auf dem Bett vor mich hin.

Am nächsten Morgen zog ich in die Gower Street um, in ein Wohnheim für Frauen. Dort war die Luft zwar nur wenig besser, aber ich konnte sicher sein, dass von den Menschen, die ich in England kannte, niemand je auch nur in die Nähe dieses Hauses kommen würde. Ich merkte, wie die anderen Frauen versuchten, mich einzuschätzen. Wer ich war. Wie es mich dorthin verschlagen hatte. Ich nahm es ihnen nicht übel. Diese Fragen stellte ich mir selbst. Anfangs redete ich möglichst wenig, denn ich wusste, dass meine Aussprache meine vornehme Herkunft verriet, und wollte keine Neugier wecken. Einmal hörte ich im Flur jemanden über »Ihre Ladyschaft« spötteln und war mir sicher, dass ich gemeint war. Statt zu reden, hörte ich zu, lauschte auf die Wörter, die die Frauen gebrauchten, achtete darauf, wie sie dieses oder jenes ausdrückten, und bemühte mich, ebenso zu sprechen.

Ich kaufte mir einen Anzug, ließ mir die Haare schneiden, so kurz, dass ich sie kaum noch hinter die Ohren streichen konnte, und überfärbte mein natürliches Rotbraun mit einem dunkleren Ton aus der Drogerie. Als ich schließlich die Frau, deren Spiegelbild ich in den Schaufensterscheiben sah, selbst nicht mehr erkannte, fühlte ich mich sicher genug, um die Fleet Street abzuklappern und in den Redaktionen der Zeitungen und Magazine meine bescheidene Fotomappe vorzulegen. Bilder von André Breton, wie er mit gespreizten Fingern die Hände vor der Brust übereinanderlegte und dazu eine bedeutende Miene machte. Von dem ins Schachspiel vertieften Man Ray. Von Salvador Dalí und Max Ernst beim Grimassenschneiden.

Entwickelt hatte ich sie in meinem Waschbecken im Wohnheim. Um das Zimmer zu verdunkeln, hängte ich eine Decke über die Vorhangstange. Jedes Mal, wenn ich ein Bild von Oskar entwickelte, wenn sein Gesicht unter meinen Händen erschien, schlug mir das Herz bis zum Hals. Oskar, lächelnd. Oskar, wie er mit Sonnenbrille im Gras lag und sich schlafend stellte. Oskar in unserer Wohnung beim Betrachten seines Gemäldes. Jedes Mal, wenn einer von ihnen vor meinen Augen Gestalt annahm, empfand ich einen winzigen Augenblick Freude, doch dann kam sofort die Trauer. Dann zwang ich mich, mir in Erinnerung zu rufen, wie er ausgesehen hatte, als er sich auf mich stürzte, sein wutverzerrtes Gesicht. Es war ein Unfall, sagte ich mir. Ich hatte schreckliche Angst. Ich wollte ihn nicht töten. Er war derjenige, der auf mich losging.

Am dritten Tag fand sich endlich jemand bereit, einen Blick auf meine Fotografien zu werfen. Beim *Telegraph* blätterte ein Mann mit grauen Koteletten und dem schlaffen Aussehen von jemandem, der zum Mittagessen schon getrunken hat, die Mappe durch. Ich zuckte jedes Mal zusammen, wenn er einen Abzug achtlos zurück in den Stapel stopfte. Einmal, als einer herunterzufallen drohte, wäre ich fast vorgesprungen, um ihn aufzufangen.

Der Mann ging eine lange, getippte Liste durch, die vor ihm auf dem Schreibtisch lag, machte ein paar Kreuze darauf und verschwand in Richtung einer Reihe von Schreibtischen, wo mehrere Männer saßen, rauchten und laut durcheinanderredeten. »Sie sind sehr gut«, sagte er, als er zurückkam, und gab mir die Fotografien wieder. »Wir nehmen diese drei. Wie viel verlangen Sie?«

Ich hatte nicht die geringste Ahnung und sah noch nicht einmal, welche er ausgewählt hatte. Ohne zu wissen, ob ich zu hoch lag oder zu niedrig, nannte ich eine Zahl, und er schlug ein.

Am nächsten Tag kaufte ich mir den *Telegraph,* schlug ihn auf und musste mich gegen einen Laternenpfahl lehnen, als ich sah, welche Bilder sie verwendet hatten und zu welchem Zweck. Eins zeigte Oskar an dem kleinen Tisch am Fenster in unserer Wohnung, Pinsel und Farben vor sich. Weiche Knie bekam ich aber nicht wegen des Fotos, sondern wegen der Schlagzeile: »Verheerender Brand in Paris tötet Künstler Oskar Erlich und Tochter von englischem Unterhausabgeordnetem.«

Ich hatte es geschafft. Der Leichnam, die Kette, das Feuer. Mein Plan war tatsächlich aufgegangen.

Es war mir gelungen, uns beide zu ermorden.

19. KAPITEL

PATRICK, DUBAI, SECHSUNDDREISSIG STUNDEN NACH HARRYS TOD

In eine fensterlose Zelle gesperrt zu sein und keine Uhr zu haben macht mit dem Zeitgefühl seltsame Dinge. Deckenleuchten, die nie ausgehen. Ständig Türenknallen, Schlüsselrasseln, brüllende, weinende, betende Männerstimmen.

Das Abendessen gestern bestand aus wässrigem Curry mit Reis in einer Plastikbox, man teilte übereinandergestapelte Metallschüsseln aus, kein Besteck. Als wir uns das Essen schweigend mit den ungewaschenen Fingern in den Mund geschaufelt hatten, wurde ein kleiner Haufen dünne Decken gebracht, aber sie reichten nur für die Hälfte von uns. So gut es eben ging, richteten wir uns auf dem Boden für die Nacht ein, benutzten Kleidungsstücke als Kissen. Ich saß an die Wand gelehnt, hatte den Kopf auf den Knien und die Arme um die Beine geschlungen, um mich etwas gegen die Aircondition-Kälte zu schützen.

Lange saß ich so da und versuchte, die Benommenheit abzuschütteln, aber mein Verstand weigerte sich hartnäckig, zu verarbeiten, dass Harry ermordet worden ist und irgendwie meine Fingerabdrücke auf das zerbrochene Glas gekommen sein müssen, mit dem man ihm die Kehle durchgeschnitten hat. Es kam mir vor wie ein Albtraum, dabei wusste ich eins genau, als ich die Position wechselte, damit mein Rücken nicht komplett verrücktspielte: Ich schlief nicht. Hat mir jemand eine Falle gestellt? Harry ist erpresst worden, das habe ich den Polizisten gesagt. Dass er den Erpresser getroffen haben und es einen Kampf gegeben haben könnte. Dass sie in diese Richtung ermitteln sollen. Ob ich irgendwelche Beweise dafür hätte, dass so jemand überhaupt existiert, wollten sie wissen. Ich musste zugeben, dass ich die nicht habe.

Zum Frühstück gibt es Datteln und Wasser aus ein paar wenigen Flaschen, die der Wärter auf den Boden gestellt hat. Ich will gerade einen Schluck trinken, da wird mein Name gerufen. Bevor sie die Zellentür öffnen, muss ich die Arme ausstrecken, und sie legen mir Handschellen an. Diese Mühe machen sie sich zum ersten Mal. Dann werde ich durch einen Flur mit kleinen, weit oben sitzenden Fenstern geführt, durch die ein bisschen Tageslicht hereinfällt. Der Wärter bellt mir etwas zu, und als klar wird, dass ich kein Arabisch verstehe, packt er mich bei der Schulter und dreht mich so, dass ich mit dem Gesicht zur Wand stehe. Ich höre, wie eine weitere Tür aufgeschlossen wird, dann dreht er mich wieder um und schiebt mich vorwärts.

Der Raum, den ich betrete, sieht genauso aus wie der, in dem ich das erste Mal verhört worden bin. Ein einziges Fenster, weit oben, aus weißlichem Sicherheitsglas. Ein Tisch. Zwei Stühle. Auf einem sitzt Sarah. Der Wärter winkt mich zu dem Stuhl ihr gegenüber. An ihrem Gesichtsausdruck und daran, wie sie versucht, sich nichts anmerken zu lassen, kann ich ablesen, dass ich noch schlimmer aussehen muss, als ich mich fühle.

Ich lege die Hände mitsamt den Handschellen auf den Tisch, und sie schaut kurz auf meine Fingernägel, unter denen noch Reste des gestrigen Abendessens kleben. Ich lächle aufmunternd. Ihre Züge verhärten sich eine Spur. Sie weiß es, schließe ich daraus. Sie weiß über Caroline und mich Bescheid. Oder hat zumindest den Verdacht.

»Es tut mir so leid, Sarah.«

Sie weicht meinem Blick aus. Ihre Augen sind verquollen, die Lippen aufgesprungen.

»Gestern Abend war die Polizei bei uns«, sagt sie. »Es hat bis zum Morgengrauen gedauert. Sie haben dein Arbeitszimmer durchsucht, in den Akten gewühlt und sich die Kontoauszüge angesehen. Sie haben gefragt, wo du in der Nacht von Harrys Tod gewesen bist. Ich hab ihnen erklärt, dass ich in Abu Dhabi gearbeitet habe und dass bei dieser Hochzeit Telefone nicht erlaubt waren.« Jetzt sieht sie auf und fixiert mich mit kaltem Blick.

Ich nicke.

»Ich habe gesagt, dass du mir eine Nachricht hinterlassen hast – dass das Bild verkauft ist und du jetzt nach Hause fährst – und dass ich sicher bin, dass es genau so war. Ich hab gesagt, dass mein Mann niemals imstande wäre, einen Mord zu begehen. Dass schon die Vorstellung lächerlich ist.« Sie stockt. »Da haben sie mir die Aufnahmen der Überwachungskamera im Hotel gezeigt, Patrick. Sie wissen, wann du dort angekommen bist. Sie haben Aufnahmen von dir in der Lobby und davon, wie du in den Aufzug gegangen bist. Und sie haben Aufnahmen, die zeigen, dass du kurz vor vier wieder rausgekommen bist. *Kurz vor vier Uhr morgens,* Patrick.«

Als ich etwas sagen will, hebt sie die Hand.

»Sie wissen, dass du lügst. Und sie denken, dass du lügst, weil du Harry ermordet hast. Aber ich weiß, warum du wirklich dort warst.«

Ich senke den Kopf. Schließe die Augen. Ich habe es nicht anders verdient. In gewisser Weise habe ich das alles verdient. »Es tut mir so unendlich leid, Sarah. Ich wollte nicht …«

Doch ich verstumme. Es spielt keine Rolle, was ich wollte oder nicht wollte – was zählt, ist, was ich getan habe. Und mit wem. Ich habe mich für die denkbar grausamste Möglichkeit entschieden, meiner Frau das Herz zu brechen. Ich habe sie mit der Person betrogen, mit der ihr das am meisten wehtun muss.

Eins der Dinge, die ich meinem Vater nicht verzeihen kann, ist, dass mit jeder seiner Affären Erinnerungen vergiftet wurden. »Wie lange?«, hat meine Mutter immer gefragt, wenn sie hinter eine neue Liebschaft gekommen war. Und es bedeutete: In welchem Urlaub, an welchen Weihnachts- oder Hochzeitstagen hast du dagesessen und gelächelt, obwohl du zu der Zeit eine Affäre mit ihr hattest? Es bedeutete: Wie oft hast du gesagt, du musst länger arbeiten, wie viele Schulaufführungen und Gutenachtrituale und Geburtstage hast du verpasst, weil du mit ihr geschlafen hast? Es bedeutete: Wie oft hast du mir gesagt, dass du mich liebst, und gleichzeitig eine Affäre gehabt? Genau das tut Sarah vermutlich gerade, sie geht unsere glücklichen Zeiten durch, unser gemeinsames Leben hier, und fragt sich, ob ich mich die ganze Zeit nach Caroline gesehnt habe.

»Ich kenne dich, Patrick. So schwer zu durchschauen, wie du anscheinend glaubst, bist du nicht. Ich habe immer gewusst, dass das mit uns nur gutgehen kann, wenn wir hier in Dubai bleiben.« Sie wählt ihre Worte mit Bedacht. »Du hast es vielleicht nicht gewusst, aber ich wusste, dass das mit ihr nicht vorbei war. Dass sie dir nicht aus dem Kopf ging. Deshalb überrascht es mich nicht. Aber ich bin wütend. Ich bin verletzt und …« Ihre Stimme wird brüchig. »Es hätte so schön sein können, Patrick. Wir hätten wirklich ein schönes, glückliches Leben haben können.«

Sie schluckt und wischt sich über die Augen. »Ich habe eine Nachricht von Tom. Er ist gerade in der Botschaft. In seiner Kanzlei gibt es jemanden, der sich mit solchen Fällen auskennt; sie wollen versuchen, ihn hier reinzubringen, damit er mit dir sprechen kann. Aber ich soll dich warnen, das wird alles dauern.«

»Danke dir«, sage ich und versuche ein Lächeln.

»Ich werde dich nicht noch einmal hier besuchen. Wenn du rauskommst, wann immer das sein wird – ich weiß nicht, ob ich dann in der Lage sein werde, dir zu verzeihen, beziehungsweise ob ich es überhaupt will. Aber wenn es überhaupt eine Chance geben soll, dass wir das durchstehen, musst du mir eine Frage beantworten. Und ich will eine ehrliche Antwort.«

Ich nicke.

»Liebst du sie noch?«

Ich möchte etwas sagen, das ihr möglichst wenig wehtut, so etwas wie: Man kann aufhören, einen Menschen zu lieben, oder sich einreden, man hätte damit aufgehört, und plötzlich, ohne es zu wollen, fängt man wieder damit an. So etwas passiert. Und dass man ein und denselben Menschen zu unterschiedlichen Zeiten im Leben zweimal liebt, bedeutet nicht, dass alles, was man dazwischen gefühlt hat, unecht war. Was ich sagen möchte, ist: Ich weiß, welchen Schaden ich angerichtet habe, und ich weiß, die Tatsache, dass ich jemanden liebe, egal wen, ist keine Entschuldigung.

»Ich will nur die Wahrheit wissen, Patrick.«

Es gibt viele Dinge, die ich gern sagen würde, aber ich merke, dass sie am Ende alle nur auf verschiedene Art und Weise dasselbe sagen. Nämlich, dass ich Caroline Cooper immer noch liebe. Ich schaue Sarah in die Augen und merke, dass auch mir die Tränen kommen. Ich weiß, dass es das Ende meiner Ehe bedeutet, meiner zweiten Ehe, und trotzdem nicke ich. Und gebe Sarah die Antwort, die sie vorausgesehen hat.

CAROLINE, DUBAI, SECHSUNDDREISSIG STUNDEN NACH HARRYS TOD

Es sind volle vierundzwanzig Stunden vergangen, seit Patrick festgenommen wurde. Ich habe das Hotel seit gestern Nachmittag nur einmal verlassen, um mir Tabletten gegen die Kopfschmerzen zu kaufen, die sich zwischen meinen Schläfen eingenistet haben.

Die ganze Zeit habe ich das Gefühl, ich müsste nur gründlich genug nachdenken, dann würde ich eine Erklärung finden. Ich laufe im Zimmer auf und ab, gehe immer wieder die Geschehnisse der letzten Tage durch, aber mir fällt beim besten Willen niemand ein, der Harry nach dem Leben getrachtet haben könnte – oder davon profitieren würde, dass Patrick wegen dieses Mordes belangt wird. Genauso wenig kann ich mir erklären, wie es zwei gleichermaßen authentische Versionen des Bildes geben kann und wie diese Tatsache mit Harrys Tod zusammenhängen könnte.

Meine Bücher und Papiere liegen alle auf dem Schreibtisch in der Ecke – das Original meiner hingebungsvoll angefertigten Transkription von Juliettes Tagebuch, die Fotos von beiden Versionen des Gemäldes, ein mit Klebezetteln gespicktes Exemplar meiner Juliette-Biografie. Hin und wieder nehme ich eins dieser Dinge zur Hand, als würde sich darin die Antwort auf meine Fragen offenbaren. Plötzlich schrillt das Telefon auf dem Nachttisch, und ich fahre zusammen.

»An der Rezeption wartet ein Herr auf Sie«, teilt mir eine freundliche Stimme mit. Da ich annehme, dass es sich um einen Polizisten handelt, der weitere Fragen stellen will, lasse ich mir auf dem Weg nach unten Zeit, nehme den längeren Weg, um nicht an Harrys Zimmer vorbeizumüssen. In der Lobby wartet ein großer Mann in dunklem Anzug und mit verspiegelter Sonnenbrille.

»Ich habe die Anweisung, Sie zur Freizone am Flughafen zu bringen, Madam, Mr White erwartet uns dort«, sagt er und führt mich zu einem silbernen Rolls-Royce Phantom. Also kein Polizist. Dave White hat ihn geschickt – an den ich immer noch unweigerlich als Terry denke. Wir hatten darüber gesprochen, ich hatte es nur vergessen. Er meinte, er könnte mir einen Fahrer schicken, damit ich noch ein bisschen Zeit mit seinem neu erworbenen Bild verbringen kann.

Dass Dave es in einer Freizone lagern will, ärgert mich irgendwie, aber das sollte es wahrscheinlich nicht. Solche Areale gibt es auf der ganzen Welt, und nicht wenige Milliardäre bewahren genau dort ihre Besitztümer auf. In diesen Zonen können Geschäfte gemacht werden, ohne dass Steuern oder Zölle fällig werden. Sie sind gut abgeschottet, dort findet sich, wohltemperiert und streng geheim gehalten, alles Mögliche, von Oldtimern über edle Weine bis hin zu Uhren. Manchmal frage ich mich, was die Künstler damals in ihren zugigen, kalten Ateliers wohl gesagt hätten, wenn sie gewusst hätten, wo ihre Werke am Ende landen würden.

Die Fahrt dauert nicht lange.

Von der Straße aus sieht man von der Freizone nur ihre gigantische Sicherungsanlage: Stacheldraht auf den Zäunen, Flutlichtscheinwerfer, eine endlose Abfolge von Gates und Wächterhäuschen, innen dann fensterlose Betonklötze. Der Fahrer betätigt einen Summer, kündigt uns an und parkt vor einer Tür ohne Aufschrift. Ich werde in ein Marmorfoyer geführt, und eine Frau hinter einem enorm langen Tresen, der aussieht wie das Kontrollpult eines Raumschiffs, bedeutet mir mit einer Geste, Platz zu nehmen. Dann greift sie zum Telefon.

Kurz darauf geht am Ende des Foyers eine Tür auf, und heraus tritt Dave White.

Patrick hat mir erzählt, dass Dave, als sie sich zum Mittagessen trafen, Badeshorts anhatte. Zu dem Event in der Galerie ist er in makellosem dunkelblauem Anzug erschienen. Jetzt trägt er ein nichtssagendes T-Shirt, Jeans und Sneaker. Das Einzige, was auf seinen Reichtum schließen lässt, ist die riesige Rolex an seinem Handgelenk.

»Vielen Dank, dass du gekommen bist, besonders angesichts der Umstände«, sagt er, streckt mir die Hand hin und führt mich durch einen Flur, von dem nummerierte Türen abgehen. »Es war ein großer Schock, die Sache mit Harry – und mit Patrick«, sagt er, ohne sich umzudrehen. »Wenn ich irgendwas tun kann …«

Dann bleibt er stehen und tippt einen Code in ein Zahlenfeld. Die Tür gleitet auf, und wir betreten einen galerieartigen Raum, in dessen Mitte ein weißes Ledersofa steht. An den Wänden ringsum hängen, geschickt angeordnet und schön beleuchtet, Werke der größten Namen des zwanzigsten Jahrhunderts. Ich sehe einen Chagall, einen Duchamp, zwei Erlichs und mehrere Picassos. Und da, an der Wand gegenüber: *Selbstporträt als Sphinx*.

Als ich sehe, was direkt daneben hängt, schnappe ich nach Luft. Ich drehe mich um und sehe Dave amüsiert lächeln.

»Das ist das Bild aus der Tate Modern. Das andere *Selbstporträt als Sphinx*«, sage ich.

»Das Bild, das normalerweise in der Tate Modern hängt, genau. Nur gab es letzte Woche diese Verwirrung, weil plötzlich zwei echte Versionen desselben Werks existieren sollten – chronologisch ein Ding der Unmöglichkeit, das ist mir übrigens sehr wohl bewusst. Jedenfalls hat der anonyme Eigentümer daraufhin beschlossen, das Bild vorerst aus der Ausstellung entfernen zu lassen und weiteren Analysen zu unterziehen.« Inzwischen grinst er breit.

»Du? *Du* bist der anonyme Eigentümer?« Bei der Frage, wer uns damals bei der Auktion überboten haben mag, habe ich mir immer einen älteren Kunstliebhaber vorgestellt, einen Amateur mit ein paar Ersparnissen. Oder einen Kenner, der einfach Glück hatte. Jedenfalls nie einen blutjungen Nerd. Niemals Terry.

»So ist es. Ich besitze beide Gemälde. Eins habe ich Patrick vor achtundvierzig Stunden für zweiundvierzig Millionen abgekauft, das andere habe ich ihm 1991 für deutlich weniger vor der Nase weggeschnappt.«

»Du warst also bei der Auktion der Bieter am Telefon? Aber woher …« Noch ehe ich die Frage stelle, weiß ich, dass er irgendwie durch uns darauf gekommen sein muss. »Und *warum?*«

Auf leicht wackligen Beinen gehe ich zum Sofa. Dave schenkt mir ein Glas Wasser ein, stellt es vor mich auf den niedrigen Tisch und setzt sich ebenfalls.

»Wenn ich ganz ehrlich sein soll: Ich habe es gekauft, um Patrick fertigzumachen. Weil ich ihn hasste.«

»Du hast Patrick gehasst? Du kanntest ihn doch kaum!«

»Das war das Schlimmste dabei. Ich kannte ihn kaum, er kannte mich kaum, und trotzdem habe ich ständig durch die Wand gehört, wie er sich über mich lustig machte.«

»Dave, ich glaube, das bildest du dir ein …«

»Ich bilde mir überhaupt nichts ein, und das weißt du. Patrick hat mich die ganze Zeit verspottet. Er hat sich über mein Schnarchen lustig gemacht. Er hat blöde Witze gerissen, was ich wohl spätabends in meinem Zimmer mache und ob ich verknallt in dich bin. Ich war in der Küche, hab gewartet, dass das Wasser kocht, du kamst rein, hast irgendwas geholt und Hallo gesagt, und dann hat er dich den ganzen Abend mit *deinem Verehrer Terry* aufgezogen. Weil es ja so witzig war, dass eine Frau wie du auch nur in Erwägung ziehen würde, mit einem wie mir auszugehen.«

In mir steigen vage Erinnerungen hoch.

»Und daher wusstest du, dass wir das Bild hatten? Dass Patrick es in das Auktionshaus geschmuggelt hatte? Du hast uns durch die Wand belauscht?« Mein Herz rast. Ich versuche, mir vorzustellen, was er noch alles gehört haben mag.

»Bei den dünnen Wänden war es im Grunde unmöglich, etwas nicht zu hören. Patrick ist ja auch nie auf die Idee gekommen, dass er mal etwas leiser sein könnte, dass nebenan vielleicht jemand lernen will. Ich wusste, dass du in Longhurst ein Bild suchen wolltest. Ich wusste, dass du es gefunden und mitgenommen hattest. Ich habe euch ewig darüber streiten hören, was damit werden soll. Ich habe gehört, wie Patrick dir erzählt hat, dass er es in den Umzugswagen gestellt hatte, und dann seinen ganzen dämlichen Plan. Ich habe mir den Namen des Auktionshauses aufgeschrieben und mir gedacht, dass ich es ihm auf die Weise schön heimzahlen kann. Er war ja so verliebt in dich, und als seine Rechnung nicht aufging, war ich mir sicher, dass du mit ihm Schluss machen würdest. Ehrlich gesagt kann ich bis heute nicht fassen, dass du das nicht getan hast.«

Ich starre auf das Bild aus der Tate und versuche, das alles zu verarbeiten.

»Ich hörte ihn sagen, wann die Versteigerung war, welches Budget ihr hattet. Ich selbst hatte einiges Geld – aus Wertpapiergeschäften. Damals habe ich mich da ein bisschen ausprobiert, immer nachts, das weißt du ja, ihr habt mich sicher tippen hören. Damit habe ich über Jahre angespartes Geburtstagsgeld in ein nettes Sümmchen verwandelt, mit dem sich was anfangen ließ.«

»Aber wenn du Patrick eins auswischen wolltest, warum hast du dann nicht gleich damit angegeben, dass du dir das Bild geschnappt hast? Warum hast du es nicht zumindest ihm erzählt?« Ich verstehe nicht, warum er das so lange für sich behalten hat. Wie er der Versuchung, sich mit seiner Gerissenheit zu brüsten, so lange widerstehen konnte.

Er windet sich ein wenig unter meinem Blick. »Ich wollte, dass du mit Patrick Schluss machst, nicht, dass du mich hasst. Du solltest ihn für einen Arsch halten, nicht mich. Wenn ich dich dabei verletzt habe, tut mir das leid. Ich weiß, du hast in deinem Leben … einiges durchgemacht«, sagt er, und immerhin malt sich auf seinem Gesicht Bedauern.

Plötzlich wird mir schlecht. Wenn er uns die ganze Zeit belauscht hat, weiß er vermutlich Dinge über mich, die ich außer Patrick nie jemandem erzählt habe. Manches habe auch ich erst von meiner Großmutter erfahren, als ich nach Cambridge ging.

Zum Beispiel, dass mein Vater noch bis zu meinem achtzehnten Geburtstag, bis ich volljährig war, gewisse rechtliche Befugnisse hatte, was mich betraf. Dass für meine Schulfahrt nach Frankreich seine Erlaubnis hatte eingeholt werden müssen. Dass er, wäre ich ernstlich erkrankt, bei meiner Behandlung mitzureden gehabt hätte. Ich habe Patrick auch erzählt – und Dave hat wahrscheinlich mitgehört –, wie bodenlos entsetzt ich war, als ich von meiner Großmutter hörte, dass lebenslänglich nicht bedeutet, dass der Verurteilte für den Rest seines Lebens im Gefängnis bleibt, wie furchtbar seine Tat auch gewesen sein mag. Wie ich lernen musste, mit dem Wissen zu leben, dass mein Vater irgendwann versuchen würde, mich zu finden.

Als er entlassen wurde, war ich sechsundzwanzig.

Cooper ist der Mädchenname meiner Mutter, und Caroline ist mein zweiter Vorname. Das machte es vielleicht etwas schwieriger, mich zu finden. Trotzdem wusste ich, wenn er es wirklich darauf anlegte, würde es ihm nicht schwerfallen. Er hatte es ja auch zuvor geschafft. Aber die Jahre vergingen, und es passierte nichts. Lange kam ich nicht darauf, warum diese Ruhe mir so zu schaffen machte, doch irgendwann fiel der Groschen: Die einzige denkbare Erklärung dafür, dass mein Vater nicht versuchte, sich wieder in mein Leben zu drängen, war die, dass er eine neue Familie hatte. Und diese Vorstellung war die schrecklichste von allen.

Es gibt einen einfachen Grund, warum ich niemandem von meiner Kindheit erzähle. Nach dem, was er hier und da durch die Wand aufgeschnappt hat, denkt Dave vielleicht, er wüsste über mich Bescheid, aber so ist es nicht. Er ahnt nicht mal ansatzweise, auf wievielerlei Weise das Verbrechen meines Vaters mein Leben überschattet hat. Und wie fest entschlossen ich war und bin, mich nicht davon bestimmen zu lassen.

Ich springe auf und gehe hinüber zu den beiden Bildern – um sie mir abwechselnd anzusehen und um die zornigen Tränen zu verbergen, die mir in die Augen schießen.

»Was hat dich denn veranlasst, es der Tate zu leihen?«, frage ich mit möglichst fester Stimme. »Wolltest du es einfach Patrick unter die Nase reiben?«

Dave White schüttelt stirnrunzelnd den Kopf. »Das war für dich, Caroline«, sagt er. »Ich gebe zu, als ich *Selbstporträt als Sphinx* bei dieser Auktion ersteigert habe, wusste ich nichts darüber. Jahrelang habe ich es mir nicht mal richtig angesehen – damals hatte ich mit Kunst nicht viel am Hut. Dann habe ich dein Buch gelesen. Du hattest großartige Forschungsarbeit geleistet und eine brillante Biografie geschrieben, aber alle gingen davon aus, dass Juliettes Bild nicht mehr existierte, und deshalb hat außer ein paar Kunsthistorikern niemand dein Buch zur Kenntnis genommen. Wer will schon ein Buch über eine Malerin ohne Gemälde kaufen? Ich hatte ein schlechtes Gewissen, und ich hatte die Möglichkeit, etwas zu tun.«

Er hält einen Augenblick inne und lächelt in sich hinein.

»Dass das Bild auf diese Weise auftauchte, hat für den Absatz deines Buches Wunder gewirkt, stimmt's? Natürlich ist auch der Wert von *Selbstporträt als Sphinx* dadurch, dass es offiziell in einer Institution wie der Tate Modern ausgestellt war, exponentiell gestiegen. Und jetzt, mit dem ganzen Medienrummel darum, dass zwei nahezu identische Arbeiten von der weltweit führenden Expertin für echt befunden worden sind, wird der Wert beider Bilder noch weiter steigen …«

»Du *wolltest,* dass ich das zweite Bild für echt erkläre?« Ich hätte gedacht, dass derjenige, der das erste besitzt, sich das Gegenteil gewünscht hätte.

»Ja. Auch wenn ich lieber nicht ganz so viel dafür bezahlt hätte. Es hat mich etwas genervt, dass Athenas Klient mit seinem Gebot so aufgetrumpft hat. Eigentlich dachte ich, ich kenne alle seriösen Surrealisten-Sammler, und dann taucht plötzlich dieser Kerl auf.«

»Also warst du es. Du hast mir die Fotos geschickt. Du hast versucht, mich zu erpressen«, sage ich langsam und beobachte, wie er reagiert.

Er scheint ehrlich verwirrt. »Tut mir leid, ich habe keine Ahnung, wovon du redest.«

»Außer Patrick warst du der Einzige, der wusste, dass ich bei Harrys Geburtstagsfeier nach *Selbstporträt als Sphinx* suchen wollte. Du hast sicher gehört, wie wir darüber gesprochen haben.« Ich denke einfach laut. »Du bist mir gefolgt, weil du sehen wolltest, ob ich es finde, richtig? Nachdem Harrys Großmutter sich so aufgeregt hatte, warst du draußen vor dem Zelt, mit meinem Schal. Am nächsten Morgen warst du auch da, hast neben Patricks Auto gestanden. Du hast mich die ganze Zeit beobachtet. Du hast diese Fotos gemacht. Ich habe die Blitze gesehen, aber nicht gewusst, was das war. Das habe ich erst begriffen, als ich letzte Woche die Fotos in der Post hatte. Du wolltest mich in meinem

Urteil beeinflussen, indem du gedroht hast, mich öffentlich bloßzustellen.«

Er fängt an zu lachen, erst leise glucksend, dann schallend laut, bis ihm sogar Tränen über die Wangen laufen.

»Mein Gott, du hast keine Ahnung, wie reich ich wirklich bin, was? Leute mit so viel Geld wie ich haben es nicht nötig, Kunsthistoriker unter Druck zu setzen. Oder sonst irgendwen. Erpressung ist was für Verzweifelte. Ich hätte für dieses Bild das Dreifache bezahlen können, und es hätte mir nicht wehgetan«, sagt er sachlich. »Das hier, das alles«, er macht eine ausgreifende Geste, »ist ein Hobby. Eine Leidenschaft. Und übrigens war dein Gutachten über die Echtheit des Bildes streng genommen gar nicht erforderlich. Weißt du, womit ich mein Geld verdient habe, Caroline? Mein Geschäft ist das Maschinelle Lernen – das hätte ich dir schon in Cambridge erzählt, wenn du jemals danach gefragt hättest. Ich war im Vision Lab, ich habe neuronale Netze programmiert, die Muster sichtbar machen und Bilder wiedererkennen.«

Es ist mir wohl anzusehen, dass ich nicht ganz verstehe, was das eine mit dem anderen zu tun hat. Er lächelt nachsichtig und etwas herablassend.

»Ich entwickle Systeme, die Gesichter identifizieren können, selbst wenn sie halb verdeckt sind – wenn beispielsweise jemand eine Sonnenbrille aufhat oder eine Burka trägt. Aus persönlichem Interesse – eine Art Hobby, wenn du so willst, wenn auch ein sehr lukratives – habe ich auch Systeme entwickelt, die die Technik eines bestimmten Künstlers erkennen. Die zeigen es an, wenn die Imprimitur eines Künstlers auf einem Bild genau der auf einem anderen entspricht. Daher weiß ich mit nahezu hundertprozentiger Sicherheit, dass diese beiden von derselben Hand stammen. Von Juliette Willoughby.«

Von solchen technischen Möglichkeiten habe ich gehört, wobei sie in der Kunstwelt eher argwöhnisch betrachtet werden. Was ich aber noch nie gehört habe, ist, dass derjenige, der die Technik erfunden hat, gleichzeitig der Sammler ist, der sie benutzt.

»Ich schätze deine Expertise nicht gering, Caroline, aber mit dieser KI schaffe ich das Gleiche schneller und objektiver als jeder Kunsthistoriker.«

»Und warum bin ich dann hier?« Es fällt mir nicht leicht, ruhig zu bleiben. »Damit du mir die viele Kunst zeigen kannst, die du dir leisten kannst und kaufst, weil ein Computer es dir sagt?«

Er sieht mich gekränkt an. »Natürlich nicht. In erster Linie hat dein Buch mein Interesse an surrealistischer Kunst geweckt. Ich habe dich hergeholt, weil mir diese Bilder beide gehören und du der einzige Mensch auf der Welt bist, der erklären kann, wie es *möglich* ist, dass sie beide von derselben Künstlerin stammen. Wenn jemand herausfinden kann, warum es die vier Unterschiede zwischen ihnen gibt und was diese Unterschiede zu bedeuten haben, dann bist du das.«

Einen Moment lang blicken wir beide schweigend auf die Bilder. »Du hast sie alle vier entdeckt?«

»Natürlich. Ich habe vielleicht nicht Kunstgeschichte studiert, aber ich sehe mir die Bilder, die mir gehören, an. Ich habe alle vier Unterschiede sofort gesehen. Die Hieroglyphen. Die Mumiengestalt im Boot. Den Schnabel des Mannes im Boot. Die Pyramide auf der Insel. Auf dem Bild, das ich gerade gekauft habe, ist das alles zu sehen, auf dem, das du in Longhurst gestohlen hast, ist es alles übermalt.«

»Übermalt? Auf dem hier?« Ich zeige auf das *Selbstporträt als Sphinx* aus der Tate Modern. Er nickt.

»Perfekt gemacht, oder? Mit Farben in genau der gleichen Zusammensetzung. Dann eine dicke Schicht Firnis über alles, um zu kaschieren, dass Stellen übermalt wurden. Als ich das Bild vor fünfundzwanzig Jahren der Tate Modern überlassen habe, hat man das nicht erkannt, aber heute sind die Techniken der Flächenuntersuchung viel avancierter. Damit können wir sehen, dass die Komposition beider Bilder ursprünglich genau gleich war.«

»Also hat jemand auf dem, das ich in Longhurst gefunden habe, vier entscheidende Elemente gezielt überdeckt?«, frage ich nach.

Dave nickt. Mir fällt etwas ein, auf das er vermutlich längst selbst gekommen ist.

»Der Pinselstrich der Übermalungen – hast du den auch durch dein Programm geschickt? Hattest du einen Treffer?«

Er nickt. »Ganz eindeutig, es gibt sogar einen riesigen Datensatz, weil der Künstler extrem produktiv war. Austen Willoughby. Was ich wissen will«, sagt Dave White, »ist: Warum hat er das gemacht?«

Es ist, als feuerten in meinem Kopf zahllose Synapsen gleichzeitig. Dass ich die Bedeutung von *Selbstporträt als Sphinx* nie entschlüsseln konnte, lag daran, dass wichtige Puzzleteile fehlten. Teile, die die Willoughbys verbergen wollten.

»Ich werde es herausfinden«, erkläre ich. »Und ich werde es dir sagen. Aber erst musst du mir helfen, Patrick aus dem Gefängnis zu holen.«

Eine ganze Weile sagt Dave gar nichts. Dann kommt er herüber, stellt sich neben mich, betrachtet schweigend erst das eine, dann das andere Bild. Schließlich dreht er sich zu mir um und nickt. »Sag mir einfach, was du brauchst.«

»Ich muss wissen, wer dieser Klient von Athena war. Er wollte das Bild ja offenbar ernsthaft haben. Vielleicht war er, nachdem er es nicht gekriegt hat, so wütend, dass er Harry einen Besuch abgestattet hat.«

Nachdem der *Telegraph* meine Fotografien von Oskar gedruckt hatte, rief jemand vom Magazin *Life* im Wohnheim an und hinterließ eine Nachricht für Alice Long. Die Nachricht bestand in der Frage, ob ich noch mehr Fotografien von Surrealisten hätte und, falls ja, ob ich im Büro von *Life* vorbeikommen könnte.

Eine Woche nachdem die Fotos in *Life* erschienen waren, meldete sich dann der Bildredakteur der *London News* und wollte sich mit mir treffen. »Vielleicht habe ich einen Auftrag für Sie«, sagte er. »Schon mal in Poplar gewesen?«

Am nächsten Tag saß ich in der Bahn, unterwegs zu einem Schönheitswettbewerb, bei dem ich fotografieren sollte. Zwei Tage danach ging es nach Enfield, zur Eröffnung einer Stadthalle. Und beide Male muss ich es richtig gemacht haben, denn es gab einen neuen Auftrag und dann noch einen und noch einen.

Ich nahm mir ein Zimmer in einer Pension in Hackney, einem Stadtteil, der alles andere als schick war. Ich verließ das Haus nur, um zu arbeiten, und blieb für mich. Nur abends saß ich gemeinsam mit den anderen Pensionsgästen vorm Radioapparat, und wir hörten gebannt, was in der Tschechoslowakei passierte, in Albanien und schließlich in Polen.

Erst als ich mir eine eigene Wohnung leisten konnte, nur zwei kleine Zimmer über einem Ladengeschäft in Clapton, begann ich ans Malen überhaupt wieder zu denken. Aber sobald ich anfing, mir zu überlegen, was ich der Leinwand anvertrauen könnte, standen mir wieder dieselben Dinge vor Augen, Szenen, die in meinen Albträumen auftauchten, aus dem Unbewussten emporstiegen. Als ich in den Spiegel über dem Kamin schaute und mich fragte, ob ich es mit einem einfachen Selbstporträt versuchen sollte, starrte mir immer noch die Sphinx entgegen, ein Mädchen, beladen mit Geheimnissen, die es niemals preisgeben konnte. Manchmal blätterte ich in meinem Pariser Tagebuch und sah mir die Skizzen an, die ich zu den Figuren und Szenen angefertigt hatte, manchmal studierte ich die Fotografien, die ich von dem Bild gemacht hatte, bevor Oskar es stahl und verkaufte. Aber noch rührte ich den Kasten mit meinen Farben, den ich im Koffer aus Frankreich mitgebracht hatte und der in der Küche in der Ecke stand, nicht an.

Ich dachte an die anderen Maler, die wir gekannt hatten, verfolgte in den Zeitungen, wie sie sich in alle Winde zerstreuten, nach Mexiko flohen, nach Portugal. Das bedeutete, dass es noch weniger Orte gab, wo ich noch hingehen konnte. Sonst sah mich womöglich eines Tages jemand auf der Straße und erkannte mich, ein Gespenst aus einem früheren Leben.

Obwohl ich wusste, dass ich für tot erklärt worden war – manchmal malte ich mir sogar die Beerdigung aus mit den nach Longhurst überführten Überresten jener armen Frau, eine diskrete Angelegenheit in der Dorfkirche –, gab ich mir die größte Mühe, weiterhin unsichtbar zu bleiben. Ich erwarb den Ruf, schüchtern zu sein, ließ lieber meine Fotografien für sich sprechen. *A. Long* stand unter den Bildern, die in den Zeitungen erschienen. Aufträge nahm ich nur an, wenn ich sicher sein konnte, in dem Zusammenhang niemandem zu begegnen, der Juliette Willoughby kannte – keine politischen Veranstaltungen, keine Gesellschaftsanlässe, keine Galerieeröffnungen.

Die Vorstellung, meinem Vater über den Weg zu laufen, konnte mich nachts um den Schlaf bringen. Zum Glück war diese Möglichkeit inzwischen in einige Ferne gerückt. Es war bekannt, dass er sich in letzter Zeit kaum noch im Unterhaus blicken ließ und stattdessen in Longhurst seine ägyptologischen Studien trieb. Dann und wann stand darüber etwas in der Zeitung, eine kleine Notiz, wie viel Geld er für einen Fetzen Papyrus oder einen Sarkophag ausgegeben hatte.

Dann passierte es. Es war ein sonniger Julitag, ich musste für einen Auftrag nach Oxford. Am Bahnhof Paddington sah ich am gegenüberliegenden Bahnsteig einen hochgewachsenen Mann stehen. Seine Hände, in Lederhandschuhen, umklammerten eine Aktentasche. Ich erstarrte. Er war es. Er schien die Reklametafel an meinem Bahnsteig zu studieren. Hätte er nur ein wenig weiter nach links geschaut, hätte er mich gesehen.

Voller Furcht, er könnte meinen Blick auf sich spüren, wandte ich mich hastig ab und ging mit gesenktem Kopf langsam den Bahnsteig hinunter. Als ich noch einmal hinschaute, stand jemand bei ihm und schüttelte ihm die Hand. Gratulierte ihm vielleicht dazu, dass er kürzlich zum Mitglied des Oberhauses ernannt worden war. Überrascht stellte ich fest, dass meine Angst nun noch stärker war als das letzte Mal, da ich ihn gesehen hatte, ein heftiger Ekel ergriff mich bei dem Gedanken, dass wir verwandt waren, dass sein Blut in meinen Adern floss. Nicht nur einmal hatte ich mich gefragt, ob das, was ich Oskar angetan hatte, wirklich ein Unfall gewesen war oder ob irgendein böses Willoughby-Erbe in mir mich dazu gebracht hatte, nach dem Messer zu greifen; mich befähigt hatte, es auch zu gebrauchen. Und dann sagte ich mir: Mein Vater war etwas viel Schlimmeres als ein Mörder.

Obwohl ich sicher war, dass mir niemand gefolgt war, verriegelte ich die Tür, als ich nach Hause kam. Ich wusste jetzt, was ich zu tun hatte. Ich würde *Selbstporträt als Sphinx* noch einmal malen. Oskar hatte es meinem Onkel verkauft, und die Familie hatte es ganz bestimmt vernichtet. Aber was hinderte mich, es ein zweites Mal zu malen? Selbst wenn ich es nicht ausstellen konnte – es würde existieren. Ein unsichtbarer Sieg über meine Familie. Ein Werk, das mich überdauern konnte, ein Symbol der Wahrheit, die mein Vater unterdrücken, aber nicht auslöschen konnte.

Etwas in mir vermisste auch einfach das Malen und nahm begierig die Herausforderung an, zu versuchen, mein armes zerstörtes Werk in seiner ganzen Komplexität neu zu erschaffen.

Ich fuhr nach Covent Garden, in das Geschäft für Künstlerbedarf, in das mich Onkel Austen früher immer mitgenommen hatte (ich ging extra zeitig am Morgen, damit ich ihm dort auch bestimmt nicht begegnete), kaufte die Leinwand und ersetzte gleich einige meiner fast aufgebrauchten Farben, wobei ich darauf achtete, dass ich genau die gleichen Tuben wieder nahm. Schnell stellte ich fest, dass ich die Fotografien des Originals, die ich neben der Staffelei an die Wand geheftet hatte, kaum brauchte. Die Geschichte floss genauso aus mir heraus wie beim ersten Mal. Ich musste sogar an den gleichen Details länger herumkorrigieren: an der Pyramide, meinem Vater in dem Boot, seiner traurigen Fracht, der Beschwörungsformel in Hieroglyphen, die am Eingang zum Ostflügel an den Türsturz gemalt war. Diese Details ordnete ich sorgfältig so an, dass sie eine Botschaft ergaben, die meinem Vater laut und unmissverständlich gesagt hätte: Ich weiß, was du getan hast und warum du es getan hast. Nicht ich bin die Verrückte in dieser Familie. Der Verrückte in dieser Familie bist du.

Jahrelang hatten alle so getan, als merkten sie nicht, dass er immer seltsamer wurde, sein Benehmen immer schrecklicher. Launisch war mein Vater immer gewesen. Einmal hatte ich gesehen, wie er das halbe Haus auseinandernahm und Sachen durch die Gegend warf, nur weil er einen Manschettenknopf vermisste. Wenn jemand zu spät zum Frühstück kam, kochte er vor Wut. Aber nach Lucys Tod wurden die durch Nichtigkeiten ausgelösten Ausbrüche, das Gebrüll, die Raserei noch weitaus schlimmer. Er gab furchtbare Dinge von sich, schrie beim Abendessen, dass ich das Boot absichtlich zum Kentern gebracht hätte und dass er wünschte, *ich* wäre ertrunken. Meine Mutter saß dabei und aß einfach weiter.

Tag für Tag fuhr er allein hinüber zur Pyramide, in der Lucys Leichnam lag. Ihren Geburtstag verbrachte er von morgens bis abends auf der Insel. Wenn sich ihr Todestag jährte, schloss er sich eine ganze Woche im Ostflügel ein.

Er redete mit ihr. Wir wussten es alle, aber niemand sagte etwas dazu. Ob er allein in seinem Arbeitszimmer saß oder im Garten auf und ab ging – immer murmelte er vor sich hin, führte lange, einseitige Gespräche mit meiner toten Schwester. In einem warmen, zärtlichen Ton, den wir anderen nicht von ihm kannten. Manchmal hörte ich ihn spätabends im Ostflügel wieder und wieder seltsame fremde Worte rufen. *Ga ba ka baba ka. Ka ka ra ra phee ko ko.* Als ich meine Mutter danach fragte, sagte sie, das müsse ich geträumt haben, und verbot mir, nach Anbruch der Dunkelheit noch mein Zimmer zu verlassen.

Sobald ich in meiner kleinen Wohnung in Clapton anfing zu malen, tauchten vor meinem inneren Auge noch andere Schnappschüsse aus meiner Vergangenheit auf: ein sittsam gekleidetes kleines Mädchen im Kinderzimmer, das ganze Tage damit verbrachte, wunderliche Aquarelle von Pflanzen und Blumen zu malen, während meine geliebte Schwester mich überreden wollte, zum Spielen mit nach draußen zu kommen. Ich als Achtzehnjährige an einem dunklen Nachmittag in der Kunstschule, wie ich eine junge Frau malte, die – armes Ding – eine üble Erkältung hatte, weshalb die ganze Zeit ein Tropfen an ihrer Nasenspitze hing.

Als ich die Staffelei neben das Küchenfenster stellte, fielen mir die vielen kleinen praktischen Ratschläge ein, die Oskar mir gegeben hatte, zum Anmischen der Farbe oder wie man die Pinsel reinigt. Ich dachte daran, mit welcher Sorgfalt er sich immer seine Materialien zurechtgelegt hatte, bevor er anfing zu arbeiten. Zum ersten Mal seit Paris ließ ich mich von der Kunst völlig vereinnahmen. Es verging Stunde um Stunde bis in den späten Abend, und ich arbeitete wie besessen an einem einzigen Abschnitt. Irgendwann wurde der Bann gebrochen – durch Kinderstimmen draußen, durch ein Klopfen in den alten Rohrleitungen –, und ich merkte, dass es bereits Nacht war und ich Hunger hatte.

Und am Ende, als ich fertig war, als ich fast drei Monate lang keinen Auftrag angenommen und die Wohnung kaum verlassen hatte, wusste ich, dass es vorüber war. Dass ich mit dem Malen überhaupt fertig war, und diesmal für immer. Ich hatte mein Meisterwerk geschaffen, zweimal. Ich hatte bewiesen, dass ich es konnte. Die neue Sphinx, die beides war, Wächterin und Hüterin eines Geheimnisses, hängte ich über das Kopfende meines Bettes. Und als der »Sitzkrieg« zu Ende war und die ersten deutschen Bomben auf englische Städte niedergingen, griff ich wieder zur Kamera.

20. KAPITEL

CAROLINE, DUBAI, ACHTUNDDREISSIG STUNDEN NACH HARRYS TOD

Daves Rolls-Royce fährt gerade beim Hotel vor, als Patrick anruft.

»Gott sei Dank, dass du rangehst. Ich werde angeklagt. Heute gibt's eine Anhörung, in der sie entscheiden, ob sie mich auf Kaution rauslassen oder in ein anderes Gefängnis überführen, wo ich dann auf den Prozess warten muss.«

Er spricht schnell, so schnell, dass ich kaum mitkomme.

»Hast du einen Anwalt? Einen Dolmetscher? Kann ich irgendwas tun?« Ich hole tief Luft. »Hör mal, ich muss dir was erzählen. Ich sitze im Auto, komme gerade von …«

»Ich kann nicht lange sprechen, mein Akku ist fast leer, und wenn das Telefon ausfällt, war's das«, sagt er. »Sarah kommt zu der Anhörung. Mein Anwalt sagt, diese Äußerlichkeiten sind wichtig für den Richter. Es tut mir leid, dass ich dich darum bitten muss, aber bis sie vorhin die Anhörung angekündigt haben, wusste ich nicht mal, welcher Tag heute ist, also: Ich brauche jemanden, der mit Dad redet.«

»Mit deinem Vater? Natürlich, klar. Ich kann ihn anrufen und ihm erzählen, was los ist«, sage ich, auch wenn ich nicht verstehe, warum er gerade mich darum bittet.

»Um Gottes willen, nein! Erzähl ihm nichts. Er weiß, dass ich für Harry ein Bild verkaufen wollte, aber von dem, was inzwischen passiert ist, hat er keine Ahnung. Dad liest keine Zeitung. Er guckt den ganzen Tag alte Filme und erzählt den Pflegerinnen immer wieder dieselben drei Geschichten. Ich werde angeklagt, den Sohn seines besten Freundes ermordet zu haben, und wenn man mich verurteilt, werde ich ihn mit ziemlicher Sicherheit nie wiedersehen. Er schreit ja schon das Heim zusammen, wenn jemand seine Hausschuhe woandershin stellt. Er darf von dieser Sache nichts erfahren, außer wenn es gar nicht mehr anders geht. Es würde ihn umbringen, und das ist keine Übertreibung.«

»Sag mir, was ich tun kann.«

»Wir sprechen jeden Sonntag um die gleiche Zeit per Videochat. Es geht ihm wirklich nicht gut. Die Demenz ist ziemlich fortgeschritten. Er erinnert sich an Sachen, die Jahrzehnte zurückliegen, aber was gestern war, kann er dir nicht sagen. Außerdem regt er sich sehr auf, wenn etwas nicht so läuft, wie er es erwartet, dann tritt und schlägt er um sich und muss manchmal sogar sediert werden. Wenn ich früher daran gedacht hätte, hätten die Schwestern ihn irgendwie ablenken können, aber sonntags wird immer ein ganzes Programm abgespult, da wird er schön angezogen und in seinen Sessel gesetzt, und das iPad wird aufgestellt. Wahrscheinlich sitzt er jetzt schon da und wartet auf mich. Auf Zoom.«

»Geht in Ordnung«, sage ich, frage mich aber auf dem Weg durch die Lobby, ob Patricks Vater es nicht seltsam finden wird, wenn auf seinem Bildschirm die Ex-Frau seines Sohnes auftaucht. »Schick mir den Link.«

Es geht mir zu Herzen, dass Patrick, der allein und voller Angst in einer Gefängniszelle sitzt, sich solche Sorgen macht, dass sein Vater sich aufregen könnte, ein Mann, für den sein Sohn nie an erster Stelle gestanden hat. So war ihr Verhältnis immer – Patrick hat sich verzweifelt gewünscht, von seinem Vater geliebt und anerkannt zu werden, hat ihn unverhohlen bewundert, versucht, in seine Fußstapfen zu treten. Und Quentin hat zwar in Patricks Karriere investiert, eigentlich mehr, als er konnte, aber für das Privatleben seines Sohnes hat er sich nie interessiert, es sei denn, es hatte mit einem großen Landsitz oder einem Freund aus der Privatschule zu tun.

Ich haste hinauf in den siebten Stock, um den Link ungestört in meinem Zimmer zu öffnen. Als ich mich einlogge, wartet Quentin bereits. Eine Pflegerin beugt sich über seinen Bildschirm und stellt irgendwas an der Lautstärke ein. Sie presst die Lippen zusammen, während er aus dem Hintergrund Anweisungen bellt. »Oh, sehen Sie mal, Quentin, heute haben Sie anderen virtuellen Besuch!«

Er scheucht sie weg, rückt sich das iPad zurecht und streicht sich mit einer zittrigen Hand über das silbergraue Haar. Ich verändere an meinem Laptop mehrmals den Kontrast, bis ich schließlich begreife, dass Quentin tatsächlich so gespenstisch blass ist. Er scheint um Jahrzehnte gealtert, seit ich ihn vor fünf Jahren das letzte Mal gesehen habe.

»Hallo, Quentin, ich bin's, Caroline. Erinnerst du dich an mich?«

»Natürlich erinnere ich mich an dich«, sagt er beleidigt. »Du bist Patricks Frau.«

»Na ja, die war ich«, entgegne ich, bin mir aber nicht sicher, ob es ankommt. Sein Zimmer wirkt gemütlich, komfortabel. Hinter ihm ist ein Fenster mit Blick auf Bäume, daneben hängt eine Reproduktion von Seurats *Ein Sonntagnachmittag auf der Insel La Grande Jatte*. Die Pflegerin schlägt vor, dass er mir von seiner Woche erzählt, doch er scheucht sie erneut weg.

»Erzähl mir von dem Bild, Sarah. Ich will alles über Harrys Gemälde wissen.« Ich berichte ausführlich von dem Verkauf, und er beugt sich aufgeregt vor, bis seine Nase fast den Bildschirm berührt.

»Sie haben es verkauft«, teilt er der Pflegerin mit. »Mein Sohn ist Kunsthändler, wissen Sie, er hat gerade ein *sehr* wertvolles Bild verkauft. Der Apfel fällt nicht weit vom Stamm.«

Dann wendet er sich wieder mir zu. »Für wie viel?«

»Zweiundvierzig Millionen Pfund.«

»Ich schätze, jetzt kann er es sich leisten, Sie besuchen zu kommen«, sagt die Pflegerin.

»Besuchen? Er kann ganz zurückkommen, wieder hierherziehen. Jetzt ist er in der Lage, hier eine neue Galerie aufzumachen. Das hat er doch vor, oder, Sarah? Ihr wollt doch nicht ewig an diesem grässlichen Ort bleiben!«

»Das ist Caroline«, korrigiert die Pflegerin ihn sanft. »Caroline, nicht Sarah.«

»Unsinn«, faucht er sie an. »Caroline war Patricks erste Frau.« Er verdreht die Augen in meine Richtung. Dann reibt er sich die Hände. »Erzähl's mir noch mal. Wie hat Harry das Bild gefunden?«

»Also«, fange ich an, »Harry hat das Bild in einem Schrank gefunden, in einem der Schlafzimmer in Longhurst ...«

Er dreht sich zur Pflegerin um und erläutert ihr lang und breit, was Longhurst Hall ist und wie oft er dort zu Gast war, im Grünen Zimmer, beschreibt das riesige Bett, die handgemalte Tapete, ergeht sich in endlosen Einzelheiten.

Und ich habe den Raum sofort vor Augen, denn mir wird klar, dass er das Zimmer meint, das Harry mir gezeigt hat, das mit der Blattmustertapete, die sich von den Wänden löst. Und dann fällt mir ein, wie Harrys Mutter sich dafür entschuldigt hat, dass Patrick für die Nacht der Geburtstagsparty nicht sein gewohntes Zimmer bekommen konnte, weil es einen Rohrbruch gegeben hatte.

Quentin scheint vergessen zu haben, dass ich da bin. Als er aufsteht, sehe ich seinen Schritt in Nahaufnahme, dann höre ich ihn in Hausschuhen über den Teppich schlurfen, immer auf und ab. Die ganze Zeit redet er weiter auf die Pflegerin ein, erzählt von seiner langen Freundschaft mit Philip, und mir fällt ein, dass Patrick mir damals gesagt hat, sein Vater sei ein paar Wochen vor der Geburtstagsfeier ebenfalls in Longhurst gewesen, im Grünen Zimmer. Mir fällt auch ein, dass es Quentin war, der Patrick damals in die Witt Library geschickt hat, um die Longhurst-Fotos dort durchzusehen. Und zwischen denen haben wir dann die Aufnahme von *Selbstporträt als Sphinx* entdeckt.

An Juliettes Bild hat mich immer verwirrt, dass seine einzelnen Szenen Teile eines großen, verschlungenen Narrativs zu sein scheinen. Immer war da das Gefühl, man müsste das Bild nur aufmerksam genug betrachten, dann könnte man ihm eine größere Geschichte entlocken. Aber die Zusammenhänge blieben knapp außer Reichweite, so als könnte ich an sie rühren, sie aber nicht wirklich zu fassen kriegen. Jetzt, da ich weiß, dass und wie Austen das Bild übermalt hat, scheint es mir ein besserer Vergleich, zu sagen: als wollte man ein Puzzle zusammensetzen und wüsste nicht, dass Teile fehlen.

Als ich Quentin jetzt reden höre, spüre ich genau diese Verwirrung wieder.

Er erzählt der Pflegerin noch einmal, für wie viel Patrick *Selbstporträt als Sphinx* verkauft hat. Sie sagt, es sei doch verrückt, dass jemand ein solches verschollenes Meisterwerk einfach so in seinem Haus findet.

»Sie haben ja lange genug dafür gebraucht«, sagt Quentin.

Die Pflegerin kommt herüber zum iPad, sieht, dass die Zoom-Verbindung immer noch steht, und beendet sie, während ich noch versuche, das zuletzt Gesagte zu verstehen, mich frage, ob ich mich vielleicht verhört habe. Und dann wiederholt er es kichernd: »Sie haben wirklich lange gebraucht.«

Dann bin ich allein im Zoom-Raum, nur noch mein Gesicht auf dem Bildschirm, plötzlich im Vollbild und völlig konsterniert. Was sollte das heißen? Ich suche die Nummer des Pflegeheims heraus und versuche es bei der Rezeption. Es meldet sich niemand. Auf der Webseite ist eine Mailadresse angegeben. Ich schreibe sofort, die Pflegerin möge mich bitte dringend anrufen. Als ich den Rechner schon zuklappen will, geht eine Mail ein, von einer mir unbekannten Proton-Mailadresse. Der Name des Absenders besteht aus einer Abfolge von Buchstaben und Ziffern.

Im Betreff steht: »Wie gewünscht: Athenas geheimnisvoller Klient«.

Ich öffne die Mail. Keine Nachricht, sondern nur Anhänge, etliche körnige Aufnahmen aus einer Überwachungskamera. Der Mann auf den Bildern ist eindeutig der von dem VIP-Abendessen, auch wenn er hier weder das blütenweiße Gewand noch die Kopfbedeckung trägt. Stattdessen erscheint er im selben unscheinbaren Milliardärs-Freizeit-Look wie Dave White vorhin. Er ist schlank, muskulös und hat eine dichte dunkle Mähne. Es gibt Bilder von ihm in einem Einkaufszentrum, andere zeigen ihn vor seinem gigantischen Haus. Vor allem aber sieht man ihn am Steuer vieler verschiedener beeindruckender Wagen. Fenster runter, Ellbogen raus, Piloten-Sonnenbrille auf. Auf einem Bild sitzt er in einem türkisfarbenen Porsche, auf einem anderen in einem goldenen Tesla. Noch ein anderes zeigt ihn in einem weißen BMW mit der Aufschrift RICH auf dem Nummernschild. Es gibt einen Bugatti, einen Lamborghini, einen Ferrari …

Ich schreibe Dave eine SMS. Die Mailadresse ist zwar verschlüsselt und kann nicht zurückverfolgt werden, aber ich bin mir sicher, dass die Fotos von ihm kommen. *Danke für die Bilder. Kannst du mir sagen, wer der Typ ist?*

Ich kann noch mehr tun, antwortet er sofort. *Mein Fahrer wartet unten. Er bringt dich zu ihm.*

Der Wagen steht mit laufendem Motor vor dem Hotel bereit. Der Fahrer grinst, als fände er das, was Dave mir gleich zeigen wird, sehr spannend. »Aircondition okay, Madam?«, fragt er, als er losfährt.

Sie haben lange genug dafür gebraucht. Während der Fahrt versuche ich, diesen Satz von Quentin zu deuten. Hatte er gewusst, dass das Bild, nach dem Patrick und ich suchten, noch existierte und dass es die ganze Zeit in Longhurst gewesen war? Möglich. Aber warum hat er es verschwiegen? Es wäre sehr untypisch für ihn, sich so eine Chance auf Ruhm und schnelles Geld entgehen zu lassen.

Dann kommt mir eine andere Möglichkeit in den Sinn – vielleicht ist Quentin ja irgendwann auf das andere Bild gestoßen, das zweite *Selbstporträt als Sphinx,* das Harry im Grünen Zimmer entdeckt und das Patrick jetzt verkauft hat. Schließlich hat Quentin immer in dem Zimmer gewohnt, wenn er in Longhurst war. Trotzdem stellt sich dieselbe Frage: Wenn er wusste, dass es dort war, warum hat er sich dann nicht längst für die Entdeckung feiern lassen und die Kommission für den Verkauf selbst eingestrichen?

Er ist ein sehr alter Mann, sage ich mir. Ein sehr alter, dementer Angeber. Wahrscheinlich wusste er gar nicht, was er sagt.

Nach etwa einer halben Stunde biegen wir von der staubigen Fernverkehrsstraße ab und rollen auf eine Oase aus Frangipani und Bougainvilleen zu: den Desert Palm Polo Club.

»Da sind wir«, erklärt Daves Chauffeur und zeigt auf das niedrige ockerfarbene Gebäude vor uns. Als wir beim Parkservice-Schild halten, klingelt mein Telefon.

»Achte auf den Wagen vor euch«, sagt Dave nur.

Ich richte meinen Blick auf die Fahrerseite, aber es steigt nicht Athenas Klient aus, sondern ein untersetzter Glatzkopf in einem pistaziengrünen Leinenanzug. Er knallt die Wagentür zu und setzt einen Panamahut auf.

»Das ist er nicht«, sage ich ins Telefon.

»Ich weiß. Sieh einfach zu.«

Der Mann in Pistaziengrün gibt seinen Autoschlüssel dem Parkservice-Angestellten, und da erkenne ich ihn: Athenas Klient in unscheinbarem T-Shirt und Shorts ist der Parkservice-Mann.

»Das war ein Scheinkäufer«, sagt Dave, »Athena hat mich ausgetrickst. Sie hat den Preis für *Selbstporträt als Sphinx* absichtlich so in die Höhe getrieben – mithilfe eines Strohmanns.«

»Aber warum?«, frage ich ungläubig. »Was in aller Welt hat sie davon?«

»Ich habe keinen Schimmer. Aber wenn wir es rauskriegen, führt uns das möglicherweise zu Harrys Mörder.«

PATRICK, DUBAI, ACHTUNDDREISSIG STUNDEN NACH HARRYS TOD

Zu sechst schmoren wir hinten in einem Van, alle mit Hand- und Fußfesseln und keiner angeschnallt, sodass wir bei jedem Spurwechsel durcheinanderfliegen. Der Van rast wie verrückt, geht mit quietschenden Reifen in die Kurven, und allmählich glaube ich, dass der Fahrer den Wagen absichtlich schlingern lässt, damit wir ordentlich durchgerüttelt werden. Ich kann mir nur zu gut vorstellen, wie das enden wird: mit einer Kollision bei überhöhter Geschwindigkeit, und wir sechs Gefesselten hintendrin werden in einem Autobahn-Inferno eingeäschert.

Schließlich kommt der Van schlitternd zum Stehen, und die Türen werden aufgerissen. Wir werden nach draußen gezerrt, in einer Reihe aufgestellt und eine Betontreppe hinuntergeführt, in einen Keller, durch einen Gang, in eine Zelle.

Ein Wärter bellt, wir sollen uns auf die Bank dort an der Wand setzen. Es gibt kein Wasser. Kein Tageslicht. Bislang hat keiner von uns einen emiratischen Anwalt gesprochen oder auch nur erfahren, wessen er angeklagt werden soll. Wir warten.

Ein Name nach dem anderen wird aufgerufen. Irgendwann ist endlich auch mein Name dran.

Der Gerichtssaal ist kleiner und bei Weitem nicht so eindrucksvoll, wie ich erwartet habe. Auf der einen Seite des niedrigen Raumes sitzen zwei Männer in Robe, die beide nicht von den Unterlagen vor sich aufblicken, als ich hereingeführt werde. An einem Tisch vor ihnen sitzt ein weiterer Mann in Robe. Er schaut kurz herüber, aber nicht einmal lange genug, dass unsere Blicke sich treffen könnten. Auf der anderen Seite des Raums stehen drei Reihen Stühle, alle belegt. Sarah sitzt, flankiert von Sumira und Tom, in der ersten Reihe. Sie lächelt mir etwas gezwungen zu, was mir vermutlich Mut machen soll. Sumira und Tom, die die Lage besser einschätzen können, wirken tief besorgt.

Immer noch in Handschellen, werde ich zu dem Tisch geführt und angewiesen, mich neben den Mann zu setzen, der sich mit starkem Akzent auf Englisch als mein Anwalt vorstellt. Er erklärt, wie die Anhörung ablaufen wird. Vor ihm liegt eine Mappe mit Dokumenten, die ihm, wie er sagt, gerade von der Staatsanwaltschaft übergeben worden sind.

»Wo ist der Staatsanwalt?«, frage ich und schaue mich um. Er zeigt auf einen der beiden Männer auf der Richterbank. Ich werde aufgefordert, aufzustehen und meinen Namen und meine Nationalität zu nennen.

Das Ganze dauert fünf Minuten. Alles auf Arabisch, und es gibt keinen Dolmetscher. Wenn ich etwas gefragt werde, gibt der Anwalt es mir grob auf Englisch wieder, genauso verfährt er mit meinen Antworten. Ich schnappe Harrys Namen auf. Den Namen des Hotels. Den Namen meiner Galerie. Der Staatsanwalt sagt etwas zum Richter, der etwas zu meinem Anwalt sagt.

Mein Anwalt öffnet seine Mappe. Ich wende mich ab, bin aber nicht schnell genug. Zuoberst liegt da ein Bild, ein Hochglanzfoto von einer zerbrochenen Champagnerflöte. Der gezackte Rand ist braun von Blut, weiter unten sieht man zahlreiche Spritzer.

»Dieses Objekt wurde in Harry Willoughbys Hotelzimmer sichergestellt«, erklärt der Anwalt.

Mir wird schlecht.

Ich höre, wie hinter mir Stühle gerückt werden. Die Leute versuchen, ebenfalls einen Blick auf die Bilder zu werfen. Der Richter fragt meinen Anwalt etwas, und mein Anwalt fragt mich, ob ich das Objekt wiedererkenne. »Nein, ich erkenne es nicht«, sage ich direkt in Richtung des Richters. Mein Anwalt übersetzt. Beide, Richter und Staatsanwalt, reagieren unverhohlen ärgerlich.

Der Richter fordert meinen Anwalt auf, das nächste Dokument vorzulegen. Wieder ein Foto, eine Nahaufnahme des Stiels; er ist mit einem Pulver bestreut, sodass zwei halbe Fingerabdrücke sichtbar sind. Der Richter weist meinen Anwalt an, das nächste Dokument zu zeigen. Es ist eine Fotokopie des Papiers, auf dem die Polizisten bei meiner Inhaftierung meine Fingerabdrücke genommen haben. Neben den Fingerabdrücken steht meine Unterschrift. Über meinen Anwalt fordert mich der Richter auf, meine Unterschrift anzuerkennen.

»Ja, das ist meine Unterschrift«, sage ich klar und deutlich, um mich offen und kooperativ zu präsentieren. Ich bitte den Anwalt, dem Richter zu erklären, dass ich nicht weiß, wie meine Fingerabdrücke auf dieses Glas gekommen sind. Ich bitte ihn, dafür zu sorgen, dass das zu Protokoll genommen wird. Er schüttelt den Kopf.

»In dieser Phase beantworten wir nur die Fragen, die sie stellen«, sagt er.

Das nächste Dokument ist ein Bild aus der Liftüberwachungskamera, der Augenblick, als ich den Aufzug betrete. Bei diesem Bild verweilt der Staatsanwalt einen Moment. Er lenkt unsere Aufmerksamkeit auf den Zeitstempel unten in der Ecke. Es ist kurz nach eins, ich bin allein im Aufzug, stehe mit gefalteten Händen und gesenktem Kopf da.

Der Richter weist meinen Anwalt an, mir zu sagen, ich solle sagen, ob ich das bin. »Ja, das bin ich.«

Auch das letzte Dokument in der Mappe ist ein Bild, wieder eins, das die Überwachungskamera aufgenommen hat, laut Zeitstempel um 03.47 Uhr. Ich bin auf dem Weg nach unten in die Lobby. Ziemlich derangiert, das Haar zerzaust, das Hemd halb offen, keine Krawatte. Der Richter sagt meinem Anwalt, ich solle bestätigen, dass ich der Mann auf diesem Bild bin.

Ich schweige. Ich bringe kein Wort heraus. Mein Anwalt stößt mich leicht an. Ich reagiere nicht.

»Mr Lambert«, sagt er, lauter jetzt. »Erinnern Sie sich, in dem Fahrstuhl gewesen zu sein?«

Das tue ich. Ich erinnere mich lebhaft. Ich kam von Harry und rang noch mit dem, was ich gerade erfahren hatte: dass mein ältester Freund seinen Cousin vom dritten Stock eines Baugerüsts in den Tod gestoßen und das verschleiert hatte, indem er das Auto des Cousins in einen Fluss fuhr. Ich versuchte darauf zu kommen, wer all das wissen konnte – wer Harry mit diesem Wissen um Millionen erpresste.

Ich war so mit diesen Gedanken beschäftigt, dass ich den Mann gar nicht bemerkte, der unten den Aufzug betrat, als ich herauskam. Auf dem Bild ist er aber zu sehen. Er trägt eine dunkle Brille und eine Sportjacke. Im rauchgrauen Spiegel des Aufzugs sieht man sein Gesicht.

Plötzlich stehe ich. Schreie aus voller Kehle. Stoße immer wieder den Zeigefinger auf das Bild vor mir. Versuche, es mit meinen gefesselten Händen hochzuheben und den Leuten, die hinter mir sitzen, zu zeigen. Werde vom Richter angeblafft. Werde vom Staatsanwalt angebrüllt. Beachte ihn nicht. Achte auch nicht auf den Anwalt, der mich wieder auf meinen Stuhl ziehen will. Sarah ist ebenfalls aufgesprungen, versteht nicht, was los ist, kann nicht hören, was ich zu sagen versuche, beugt sich vor.

Der Richter ordnet in scharfem Ton etwas an, und mehrere Männer in kakifarbener Uniform fangen an, den Saal zu räumen, bellen Anweisungen und schieben die Leute Richtung Tür.

Ich höre nicht auf zu schreien, auch wenn in dem allgemeinen Aufruhr kaum eine Chance besteht, dass mich jemand versteht. Ich schreie und wedele mit dem Bild, so weit die Handschellen es erlauben.

Der Richter tadelt meinen Anwalt, mein Anwalt legt die Hände zusammen und bittet in meinem Namen um Entschuldigung. Der Gerichtsschreiber hat aufgehört zu tippen und starrt mich ungläubig an.

Der Mann auf dem Bild – versuche ich ihnen zu sagen. Der andere Mann im Aufzug – will ich erklären.

Der Mann, der da den Aufzug betritt, ist Freddie Talbot.

ALICE LONG, CAMBRIDGE 1990

Ich hätte gleich wissen müssen, dass es ein Fehler war, mir die Retrospektive anzusehen. Eine Ausstellung in der Tate, die erste Einzelausstellung, die Oskar Erlich dort jemals hatte. Monatelang, so kam es mir vor, war in jeder Zeitung, die ich aufschlug, jedes Mal, wenn ich Radio 4 hörte, von ihm die Rede. Juliette Willoughby wurde, wenn überhaupt, nur beiläufig erwähnt: als tragische Muse, als romantische Fußnote. Wenn tatsächlich mal ein Kritiker auf Oskars Jähzorn zu sprechen kam, der auch in vielen Biografien ausführlich beschrieben ist, darauf, wie er mit Frauen umging, dass er zum Beispiel seine Ehefrau hat sitzen lassen, folgte sofort der Hinweis, dass man Künstler und Kunst auseinanderhalten müsse, fragwürdigen Charakter und fiebriges Genie.

Wenn wir anfangen, Künstler danach zu beurteilen, wie sie mit Frauen umgehen …

Ab und zu kam ich noch in die Stadt, wenn zum Beispiel meine fotografischen Arbeiten in einer Galerie in Ostlondon gezeigt wurden, meine Bilder aus dem Krieg oder ein paar von den Sachen, die ich in den Sechzigern für die *Vogue* gemacht habe und in den Siebzigern für die *Sunday Times*. Hin und wieder wurde ich auch zu einer Gastvorlesung ans UCL oder ans King's College eingeladen, wo ich über meinen Werdegang sprach.

An dem Tag war ich mit einer alten Freundin, ebenfalls Fotografin, in Holborn zum Mittagessen verabredet. Wir trafen uns bei einem Italiener, in einer Gegend, die sich seit Jahrzehnten nicht verändert hat, nur ein paar Taximinuten entfernt von King's Cross, wo die Züge aus Cambridge ankommen (nach dem Krieg schien es praktisch, mich dort niederzulassen, es war ruhig und still, aber nahe genug an London, falls ich da zu arbeiten hatte). Inzwischen bestand kaum noch ein Risiko, dass irgendwer, der Alice Long auf der Straße sah, Juliette Willoughby erkannte. Nicht mit dem grauen Haar, das ich zum Knoten gesteckt trug, mit dieser Brille, mit dem Stock und dem Rücken, der jetzt krumm und gebeugt war, nachdem ich jahrzehntelang meine Fotoausrüstung durchs Land geschleppt hatte.

Von jedem verdammten Bus in London sah mich Oskars Gesicht an. Es war ein Foto, das ich gemacht, in meinem Koffer aus Paris mitgebracht und für viel zu wenig Geld an eine Zeitung verkauft hatte. Ich weiß noch, wie lange ich herumprobiert habe, bis ich die Perspektive so hatte, dass durch die Position der Nase, einer Braue und einer Locke, die ihm in die Stirn fiel, die eine Hälfte des Gesichts vollständig im Schatten lag. Auf keinem einzigen Poster, an keinem Bus war ich als Fotografin genannt.

Beim Essen redeten meine Freundin und ich von alten Zeiten, von anderen alten Freunden. Zum Abschied umarmten wir uns, versprachen einander, dass wir nicht wieder so viel Zeit vergehen lassen würden, und plötzlich kaufte ich – den Wein vom Essen noch im Blut – eine Eintrittskarte für die Ausstellung. Und dann war ich auch schon drin, und überall waren Oskars Bilder, einige waren auch in der Ausstellung in den New Burlington Galleries 1936 gewesen, bei der wir uns kennengelernt hatten. Dieselben physischen Objekte in denselben Rahmen, vor denen ich an jenem Abend gestanden hatte. Daneben hingen Fotos von ihm, mit gerunzelter Stirn, konzentrierter Miene, Farbe im Haar.

Und plötzlich war da auch ich. Ein Foto, das ich noch nie gesehen hatte, ausgewiesen als Leihgabe des Man Ray Trusts. Auf dem Schildchen daneben wurde ich als »Jules Willoughby« bezeichnet. Oskar muss das Foto aufgenommen haben, als ich schlief, mein Haar hängt lang über den Bettrahmen herab, über meinem nackten Körper liegt nur ein dünnes Laken, das nicht viel verbirgt. Oskar muss das Bild, ohne meine Zustimmung, mit meiner eigenen Kamera aufgenommen und seinem Freund geschenkt haben.

Mit keiner Silbe wurde erwähnt, dass ich ebenfalls Künstlerin war. Stattdessen gab es eine düstere Anmerkung, dass es sich bei dem Eisenbett auf dem Foto um eben das Bett handeln musste, in dem Oskar Erlich und seine junge Geliebte, eine durchgebrannte Erbin, umgekommen waren.

In den Regalen im Gift Shop standen all die Biografien über all die Männer. All die historischen Abrisse und Memoiren, von Männern geschrieben. Im Katalog, den ich wütend durchblätterte, aber nicht kaufte, wurde der Einfluss von André Breton auf Oskars Denken erörtert, Oskars Werk mit dem von Dalí verglichen. Lang und breit wurde seine Freundschaft mit Man Ray beschrieben und enthüllt, dass zwischen ihm und Max Ernst eine starke Rivalität bestand. Es gab nicht den kleinsten Hinweis darauf, dass ich – oder eine der anderen Künstlerinnen, die in unserem Umfeld arbeiteten und über ihre Arbeit sprachen – auf diese Männer irgendeinen Einfluss gehabt haben könnte. Das einzige Foto im ganzen Katalog, das zwei Surrealistinnen zeigte, Leonora Carrington und Leonor Fini, wie sie Arm in Arm am Seine-Ufer entlangspazieren, hatte ich gemacht. So werden wir aus der Geschichte hinausgemalt, dachte ich.

All die Jahre hatte ich mir gesagt, dass das nicht mehr wichtig war, dass Juliette Willoughby getrost in Frieden ruhen konnte. So war es für mich besser und sicherer. Selbst nachdem ich gehört hatte, dass mein Vater gestorben war – eines Morgens war mir in der *Times* die Todesanzeige ins Auge gesprungen, dazu die seltsame Meldung, dass Onkel Austen Longhurst erben sollte und nicht Onkel Osbert –, gab ich mich nicht zu erkennen. Obwohl ich es war, an die das Haus hätte gehen müssen.

Ich verspürte keinerlei Wunsch, Longhurst zu erben, denn ich wusste, was dort geschehen war. Ich verspürte keinerlei Wunsch, jemals wieder auch nur in die Nähe dieses Ortes zu kommen. Ich hatte ein eigenes Leben, Alice Long hatte ihre Karriere. Ich war stolz auf meine Fotografien, stolz auf das, was ich erreicht hatte. Ich hatte mir einen Namen gemacht, einen neuen. Trotzdem – irgendetwas an diesem Bild von mir ging mir nicht aus dem Kopf.

Zwei Wochen später, an einem grauen Donnerstagnachmittag, teilte mir ein sehr junger, sehr ernster Arzt mit, meine Testresultate legten nahe, dass ich nur noch etwa ein Jahr zu leben hätte.

Das war der Auslöser. Vielleicht hatte ich nur noch ein Jahr, aber das genügte, um die Dinge geradezurücken, in jeder Hinsicht. Es hätte auch da hängen müssen, mein *Selbstporträt als Sphinx,* in der Tate, neben den Erlichs, den Dalís, den Ernsts, den Man Rays.

Ich war der einzige Mensch auf der Welt, der wusste, dass das vermeintlich 1938 in Paris verbrannte Bild noch existierte, jedenfalls eine neue Version davon, von der Künstlerin selbst gewissenhaft neu erschaffen. Es hatte während der vergangenen fast fünfzig Jahre in meinem Schlafzimmer in Cambridge an der Wand gehangen.

Wurde es aber einfach an meiner Schlafzimmerwand gefunden, wenn dann Fremde kamen, um mein Haus auszuräumen, würde niemand etwas damit anzufangen wissen. Die einzigen noch existierenden Fotos vom Original hatte ich in dem abgeschabten Koffer verstaut, mit dem ich damals aus Paris gekommen war. Ohne diese Fotos existierte Juliette Willoughbys *Selbstporträt als Sphinx* nur in einer kurzen Beschreibung im Katalog der Ausstellung von 1938 sowie in einigen wenigen zeitgenössischen Kunstkritiken.

Ich ließ das Problem eine Weile dümpeln und hoffte, dass

sich die Lösung irgendwann wie von selbst präsentieren würde. *Wenn wir unsere Aufmerksamkeit darauf richten, vervielfacht sich der Zufall,* hatte Oskar einmal gesagt, wahrscheinlich war es Breton nachgeplappert. Also lebte ich mein Leben weiter. Nahm meine Medizin. Ging zu meinen Arztterminen. Hatte gelegentlich Cambridge-Studenten zu Supervisionen bei mir. Nahm Einladungen zu Privatbesichtigungen an, hielt ein, zwei Gastvorträge, ging zu einer Beerdigung.

Und dann änderte sich mit einem Schlag alles.

Ich entdeckte es in einem Fenster in der Cork Street, in einer schicken großen Galerie. Angeblich ein Austen Willoughby. Aber ganz offensichtlich – jedenfalls für mich – eine Fälschung. Ich blieb wie angewurzelt stehen. Ein Bild von einem Windhund in einer bewaldeten Landschaft, für das ungeübte Auge nicht schlecht, aber der Neigungswinkel des Kopfes stimmte überhaupt nicht, kein Windhund hält den Kopf jemals so. Und es waren keine Windhundaugen. Wenn es überhaupt Hundeaugen waren, dann die von einem Terrier. Das Bild hatte jemand gemalt, der sich viele Hundeporträts angesehen hatte, aber nicht viele wirkliche Hunde.

Ich trat ein und fragte nach dem Werk. Die alte Dame wurde zuvorkommend behandelt, es gab einen ganzen Vortrag über Austen Willoughby, seine Laufbahn, sein Leben.

»Die Provenienz ist tadellos«, versicherte der Galerist. »Diese Arbeit kommt aus Longhurst Hall, wo der Künstler zu Hause war. Die Witt Library hat 1961 eine fotografische Bestandsaufnahme der Kunstsammlung des Hauses gemacht, und die schließt diese Arbeit ein. Die Fotos befinden sich im Courtauld Institute …«

»Ich weiß, wo die Witt Library ist«, sagte ich nur.

Genauso wie ich wusste, dass dies kein authentisches Gemälde war. Und das hieß, dass auch die fotografische Bestandsaufnahme der Witt Library gefälscht worden war. Ich wollte wissen, wer das gemacht hatte. Wer Gemälde nach Longhurst brachte und andere dort wegholte. Wer diese Gemälde im Namen der Familie an Galerien wie diese verkaufte.

Anscheinend war das, so lautete die Antwort, ein Mann namens Quentin Lambert.

21. KAPITEL

CAROLINE, DUBAI, ZWEIUNDVIERZIG STUNDEN NACH HARRYS TOD

Die Fahrt zurück zum Hotel geht so schnell – vor mir steigt die Stadt aus dem Sand auf wie ein schimmerndes Trugbild –, dass ich kaum verarbeiten kann, was ich gerade gesehen habe. Könnte Harry wissentlich in irgendeinen seltsamen Plan von Athena verwickelt gewesen sein? Falls ja, hat es sich böse gerächt.

Dave hat vorgeschlagen, dass wir uns in der Rooftop-Bar neben meinem Hotel treffen. Ich bin als Erste da und stelle mich auf eine längere Wartezeit ein – von hier oben, vom siebenundzwanzigsten Stock, sieht man gut den kriechenden Verkehr auf die Palm, wo Dave laut Patrick wohnt. Ich suche mir einen Platz mit Blick auf den DJ, den niemand beachtet, bis auf ein paar junge Frauen direkt vor ihm. Sie sehen aus wie Models, mit Schmollmund und langer Mähne, und fummeln ständig an sich herum, wedeln mit den Händen, werfen die Haare zurück. Ich bin so fasziniert, dass ich es gar nicht mitkriege, als gleich darauf Dave kommt.

Er lässt sich in den Sessel mir gegenüber fallen. »Alles klar?«

»Mein Gott, wie bist du denn hergekommen? Geflogen?«

Er lächelt und zuckt die Achseln.

»Nicht wirklich, oder?« Für einen Mann, der vielleicht gerade um zig Millionen Pfund übers Ohr gehauen wurde, scheint er erstaunlich gut gelaunt.

»Wir haben einiges zu besprechen«, sagt er.

»Wohl wahr. Wenn du nichts dagegen hast, könnten wir damit anfangen, wie du so schnell an das Material aus den

Überwachungskameras gekommen bist, das Athenas Fake-Käufer zeigt. Ich verstehe nicht …«

»Das ist mein Geschäft«, sagt er sachlich. »Okay, ein Teil davon. Wir entwickeln und betreiben hochkomplexe Überwachungstechnologie. Meine Systeme fotografieren Leute, erkennen sie wieder und können sie von einem Ort zum anderen verfolgen. Auch wenn sie versuchen, ihre Identität zu verschleiern. Auch wenn sich ihr Äußeres über die Jahre verändert.«

Ich will etwas einwerfen, doch er hebt die Hand.

»Ich glaube, ich weiß, was du sagen willst. Wie alle denkst du sofort daran, zu welchen Zwecken autoritäre Staaten solche Sachen benutzen könnten. Ich verstehe diese Bedenken, ich teile sie. Aber vergiss nicht die ausgesprochen positiven Dinge, die damit möglich sind. Kinderhandel bekämpfen. Bei der Suche nach Vermissten helfen.«

»Du kannst also gezielt nach einem bestimmten Gesicht suchen?«, frage ich. Trotz seiner gut einstudierten Verteidigungsrede finde ich den Gedanken, welchen Schaden solche Technologie in den falschen Händen anrichten könnte, zutiefst beunruhigend. »Demnach können wir mit deinem System Athena Galanis suchen? Und sehen, mit wem sie sich noch getroffen, mit wem sie gesprochen hat?«

»*Können* ist in diesem Kontext ein lustiges Wort. Und *wir* ebenso«, sagt er und zieht die Augenbrauen hoch. »Denn *können* kann bedeuten, ist es technisch möglich, oder auch, ist es – selbst hier in diesem diesbezüglich nicht sehr restriktiven Rechtssystem – legal. *Wir* müssten auf eine Menge streng geschützter Daten zugreifen, auf die *wir* keinen erlaubten Zugriff haben.«

»Den *du* aber hast?«, frage ich.

»Den *ich* habe, genau, denn es ist meine Firma, die diese Daten im Namen meiner Kunden sammelt und schützt.

Aber ich kann diesen Zugriff nicht nach meinem Gutdünken anderen gewähren. Ich habe dir schon geholfen. Sorry, mehr geht nicht. Es tut mir sehr leid für Patrick, aber an diesem Punkt ist Schluss. Mir sind moralisch und juristisch die Hände gebunden.«

Er sieht mich bedauernd an. Dann – oder vielleicht gaukelt mir das nur die Beleuchtung vor – geht sein Mundwinkel ein winziges Stück nach oben. Ich kneife die Augen zusammen. Es ist offensichtlich, er hat Mühe, ernst zu bleiben.

»Ach *komm*«, sagt er schließlich und lacht. »Glaubst du ernsthaft, ich hätte nicht sofort eine Suche nach Athena gestartet, als ich entdeckt habe, was sie da inszeniert hat? Was ich gefunden habe, wird dich interessieren, schätze ich.« Er winkt einem Mann an einem anderen Tisch zu, und der bringt ihm einen Laptop.

»Dein Hubschrauberpilot?«, frage ich halb im Scherz.

»Nein, meinen Hubschrauber fliege ich selbst«, gibt er völlig ernst zurück.

Sich mit sehr reichen Menschen zu unterhalten ist nicht immer einfach, stelle ich fest, unter anderem deshalb, weil man nie weiß, ob sie Absurditäten genauso sehen wie man selbst.

»Okay«, sagt er, »hier.« Er gibt mir ein Zeichen, dass ich mit meinem Sessel zu ihm herumrücken soll, klappt den Laptop auf und klickt sich durch etliche Fotos von Athena, die immer weiter in der Zeit zurückreichen. Athena in einem Nagelstudio. Athena am Strand. Athena am Flughafen von Dubai. Es ist etwas verstörend, sie immer jünger werden zu sehen. Bei einem Foto, auf dem sie auf ein bewachtes Grundstück fährt, hält Dave an.

»Fotos von ihr und dem Parkservice-Mann zu finden war nicht schwer«, sagt er und zeigt mir mehrere Aufnahmen, auf denen die beiden vor dem Polo Club stehen und miteinander reden. »Aber viel mehr Bilder gibt es von ihr und jemandem, den du vielleicht wiedererkennst.«

»Oh Gott, nein, ich hab's gewusst!« Mich durchfährt heftiges Mitleid mit Harry. Wie verzweifelt muss er gewesen sein, dass er sich auf so etwas eingelassen hat?

Dave sieht mich erstaunt an. »Ich weiß nicht, was du denkst, was ich sagen will, aber ich bin mir ziemlich sicher, dass du dich irrst.«

Er drückt eine Taste, und auf dem Bildschirm erscheint jemand, den ich seit Jahrzehnten nicht gesehen habe. Den jahrzehntelang *niemand* gesehen hat. Mein Hirn braucht ein paar Sekunden, um meinen Augen hinterherzukommen, aber es gibt keinen Zweifel: Der Mann auf dem Bild ist Freddie Talbot in mittleren Jahren.

»Das glaube ich nicht«, sage ich. »Das ist ein schlechter Scherz, oder? Ein Fake, das du selbst hergestellt hast oder hast herstellen lassen. Deine späte Rache dafür, dass ich vor dreißig Jahren nicht netter zu dir war.«

Dave dreht sich zu mir um. Das Licht des Bildschirms fällt auf sein Gesicht. Er wirkt ehrlich verletzt. »Die sind echt, Caroline, das kannst du mir glauben – mit so was würde ich keine Scherze machen. Du hängst ohne Pass in einem fremden Land fest, dein Ex-Mann sitzt im Gefängnis und wird eines Mordes angeklagt, in den, wie es aussieht, deine einst beste Freundin zumindest verwickelt ist. Wenn ich da nicht versuchen würde, dir zu helfen, wäre ich ein ziemlicher Arsch, oder? Und das«, er zeigt auf den Bildschirm, »ist nun mal zufällig die Art von Hilfe, für die ich gut ausgerüstet bin.«

»Freddie ist vor dreißig Jahren umgekommen, die Polizei war sich sicher. Das viele Blut. Das verlassene Auto am Fluss. Er kann sich doch nicht seitdem hier versteckt haben!« Ich klinge, als wollte ich mich selbst überzeugen, wenn auch mit wenig Erfolg. »Er hatte eine Mutter, die ihn vermisst hat, seine Familie hat ihn nie für tot erklären lassen, weil sie immer hofften, er kommt irgendwann zur Tür hereinspaziert. So grausam kann doch niemand sein.«

»Meine Systeme arbeiten zu nahezu hundert Prozent fehlerfrei, wenn wir genügend Daten zum Vergleich haben. Normalerweise nutzen wir Bilder aus sozialen Medien, aber da er ›tot‹ ist« – Dave malt Anführungszeichen in die Luft –, »macht Freddie auf Instagram nicht viel. Trotzdem gab es genug Material, mit dem sich arbeiten ließ – nach seinem Verschwinden war sein Gesicht über Monate in sämtlichen Medien präsent.«

Ich erinnere mich nur zu gut. Man konnte keine Zeitung aufschlagen, keine Nachrichtensendung sehen, ohne zu erschrecken, weil man plötzlich Freddie im Abendanzug vor sich hatte, dieses Gesicht mit dem typischen spöttischen Grinsen. Dave scrollt durch weitere Fotos. Freddie und Athena beim Abendessen auf einer Terrasse hier im Financial District. Freddie und Athena, wie sie Hand in Hand an einer Marina entlangflanieren.

»Das ist Freddie vor anderthalb Jahren bei Starbucks«, sagt Dave und tippt auf das Touchpad. »Hier holt er Sachen aus der Reinigung. Hier ist er, drei Wochen vorher, beim Friseur.«

»Wie viel von diesem Zeug gibt es denn?«

»Wie viel willst du? Hier kommt er 2017 im Burj Al Arab an. Hier ist er letztes Jahr zu Neujahr auf der Palm. Hier fährt er 2015 nach Abu Dhabi.«

»Also war er die ganze Zeit in den Emiraten?«

»Seit 2011 auf jeden Fall. Ich kann mit absoluter Sicherheit sagen, dass er in diesen zwölf Jahren kein einziges Mal vom hiesigen internationalen Flughafen gestartet oder da gelandet ist. Weiter reichen meine Daten nicht zurück.«

»Und die ganze Zeit war er mit Athena zusammen?«

»Sieht so aus. Eins will ich dir noch zeigen«, sagt er. »Das hier ist Kameramaterial aus der Nacht von Harrys Tod. Aus dem Hotel.«

»An das du wie gekommen bist?«

»Wir arbeiten mit vielen großen Hotels und Einkaufszentren zusammen.«

»Und du meinst, dass Freddie in unserem Hotel war?«

»Das war er. In einer Zeitspanne von achtzehn Stunden sogar mehrere Male. Unser Material deckt natürlich nur die öffentlichen Bereiche ab, daher haben wir ihn in der Lobby, wir haben ihn im Gym, und wir haben das hier.«

Er startet ein Video, und ich muss ihn bitten, es noch einmal laufen zu lassen, weil ich nicht glauben kann, was ich sehe. Patrick kommt im Erdgeschoss aus dem Aufzug, und im selben Moment tritt Freddie hinein. Er hat die Mütze tief ins Gesicht gezogen und hält den Kopf gesenkt. Patrick, offensichtlich in Gedanken versunken, scheint kaum mitzubekommen, dass da überhaupt jemand ist. Der Zeitstempel am Anfang des Videos zeigt 03.47 Uhr.

»Weißt du vielleicht, in welcher Etage Harry gewohnt hat?«, fragt Dave, dem es offenbar Spaß macht, Detektiv zu spielen. »Wahrscheinlich liegt es an der Ausrichtung der Kameras, jedenfalls haben wir keine Aufnahmen von Harry, wie er in ein Zimmer geht oder aus einem herauskommt. Es gibt immer tote Winkel, daran werden wir arbeiten.«

»Sein Zimmer war nur ein paar Türen von meinem entfernt. Siebte Etage.«

»Interessant. Also, hier verlässt Freddie den Aufzug in der fünften, geht in ein Zimmer, für das er eine Karte hat, und kommt erst am nächsten Morgen um neun wieder raus.«

»Du musst mich zu ihnen bringen«, sage ich. »Zu Athena und Freddie. Du kriegst doch bestimmt raus, wo sie wohnen.«

»Gib mir Zeit bis morgen früh, und ich habe eine Adresse«, verspricht er.

PATRICK, DUBAI, FÜNFZIG STUNDEN NACH HARRYS TOD

Mein Anwalt weigert sich, auch nur eine ungefähre Angabe zu machen, wie lange ich in Haft bleiben muss, bis der Prozess beginnt. Sechs Wochen? Sechs Monate? Unmöglich zu sagen, erklärt er ernst, und dass mein Ausbruch sicher nicht hilfreich war.

Es ist ein anderer Fahrer, ein anderer Van, in den wir nach der Anhörung getrieben werden, wobei die Fahrt selbst genauso beängstigend ist. Noch mehr Angst macht mir allerdings, dass wir nicht zur Polizeiwache zurückgebracht werden, sondern in ein Gefängnis, ein richtiges Gefängnis mit Stacheldraht auf den Mauern. Mit dumpfem Dröhnen schließt sich das Tor, das wir gerade passiert haben, hinter uns. Ein paar Sekunden später halten wir wieder, und es öffnet sich quietschend ein zweites.

Wir werden aus dem Van gescheucht. Ins Gefängnisgebäude geführt. Durch einen eiskalt klimatisierten Gang nach dem anderen. Tür folgt auf Tür. Wir kommen an endlos vielen Zellen vorbei. In jeder scheinen sich mindestens zehn Männer zu befinden. Sie sitzen auf den Stockbetten, schlafen, spielen Karten oder haben sich unter eine Decke verkrochen. Ab und zu bleibt der Gefängniswärter, der vorangeht, stehen und erläutert uns auf Arabisch, wie es hier läuft. Einheimische Häftlinge dolmetschen für uns andere. Wir werden von acht Uhr abends bis acht Uhr morgens in unseren Zellen eingeschlossen. Waschräume gibt es nicht. In jeder Gemeinschaftszelle gibt es ein Waschbecken und ein Hockklosett mit einem Wasserkrug zum Spülen. Als ich in meine Zelle geführt werde, nimmt niemand groß Notiz von mir, außer dass mir gleich klargemacht wird, welche Stockbetten bereits belegt sind.

An der Wand im offenen Bereich hängt ein Bezahltelefon, vor dem zwanzig Männer Schlange stehen. Sechs Wochen, denke ich. Sechs Monate. Ich muss Caroline anrufen. Ich muss mir eine Telefonkarte besorgen. Das Problem ist, dass der Gefängnisladen nur morgens und nachmittags jeweils eine Stunde aufhat, die genaue Zeit aber nicht festgelegt ist. Also liegen alle auf der Lauer, und sobald die Jalousie hochgeht, fängt das Gedrängel an. Nach einer Stunde Schubsen und Rempeln habe ich es gerade ganz nach vorn geschafft, da wird die Jalousie wieder heruntergelassen.

Jetzt ist die Schlange am Telefon noch länger als die eben vorm Laden.

Wissend, dass wir um acht in die Zellen getrieben und für die Nacht weggesperrt werden, harre ich drei Stunden aus. Als ich endlich der Erste in der Schlange bin, heult eine Sirene, und der Wärter fängt an herumzubrüllen. Es ist zehn vor acht, und die, die nicht schon in ihrer Zelle sind, rennen los. Es klingelt bestimmt dreißigmal, bevor Caroline sich meldet. Genau in dem Moment schrillt die Sirene das zweite Mal.

»Ich habe zwei Sekunden, bevor ich in die Zelle muss. Ich muss dir was sagen«, sprudele ich hervor.

Bei ihr läuft im Hintergrund Musik. »Ich verstehe dich kaum, Patrick, warte, ich will nur …«

»Nein, keine Zeit. Caroline, Freddie lebt noch. Freddie Talbot lebt und ist in Dubai. Er war in der Nacht, als Harry ermordet wurde, im Hotel.«

»Ich weiß«, sagt sie. »Wir sind dran, Dave und ich. Wir holen dich da raus, versprochen.«

Dave White? Ich frage mich, ob ich halluziniere. »Und mein Vater? War alles in Ordnung mit ihm?«

»Ja, es geht ihm gut. Aber er hat etwas Seltsames gesagt.« Sie hat sich von meiner Panik anstecken lassen und redet wahnsinnig schnell. »Ist es irgendwie denkbar, dass er die ganze Zeit gewusst hat, dass es in Longhurst ein *Selbstporträt als Sphinx* gab?«

Ein Wärter reißt mir den Hörer aus der Hand und knallt ihn auf die Gabel. Ich bin der Letzte im Gang. Ich beeile mich so sehr, dass ich auf dem Weg in meine Zelle fast über die eigenen Füße stolpere. Dort mache ich es wie die anderen, stelle mich neben mein Bett und lasse die Arme gerade herunterhängen. Es wird durchgezählt. Der Wärter sieht mich scharf an. Dann macht er die Tür zu und schließt ab, und wir legen uns hin; jeder hat ein dünnes Kissen und eine kratzige Decke, die gerade bis zu den Schienbeinen reicht.

In dem Bett unter mir weint jemand die ganze Nacht. Ich höre etwas auf dem Betonboden herumkrabbeln. In regelmäßigen Abständen wandert ein Lichtstrahl durch die Zelle: Wärter schwenken ihre Taschenlampen. Ich kann nicht schlafen, und so denke ich über Carolines Frage nach – und darüber, warum sie das fragt. Natürlich ist es möglich, dass mein Vater die eine oder die andere Version von Juliettes Gemälde einmal in Longhurst gesehen hat, in Austens Atelier oder im Grünen Zimmer – aber selbst wenn, ich kann mir nicht vorstellen, dass er damals – ohne die Fingerzeige und Beweise, die wir im Willoughby-Nachlass und in der Witt gefunden haben – gewusst haben kann, um was es sich dabei handelte.

Eins allerdings wollte ich ihn immer fragen.

Nicht selten haben Leute versucht, uns in der Galerie Sachen zu verkaufen, von denen wir ziemlich sicher waren, dass es sich um Fälschungen handelte. Picassos mit zweifelhaften

Dokumenten. Minderwertige Arbeiten, die etwa Miró zugeschrieben wurden und zu denen es erstaunlich perfekte Herkunftsbelege gab. In vielen dieser Fälle habe ich meinen Vater zurate gezogen. Wie nicht wenige Kunsthändler hat er sich immer für das Thema Fälschungen interessiert, für die Motive dahinter, dafür, wie sie funktionieren. Er konnte sich über einen gelungenen Kunstschwindel diebisch freuen – ein Denkzettel fürs Establishment und so weiter. Er wusste genau zu berichten, wie die großen Fälscher es angefangen hatten und wie sie damit durchgekommen waren. In Filmen und Büchern, betonte er immer, werde viel zu viel Aufmerksamkeit der Frage gewidmet, wie man den Stil eines Künstlers am geschicktesten imitiert. Viel wichtiger sei die Provenienz. Die *Geschichte* eines Werks. Eine plausible Darstellung seiner Reise durch die Zeit.

Die Frage, die ihm zu stellen ich mich nie aufraffen konnte, wäre, ob er selbst je daran gedacht hat, ein Gemälde zu fälschen. Immerhin musste er Studiengebühren bezahlen, Blondinen umwerben, Sportwagen kaufen … Ich bin mir ziemlich sicher, dass er nach der Raffael-Geschichte nur zu gern den Experten eins ausgewischt hätte.

Die Willoughbys haben ihre Sammlung Stück für Stück verkauft, und er war ihr bevorzugter Händler. Das muss eine gewisse Versuchung dargestellt haben. Austen Willoughby war für Fälscher ein Traum – sehr produktiv, ziemlich schablonenhaft, und es gab für seine Werke einen konstanten globalen Markt. Wenn ein Gemälde in der fotografischen Bestandsaufnahme der Witt enthalten, in Longhurst aber nicht zu finden war und ebenso wenig ein Bericht über seinen Verkauf existierte, muss es doch eine unwiderstehliche Idee gewesen sein, bei einem fähigen Menschen einen Ersatz in Auftrag zu geben. Und Philip, der ständig nach neuen Geldquellen suchte, könnte da gut mitgespielt haben.

Und wenn man jemanden findet, der das macht, kann man das Verfahren natürlich auch umkehren. Man kann ein gefälschtes Gemälde fotografieren – mit altem Filmmaterial und einer alten Kamera – und die Aufnahmen einfach in die Longhurst-Akte der Witt hineinschmuggeln. Das hat es alles schon gegeben. Ich weiß noch, wie entsetzt die Kunstwelt war, als ein Betrüger erwischt wurde, wie er Papiere ins Archiv der Tate schmuggelte. Diese Papiere bestätigten die Existenz von gefälschten Ben-Nicholson-Arbeiten, die der Mann selbst in Auftrag gegeben und als echte Werke verkauft hatte.

Die Frage, die mir durch den Kopf geht, lautet: Wenn ich es für möglich halte, dass mein Vater beim Fälschen von Austen-Willoughby-Gemälden mitgemischt hat, kann er dann auch ins Fälschen eines Werkes von Austens Nichte verwickelt gewesen sein?

Nach dem Frühstück – ein Becher Joghurt, kein Löffel, gesüßter Tee mit Milch – stelle ich mich noch einmal in die Schlange vorm Telefon, fest entschlossen, meinen Vater, der morgens am klarsten ist, rundheraus zu fragen. Ich wähle die Nummer des Pflegeheims, und nach langem Warten nimmt endlich jemand ab.

»Kann ich bitte mit Quentin Lambert sprechen? Normalerweise ist er ja um diese Zeit auf, oder?«

»Können Sie bitte einen Augenblick dranbleiben?«, sagt die Frau am anderen Ende. Die Sekunden verstreichen, am anderen Ende der Leitung gibt es eine längere Diskussion, und ich merke, dass die Männer hinter mir in der Schlange unruhig werden.

»Hallo, Mr Lambert?« Das ist jetzt die Stimme einer anderen Frau.

»Hier spricht Patrick Lambert, ja. Ist mein Vater da?«

»Es tut mir sehr leid, Mr Lambert«, sagt sie. »Wir haben

schon versucht, Sie zu erreichen. Ich bedaure, Ihnen mitteilen zu müssen, dass Ihr Vater in der vergangenen Nacht im Schlaf von uns gegangen ist.«

ALICE LONG, CAMBRIDGE 1991

Als ich acht Jahre alt war, verschwand meine Katze. Darüber wären vermutlich die meisten Kinder traurig gewesen, aber ich hing mit meinem ganzen Herzen an der Katze. Wenn ich zu Ferienbeginn nach Hause kam, war sie diejenige, auf die ich mich am meisten freute.

Dass sie mich ins Internat schickten, war eine Erleichterung – ganz bestimmt besser, als ständig mit meinen Eltern in diesem Haus zu sein und das Gefühl zu haben, dass ich ihnen mit meiner tollpatschigen Anwesenheit nur ihren Verlust vor Augen führte. Einmal kam ich den Rasen heraufgelaufen und stand auf den Terrassenstufen plötzlich meinem Vater gegenüber. Einen Moment trat ein Ausdruck auf sein Gesicht, den ich bis heute nicht richtig beschreiben kann: Staunen, Verwunderung, fast haltlose Freude. Dann glitt eine Wolke vor die Sonne, er sah, dass ich es war, und stakste finster vor sich hin murmelnd davon.

Auch die weitschweifigen ägyptologischen Vorträge, in denen er sich bei den Mahlzeiten erging und denen wir aufmerksam zu lauschen hatten, vermisste ich nicht. Ich weiß noch, einmal beim Abendessen wurde mein Onkel Osbert erwischt, wie er Grimassen schnitt und so tat, als nicke er ein, während mein Vater aus dem Stegreif über die korrekte altägyptische Aussprache von *Osiris* referierte. Es hätte fast eine Prügelei gegeben. Danach haben wir Osbert lange nicht mehr in Longhurst gesehen – ein Jammer, denn er war mein Lieblingsonkel, ich mochte seine leuchtend blauen Augen, den blonden Schnauzer und das leicht gerötete Gesicht. »Ihn umweht immer ein Hauch aus dem Flachmann«, sagte meine Mutter. Für mich war er vor allem der einzige Erwachsene, der mir jemals zuzuhören schien.

Onkel Osbert habe ich vermisst, doch das Verschwinden von Katze hat mich wirklich verstört. Sie hatte nie einen richtigen Namen, und ganz sicher war sie nicht als Haustier für mich angeschafft worden. Sie war eine Schildpattkatze, sehr zierlich. Man hatte sie geholt, damit sie die Mäusepopulation klein hielt, aber sie fraß viel lieber die Abfälle, die ich aus der Küche stibitzte und ihr auf der ausgestreckten Hand präsentierte. Meine Mutter musste ihretwegen ständig niesen, und wenn *diese Kreatur,* wie er sie nannte, meinem Vater über den Weg lief, holte er aus und trat nach ihr. An besonders schlechten Tagen drohte er auch, sie zu ertränken.

Deshalb dachte ich, als ich in jenem Sommer nach Hause kam und sie mir nicht zur Begrüßung auf der Treppe entgegenstrich, dass mein Vater seine so oft geäußerte Drohung womöglich wahr gemacht hatte. Ich fragte nach ihr, aber meine Mutter sah mich so verständnislos an, dass ich dachte, sie würde gleich vorgeben, sich gar nicht an das Tier zu erinnern, von dem ich sprach.

»Was hast du getan?«, fragte ich meinen Vater.

Er drehte sich um und musterte mich kühl. »Ich weiß nicht, wovon du redest«, sagte er, und das erschütterte mich etwas, denn ich hatte nie erlebt, dass mein Vater die Unwahrheit sagte, vor allem, weil er es nicht für nötig hielt – es interessierte ihn nicht, was andere über ihn dachten.

Ich suchte im ganzen Haus, in jedem Flur. Ich schaute in jedes Zimmer. Ich spähte in Kamine. Ich suchte hinter Vorhängen. Ich fragte sämtliche Hausangestellten, wann sie sie das letzte Mal gesehen hatten. Eine Woche zuvor, meinte eine, hinten auf dem Rasen. Am Freitagnachmittag, sagte eine andere, vor der Küchentür. Ein Mädchen aus der Spülküche sagte dann, sie glaube, sie habe gesehen, wie mein Vater mit der Katze auf dem Arm zur Insel gefahren sei. Mein erster Gedanke war, dass er hinübergerudert war und sie dort ausgesetzt hatte, um sie aus dem Weg zu haben.

Es war mir strikt verboten, auch nur in die Nähe des Sees zu gehen, und seit dem Unfall mit meiner Schwester hatte ich es auch nicht gewagt. Mit bleischwerem Herzen beschloss ich nun, es doch zu tun. Ich musste es wissen.

Unten am Steg gab es ein Bootshaus, in dem drei kleine Ruderboote lagen. Ich suchte mir das leichteste heraus, zog es zum Wasser, nahm meinen ganzen Mut zusammen und kletterte hinein. Das Boot schaukelte, und ich setzte mich rasch hin, legte die Riemen in die Dollen und zog durch. Das Wasser war flach, am Anfang glitt das Boot nur langsam über die Wasserpflanzen, an denen sich die Riemen ständig verfingen. Dann kam ich schließlich los, und man konnte in der Morgensonne bis auf den Grund des Sees sehen. Ich versuchte, nicht an meine arme Schwester zu denken. Ich versuchte, überhaupt nicht an jenen Tag zu denken.

Auf der Insel angekommen, machte ich das Boot besonders gut fest und ging den schmalen Pfad die Anhöhe hinauf bis zu den Bäumen. Auf der anderen Seite der Insel stand die Pyramide. Ich folgte dem Pfad in ihre Richtung. Wenn jemand das Boot sah, wenn irgendwer merkte, dass ich weg war, und draufkam, wo ich mich befand – es war unvorstellbar, was ich dann für Ärger bekommen würde.

»Katze!«, rief ich leise. »Psst, psst, Katze, wo bist du?«

Schließlich hatte ich die andere Seite der Insel erreicht. Von Katze keine Spur. Der Pfad endete an der Lichtung, auf der die Pyramide stand. In ihrem Sockel war eine Tür mit einem schweren Riegel davor. Das Vorhängeschloss baumelte offen an seinem Bügel. Noch nie hatte ich diese Tür ungesichert gesehen. Ich nahm das Vorhängeschloss ab und ließ es ins Gras fallen. Es gab einen Griff, und ich öffnete die Tür einen Spaltbreit. Beim Hindurchschlüpfen fühlte ich, wie der Stein über meine Schultern schabte. Direkt hinter der Tür führten ein paar Stufen zwischen dumpf riechenden Wänden abwärts.

Unten war es zu dunkel, um die Wände zu erkennen, was in gewisser Weise ein Segen war. In den düsteren Winkel, in dem ich Lucys Sarkophag vermutete, schaute ich lieber nicht. Ich unterdrückte den Impuls, mich bei ihr zu entschuldigen, weil ich hier so einfach eindrang. Irgendwie kam es mir so vor, als wäre die kalte Luft mit ihrer Präsenz getränkt.

In der Mitte des Raums stand ein steinerner Tisch. Etwa drei Viertel davon waren in dem trapezförmigen Lichtschein, der durch die Tür hereinfiel, gut zu erkennen, nur mein eigener Schatten verdeckte zum Teil, was auf dem Tisch lag: ein Bündel, etwas Kleines, Längliches, das fest eingewickelt war.

Bandagen. Das war das Erste, was ich dachte, als ich endlich den Mut aufbrachte, die Hand auszustrecken und das Ding zu berühren. Es war eine Art Päckchen, ungefähr von der Größe einer Katze. Und es war feucht. Der Stoff war durch und durch feucht.

Dann begriff ich, was ich da berührte, und rannte in Panik davon.

Als ich sechzehn Jahre alt war, verschwand eins der Hausmädchen.

22. KAPITEL

CAROLINE, DUBAI, FÜNFZIG STUNDEN NACH HARRYS TOD

Einen doppelten Espresso, bitte«, ruft Dave dem Kellner zu, ohne von seinem Laptop aufzublicken. Ich sehe mich im Hotelrestaurant um und frage mich, wie vielen der Gäste hier klar ist, dass sein Überwachungssystem sie am Frühstücksbüfett filmt. Dass Dave sie, wenn ihm danach wäre, auf seinem Laptop durch die ganze Stadt verfolgen könnte.

Die Wege von Athena und Freddie nachzuvollziehen war jedenfalls einfach, wie es scheint. Dave zeigt mir Freddies tägliche Laufrunde, den Supermarkt, in dem sie ihren Wocheneinkauf erledigen, und Athenas bevorzugtes Lokal fürs Mittagessen – manchmal sitzt sie dort mit Freddie, oft auch mit Leuten, von denen Dave weiß, dass sie Kunstsammler sind.

»Der da ist aus Saudi-Arabien.« Er zeigt auf einen jungen Mann. »Er hat gerade für achtzig Millionen einen Klimt gekauft, mit dem ich auch geliebäugelt habe, aber meine Software sagt, es ist eine Fälschung. Und sie«, er wechselt zu einem Bild von einer älteren blonden Frau, »ist mit einem Oligarchen verheiratet, sie kauft hauptsächlich Manets. Ich beschäftige keine Berater wie Athena, weil ich diese Hilfe nicht brauche, aber für die Leute, die ihr Angebot nutzen, ist es natürlich gut, dass sie ihre Welt kennt, dass sie buchstäblich und im übertragenen Sinn ihre Sprache spricht. Für Athena ist es angenehm, reiche Leute zu beraten, und für die ist es angenehm, auf Athena zu hören, weil sie eine von ihnen war.«

»*War?*« Bei Patricks Privatbesichtigung hat Athena durchaus den Eindruck gemacht, als wäre sie reich.

»Diese Aufnahmen legen nahe, dass von ihrem Geld nicht mehr viel übrig ist. Schau.« Als Erstes öffnet er ein Bild von Athena mit vielen Designer-Shopping-Tüten vor einem riesigen weißen Haus im Zuckerbäckerstil, dann eins, auf dem sie vor demselben Haus zu einem gut gekleideten älteren Mann in eine Limousine steigt.

»Das ist ihr Vater«, sage ich.

»Ja, das ist das Haus in den Emirates Hills, wo sie gemeinsam gelebt haben. Freddie hat auch da gewohnt. Sehr schöne Wohngegend. Ganz anders als Deira, das ist der älteste und bestimmt nicht netteste Teil von Dubai, wo Athena und Freddie kürzlich hingezogen sind.«

Die Fotos zeigen den Kontrast. Kein palastartiges Haus mehr, kein Range Rover, stattdessen steht Athena vor einem Beton-Wohnblock, wo auf den Balkonen Wäsche zum Trocknen hängt, und hält ein Taxi an.

»Also hast du die Adresse«, sage ich.

Dave schiebt mir ein Stück Papier über den Frühstückstisch.

»Sie müsste zu Hause sein«, sagt er. »Freddie hat sich seit ein paar Tagen nicht mehr blicken lassen. Wenn du möchtest, kann ich mitkommen.«

»Nein, danke, das geht auch so.« Ich kann mir nicht vorstellen, dass es wirklich gefährlich ist, meine einstige Freundin zu besuchen, egal, in was sie verwickelt ist. »Wenn du dabei bist, denkt sie, es geht um ihren falschen Scheich und das Geld.«

»Ich hoffe, wenigstens du weißt, dass es mir nicht ums Geld geht. Ich habe Patrick für das Bild das gezahlt, was es meiner Meinung nach wert ist, und das bedaure ich nicht. Im Moment will ich dir einfach dabei helfen, rauszukriegen, was zum Teufel da abläuft. Ich warte hier auf dich. Ich muss sowieso ein paar Dinge abarbeiten, also nimm wenigstens meinen Fahrer«, sagt er so laut, dass der Fahrer am Nachbartisch es hört und nickt.

»Danke, das ist nett von dir.« Ich bin wirklich dankbar, dass er sich so um mich sorgt.

»Wie gesagt, Athena müsste jetzt da sein. Nach unseren Erkenntnissen verlässt sie die Wohnung selten vor zehn Uhr morgens.«

Ich weiß, wie es morgens mit Athena war, das überrascht mich nicht. Ich schaue auf die Uhr, es ist schon kurz vor neun.

»Versprich mir, dass du sofort gehst, wenn dir irgendetwas seltsam vorkommt. Mein Fahrer wartet vor der Tür und spitzt die Ohren, für alle Fälle.«

»Und was macht er, wenn …«

»Dir wird nichts passieren. Er kann zwar keinen Hubschrauber fliegen, aber er hat andere wertvolle Fähigkeiten«, sagt Dave.

Sich an die Geschwindigkeitsbegrenzung zu halten, gehört ganz sicher nicht dazu. Wir rasen die achtspurige Straße entlang, dass Dubais Wolkenkratzer und Einkaufszentren nur so vorbeifliegen. Je weiter wir uns vom Hotel entfernen, desto weniger imposant sind die Bauten, bis wir schließlich durch enge Straßen mit chaotischen kleinen Läden, Schawarma-Lokalen und schwach beleuchteten Barbershops kommen. Es gibt so viele schmuddelige Wohnblocks, und sie sehen alle so gleich aus, dass ich erst merke, dass wir da sind, als der Fahrer hält und mir die Wagentür aufmacht.

»Hier ist es«, sagt er, begleitet mich zur Tür und drückt eine beliebige Klingel. »Paketdienst«, ruft er einfach, und die Tür springt auf.

Wir fahren zusammen nach oben, aber als ich bei Athena klopfe, bleibt er im Hintergrund. Athena macht auf. Sie trägt einen Seidenpyjama. Im ersten Moment erschrickt sie sichtlich, doch sie hat sich schnell wieder im Griff. »Caroline! Ich hab gehofft, dass wir uns noch mal sehen, bevor du fliegst, aber das ist jetzt wirklich eine Überraschung. Mir war nicht klar, dass überhaupt jemand von meinem Umzug weiß – komm doch rein.«

»Danke«, sage ich. »Wir haben wohl einiges nachzuholen.«

Sie lächelt halbherzig, dann führt sie mich durch einen Flur voller Umzugskisten in ein Wohnzimmer mit einem weißen Ledersofa, einem viel zu großen Fernseher und nicht viel sonst. Sie entschuldigt sich kurz, um uns Wasser zu holen. Während sie weg ist, schiebe ich die Lamellen der Jalousie auseinander und werfe einen Blick auf den Balkon, auf dem diverse Gewichte, ein ganzes Sortiment Männer-Sneaker und alles Mögliche an Sportausrüstung verstreut liegen.

»Er ist weg«, sagt Athena hinter mir.

»Also *hat* Freddie hier gewohnt?«, frage ich und meine, in Dubai, aber auch hier in dieser schäbigen Wohnung, aus der sie offensichtlich gerade ausziehen. Sie presst die Lippen aufeinander und schweigt.

»Die ganzen Jahre hat er seine Familie trauern lassen. Patrick und die Osiris-Jungs haben jedes Jahr eine Art Gedenktreffen abgehalten. Und du hast mich weggestoßen, hast mich in dem Glauben gelassen, dass ich ein schlechtes Gewissen haben muss, weil ich dir keine gute Freundin war. Und das war alles Lüge? Er war hier? Bei dir?«

Seufzend stellt Athena zwei volle Gläser auf einen Kaffeetisch. »Setz dich, Caroline. Es ist schon komisch. Wenn ich mir vorgestellt habe, das alles irgendwann mal jemandem zu erklären, habe ich aus irgendeinem Grund immer gedacht, dass du diejenige wärst.«

Ich lasse mich auf dem durchgesessenen Sofa nieder, Athena hockt sich im Schneidersitz auf den Boden. Sie trinkt einen Schluck.

»Erinnerst du dich, dass du ein paar Wochen vor Harrys Party beobachtet hast, wie Freddie in seinem Auto mit jemandem Streit hatte? Das war jemand, dem er Geld schuldete.«

»Ein Drogendealer?«, frage ich, obwohl ich die Antwort kenne.

Sie nickt. »Freddie hat von Anfang an an der Uni Drogen verkauft. Das hat ihm sein Dealer geraten, damit er das bezahlen konnte, was er selbst konsumiert hat – und er hat eine Menge konsumiert. Bei Harrys Feier hatte er den Kofferraum voller Ecstasy-Pillen und Kokain, Zeug, das er gerade erst aus London geholt hatte; alles für die Osiris-Jungs. Ich weiß, ihr zwei seid nie richtig miteinander ausgekommen, aber Freddie ist ein guter Mensch. Er hatte damals einfach zu kämpfen, er hat sich mit Alk und Drogen betäubt und irgendwann die Kontrolle verloren.«

Das sagt sie mit solcher Überzeugung, gestikuliert dazu so lebhaft mit ihren manikürten Händen, dass ich es ihr glatt abkaufen würde – würde ich Freddie Talbot nicht kennen. So aber steigt Zorn in mir hoch über diese Darstellung von Freddie als armer gequälter Seele.

»Er hat es einfach nie geschafft, genug zu verkaufen, um die Kosten seines eigenen Konsums zu decken. Und er hat, wenn er betrunken war oder high, zu viel an seine Freunde weggeschenkt. Der Schuldenberg wuchs. In seinem vierten Unijahr schuldete er denen eine Menge Geld, mit steigenden Zinsen, und der Dealer fing an, ihn zu bedrohen. Dass er ihm was antun würde. Ihn töten. Es gab nur einen, von dem Freddie dachte, dass er eine solche Summe schnell beschaffen könnte und dass er genug zu ihm halten würde, um es auch zu tun. Harry. Freddie hat ihn ein paar Tage vor der Party gefragt.«

»Aber Harry hat doch sein Leben lang darüber geklagt,

dass er kein Geld hat. Warum hat Freddie nicht einfach dich gefragt?«

»Er war zu stolz, mir überhaupt davon zu erzählen. Außerdem wusste er, dass ich an solche Summen nicht herankam. Mein Vater war wohlhabend, klar. Wenn es um eine Handtasche gegangen wäre oder um einen Trip nach Paris, hätte ich eine seiner persönlichen Assistentinnen bitten können, mir die zu kaufen oder zu buchen. Aber die Drogenschulden von meinem Freund begleichen? Mit Bargeld? Undenkbar. Jeder Betrag über fünfhundert Pfund musste von meinem Vater gegengezeichnet werden, und da lagen Freddies Schulden weit, weit drüber. Er wusste, dass es in Longhurst Sachen gab, die so schnell niemand vermissen würde, wenn überhaupt jemals – Schmuck, Tafelsilber, Erstausgaben –, und Harry wusste, wo diese Sachen waren. Er hätte seinem Cousin helfen können; wenn er gewollt hätte, hätte er das Geld leicht aufgetrieben, aber …«

»Natürlich hat Harry das abgelehnt.« Mich wundert eher, dass Freddie ein Ja überhaupt für möglich gehalten hat. »Immerhin hat er verlangt, dass Harry die eigene Familie beklaut.«

Athena verdreht die Augen. »Ach komm. Es ist ja nicht so, als hätte diese Generation Willoughbys irgendwas von den wertvollen Sachen, die sie besaß, selbst gekauft oder auch nur einen Teil ihres Geldes selbst verdient. Freddie war in Not, und für Harry wäre es ein Leichtes gewesen, ihm zu helfen. Er hat es aber abgelehnt. Deshalb hat Freddie beschlossen, bei der Party, wenn alle tranken und tanzten und abgelenkt waren, auf Schatzsuche zu gehen.«

Genau das Gleiche, was ich getan habe, genau zur selben Zeit, denke ich beschämt. Zugleich frage ich mich, ob sie weiß, dass Freddie an dem Tag vormittags schon im Osiris-Clubhaus auf Beutezug war.

»Ich hab ihn in meinem Zimmer erwischt. Er hat die Sachen, die er genommen hatte, in meinen Koffer gestopft. Ich war so sauer, dass ich die Bronzestatuette, die er gerade in meinen Schal gewickelt hatte, an die Wand geschleudert habe.«

Ich erinnere mich genau an den dumpfen Schlag und die lauten Stimmen nebenan, wie ich auf meinem Bett saß und mein Herz hämmerte.

»Und dann kam alles raus. Da erst hat er mir erzählt, in welchen Schwierigkeiten er ist«, fährt sie fort. »Wir haben uns gestritten. Er hat sich dafür entschuldigt, dass er es mir nicht schon früher erzählt hatte. Und während wir darüber sprachen, kam ihm eine Idee, wie er sich an dem Abend viel geschickter beschaffen könnte, was er brauchte. Wenn er seinen Cousin – den aufrechten, biederen Premierminister in spe – dazu kriegte, eine Geburtstagsline Koks zu ziehen, und ihn dabei mit einer von den Wegwerfkameras fotografierte, konnte er ihn erpressen. Aber als das Blitzlicht losging, ist Harry durchgedreht. Es gab ein Gerangel. Freddie ist vom Gerüst gefallen und hat sich auf den Steinplatten den Kopf aufgeschlagen, übel. Er war bewusstlos. Die Kopfhaut war aufgeplatzt. Harry hat Panik gekriegt, nehme ich an. Er dachte, Freddie ist tot oder stirbt gerade, und ist weggerannt. Wollte sich wahrscheinlich später um den Leichnam kümmern und seine Spuren verwischen. Aber vorher habe ich Freddie gefunden.«

»Das Blut«, sage ich. »Als du am Morgen kamst und Patrick und mir erzählt hast, dass Freddie spurlos verschwunden ist, hattest du Blut am Arm. Du hast gesagt, du hättest dich wohl irgendwo verletzt und es nicht gemerkt.«

»Das war Freddies Blut.« Sie nickt. »Alles war voll davon, aber er wollte nicht, dass ich ihn ins Krankenhaus bringe – er hatte dermaßen viel Kokain intus und hatte eine Gehirnerschütterung, er hat bloß herumgeschrien, dass er von der Uni fliegt, dass seine Mutter ihn verstößt. Ich hab den Fahrer meines Vaters angerufen – vielleicht erinnerst du dich an Karl – und ihn beauftragt, Freddie direkt nach London zu bringen, zu unserem privaten Arzt. Ich habe gesagt, er ist ein Freund, er ist schwer gestürzt, er ist betrunken, und es ist ihm zu peinlich, es seinen Eltern zu sagen. Und ich habe gesagt, dass er bei uns bleibt, bis er sich erholt hat.«

»Und du bist in Longhurst geblieben und hast so getan, als würdest du ihn verzweifelt suchen, damit niemand auf die Idee kommt, du könntest mit seinem Verschwinden zu tun haben. Aber warum habt ihr nicht einfach gewartet, bis es ihm wieder gut ging, und seid dann zusammen nach Cambridge zurückgekehrt?«

»Wegen dem, was in Freddies Auto war – das Harry ja wohl halb in den Fluss gefahren hat, damit es so aussah, als wäre Freddie ertrunken. Im Handschuhfach lag sein Notizbuch. Da hatte Freddie, dieser Idiot, die Namen, Telefonnummern und Adressen seiner Hauptlieferanten reingeschrieben, die Daten von den Strippenziehern. Außerdem alle möglichen anderen verfänglichen und leicht zu entschlüsselnden Sachen, was er wann von wem gekauft hatte und so weiter. Ihm war klar, dass das die Polizei direkt zu denen führen würde. Ihm blieb keine Wahl, er musste verschwinden – für ihn war es entscheidend, dass diese Leute dachten, er wäre tot.«

»Warum hast du denn nicht wenigstens mir die Wahrheit gesagt?«, frage ich.

»Freddie und ich hatten uns geschworen, dass wir es überhaupt niemandem erzählen. Du kanntest mich so gut und hast mich immer so leicht durchschaut, da hatte ich Angst, dass du es rausfindest. Also hab ich das Einzige getan, was mir einfiel, damit du nicht argwöhnisch wirst – ich hab aufgehört, mit dir zu reden. Was mir sehr leidtut«, sagt sie, und es klingt tatsächlich nach ehrlichem Bedauern. »Freddie ist in einem unserer Häuser in London geblieben, bis ich meinen Abschluss hatte, und dann sind wir zusammen nach Dubai gegangen.«

»Aber wie konntet ihr das Land verlassen? Es muss doch schon am Flughafen …«

»Wir sind privat geflogen. Das hatte ich schon oft gemacht, daher wusste ich, wie locker sie es da mit den Pässen genommen haben. Außerdem wusste ich, dass eine Menge Leute aus den verschiedensten Gründen in Dubai untertauchen.«

»Und dein Vater hat es nie erfahren?«

»Oh, doch. Als Freddie hier war, kam alles raus. Es gab Riesenkrach, aber Freddie konnte ihn für sich gewinnen. Und Dad war Polo-besessen, da hat es sicher geholfen, dass Freddie fast fertiger Tiermediziner war.«

Ich kann mir sofort vorstellen, wie Freddie seinen Megacharme angeknipst hat. Ich war dagegen immer immun, aber auf andere Leute hatte er offenbar eine magische Wirkung.

»Wollte Freddie nie nach Hause zurück?« Ich versuche, mich in seine Lage zu versetzen. Ich habe mir mein Leben lang gewünscht, ich hätte einen Tag – eine Stunde – mehr mit meiner Mutter gehabt. Dass ich mich freiwillig entschieden hätte, sie nie wiederzusehen, ist für mich unvorstellbar.

Sie schüttelt den Kopf. »Wozu? Seine Mutter war in Südafrika und wollte ihn nicht. Zu dem Zeitpunkt, als er aus England wegging, hatte er Schulden, war drogenabhängig und kurz davor, seinen Abschluss zu vermasseln. Hier konnte er neu anfangen, und wir hatten eine Abmachung: dass er, wenn er einmal in Dubai ist, auch in Dubai bleibt und dass er clean bleibt. Dafür gibt es keinen besseren Ort, denn wenn du hier erwischt wirst, ist die Strafe heftig.«

Darüber denke ich eine Weile nach. Ich habe immer Freddie für einen Meister im Manipulieren gehalten, aber jetzt sehe ich, dass Athena diejenige ist, die das Ganze zu ihrem Vorteil gewendet hat. Damit hatte sie den Mann, den sie immer wollte, ganz für sich.

»Aber jetzt geht ihr, das ist offensichtlich.« Ich zeige auf die Umzugskisten. »Was hat sich geändert?«

»Mein Vater ist gestorben«, sagt sie nur.

»Das tut mir leid.«

»Oh, mir auch«, sagt sie bitter. »Und der Verlust geht tiefer, als wir uns das je hätten vorstellen können. Als wir nämlich endlich aus seinem Testament schlau wurden, kam raus, dass er uns nichts hinterlassen hat als einen Berg Schulden. Das ganze Ding war über Jahre hinweg eine einzige Scharade. Endlose Finanztricksereien. Wenn die Leute denken, du bist reich, leihen sie dir nur allzu gern Geld oder weiten deinen Kreditrahmen aus. Und wenn sie dann feststellen, dass du gar nicht reich bist …«

»Landest du hier.«

»Genau. Das war irgendwann mal die Wohnung von unserer Haushälterin – die wir entlassen mussten, weil es kein Haus mehr gab, in dem sie hätte arbeiten können. Komisch, aber die Wohnung war das Einzige, was meinem Vater überhaupt noch gehört hat. Ich selbst besaß gar nichts, und ich hatte nie ernsthaft Geld verdienen müssen. Freddie hat nie was verdient und konnte es auch nicht. Also waren wir pleite. Aber Freddie hat immer im Blick behalten, was zu Hause in England los war – er hatte Google Alerts eingerichtet, las die Zeitungen. Er hat genau verfolgt, wie die Leute, denen er noch Geld schuldete – die vielen Leute, die er in seinem Notizbuch aufgelistet und damit verraten hatte, die vielen Leute, vor denen er aus dem Land geflüchtet war –, im Lauf der Jahre starben oder für lange Zeit im Gefängnis verschwanden. Wir haben darüber gesprochen, aber er wollte nicht zurück, auch wenn ihm keine Gefahr mehr drohte. Und dann haben wir, weil er immer alles verfolgt hat, erfahren, dass Longhurst Hall zum Verkauf stand.«

Ich versuche, mir vorzustellen, wie es ist, einem vorenthaltenen Erbe so nachzutrauern, dass man in den Zeitungen nach Meldungen darüber sucht.

»Und er wollte das Geld dafür haben?«

»Bis das Kartenhaus hier eingestürzt ist, haben wir auf Kosten meines Vaters gelebt, jahrelang. Freddie wollte mir etwas Gutes tun, er wollte uns aus dieser schrecklichen Lage befreien«, verteidigt sie ihn und blickt sich in der heruntergekommenen Wohnung um. »Und wenn Longhurst verkauft wurde, stand ihm auch ein Anteil des Erlöses zu. Schließlich hätte das Haus eigentlich an seinen Großvater und dann irgendwann an ihn gehen müssen.«

»Also hat er beschlossen, sich das, was er wollte, zu holen, indem er Harry erpresst.«

Sie nickt. »Freddie hat die Fotos, die er während der Party gemacht hat, immer aufbewahrt. Sie waren eine Art Versicherung. Er wollte sie benutzen, um seinen Anteil einzufordern. Anonym – Harry hatte ja keine Ahnung, dass sein Cousin noch am Leben ist. Freddie hat ihm die Fotos geschickt und dazu geschrieben, dass er wüsste, was damals passiert ist, dass Harry ein Mörder ist und Freddies Auto in den Fluss gefahren hat, um seine Tat zu verschleiern. Er hat gedroht, das öffentlich zu machen, wenn Harry nicht zahlt.«

»Und als Freddie hörte, dass Harry das *Selbstporträt als Sphinx* entdeckt hat, fand er, dass ihm auch die Summe zusteht, für die das Bild verkauft wird«, sage ich. Nach und nach fügt sich alles zusammen. »Und du hast mit deinem Scheinkäufer und seinem Fake-Gebot dafür gesorgt, dass es eine enorme Summe wurde.«

»Ein Kunstwerk ist immer nur so viel wert, wie jemand dafür zu zahlen bereit ist«, sagt sie achselzuckend. »Ich habe Dave White nicht gezwungen, mit seinem Gebot hochzugehen.«

»Aber mich wolltest du zwingen, das Bild für echt zu erklären.«

»Ja. Freddie hat die Fotos gemacht, als er auf dem Gerüst war und auf Harry gewartet hat. Er hat viele Fotos gemacht an dem Abend. Er hat sie alle entwickeln lassen, und auf den meisten sieht man nur Leute im Gebüsch knutschen oder die Osiris-Typen platt auf dem Rasen liegen, aber ein paar haben sich als sehr nützlich erwiesen.«

»Hat Harry herausgefunden, dass Freddie der Erpresser war?« Ich muss daran denken, wie elend und gehetzt er an dem Abend vor seinem Tod aussah. »Ich hatte nämlich keine Ahnung, wer mir diese Bilder schickt.«

»Nein, und der Plan war, dass er es auch nie herausfinden sollte. Aber als Freddie mitbekam, dass sein Cousin hier war, konnte er nicht widerstehen. Er wollte Harry Angst einjagen, wollte eine große Summe auf einen Schlag verlangen, um uns für immer abzusichern.« Sie blickt auf ihre Hände hinab und zuckt die Achseln. »Aber Harrys jähzornige Art …«

»Was für ein verdammter Blödsinn«, rufe, nein, schreie ich. Ich kann nicht länger an mich halten. »Das glaubst du doch selbst nicht! Niemand schneidet einem anderen versehentlich die Kehle durch, mit einem Glas, auf dem zufällig die Fingerabdrücke von einem anderen sind! Dass Freddie ein schrecklicher Kerl ist, habe ich immer gewusst, aber dass du so dumm bist – das hätte ich nie gedacht!«

Athenas Ausdruck wird eisig. »Denk, was du willst, Caroline, das ist mir egal. Aber fürs Protokoll: Ich bin mit Freddie Talbot zusammen, seit ich achtzehn war. Und wie ist deine große Cambridge-Lovestory ausgegangen?«

»Wie kannst du es wagen …« Ich springe so heftig auf, dass ich den Kaffeetisch umreiße und die Wassergläser auf die Fliesen fallen. »Vielleicht sind wir nicht mehr zusammen, aber Patrick Lambert ist der freundlichste, loyalste Mensch, den ich kenne, und er sitzt für etwas im Gefängnis, das Freddie getan hat. Ich gehe zur Polizei. Ich erzähle ihnen, was du mir erzählt hast.«

Sie schüttelt den Kopf. »Sie werden dir nicht zuhören. Du musst wissen, dass ich dir das alles nur erzählt habe, weil Freddie schon davongekommen *ist*. Bei der Polizei hier denken sie, sie haben ihren Mann, deshalb werden sie nicht weiter ermitteln. So läuft es hier nun mal. Und es wäre sowieso egal. Während wir hier reden, sitzt Freddie schon mit einem gefälschtem Pass in einem Privatflugzeug.«

»Und fliegt wohin?«

»Nach Longhurst natürlich. Die Drogendealer, vor denen er solche Angst hatte, sind tot oder für immer im Gefängnis, da droht keine Gefahr. Die Aussichten, dass er selbst wegen irgendwas belangt wird, sind gering, denn wer könnte schon gegen ihn aussagen? Er ist nie offiziell für tot erklärt worden, und da Harry nicht mehr da ist und auch sonst keine Verwandten, wird das Haus an den Nächsten in der Sippe gehen. Freddie bekommt, was ihm rechtmäßig zusteht – und wenn sich alles beruhigt hat, fliege ich zu ihm.«

Ich habe noch nie im Leben jemanden geschlagen, aber jetzt muss ich meine ganze Beherrschung aufbieten, um diesem selbstgefälligen Gesicht nicht eine zu verpassen.

Stattdessen laufe ich aus der Wohnung und knalle die Tür hinter mir zu.

PATRICK, DUBAI, SECHZIG STUNDEN NACH HARRYS TOD

Als der Wärter meinen Namen ruft, erwarte ich nichts Gutes. Ein Verhör. Eine Verwarnung. Eine Bestrafung. Er fragt auf Arabisch, ob ich etwas mitnehmen möchte – ein Zellenkollege übersetzt es mir –, und ich schüttele den Kopf. Anscheinend verlassen wir das Gefängnis, statt tiefer ins Innere vorzudringen. Für den Bruchteil einer Sekunde gestatte ich mir einen Funken Hoffnung.

Dann halten wir an, und ich werde in einen Raum geführt, in dem mehrere Männer auf einer Bank sitzen, alle mit gesenktem Kopf, alle in Handschellen, alle anscheinend genauso verwirrt und unruhig wie ich. Einige haben, wie es aussieht, statt der Gefängniskluft – weißer Kasack, weiße Hose – die Sachen an, in denen sie festgenommen wurden. Keiner blickt auf.

Der Wärter hinter seinem Schreibtisch ruft einen Namen, und der Mann ganz am Ende der Bank erhebt sich, geht hinüber, setzt sich auf den Stuhl dem Wärter gegenüber und legt eine blaue Plastiktüte auf den Tisch. Der Wärter holt Stück für Stück ein paar kümmerliche Gegenstände daraus hervor und vermerkt sie auf einer Liste. Ein Gürtel. Ein altes Nokia-Handy. Eine Plastikflasche mit Wasser. Als er fertig ist, wird der Mann unsanft zur Tür hinausbefördert. Ich beuge mich vor und stütze den Kopf in die Hände. Sie bringen uns in ein anderes Gefängnis. Ich gerate tiefer in die Eingeweide des Systems.

Auch wenn ich lieber nicht hinschaue – ich höre doch, wie weitere Männer in den Raum gebracht und andere hinausgeschoben werden, höre die Plastiktüten rascheln, das Kratzen des Stifts auf dem Papier, höre, wie Namen aufgerufen werden. Irgendwann bellt der Wärter auch meinen

Namen, und ich setze mich auf den Stuhl ihm gegenüber. Er legt eine wiederverschließbare durchsichtige Tüte vor mich hin. Darin sind mein Telefon, mein Gürtel, meine Schlüssel und die Kleider, in denen ich hergekommen bin.

»Auf Wiedersehen, Mr Lambert, Sie können gehen«, sagt er unbewegt und deutet auf eine andere Tür als die, durch welche die Häftlinge vor mir verschwunden sind. Aufstehen kann ich, aber meine Beine scheinen nicht mehr zu wissen, wie Gehen geht. Ich stehe immer noch wie angewurzelt da, als der nächste Name gerufen wird.

Frederick Talbot.

Das muss Einbildung sein. Ich habe seit Tagen nicht geschlafen, ich habe kaum etwas gegessen. Mein Hirn erfindet den Mann, der da mit einem Bündel unter dem Arm auf mich zukommt. Wir sehen einander in die Augen, und er nickt.

Er *ist* es. Das ist tatsächlich Freddie.

Selbst in Handschellen hat er noch etwas von der alten Unbekümmertheit, dieser rotzigen Selbstgewissheit. Nachdem er kurz gestutzt hat, tritt ein ironisches Grinsen auf sein Gesicht. Er kommt näher, und ich spüre, wie er mich mustert. Vielleicht will er nur sehen, wie ich mich im Lauf der letzten drei Jahrzehnte – der letzten drei Tage – verändert habe. Vielleicht fragt er sich, wie es ist, in meiner Haut zu stecken.

»Hallo, Patrick«, sagt er. Wir sind höchstens noch einen halben Meter voneinander entfernt, hinter jedem von uns geht ein Wärter.

»Du hast ihn umgebracht«, sage ich. »Du Scheißkerl hast Harry umgebracht.«

Er leugnet es nicht.

»Er hat mich zuerst umgebracht«, sagt er.

Dann knallt irgendwo eine Tür, und Freddie zuckt zusammen, und in dem Augenblick sehe ich, wie das Grinsen bröckelt, die ganze falsche Großmäuligkeit ins Wanken gerät. Bevor ich das alles überhaupt richtig verstehe, werde ich schon den Gang entlang zu einer Tür und dann durch noch eine Tür geführt, und dann bin ich draußen und blinzele in der Sonne, die solche Kraft hat, dass es sich buchstäblich anfühlt wie ein Schlag ins Gesicht. Der Stacheldraht auf der Mauer blinkt im grellen Licht. Die Luft über dem Asphalt flimmert.

Einen Moment lang bin ich kurz davor, auf die Knie zu fallen und den Boden zu küssen. Mitten auf dem Parkplatz steht ein silberner Rolls-Royce. Daneben steht Caroline. Nie im Leben war ich so froh, jemanden zu sehen. Irgendwie schaffe ich die halbe Strecke bis zu dem Wagen, dann geben die Beine unter mir nach. Caroline ist gerade noch rechtzeitig bei mir, um mich am Umfallen zu hindern.

Zusammen wanken wir zu dem Wagen, und sie bugsiert mich auf die Rückbank. Dann habe ich plötzlich eine kalte Wasserflasche in der Hand und trinke gierig. Die Art, wie Caroline und der Fahrer mich anschauen, sagt mir, dass ich noch schlimmer aussehe, als ich mich fühle. Caroline hat Tränen in den Augen.

»Fahren wir«, sagt sie. Die Türen werden automatisch verriegelt, was mich zusammenzucken lässt. Auf dem Beifahrersitz sitzt Dave White. Langsam glaube ich, das alles ist eine Fata Morgana.

»Was ist los? Ich verstehe nicht … Gerade habe ich gesehen, wie Freddie ins Gefängnis gebracht wurde. Wie habt ihr …«

Am Fenster zieht die Wüste vorbei. Über längere Zeitspannen ist die Aussicht so gleichförmig, dass man denken könnte, wir kämen kaum voran. Caroline und Dave wechseln einen Blick, und er nickt.

»Wenn wir aus diesem Auto ausgestiegen sind, dürfen wir

darüber niemals wieder vor jemand anderem sprechen«, sagt sie. »Das eine ist das, was ich dir gleich erzähle, das andere ist das, was alle glauben.«

»Ich versteh kein Wort, und ich weiß nicht, ob ich dich nicht nur träume, aber gut, in Ordnung«, sage ich, und als sie ihre Hand in meine legt, mir in die Augen schaut und sagt, dass sie wirklich da ist, dass sie bei mir ist, bin ich kurz davor, loszuheulen.

»Es war ein Touristenhandy«, sagt sie. »Es war ins WLAN des Hotels gegenüber eingeloggt, und der Tourist hat die Aussicht gefilmt. Seine Kamera hat ihn erwischt. Freddie, wie er von einem Balkon auf den nächsten klettert. Weißt du noch, dass er immer gern irgendwo raufgeklettert ist?«

»Wie könnte ich das vergessen.«

»Man sieht, wie er auf meinen Balkon klettert, nachdem ich schlafen gegangen bin. Wie er ein Glas nimmt. Dein Glas. Das, an dem kein Lippenstift war. Dann sieht man ihn rüber zu Harrys Balkon klettern. Er hat es genau geplant. Hat ein Zimmer zwei Etagen unter uns gebucht und mit einem falschen Ausweis eingecheckt. Harry muss gedacht haben, er sieht ein Gespenst, als Freddie zur Balkontür hereinkam.«

Ich versuche es mir vorzustellen. Wie einen durch das eigene Spiegelbild hindurch jemand anstarrt, von dem man dachte, er sei seit dreißig Jahren tot. Ein Mann, von dem man immer dachte, man hätte ihn umgebracht.

»Und der Handybesitzer hat das an die Polizei gegeben? Deswegen bin ich jetzt hier?«

»Nein, ganz so ist es nicht«, mischt sich Dave White ein. »Manche Teile meines Geschäfts sind weniger allgemein bekannt als andere … Weil Überwachungskameras nie alles abdecken, haben wir Möglichkeiten entwickelt, auch die toten Winkel einzusehen. Zum Beispiel haben wir versuchsweise Hotelgästen freies WLAN angeboten, um darüber auf deren selbst aufgenommenen Content zuzugreifen. Dadurch haben wir ein breiteres Spektrum an Datenpunkten – Zeit, Ort, Datumsstempel …«

»Er plündert aus der Ferne die Aufnahmen von anderen Leuten«, sagt Caroline unumwunden. »Verschafft sich Zugang zu den Camera-Roll-Verzeichnissen und so ziemlich allem, was er da findet, und benutzt es, um die Leute auszuspionieren.«

»Das stimmt nicht *ganz*. Das, was wir sammeln, verwenden wir nie auf schädliche Weise, oder eher, wir lassen nicht zu, dass Bösewichte es auf schädliche Weise verwenden. Aber es stimmt, auf diesem Weg haben wir das Material gefunden, das dich entlastet. Wir haben innerhalb bestimmter zeitlicher und lokaler Parameter gesucht. Und als wir die Aufnahme gefunden hatten, mussten wir sie nur noch breit in den sozialen Medien streuen. Die Zeitungen haben dann nicht lange gebraucht, um es aufzugreifen.«

»Ein paar Stunden später war es auf der Webseite der *Daily Mail*«, sagt Caroline. »Die Polizei hat Freddie auf einem privaten Flugfeld aufgegriffen. Er wollte gerade in einen Privatjet steigen, um nach Großbritannien zu fliegen.«

Sie stöhnt kurz auf, und ich sehe, dass meine Fingerknöchel ganz weiß sind, so fest drücke ich ihre Hand. Unsere Blicke treffen sich, sie schaut schnell weg. »Sie haben mir meinen Pass zurückgegeben«, sagt sie. »Ich kann das Land verlassen.«

Ich nicke benommen. »Natürlich«, sage ich. »Natürlich.«

»Heute Abend um acht geht ein Flug.«

»Ah, ja.«

Je mehr die Euphorie über die neu gewonnene Freiheit abklingt, desto deutlicher wird mir, dass ich überhaupt nicht weiß, was ich jetzt machen soll. Ich weiß nicht mal, wo ich jetzt hinsoll. Meine Ehe ist am Ende, und mir ist völlig klar, auf wessen Seite unsere Freunde sein werden. Ich halte Carolines Hand immer noch fest in meiner.

»Mein Dad ist gestorben«, sage ich und habe ein Brennen in der Kehle. Es ist das erste Mal, dass ich es ausspreche.

»Es gibt noch etwas …«

Wir haben gleichzeitig gesprochen. Wir verstummen beide.

Caroline sucht eine Weile nach den richtigen Worten, und dann sagt sie: »Ich weiß nicht, warum oder was er davon gehabt hätte, aber ich glaube, dein Vater hatte es so geplant, dass wir *Selbstporträt als Sphinx* am Abend von Harrys Party finden. Im Rückblick kommt es mir so vor, als wäre uns der Weg zu einer Version des Bildes regelrecht mit Brotkrumen ausgestreut worden, nur sind wir durch Zufall genau auf die andere gestoßen. Du warst immer in diesem Grünen Zimmer untergebracht, oder? Nun, genau da hat Harry das zweite *Selbstporträt als Sphinx* entdeckt – und inzwischen glaube ich, dass dein Vater es dort deponiert hatte, damit wir es finden.«

Ich versuche das nachzuvollziehen. Es *könnte* sein.

»Auf dem Bild, das wir 1991 gefunden haben«, fährt Caroline fort, »sind bestimmte Schlüsselelemente übermalt. Und laut Daves Analyse stammt diese Übermalung von Austen Willoughby.«

»Wenn es das Bild war, das sich in seinem Besitz befand, passt das ja«, erwidere ich.

»Weißt du noch? Harrys Großmutter hat bei der Geburtstagsfeier gesagt, Austen hätte ihr versichert, dass er das Bild zerstört hat. Hier meine Hypothese: Austen hat *Selbstporträt als Sphinx* irgendwie in Paris an sich gebracht, noch vor dem Brand. In Juliettes Tagebuch steht, dass er zur Ausstellungseröffnung da war. Deshalb hat sie es zurückgezogen. Verkauft hätte sie es ihm niemals, aber vielleicht hat er es gestohlen. Vielleicht hat er Juliette und Oskar umgebracht, das Bild genommen und dann Feuer gelegt, um seine Tat zu verbergen. Aber was ist dann passiert?«

Ich schüttele den Kopf. »Weißt du, wie viele Nächte ich nicht anständig geschlafen habe?«

»Aus irgendeinem Grund, den niemand erklären kann, hat Cyril, dessen beide Töchter tot waren und der auch sonst keinen Erben hatte, Longhurst nicht dem zweitältesten Bruder Osbert hinterlassen, sondern dem jüngsten, Austen.«

»Ja, so war es«, sage ich. »Aber warum ist das relevant?«

»Ich glaube, Austen ist irgendwie in Paris an das Bild gekommen, hat es sich genau angesehen und die verschlüsselte Botschaft darin erkannt. Und dieses Wissen hat er benutzt, um Cyril zu nötigen, dass er sein Testament ändert.«

»Mein Gott, diese Familie hat wirklich was für Erpressung übrig.« Langsam verstehe ich. »Das muss bedeuten, dass das Gemälde Cyril mit irgendetwas in Verbindung bringt.«

»Genau. Es bedeutet auch: Als Austen seiner Frau versicherte, er hätte das Bild vernichtet, hieß das, er hatte damit auch den Beweis dafür vernichtet, dass er seinen Bruder genötigt hatte, ihm das Haus zu vererben. Aber aus irgendeinem Grund konnte er es nicht – vielleicht, weil er selbst Maler war und den ästhetischen Wert des Bildes, das er in seinen Besitz gebracht hatte, erkannte. Stattdessen hat er einfach die Stellen, die die Anschuldigungen belegt hätten – jedenfalls für jemanden, der wusste, wonach er suchte –, übermalt.«

Bis zu Carolines Hotel ist es nicht mehr weit, der Verkehr verdichtet sich immer mehr. Ich liebe das, wird mir klar, ich liebe es, mit ihr zusammen zu sein, ihrem Verstand bei der Arbeit zuzusehen, zu erleben, mit welcher Eleganz sie ein Problem auseinandernimmt.

»Deswegen glaube ich, dass die Gemälde beide echt sind, beide von Juliette«, sagt sie. »Weil unter Austens fachmännischer Übermalung die gleichen Dinge liegen, die man auf dem anderen Bild sieht. Beide Bilder sind genau gleich, und außer ihr selbst hat das bisher niemand gewusst.«

Lächelnd wartet sie darauf, dass einer von uns anderen das letzte Puzzleteil an die richtige Stelle legt.

Dave White hat sich auf seinem Sitz umgedreht und schaut sie an. Er grinst.

»Du hast es rausgefunden, oder?«, sagt er. »Was es ist. Das Geheimnis der Sphinx.«

»Kann sein. Die Elemente, die Austen übermalt hat, sind dafür alle wichtig. Klar scheint mir, dass Cyril in der Pyramide auf der Insel etwas verborgen hat«, sagt sie.

»Vielleicht einen Leichnam?«, frage ich. »Etwa den Leichnam des Vermissten Hausmädchens?«

»Das wäre naheliegend, ja.«

»Du meinst, Cyril hat sie umgebracht? Das ist sie, die eingewickelte Gestalt in dem Boot auf dem Bild?«, fragt Dave.

»Das ist meine Theorie. Aber es geht noch weiter. Denkt mal an das Gesicht von dem Mann auf dem Boot, an diesen Schnabel.«

»Du hast gesagt, das ist Thot?«, erinnere ich mich.

»Ja. Der Gott der Weisheit. Der Gott der Magie. Und dann die Hieroglyphen: auf dem Bild derselbe Spruch wie über der Tür zum Ostflügel in Longhurst. *Ich bin Gestern, Heute und Morgen, und ich habe die Macht, ein zweites Mal geboren zu werden.* Das Bild erzählt uns nicht nur, dass Cyril Jane Herries getötet hat und wo sie begraben ist. Es erzählt uns auch, *warum* er sie getötet hat.«

»Tut es das?«, frage ich ratlos. Auch Dave runzelt verwirrt die Stirn.

»Er hat sie umgebracht, weil er versuchen wollte, sie zurückzuholen«, sagt Caroline. »Er hat sie umgebracht, um sie *beide* zurückzuholen. Deshalb ist seine Tochter Lucy – das nasse Mädchen – auf dem Bild so überdeutlich zu sehen. Sie ist der Schlüssel zu allem.«

Und plötzlich passt alles zusammen. Meine Osiris-Investitur, bei der ich den Text von Cyrils altem Pergament vorlesen musste. Freddies Streich mit der Katze. Cyril Willoughby war der Gründer der Osiris Society. Er war nicht einfach ein leidenschaftlicher Anhänger des alten Ägypten, er war vor allem besessen von der Idee der Auferweckung. Nein, nicht von der Idee. Von ihrer praktischen Machbarkeit. Eine Besessenheit, die ihn in umso dunklere Abgründe geführt haben muss, nachdem seine eigene Tochter so früh gestorben war.

»Natürlich«, sagt Caroline verschwörerisch, »gibt es nur eine Möglichkeit, das zu beweisen. Wir müssen feststellen, ob Jane Herries da begraben ist, wo das Bild es uns sagt. Wir müssen nach Longhurst.«

Der Wagen fährt beim Hotel vor. »Deine Haltestelle, glaube ich«, sagt Dave, und der Abschied von ihr scheint ihm erstaunlich schwerzufallen.

Und in dem Augenblick weiß ich, dass ich nicht in das Haus zurückkehren werde, in dem ich mit Sarah gewohnt habe. Dass ich nie dorthin zurückkehren werde. Dass dies das Ende meiner Ehe ist, meiner Galerie, das Ende von allem, was in den vergangenen Jahren mein Leben ausgemacht hat. Dass ich abreisen und nicht wiederkommen werde. Es liegt Schwere und Traurigkeit in diesem Wissen. Das Bewusstsein, dass ich ihr Schmerz zugefügt habe und es nicht wiedergutmachen kann.

Fünf Stunden später steigen Caroline und ich, wieder Hand in Hand, hinauf in den Himmel. Zehn Stunden später sitzen wir in einem Auto und fahren nach Longhurst.

Niemand hat gesehen, wie er mit ihr auf den See hinausgerudert ist, aber ich kann mir vorstellen, wie es war.

Ich erinnere mich gut an Jane. Sie war noch so jung, selbst mir kam sie jung vor. So schüchtern. Ich erinnere mich, wie sie Guten Morgen sagte, ohne einen anzusehen. Wie sie, wenn man ihr im Flur begegnete, den Kopf senkte und einen Knicks machte, ohne auch nur ihren Schritt zu verlangsamen. Oh, er muss sich sein Opfer sehr sorgfältig ausgesucht haben. Eine, die schwach war, unsicher. Ein Mädchen, dem man nie das Schwimmen beigebracht hatte.

Sie ins Boot zu locken, wird ihm nicht schwergefallen sein. Immerhin war er ihr Arbeitgeber. Ich nehme an, sie dachte, sie rudern einmal um die Insel herum und steigen vielleicht kurz aus, um die Pyramide anzuschauen. Selbst wenn sie Gefahr geahnt hat – wie hätte sie Nein sagen können?

Sie hatte nicht gesehen, was mit der Katze geschehen war. Sie hatte sie nicht berührt, das feuchte Bündel in den Bandagen, und nicht erraten, wie das Tier gestorben war und warum und was mein Vater mit dem kleinen nassen Leichnam zu erreichen gehofft hatte. Sie wusste nicht, warum es so wichtig gewesen war, dass die Katze auf genau die gleiche Art starb wie meine Schwester.

Als sie erst auf dem See waren, muss es ein Leichtes gewesen sein, Jane – in ihrer geknöpften Jacke, wie alle jüngeren Hausmädchen sie trugen, und den weiten Röcken – einen Schubs zu geben, sodass sie über Bord ging. Sobald sie dann im kalten Wasser war, muss sie sehr schnell von ihrer vollgesogenen Kleidung behindert worden sein und wild gestrampelt haben. Hat er es beschleunigt, indem er ihren Kopf unter Wasser drückte? Hatte sie überhaupt eine

Chance zu schreien? Aber es wäre ohnehin im Haus, auf dem Rasen, in den Gärten nicht zu hören gewesen.

Meine Mutter und ich wussten beide instinktiv, dass das sein Werk war. Sie hätte es niemals irgendwem gegenüber zugegeben, aber sie wusste es. Was ich nie durchschaut habe, war, ob sie wusste, warum er es getan hatte.

Dass er versuchte, sie zurückzubringen. Dass er versuchte, sie alle zurückzubringen. Das Hausmädchen. Die Katze. Meine Schwester. Dieser Verrückte mit seinen Mumien und seinen Hieroglyphen hatte sich eingeredet, die alten Ägypter hätten tatsächlich eine Möglichkeit gefunden, Menschen von den Toten zurückzuholen. Er glaubte, dass die Beschreibungen des Jenseits in den Beschwörungen des *Totenbuchs* deshalb so realistisch sind, weil in Wahrheit Rituale geschildert werden, die einem die Wiederauferstehung und das Weiterleben im *Diesseits* ermöglichen.

Das war der Grund für seine Sammelwut. Er hat die Osiris Society als eine Gemeinschaft von Gelehrten gegründet, die daran arbeiten würden, diese Magie zurückzuerobern. Ob irgendwer in Cambridge außer ihm das wirklich ernst genommen hat, lässt sich unmöglich sagen. Vielleicht nahm er es am Anfang selbst nicht so ernst. Sicher weiß ich nur, dass der Tod meiner Schwester eine exzentrische Neigung zu einer makabren Obsession hat werden lassen. Irgendwann glaubte er tatsächlich, wenn er nur eine authentische, unverfälschte, ursprüngliche Version des richtigen Rituals vollzöge und die richtigen Worte richtig spräche, könnte er sie zurückholen, könnte meine Schwester über den Fluss der Toten zurückrudern und sie uns wiederbringen.

Die arme liebe Jane ist nicht durchgebrannt. Sie hatte keinen Liebhaber. *Er* hat sie ertränkt, hat ihren Leichnam in sein Mausoleum geschleppt und mit ihr genau das Gleiche gemacht wie mit der Katze und, wie ich befürchte, noch vielen anderen Geschöpfen.

Man konnte diese Geschichte nicht erzählen und hoffen, dass einem geglaubt wurde. Das haben mich meine Erfahrungen in der Nervenheilanstalt gelehrt.

Deshalb habe ich die Wahrheit gemalt. Hätte ich das nicht getan, wäre ich, glaube ich, wirklich verrückt geworden.

So viele Geheimnisse. So viele Tote. Und nun sterbe *ich*. Die Zeit schreitet voran, die Ärzte sagen, ich habe noch ein halbes Jahr. Meine Lunge. Die Leber. Das Herz. Alle zerfressen. Neulich habe ich mit meinem Onkologen gescherzt, es wäre einfacher, die Teile meines Körpers aufzuzählen, die nicht vom Krebs befallen sind. Manchmal wache ich in der Nacht auf und habe das Gefühl, an dem Wasser, das sich in meiner Lunge gesammelt hat, zu ertrinken.

Quentin Lambert – im Telefonbuch als Experte für Antiquitäten und Haushaltsauflösungen aufgeführt – war nicht schwer zu finden. Er war einer von diesen charmanten, leicht halbseidenen Typen, die bei einer alten Frau, mit der es zu Ende geht, auftauchen, ihre Kunstobjekte und Antiquitäten zu niedrig bewerten und anbieten, dass sie ihr das ganze Zeug abnehmen. Gauner haben wir solche Typen früher genannt. Er war ein kleiner Gauner, der sich für einen Gentleman hielt. Er kam her, schnüffelte herum, erzählte mir, was dieser kleine Arts-and-Crafts-Sessel und jene angeschlagene Clarice-Cliff-Vase vielleicht noch wert seien.

Ich war es, die von Austen Willoughby anfing. Er geriet sofort ins Schwärmen. »Austen Willoughby?«, rief er stolz. Er wüsste gar nicht mehr, wie viele Bilder von dem er verkauft hätte! Er sei ein enger Freund des Sohnes, erklärte er, und gehe seit Jahrzehnten in Longhurst ein und aus.

»Ich weiß«, sagte ich. »Nur dass ein paar von den Bildern,

die Sie verkauft haben, nicht wirklich von Austen waren, stimmt's?«

Sein Ton änderte sich auf einen Schlag. Er fing an, sich zu verteidigen, schwadronierte über die Witt, dass ich dort die Provenienzen prüfen könne. Ich sagte: »Ich bin mir sicher, dass die Fotodokumentationen dort genau zu den Bildern passen, die Sie verkauft haben – wahrscheinlich, weil Sie auch die Dokumentationen gefälscht haben.« Da war es mit dem Schwadronieren vorbei.

»Was wollen Sie?«, sagte er.

Nur dass er mir einen kleinen Gefallen tue, sagte ich. Oder vielleicht eine kleine Reihe von Gefallen.

Als Erstes sollte er mein *Selbstporträt als Sphinx* fotografieren, und zwar genau mit der Kamera und dem Filmmaterial, die er sonst auch benutzte. Dann sollte er das Foto in der Witt platzieren, bei den anderen, die es dort aus Longhurst gab.

Ohne Zögern willigte er ein.

»Ist das alles?«, fragte er.

»Nein.«

Supervisionen für Cambridge-Studenten machte ich schon seit einigen Jahren. Ich musste nur darauf achten, dass ich in diesem Jahr die richtigen bekam, also deutlich machen, dass ich nur welche wollte, die sich mit den Surrealisten der Dreißigerjahre beschäftigen.

Es ist Donnerstag, der 3. Oktober 1991, fünfzehn Uhr dreißig. Gerade ist ein roter Sportwagen vorgefahren. Ich stehe oben am Fenster, schiebe den Vorhang etwas beiseite und beobachte, wie der gut aussehende junge Mann aussteigt und um das Auto herumeilt, um die hübsche Frau einzuholen, die gerade in meine Einfahrt eingebogen ist. Sie schauen am Haus hoch, sprechen miteinander, rätseln vielleicht, ob man ihnen die richtige Adresse gegeben hat. Sie sind jung. Sie wirken eifrig. Sie sind genau richtig.

Sie heißen Patrick Lambert und Caroline Cooper. Sie ist von ihrer Studienmentorin wärmstens empfohlen worden. Er ist der Sohn von Quentin.

»Weiß er Bescheid?«, habe ich Quentin am Telefon gefragt.

»Er hat keine Ahnung. Ich habe ihm lediglich geraten, seine Abschlussarbeit über die Surrealisten zu schreiben. Der Rest liegt bei ihm.«

Caroline werde ich beauftragen, die Materialien im Willoughby-Nachlass zu sichten. Dort habe ich mein Tagebuch versteckt, dazu den Anhänger und den Reisepass, die mit mir aus Paris zurückgekommen sind und ausreichen sollten, um sie von der Echtheit des Tagebuchs zu überzeugen. Quentin wird Patrick irgendwie dazu bringen, dass er die Longhurst-Fotodokumentationen in der Witt durchgeht. Dabei müssten die beiden, mit etwas Glück, auf das Foto meines Gemäldes stoßen, das Quentin gerade im Grünen Zimmer in Longhurst platziert. Genau dort wird zweifellos sein Sohn untergebracht, wenn Harry Willoughby in ein paar Wochen seinen Einundzwanzigsten feiert.

Diesen Schnörkel hat Quentin sich noch ausgedacht. »Da liegt oben im Kleiderschrank ein ganzer Stapel Bilder. Wenn er auch nur den leisesten Verdacht hat, dass *Selbstporträt als Sphinx* in Longhurst sein könnte, wird er den Stapel durchsehen. Sonst wäre er nicht mein Sohn.«

Das Bild wird ein Geschenk sein, ein Geschenk des Vaters an den Sohn. Ein Geschenk von der Art, die nie erkannt, nie benannt werden kann. Das Geschenk einer Entdeckung, die den Grundstein für eine Karriere legen kann. Genau so, wie ich mein Tagebuch Caroline zuspiele, ein Tagebuch mit zahlreichen Skizzen und Vorstudien zu dem Bild, ein Tagebuch, das einen Teil der Entstehung des Bildes beschreibt. Und ich hoffe, sie weiß, was sie daraus zu machen hat. Ich hoffe, sie erfasst die Bedeutung dessen, was ihr da geschenkt wird.

Ich habe Quentin nicht gesagt, wer ich bin. Wer ich war. Warum ich das mache und warum es mir so wichtig ist, dass nicht ein Willoughby das Bild findet. Vielleicht ahnt er etwas, aber ich habe ihn zu sehr in der Hand, als dass er nachfragen würde. Er weiß, dass ich ihn ruinieren könnte, deshalb tut er, was ich ihm sage.

Ich wüsste gern, ob ich noch erlebe, wie mein Plan aufgeht. Es wäre der letzte Akt eines langen und surrealen Lebens.

Patrick Lambert klingelt, tritt einen Schritt zurück, runzelt die Stirn, als sei er nicht sicher, ob die Klingel funktioniert, ob überhaupt jemand zu Hause ist.

Auf dem Weg zur Tür sehe ich mich kurz im Spiegel, Alice Long, Juliette Willoughby. Ich klappe eine Kragenecke herunter und ziehe sie glatt, streiche mir eine silbergraue Strähne aus der Stirn.

Es geht los.

Ich werde erreichen, was mein Vater sein Leben lang versucht hat. Worüber er verrückt geworden ist.

Ich hole eine Frau zurück ins Leben.

EPILOG

CAROLINE, ENGLAND, HEUTE

Es ist ein sonniger Novembernachmittag. Nach einer kurzen Zeremonie sollen die sterblichen Überreste von Jane Herries, dem Vermissten Hausmädchen von Longhurst Hall, neben ihrer Schwester auf dem Friedhof Arnos Vale in Bristol beigesetzt werden.

Patrick und ich fanden, dass wir dabei sein sollten.

Ich hatte Sorge, dass ein Haufen Presseleute in der Kirche auftauchen würde, aber außer einem Reporter von einem Lokalblatt sind nur die wenigen Mitglieder der Familie Herries da, die ausfindig gemacht werden konnten, und wir beide. Der Pfarrer richtet das Augenmerk auf Janes Leben, nicht auf ihre Ermordung, der Name des Mörders wird nicht genannt. Das ist auch nicht nötig, die Geschichte war endlos in den Nachrichten, es gab Drohnenaufnahmen von dem Polizeieinsatz auf der Insel, man sah, wie Beamte in Schutzanzügen Dinge aus der Pyramide holten.

Die Polizei dazu zu bringen, die Sache ernst zu nehmen, war nicht einfach gewesen. Ich merkte, dass die Beamtin, die uns zur Insel begleitete, überzeugt war, sie täte uns einfach einen Gefallen, aber als wir zur Pyramide kamen, änderte sich das. Es war schaurig dort, alles zugewuchert. Die Kette an der Metalltür war so verrostet, dass sie aussah wie aus einem Schiffswrack geborgen. Patrick brauchte nur ein wenig am Schloss zu ziehen, und schon fiel es ab, aber die Tür, auch ganz verrostet, war schwer aufzubekommen. Am Ende gingen die Scharniere völlig ab. Hinter der Tür kam ein schmaler Durchgang zum Vorschein, eine Treppe abwärts.

Einer nach dem anderen stiegen wir hinunter.

Am Fuß der Treppe befand sich eine Kammer, leer bis auf zwei Stein-Sarkophage. Auf dem kleineren war eine Inschrift aus Kupferlettern, von denen Rostspuren am Stein heruntergelaufen waren, der Name von Lucy Willoughby und ihre traurigen Lebensdaten. Auf dem größeren Sarkophag standen Name und Daten von Cyril Willoughby. Ich wusste, dass ich nach seiner Frau, Juliettes Mutter, hier nicht zu suchen brauchte. Sie war vor ihrem Mann gestorben und auf dem Dorffriedhof beigesetzt worden, wie sie es während ihrer Krankheit beschlossen und in ihrem Testament verfügt hatte.

Wir schritten die Kammer einmal ab, suchten nach Hinweisen auf geheime Türen oder verborgene weitere Kammern, aber an den Wänden war nichts zu finden. Dass Cyril die Leiche von Jane Herries in seinem eigenen Sarkophag versteckt hatte, konnte man ausschließen, denn dann hätte man sie bei seiner Beisetzung gefunden. Und auf keinen Fall hätte er den Sarkophag mit den Überresten seiner geliebten Tochter entweiht, indem er Jane Harries darin unterbrachte. Kurz kam mir in den Sinn, dass die Willoughbys vielleicht recht gehabt hatten, dass das Ganze nur ein wirres Hirngespinst von Juliette war, ihre Art, eine Abfolge furchtbarer, sinnloser Tragödien zu verarbeiten. Patrick war genauso ratlos.

»Es ist nichts da, oder? Sie ist nicht hier. Wir haben uns geirrt.«

Dann fiel mir etwas ein. »Erinnerst du dich, nach welchem Vorbild die Pyramide gebaut ist? Nach welchem speziellen Vorbild?«

»Nach der Djoser-Pyramide, in Sakkara. Der ältesten Pyramide überhaupt. Das hat Cyril jedenfalls immer behauptet.«

»Genau. Und unter der Djoser-Pyramide gibt es Katakomben, ein ausgeklügeltes System aus Tunneln und untereinander verbundenen Grabkammern. Das hat Sam Fadel mir erzählt.«

Der Name rutschte mir einfach so heraus. Patrick ging demonstrativ darüber hinweg.

»Du willst also sagen, das, wonach wir suchen, könnte sich unter uns befinden?«

Die Polizistin spielte mit und richtete den Strahl ihrer Taschenlampe auf den Boden.

»Und wonach genau suchen wir gerade?«, fragte sie.

»Zum Beispiel nach so was«, gab Patrick zurück.

Und da waren sie, genau da, wo der Lichtstrahl hinfiel: Spuren von einem Meißel. Eine der Steinplatten war offensichtlich mehrmals gelockert und angehoben worden.

Die Polizistin hatte einen Reifenheber in ihrem Einsatzwagen. Sie machte sich auf den Weg, ihn zu holen.

Aber selbst mit dem Werkzeug war es schwierig. Es dauerte, bis wir es im richtigen Winkel angesetzt hatten, um die schwere Platte anzuheben.

Der abschüssige Gang aus feuchtem Stein, der darunter zum Vorschein kam, war gerade so groß, dass ein Erwachsener hindurchkriechen konnte. Das Licht der Taschenlampe reichte vielleicht knapp zehn Meter weit.

Die Polizistin bestand darauf, als Erste reinzugehen. Patrick folgte ihr, ich wartete am Eingang. »Nach elf, zwölf Metern wird es flacher«, rief die Polizistin. »Dann kommt eine Kammer.«

Einen Augenblick war es still, dann hörte ich sie aufkeuchen und Patrick befehlen, er solle umkehren. Er gehorchte, wenn auch zögernd, schob sich ächzend und schnaufend rückwärts aus dem Tunnel heraus. Gleich nach ihm tauchte auch die Polizistin wieder auf. Als ich ihr hochhalf, merkte ich, dass sie am ganzen Leib zitterte.

»Was ist los?«, fragte Patrick. »Haben Sie die Leiche gefunden?«

Sie schüttelte den Kopf. Ihr Gesicht war aschfahl. »Nicht nur eine. Dort muss mindestens ein Dutzend sein.«

Es war ein seltsames halbes Jahr. Erst die Beerdigung von Patricks Vater, dann die von Harry. Freddies Prozess – in den Nachrichten sah man Athena mit dunkler Sonnenbrille den Gerichtssaal betreten, sie war da, um ihm beizustehen, weigerte sich aber, Reporterfragen zu beantworten – und seine Verurteilung. Die ganzen juristischen Streitereien darum, wer Longhurst erbte und was mit Harrys Anteil aus dem Verkauf des Gemäldes werden sollte. Die Scheidung von Patrick und Sarah. Die komplizierte Aufgabe, ihre finanziellen Angelegenheiten auseinanderzudividieren, sich über das Haus zu einigen, die Galerie zum Verkauf anzubieten. Dann vor einigen Wochen die Nachricht, dass sie jemanden kennengelernt hat, jemanden, der etwas jünger ist als Patrick und sehr viel sportlicher. Die Bilder, die sie auf Instagram postet – sie beide beim Kitesurfen, Bodyboarding, Scuba Diving –, zeigen, dass sie hervorragend zueinanderpassen, wahrscheinlich besser, als es mit Patrick und ihr je der Fall war. Er hat ihr geschrieben, er wünsche ihnen alles Glück der Welt.

Was Patrick und mich betrifft, wir haben es langsam angehen lassen, in vorsichtigen, kleinen Schritten. Lange Abendessen, bei denen wir die Vergangenheit aufgedröselt und versucht haben zu erkennen, an welchen Stellen es schiefgelaufen ist. Ernste Gespräche darüber, wie wir verhindern können, dass es wieder so weit kommt.

Auch über Harry haben wir gesprochen. Als die Ergebnisse der Autopsie bekannt wurden, tauchte ein neues Rätsel auf. Todesursache war genau das, wonach es ausgesehen hatte – die Halsschlagader war durchtrennt, was zu katastrophalem Blutverlust geführt hatte. Womit allerdings niemand gerechnet hatte, war die Konzentration von Blei in seinem Blut, viel zu hohe Werte, zu denen es nur gekommen sein konnte, indem er das Zeug über Monate zu sich genommen hatte. Dafür hatte der Gerichtsmediziner keine Erklärung.

Als Patrick das hörte, zählte er als Erstes an den Fingern ab, wie lange Harry wieder in Longhurst gewohnt hatte. Wie lange es her war, dass er den ältesten Teil des Hauses, den Ostflügel, wieder geöffnet hatte und in Cyrils frühere Räumlichkeiten gezogen war.

»Weißt du noch, wie seltsam er war?«, fragte er. »Zittrig und sonderbar und launisch? Vielleicht war das der Grund. Bleivergiftung. Früher ist es vielen Künstlern so gegangen, weil in ihren Farben Blei war. Caravaggio ist mit achtunddreißig daran gestorben, aber vorher hat er noch bei einer Prügelei einen Mann totgeschlagen, sich mit sämtlichen Auftraggebern überworfen, saß im Kerker, weil er mit einem Schwert herumgelaufen war, wahrscheinlich demselben Schwert, mit dem er auch ein Loch in die Decke seiner Behausung gebohrt hat, um beim Malen besseres Licht zu haben. Sehr seltsames Benehmen, genau wie bei Harry, findest du nicht? Dann Goya, der sich vom konventionellen Hofmaler zum Grotesken-Maler entwickelt hat – es gibt eine Theorie, die besagt, dass eine Bleivergiftung ihm die vielen Dämonen und Scheusale eingegeben hat. Und van Gogh ...«

»Das weiß ich alles, Patrick, aber was hat es mit Harry zu tun? Er war kein Maler, und selbst wenn er einer gewesen wäre – heutzutage sind die Farben nicht mehr giftig.«

»Nein, aber – wenn nun in den Rohrleitungen Blei war? Er ist in den ältesten Teil des Hauses gezogen, dort ist, soweit ich weiß, nie etwas renoviert worden. Seit Cyrils Tod hatte da niemand mehr gewohnt.«

Er suchte schon auf dem Handy nach den Symptomen einer Bleivergiftung. »Hier: Reizbarkeit, unkoordiniertes Gehen, verwaschene Aussprache, Kopfschmerzen, Schwäche. Kommt dir das bekannt vor?« Er las weiter und riss die Augen auf. »Wutausbrüche, Halluzinationen – meinst du, auch Cyrils bizarres Verhalten könnte, zumindest teilweise, mit einer Bleivergiftung zu erklären sein?«

Vielleicht, sagte ich. So viele Jahre hatte Cyril sich in diesem Teil des Hauses aufgehalten, hatte von dem Wasser dort getrunken und darin gebadet und über seinem Kummer gebrütet. Kein Wunder, dass er immer sonderbarer geworden war, sein Verhalten immer unheimlicher. Noch immer waren nicht alle achtzehn Leichname, die auf der Insel gefunden worden waren, identifiziert. Noch war die Polizei dabei, alte Akten über vermisste Personen durchzugehen. In alten Zeitungen nach Meldungen über Grabschändungen zu suchen. Die Unterlagen von Leichenhallen zu sichten.

»Irgendwie«, sagte Patrick, als er heute Morgen in der Zeitung las, dass der neue Eigentümer von Longhurst, ein Bauträger, plant, nur die Fassade des Hauses stehen zu lassen und den Rest zu Luxuswohnungen umzubauen, »ist es gut, dass sie den verdammten alten Kasten abreißen.«

Nach der Bestattung von Jane Herries gibt es kein Traueressen, es werden einfach im Saal nebenan Tee und Kaffee gereicht. Eine Angehörige kommt auf uns zu und bedankt sich.

Ein Rätsel ist natürlich noch ungelöst.

Dave White hat ein halbes Jahr lang mit der Tate Modern über die beiden *Selbstporträts als Sphinx* verhandelt. Sein Vorschlag war, dass er ihnen beide Versionen als Leihgabe überlässt und sie einander gegenübergehängt werden, das übermalte genau gegenüber vom unveränderten. Eine elegante Lösung, die sie in der Tate durchaus attraktiv finden. Das Problem ist, dass wir noch immer keine überzeugende Erklärung dafür haben, wie Juliette alle beide gemalt haben kann.

Ungefähr einmal die Woche schreibt Dave mir eine Textnachricht und fragt, ob ich es herausgekriegt habe. Manchmal liege ich frühmorgens lange halb wach neben Patrick und bilde mir ein, kurz vorm Durchbruch zu sein, aber wenn ich dann wirklich zu mir komme, ist die Lösung mir wieder entglitten.

Die Idee kommt mir, als ich nach dem Trauergottesdienst in dem Saal mit der entfernten Verwandten von Jane Herries spreche, als sie mir auf dem Handy Fotos von Janes Schwester Helen zeigt und ich nach einer Familienähnlichkeit suche, nach Übereinstimmungen zwischen dieser freundlich lächelnden alten Dame und den Bildern von Jane, die in den Dreißigerjahren in den Zeitungen abgedruckt wurden.

Ich gehe raus auf den Parkplatz und rufe, ohne an den Zeitunterschied auch nur zu denken, Dave in Dubai an.

Er meldet sich sofort. »Hast du's?«

»Vielleicht. Deine Gesichtserkennungssoftware kann doch Alterungsprozesse einbeziehen, oder? Kann sie auch simulieren, wie ein junges Gesicht sich beim Älterwerden verändert?«

»Ja, und zwar sogar ziemlich genau.«

»Wenn ich dir ein Bild schicke – wie lange brauchst du dann dafür?«

Dave sagt, es würde höchstens ein paar Minuten dauern. Ich google Juliette Willoughby, suche das Foto aus ihrem Reisepass, den ich vor so langer Zeit im Willoughby-Nachlass gefunden habe. Sobald ich es habe, schicke ich es Dave und bitte ihn, sie um etwa sechzig Jahre altern zu lassen.

»Du willst, dass ich aus der jungen Juliette Willoughby

eine alte Frau mache? Wenn wir mehr Bilder hätten, wäre das Ergebnis verlässlicher, aber ich versuch's.«

Patrick ist aus dem Gemeindesaal nach draußen getreten, um nach mir zu sehen. Ich hebe den Daumen, und er geht wieder hinein. Ich habe Herzklopfen. Damals, bei unserer ersten Supervision, hat Patrick gesagt, es gebe zwei Dinge, die man über Juliette Willoughby sicher weiß. Dass ihre Werke alle verschollen sind und dass sie 1938 bei einem Brand in Paris ums Leben gekommen ist. Inzwischen ist es eine unbestrittene Tatsache, dass nur eine von diesen Aussagen zutrifft. Und mir ist plötzlich der Gedanke gekommen, dass sie womöglich beide falsch sind.

Dass Juliette den Brand vielleicht irgendwie überlebte und glaubte, ihr Bild sei zerstört. Dass sie es ein zweites Mal malte. Dass sie es irgendwie, möglicherweise mit Quentins Unterstützung, in Longhurst versteckte und dazu Spuren legte – das Tagebuch in der Museumsbibliothek, das Foto in der Witt Library. Spuren, die eines Tages jemanden zu dem Bild führen und ihm helfen könnten, es als das zu erkennen, was es ist. Und die Spuren *haben* Patrick und mich zu dem Bild geführt, nur dass wir durch eine Laune des Schicksals nicht auf die neu gemalte Version des Gemäldes gestoßen sind, sondern auf das Original, das Austen Willoughby nicht vernichtet, aber übermalt hat, um die darin enthaltene Botschaft zu verbergen.

Das Handy summt in meiner Tasche. Ich angele es hervor. Eine Nachricht von Dave. »Hilft das?« Im Anhang eine Bilddatei. Ich klicke sie an.

»Mein Gott«, entfährt es mir, »oh mein Gott.«

Denn ich blicke auf das Gesicht von Juliette Willoughby. Ich sehe eine Juliette Willoughby, die nicht mit einundzwanzig Jahren auf tragische Weise umgekommen ist, sondern ein langes Leben gelebt hat.

Ich sehe das Gesicht der Frau, die eins der größten Kunstwerke des zwanzigsten Jahrhunderts erschaffen hat. Zweimal.

Ich sehe das Gesicht einer Frau, die einst eindringlich und leidenschaftlich zu mir davon gesprochen hat, auf wie vielerlei Weise die Kunst von Frauen vernachlässigt, vergessen oder gar zerstört wurde. Wie bedeutsam es wäre und was es erfordere, das Verlorene zurückzubringen.

Ich sehe das Gesicht einer Frau, die ich gekannt habe.

Ich sehe das Gesicht von Alice Long.

DANK

Wie immer haben wir vielen Menschen zu danken. An erster Stelle unserer Tochter, die immer neue großartige Ideen für Bücher liefert (derzeit kreisen sie alle um Einhörner).

Collette dankt Eleanor O'Carroll, Sagar Shah und Tania Crabbe für ewige Freundschaft, Rob Rafalat für tolle Plot-Diskussionen, Martyn und Rachel Lauder-Lyons, Susan Henderson, Vanessa Newton und Sam Cooper dafür, dass sie uns die Zeit für die abschließende Überarbeitung gaben. Nads und Tanny dafür, dass sie so wunderbare Gastgeber sind.

Pauls Dank für jahrelange Freundschaft und Unterstützung gilt: Cara Jennings, Sarah Jackson, Julia Jordan, Louise Joy, Eric Langley, David McAllister, James Martin, Neel Mukherjee, Adrian Poole, Peter Robinson, Kevin Rowe, Claire Sargent, Oliver Seares, Katy Stewart-Moore, Tom Stewart-Moore, Jane Vlitos, John Vlitos, Irene Vlitos-Rowe, den früheren Kolleg:innen an der Universität Surrey und den neuen Kolleg:innen an der Universität Greenwich.

Unser Dank geht an unsere ersten Leserinnen, die wie immer brillante Erkenntnisse beisteuerten – Karolyn Fairs, Holly Watt, Catherine Jarvie, Cath Jeffries und Frances Christie. Und genauso an jene, die gelesen und so schnell (so enthusiastische) Statements zu dem Buch abgegeben haben: Harriet Tyce, Charlotte Philby, John Marrs, Louise Candlish, Harriet Walker, Celia Walden, Lizzie Pook, Mark Edwards, Claire Douglas, Gytha Lodge, Freya Berry, Katy Hays, Dominic Smith und BA Shapiro. Wir sind enorm dankbar und immer eure Fans.

Dank gilt unseren super Agentinnen Emma Finn bei C&W und Hillary Jacobson bei der CAA und unseren wunderbaren Lektorinnen Francesca Pathak und Sarah Stein – wir vertrauen auf euren klugen Rat, euer Feingefühl beim Überarbeiten und eure Kunst, uns stets Mut zu machen. Es ist ein Glück, dass wir euch haben. Dank geht an David Howe, der uns geholfen hat, mit dem gefürchteten Adobe klarzukommen, an Saida Azizova, Kate Burton und das Rechte-Team bei C&W, Luke Speed, Jason Richman und Addison Duffy bei der UTA und die fantastischen Teams in Presseabteilung, Herstellung, Gestaltung, Vertrieb und Marketing bei Harper Collins US, Pan Macmillan UK sowie die Lektor:innen und Verleger der internationalen Verlage, mit denen wir weltweit zusammenarbeiten.

Dieses Buch war ein Herzensanliegen, aber eins, bei dem uns viele sehr großzügige Menschen unglaublich unterstützt haben. Rhys Davies mit seinem Wissen über das Rechtssystem in den Vereinigten Emiraten und Martin Longeran mit wertvollen Einblicken aus erster Hand, was passieren kann, wenn etwas schiefgeht. Frances Christie mit reichem Wissen über die Kunstwelt. Wir danken Lisa Redlinski am Courtauld Institute of Art für eine Führung durch die Witt Library, Peter Paul Biro und Nicholas Eastaugh für Aufklärung über den Prozess der Authentifizierung von Kunstwerken. Außerdem Chris Nichols, der dafür gesorgt hat, dass wir das KI-Element richtig darstellen, Danny Luhde-Thompson für das geduldige Beantworten unserer endlosen Fragen zu schlauen Tech-Sachen und Cressida Pollock dafür, dass wir sie praktisch alles fragen können. Und wir danken Sebastian Isaac, dem wir immer wieder mit seltsamen juristischen Problemen kommen.

Die Übersetzerin dankt Dr. Ann-Katrin Gill vom Ägyptologischen Institut der Universität Leipzig für freundliche Unterstützung.

Juliette Willoughby ist eine fiktive Figur, aber wir hoffen, dieses Buch regt die Leser:innen an, darüber nachzudenken, wie oft Künstlerinnen in ihrer Bedeutung unterwandert und übersehen worden sind, und bringt denen, die noch nichts über sie gehört haben, die außergewöhnlichen Frauen der surrealistischen Bewegung nahe. Folgende Bücher haben uns bei der Arbeit am Roman inspiriert und uns wertvolle Informationen geliefert, und wir hoffen, dass sie für jene, die sich intensiver mit den Themen und der Epoche darin beschäftigen wollen, ebenso inspirierend und aufschlussreich sind.

FRAUEN UND SURREALISMUS

Aberth, Susan L., *Leonora Carrington: Surrealism, Alchemy and Art,* London: Lund Humphries 2010

Benkemoun, Brigitte, *Das Adressbuch der Dora Maar,* deutsch von Alexandra Baisch, München: btb 2021

dies., *Leben für Picasso. Marie-Thérèse Walter,* deutsch von Alexandra Baisch, München: btb 2024

Caws, Mary Ann, Rudolf Kuenzli und Gwen Raaberg (Hrsg.), *Surrealism and Women,* Cambridge/London: MIT Press 1991

Chadwick, Whitney, *The Militant Muse: Love, War and the Women of Surrealism,* London: Thames and Hudson 2017

Fer, Briony, David Batchelor und Paul Wood, *Realism, Rationalism, Surrealism: Art Between the Wars,* New Haven: Yale University Press 1993

Hessel, Katy, *The Story of Art Without Men,* London: Hutchinson Heinemann 2022 (dt.: *Große Künstlerinnen und ihre Werke,* deutsch von Marlene Fleißig, München: Piper 2022)

Hörner, Unda, *Die realen Frauen der Surrealisten,* Köln und Berlin: ebersbach und simon 2024

Jacobi, Carol, *Out of the Cage: The Art of Isabel Rawsthorne,* London: Thames and Hudson 2021

Luard, Honey (Hrsg.), *Dreamers Awake,* Einleitung Alyce Mahon, Katalog zur Ausstellung *Dreamers Awake* in der Galerie White Cube Bermondsey, kuratiert von Susanna Greeves, London: White Cube 2017

Mahon, Alyce (Hrsg.), *Dorothea Tanning,* London: Tate 2018

Montagu, Jemima, *The Surrealists: Revolutionaries in Art and Writing, 1919–35,* London: Tate 2002

Moorhead, Joanna, *The Surreal Life of Leonora Carrington,* London: Virago 2017

Morris, Desmond, *The Lives of the Surrealists,* London: Thames and Hudson 2018 (dt. *Das Leben der Surrealisten,* deutsch von Willi Winkler, Zürich: Unionsverlag 2020)

Mundy, Jennifer, *Surrealism: Desire Unbound,* London: Tate Publishing 2002

Parker, Rozsika und Griselda Pollock, *Old Mistresses: Women, Art and Ideology,* London: Bloomsbury 2021

Shell, Oliver und Oliver Tostmann (Hrsg.), *Monsters and Myths: Surrealism and War in the 1930s and 1940s,* New York: Rizzoli Electa, 2018

Weisz Carrington, Gabriel, *The Invisible Painting: My Memoir of Leonora Carrington,* Manchester: Manchester University Press 2021

Women Artists and the Surrealist Movement, London: Thames and Hudson 1991

Women, Art and Society, 6. Aufl., London: Thames and Hudson 2017 (dt.: *Frauen, Kunst und Gesellschaft,* München: Deutscher Kunstverlag 2013)

MÄNNER IM SURREALISMUS

Gibson, Ian, *The Shameful Life of Salvador Dalí,* London: Faber and Faber 1997 (dt. *Salvador Dalí,* Stuttgart: Deutsche Verlags-Anstalt 1998)

Hughes, Robert, *The Shock of the New,* London: Thames and Hudson 1991, Erstveröffentlichung 1980 (dt. *Der Schock der Moderne: Kunst im Jahrhundert des Umbruchs,* München: Econ 1983)

Man Ray, *Self Portrait*, London: Penguin 2012, Erstveröffentlichung 1963 (dt. *Selbstportrait. Eine illustrierte Autobiographie,* deutsch von Reinhard Kaiser, München: Schirmer und Mosel 1983)

Polizzotti, Mark, *Revolution in the Mind: The Life of André Breton,* Boston: Black Widow Press 2009 (dt. *Revolution des Geistes: Das Leben André Bretons,* deutsch von Jörg Trobitius, München: Carl Hanser 1996)

Turpin, Ian, *Max Ernst,* 2. Aufl., London: Penguin 1993

LANDHÄUSER DAMALS UND HEUTE

Tinniswood, Adrian, *The Long Weekend: Life in the English Country House before the War,* London: Vintage 2016

ders., *Noble Ambitions: The Fall and Rise of the Post-War Country House,* London: Jonathan Cape 2021

ÄGYPTISCHE HIEROGLYPHEN, PAPYRI UND »FLÜCHE«

Harris, Eleanor, *Ancient Egyptian Magic,* Newburyport, MA: Weiser Books 2015

Kemp, Barry J., *Ancient Egypt: Anatomy of a Civilization,* 3. Aufl., London: Routledge 2018

Luckhurst, Roger, *The Mummy's Curse: The True History of a Dark Fantasy,* Oxford: Oxford University Press 2012

Regulski, Ilona (Hrsg.), *Hieroglyphs: Unlocking Ancient Egypt,* London: British Museum Press 2022

Rossiter, Evelyn, *The Book of the Dead: Papyri of Ani, Hunefer, Anhaï,* Fribourg: Productions Liber 1970 (dt. *Die Ägyptischen Totenbücher,* deutsch von Peter Aschner, Genf: Editions Minerva 1984)

Wallis Budge, E.A., *The Egyptian Book of the Dead,* London: Penguin 2008, Erstveröffentlichung 1899

Wilson, Penelope, *Hieroglyphs: A Very Short Introduction,* Oxford: Oxford University Press 2003

SPHINGEN

Zivie-Coche, Christiane, *Sphinx: History of a Monument,* Cornell: Cornell University Press 2002 (dt. *Sphinx. Das Rätsel des Koloss von Gizeh,* Darmstadt: Primus 2004)

PARIS IN DEN 1930ERN

Béhar, Henri et al., *Guide du Paris surréaliste,* Paris: Éditions du patrimoine 2012

Douglas, Charles, *Artist Quarter: Modigliani, Montmartre and Montparnasse,* London: Pallas Athene 2023, Erstveröffentlichung 1941

Jackson, Julian, *The Fall of France,* Oxford: Oxford University Press 1940

McAuliffe, Mary, *Paris on the Brink,* London: Rowman and Littlefield 2018

Melly, George und Michael Woods, *Paris and the Surrealists,* New York: Thames and Hudson 1991

Roe, Sue, *In Montparnasse: The Emergence of Surrealism in Paris from Duchamp to Dalí,* London: Fig Tree 2018

KUNSTMARKT, AUKTIONEN, FÄLSCHUNGEN, AUTHENTIZITÄT IN DER KUNST

Amore, Anthony M., *The Art of the Con: The Most Notorious Fakes, Frauds and Forgeries in the Art World,* New York: St Martin's Griffin 2015

Charney, Noah, *The Museum of Lost Art,* London: Phaidon 2018

Hoving, Thomas, *False Impressions: The Hunt for Big-Time Art Fakes,* New York: Touchstone 1996

Mould, Philip, *Sleepers: In Search of Lost Old Masters,* London: Fourth Estate 1993

Salisbury, Laney und Aly Sujo, *Provenance: How a Con Man and a Forger Rewrote the History of Modern Art,* London: Penguin 2010

ders., *Sleuth,* London: Harper 2011

DUBAI

Lonergan, Martin, *Dubai: A Tale of Two Cities,* London: BigFoot 2021

AUSSERDEM EINIGE VON SURREALIST:INNEN VERFASSTE WERKE

Breton, André, *L'Amour fou,* Paris: Éditions Gallimard 1937 (dt. *L'Amour fou,* deutsch von Friedhelm Kemp, Frankfurt: Suhrkamp 1970)

ders., *Manifeste du surréalisme,* Paris: Éditions du Sagittaire 1924

(dt. *Die Manifeste des Surrealismus,* deutsch von Ruth Henry, Reinbek bei Hamburg: Rowohlt 1986)

Carrington, Leonora, *Down Below,* New York: NYRB Classics 2017, Erstveröffentlichung 1945

Dalí, Salvador, *The Secret Life of Salvador Dalí,* New York: Dial Press 1942 (dt. *Das geheime Leben des Salvador Dalí,* deutsch von Ralf Schiebler, München: Schirmer und Mosel 1997)

Tanning, Dorothea, *Birthday,* Santa Monica/San Francisco: Lapis Press 1986 (dt. *Birthday. Lebenserinnerungen,* deutsch von Barbara Bortfeldt, Köln: Kiepenheuer und Witsch 1990)

ders., *Between Lives: An Artist and Her World,* New York: W.W. Norton 2001